I0573565

DIE HÖHLE DES TEUFELS

MOLOTOWS BESESSENHEIT: BUCH 1

ANNA ZAIRES

Übersetzt von
GRIT SCHELLENBERG

♠ MOZAIKA PUBLICATIONS ♠

Veröffentlicht von Mozaika Publications, einer Druckmarke von
Mozaika LLC.
www.mozaikallc.com

Aus dem Amerikanischen von Grit Schellenberg
Lektorat: Fehler-Haft.de

Cover von The Book Brander
thebookbrander.com

Fotografie von The Cover Lab

e-ISBN: 978-1-63142-672-8
ISBN: 978-1-63142-673-5

CHLOE

Ein Auto geht in Flammen auf, die Schaufensterscheibe zu meiner Linken explodiert, und Glasscherben fliegen weit in alle Richtungen.

Ich erstarre, bin so fassungslos, dass ich kaum spüre, wie sich das Glas in meinen nackten Arm bohrt. Dann höre ich die Schreie.

»Es wurde geschossen! Ruft den Notruf an!«, schreit jemand auf der Straße, und Adrenalin durchflutet meine Adern, während mein Gehirn die Verbindung zwischen dem Geräusch und den Glassplittern herstellt.

Jemand hat geschossen.

Auf mich.

Sie haben mich gefunden.

Meine Füße reagieren zuerst und laufen los, gerade als ein weiteres scharfes *Pop* meine Ohren erreicht und die Kasse im Inneren des Ladens explodiert.

Dieselbe Kasse, vor der sich vor einer Sekunde mein Körper befand.

Ich schmecke Entsetzen. Es schmeckt nach Eisen, genau wie Blut. Vielleicht *ist* es Blut. Vielleicht wurde ich angeschossen und sterbe gerade. Aber nein, ich laufe noch. Mein Herzschlag dröhnt in meinen Ohren, und meine Lungen arbeiten, was das Zeug hält, während ich die Straße hinunterrenne. Ich kann das Brennen in meinen Beinen spüren, also bin ich am Leben.

Vorläufig.

Weil sie mich gefunden haben. Schon wieder.

Ich biege scharf rechts ab und laufe eine schmale Seitenstraße hinunter. Über meine Schulter sehe ich zwei Männer, die mir mit einem halben Block Abstand mit voller Geschwindigkeit hinterherlaufen.

Meine Lungen schreien bereits nach Luft, meine Beine drohen aufzugeben, aber ich erreiche eine verzweifelte Geschwindigkeit und rase in eine Gasse, bevor sie um die Ecke kommen. Ein eineinhalb Meter hoher Maschendrahtzaun teilt die Gasse in zwei Hälften, aber ich klettere in Sekundenschnelle über ihn, da mir das Adrenalin die Beweglichkeit und Kraft eines Athleten verleiht.

Der hintere Teil der Gasse führt zu einer anderen Straße, und ein Schluchzen der Erleichterung entweicht meiner Kehle, als ich feststelle, dass es die ist, in der ich mein Auto vor dem Bewerbungsgespräch geparkt habe.

Lauf, Chloe. Du schaffst das.

Verzweifelt schnappe ich nach Luft, renne die Straße hinunter und suche den Straßenrand nach einem verbeulten Toyota Corolla ab.

Wo ist er?

Wo habe ich das verdammte Auto gelassen?

War es hinter dem blauen Lieferwagen oder dem weißen?

Bitte lass es da sein. Bitte lass es da sein.

Schließlich entdecke ich es halb versteckt hinter einem weißen Lieferwagen. Ich krame in meiner Tasche, ziehe die Schlüssel heraus und drücke mit zitternden Händen den Knopf, um das Auto zu entriegeln.

Ich bin schon drin und schiebe gerade den Schlüssel ins Zündschloss, als ich meine Verfolger einen Block hinter mir aus der Gasse kommen sehe, jeder mit einer Waffe in der Hand.

———

Ich zittere immer noch, als ich fünf Stunden später an einer Tankstelle halte, der ersten, die ich auf dieser kurvenreichen Bergstraße sehe.

Das war knapp, viel zu knapp.

Sie werden immer mutiger, verzweifelter.

Sie haben auf der verdammten Straße auf mich geschossen.

Meine Beine fühlen sich wie Gummi an, als ich aus dem Auto steige und meine leere Wasserflasche umklammere. Ich brauche eine Toilette, Wasser, Essen und Benzin, in dieser Reihenfolge – und idealerweise ein neues Fahrzeug, denn sie könnten das Kennzeichen meines Toyotas haben. Das heißt, vorausgesetzt, sie hatten es nicht schon.

Ich habe keine Ahnung, wie sie mich in Boise, Idaho gefunden haben, aber es könnte über mein Auto gewesen sein.

Das Problem ist, dass das Wenige, was ich darüber weiß, wie man Verbrechern ausweicht, die auf Mord aus sind, aus Büchern und Filmen stammt, und ich habe keine Ahnung, was meine Verfolger tatsächlich nachverfolgen *können*. Um auf Nummer sicher zu gehen, benutze ich keine meiner Kreditkarten, und mein Handy habe ich gleich am ersten Tag weggeworfen.

Ein weiteres Problem ist, dass ich genau zweiunddreißig Dollar und vierundzwanzig Cent in meinem Portemonnaie habe. Die Stelle als Kellnerin, für die ich mich heute Morgen in Boise beworben habe, wäre die Rettung gewesen, denn der Cafébesitzer war bereit, mich schwarz zu bezahlen, aber sie haben mich gefunden, bevor ich eine einzige Schicht machen konnte.

Ein paar Zentimeter weiter rechts, und die Kugel wäre durch meinen Kopf gegangen, anstatt durch das Schaufenster.

Eine Blutlache auf dem Küchenboden ... Rosa Bademantel auf weißen Kacheln ... Gläserner, blinder Blick ...

Mein Herzschlag beschleunigt sich, mein Zittern wird stärker, und meine Knie drohen unter mir einzuknicken. Ich lehne mich gegen die Motorhaube meines Autos und atme zitternd ein. Ich versuche, das verrückte Trommeln meines Pulses zu verlangsamen, während ich die Erinnerungen tief in mir vergrabe, wo sie meine Kehle nicht wie ein Schraubstock zerquetschen können.

Ich kann nicht darüber nachdenken, was passiert ist. Wenn ich das tue, werde ich zerbrechen – und sie werden gewinnen.

Sie könnten trotzdem gewinnen, denn ich habe kein Geld und keine Ahnung, was ich tue.

Eine Sache nach der anderen, Chloe. Einen Fuß vor den anderen.

Moms Stimme kommt mir in den Sinn, ruhig und beständig, und ich zwinge mich, mich von dem Auto aufzurichten. Was also, wenn meine Situation von verzweifelt zu kritisch gewechselt hat?

Ich bin noch am Leben, und das will ich auch bleiben.

Ich habe vor ein paar Stunden alle Glassplitter aus meinem Arm gezogen, aber das T-Shirt, das ich darumgewickelt habe, um die Blutung zu stoppen, sieht seltsam aus, also schnappe ich mir meinen Kapuzenpulli aus dem Kofferraum und ziehe die Kapuze hoch, um mein Gesicht vor den Überwachungskameras zu verstecken, die vielleicht in der Tankstelle sind. Ich weiß nicht, ob die Leute, die hinter mir her sind, in der Lage sind, Zugang zu diesen

Aufzeichnungen zu bekommen, aber es ist besser, es nicht zu riskieren.

Wiederum vorausgesetzt, sie verfolgen nicht bereits mein Auto.

Konzentrier dich, Chloe. Ein Schritt nach dem anderen.

Mit einem beruhigenden Atemzug gehe ich in den kleinen Supermarkt der Tankstelle, winke der älteren Frau hinter der Kasse zu und gehe direkt zur Toilette im rückwärtigen Bereich. Als meine dringendsten Bedürfnisse erledigt sind, wasche ich mir die Hände und das Gesicht, fülle meine Wasserflasche mit Leitungswasser auf und ziehe mein Portemonnaie heraus, um die Scheine zu zählen, nur für den Fall.

Nein, ich habe mich nicht verrechnet oder einen Zwanziger übersehen. Zweiunddreißig Dollar und vierundzwanzig Cent ist alles, was ich an Bargeld übrig habe.

Das Gesicht im Toilettenspiegel ist das einer Fremden, angespannt und hohlwangig, mit dunklen Ringen unter übermäßig großen braunen Augen. Ich habe weder normal gegessen noch geschlafen, seit ich auf der Flucht bin, und das sieht man. Ich wirke älter als dreiundzwanzig Jahre, da der letzte Monat mich um ein Jahrzehnt hat altern lassen.

Ich unterdrücke den nutzlosen Anfall von Selbstmitleid und konzentriere mich auf das Praktische. Schritt eins: Entscheiden, wie ich das Geld, das ich habe, einteile.

Die größte Priorität hat das Benzin für das Auto. Der Tank ist zu weniger als einem Viertel voll, und ich weiß nicht, wann ich in dieser Gegend wieder eine Tankstelle finden werde. Volltanken wird mich mindestens dreißig Dollar kosten, so dass mir nur ein paar Dollar für Essen bleiben, um die quälende Leere in meinem Magen zu besänftigen.

Noch schlimmer ist, dass ich das nächste Mal, wenn mir das Benzin ausgeht, ein noch größeres Problem haben werde.

Ich verlasse die Toilette, gehe zur Kasse und sage der älteren Kassiererin, dass ich für zwanzig Dollar tanken möchte. Ich schnappe mir auch einen Hotdog und eine Banane und verschlinge den Hotdog, während die Frau langsam das Wechselgeld abzählt. Die Banane verstaue ich für das morgige Frühstück in der Vordertasche meines Pullis.

»Bitte sehr, meine Liebe«, sagt die Kassiererin mit heiserer Stimme und überreicht mir das Wechselgeld zusammen mit einer Quittung. Mit einem freundlichen Lächeln fügt sie hinzu: »Ich wünsche Ihnen noch einen schönen Tag.«

Zu meinem Entsetzen schnürt sich mein Hals zusammen, und Tränen brennen in meinen Augen, weil mich die Freundlichkeit völlig aus der Bahn wirft. »Vielen Dank. Ich Ihnen auch«, sage ich mit erstickter Stimme, stopfe das Wechselgeld in mein Portemonnaie und eile in Richtung Ausgang, bevor ich die Frau mit einem Tränenausbruch alarmieren kann.

Ich bin schon fast aus der Tür, als mir eine lokale Zeitung ins Auge fällt. Sie steckt in einem der Ständer mit der Aufschrift *GRATIS*, also schnappe ich sie mir, bevor ich zu meinem Auto gehe.

Während der Tank gefüllt wird, bringe ich meine widerspenstigen Emotionen unter Kontrolle, schlage die Zeitung auf und wende mich direkt dem hinteren Teil mit den Kleinanzeigen zu. Es ist weit hergeholt, aber vielleicht bietet jemand hier in der Gegend einen Job an, wie Fensterputzen oder Heckenschneiden.

Selbst fünfzig Dollar könnten meine Überlebenschancen erhöhen.

Zuerst sehe ich nichts, was dem entspricht, was ich suche, und ich bin kurz davor, die Zeitung enttäuscht zusammenzufalten, als eine Anzeige am unteren Ende der Seite meine Aufmerksamkeit erregt:

Hauslehrer für Vierjährigen gesucht. Muss gebildet sein, gut mit Kindern umgehen können und bereit sein, auf ein abgelegenes Berggut zu ziehen. $ 3000 / Woche in bar. Um sich zu bewerben, schicken Sie Ihren Lebenslauf an tutorcandidates459@gmail.com.

Drei Riesen pro Woche in bar? Was zur Hölle …?

Ich kann meinen Augen nicht trauen und lese die Anzeige erneut.

Nein, alle Wörter sind immer noch dieselben, was verrückt ist. Drei Riesen pro Woche für einen Lehrer? In bar?

Das ist ein Scherz, es muss einer sein.

Mit klopfendem Herzen tanke ich zu Ende und steige ins Auto. Meine Gedanken rasen. Ich bin der perfekte Kandidat für diese Position. Ich habe nicht nur gerade mein Studium der

Erziehungswissenschaften abgeschlossen, sondern habe auch während der gesamten Highschool und dem College auf Kinder aufgepasst und Nachhilfe gegeben. Und der Umzug auf ein abgelegenes Berggut? Perfekt für mich! Je abgelegener, desto besser.

Es ist, als ob die Anzeige speziell für mich geschaltet wurde.

Moment einmal. Könnte das eine Falle sein?

Nein, das ist wirklich paranoid. Seit dem Zwischenfall heute Morgen fahre ich ziellos durch die Gegend, um so viel Abstand wie möglich zwischen mich und Boise zu bringen, während ich mich von den Hauptstraßen und Autobahnen fernhalte, um die Verkehrskameras zu umgehen. Meine Verfolger hätten eine Kristallkugel haben müssen, um zu ahnen, dass ich in dieser abgelegenen Gegend landen und dann auch noch diese Lokalzeitung nehmen und lesen würde. Die einzige Möglichkeit, wie das eine Falle sein könnte, wäre, wenn sie ähnliche Anzeigen in allen Zeitungen des Landes und auf allen großen Jobbörsen geschaltet hätten, und auch das fühlt sich weit hergeholt an.

Nein, es ist unwahrscheinlich, dass es eine Falle ist, die speziell für mich gestellt wurde, aber es könnte etwas ebenso Unheimliches sein.

Ich zögere einen Moment, dann steige ich aus dem Auto und gehe zurück in den Laden.

»Entschuldigen Sie, Ma'am«, sage ich und gehe auf die ältere Kassiererin zu. »Wohnen Sie in dieser Gegend?«

»Aber ja, meine Liebe.« Ein Lächeln erhellt ihr

faltiges Gesicht. »Ich bin in Elkwood Creek geboren und aufgewachsen.«

»Großartig. Wenn das so ist«, ich schlage die Zeitung auf und lege sie auf den Tresen, »wissen Sie etwas darüber?« Ich zeige auf die Anzeige.

Sie holt eine Lesebrille heraus und blinzelt auf den kleinen Text. »Hm. Drei Riesen pro Woche für einen Nachhilfelehrer – muss noch reicher sein, als sie sagen.«

Mein Puls rast vor Aufregung. »Sie wissen, wer diese Anzeige aufgegeben hat?«

Sie schaut auf, und ihre trüben Augen blinzeln hinter ihren dicken Brillengläsern. »Nun, ich kann es nicht mit Sicherheit sagen, aber man munkelt, dass ein reicher Russe das alte Jamieson-Anwesen oben in den Bergen gekauft und dort ein brandneues Haus gebaut hat. Hat ein paar Jungs von hier für einige Jobs hier und da angeheuert, immer gegen Barzahlung. Allerdings hat niemand etwas über ein Kind gesagt, also könnte er es auch nicht sein – aber ich kann mir niemanden in dieser Gegend vorstellen, der so viel Geld hat, geschweige denn etwas, was einem Anwesen nahekommt.«

Heilige Scheiße. Das könnte wirklich wahr sein. Ein reicher Ausländer – das würde sowohl das zu hohe Gehalt als auch das Bargeld erklären. Der Mann, oder eher das Paar, da ein Kind involviert ist, weiß vielleicht nicht, wie hoch die Preise für Lehrer hier sind, oder es ist ihnen egal. Wenn man reich genug ist, sind ein paar Tausender vielleicht nicht bedeutungsvoller als ein paar Pennys. Für mich könnte jedoch ein einziger Wochenlohn den Unterschied zwischen Leben und Tod bedeuten. Wenn ich so viel Geld in einem Monat verdienen würde, könnte ich mir ein anderes gebrauchtes Auto kaufen und vielleicht sogar gefälschte Papiere, damit ich das Land verlassen und für immer verschwinden kann.

Das Beste von allem ist, dass es eine Weile dauern kann, bis meine Verfolger mich dort finden – wenn sie es überhaupt tun. Mit einem Gehalt in bar gäbe es keine Papierspur, nichts, was mich mit dem russischen Paar in Verbindung bringen würde.

Dieser Job könnte die Antwort auf all meine Gebete sein … wenn ich ihn bekomme, heißt das.

»Gibt es hier irgendwo eine öffentliche Bibliothek?«, frage ich und versuche, meine Aufregung zu zügeln. Ich will mir keine großen Hoffnungen machen. Selbst wenn mein Lebenslauf der beste ist, den sie bekommen, könnte der Einstellungsprozess Wochen oder Monate dauern, und es ist nicht sicher, so lange hierzubleiben.

Wenn sie mich in Boise gefunden haben, werden sie mich auch hier finden.

Es ist nur eine Frage der Zeit.

Die Kassiererin strahlt mich an. »Aber ja, meine Liebe. Fahren Sie einfach etwa fünfzehn Kilometer nach Norden. Wenn Sie die ersten Gebäude sehen, biegen Sie links ab, fahren über zwei Kreuzungen, und dann liegt sie auf der linken Seite direkt neben dem Büro des Sheriffs.«

»Wunderbar, vielen Dank. Haben Sie einen Stift?« Als sie ihn mir reicht, schreibe ich die Wegbeschreibung auf die Titelseite der Zeitung.

Kein Smartphone mit GPS zu haben nervt.

»Einen schönen Tag noch«, sage ich der älteren Dame, und als ich dieses Mal hinausgehe, habe ich einen deutlich federnden Schritt.

Die winzige Bibliothek schließt um fünf Uhr nachmittags, also stelle ich eilig meinen Lebenslauf und mein Anschreiben an einem der öffentlichen Computer zusammen und schicke beides an die in der Anzeige angegebene Adresse. Anstatt einer Telefonnummer und einer E-Mail-Adresse habe ich nur meine E-Mail-Adresse in den Lebenslauf geschrieben und hoffe, dass das reicht.

Als ich fertig bin, schließt die Bibliothek, also steige ich wieder in mein Auto, fahre aus der Kleinstadt hinaus und biege wahllos in enge, kurvige Straßen ein, bis ich finde, was ich suche.

Eine Lichtung im Wald, wo ich meinen Toyota hinter den Bäumen parken kann, außerhalb der Sichtweite der vorbeifahrenden Autos.

Als das Auto sicher geparkt ist, öffne ich den Kofferraum und hole einen weiteren Pullover aus dem Koffer, den ich zum Glück dabeihatte, als mein Leben in die Brüche ging. Ich rolle den Pullover zusammen, strecke mich auf der Rückbank aus, lege das behelfsmäßige Kissen unter meinen Kopf und schließe die Augen.

Mein letzter Gedanke, bevor mich der Schlaf in die Tiefe reißt, ist die Hoffnung, dass ich lange genug am Leben bleibe, um von dem Job zu hören.

2

NIKOLAI

*E*in Klopfen an der Tür lenkt mich von der E-Mail ab, die ich gerade lese, und ich schaue von meinem Laptop auf, als Alina die Tür öffnet und anmutig in mein Büro tritt.

»Wir haben heute Abend eine vielversprechende Bewerbung bekommen«, sagt sie und nähert sich meinem Schreibtisch. »Hier, sieh dir das an.« Sie reicht mir einen dicken Ordner.

Ich öffne ihn. Das Führerscheinfoto einer auffälligen jungen Frau blickt mich vom obersten Blatt an. Ihre braunen Augen sind so groß, dass sie ihr kleines, rautenförmiges Gesicht dominieren. Selbst auf dem körnigen Ausdruck scheint ihre gebräunte Haut zu leuchten, als würde sie von einer unsichtbaren Kerze von innen heraus beleuchtet. Aber es ist ihr Mund, der meine Aufmerksamkeit erregt. Er ist klein, aber perfekt geformt – und eine Mischung aus dem

Schmollmund einer Puppe und dem Schmollmund eines Pornostars.

Auf diesem Bild lächelt sie nicht. Ihr Gesichtsausdruck ist ernst, ihr Haar ist entweder zu einem strengen Pferdeschwanz oder einem Dutt gebunden. Auf der nächsten Seite ist jedoch ein Bild von ihr zu sehen, wie sie lacht, den Kopf zurückwirft und ihr Gesicht von goldbraunen Wellen umrahmt wird, die unter ihren schlanken Schultern verschwinden. Sie ist wunderschön auf diesem Foto und so strahlend, dass ich spüre, wie etwas in mir gefährlich still und leise wird, während sich mein Puls mit einer männlichen Urreaktion beschleunigt.

Ich unterdrücke die bizarre Reaktion, blättere eine Seite zurück und lese die Informationen auf dem Führerschein.

Chloe Emmons ist dreiundzwanzig Jahre alt, ein Meter siebzig groß und wohnt in Boston, Massachusetts – was bedeutet, dass sie weit weg von zu Hause ist.

»Wie hat sie von dieser Stelle erfahren?«, frage ich und schaue zu Alina auf. »Ich dachte, wir hätten die Anzeige nur in den lokalen Zeitungen geschaltet.«

Sie schiebt die Ausdrucke mit den Fotos zur Seite und tippt mit einem glänzenden roten Nagel auf die Seite darunter. »Lies das Anschreiben.«

Ich wende meine Aufmerksamkeit der Seite zu. Es scheint, dass Chloe Emmons nach ihrem Uniabschluss auf einem Roadtrip ist und zufällig in Elkwood Creek vorbeikam. Als sie unsere Anzeige sah, beschloss sie, sich für die Stelle zu bewerben. Das Anschreiben ist gut geschrieben und sauber formatiert, ebenso wie der darauffolgende Lebenslauf. Ich kann verstehen, warum Alina das vielversprechend fand. Obwohl das Mädchen gerade erst ihren Bachelor in Erziehungswissenschaften vom Middlebury College erhalten hat, hat sie mehr Unterrichtspraktika und Babysitterjobs gehabt als die drei vorherigen Kandidaten zusammen.

Konstantins Bericht über sie kommt als Nächstes. Wie üblich ließ er sein Team ihre sozialen Medien, Straf- und Verkehrsakten, Finanzberichte, Schulzeugnisse, Krankenakten und alles andere über ihr Leben, das zu irgendeinem Zeitpunkt im Computer gespeichert war, durchforsten. Es ist eine längere Lektüre, also schaue ich zu Alina auf. »Irgendwelche Alarmsignale?«

Sie zögert. »Vielleicht. Ihre Mutter ist vor einem Monat verstorben – offensichtlicher Selbstmord. Seitdem ist Chloe im Grunde von der Bildfläche verschwunden: keine Posts in den sozialen Medien, keine Kreditkartentransaktionen, keine Anrufe auf ihrem Handy.«

»Also hat sie entweder Probleme bei der Bewältigung – oder es ist etwas anderes im Gange.«

Alina nickt. »Ich tippe auf Ersteres. Ihre Mutter war die einzige Familie, die sie hatte.«

Ich schließe den Ordner und schiebe ihn weg. »Das

erklärt aber nicht das Fehlen von Kreditkarten-transaktionen. Irgendetwas stimmt hier nicht. Aber selbst wenn es das ist, was du denkst ... eine emotional gestörte Frau ist das Letzte, was wir brauchen.«

Ein humorloses Lächeln berührt Alinas jadegrüne Augen. »Bist du dir da sicher, Kolya? Denn ich habe das Gefühl, dass sie genau hierherpassen könnte.«

Und bevor ich antworten kann, dreht sich meine Schwester um und geht hinaus.

Ich weiß nicht, was mich dazu bringt, den Ordner eine Stunde später wieder in die Hand zu nehmen – wahrscheinlich krankhafte Neugierde. Ich blättere durch den dicken Stapel von Papieren und finde den Polizeibericht über den Selbstmord der Mutter. Offenbar wurde Marianna Emmons, Kellnerin, vierzig Jahre alt, mit aufgeschnittenen Pulsadern auf dem Küchenboden gefunden. Ein Nachbar meldete ihren Tod. Die Tochter, Chloe, war nirgends zu finden – und sie tauchte nie auf, um die Leiche zu identifizieren oder zu begraben.

Interessant. Könnte die hübsche kleine Chloe ihre Mutter umgebracht haben? Ist das der Grund, warum sie ohne Verbindung zur Außenwelt auf ihrem *Roadtrip* ist?

Laut dem Polizeibericht gab es keinen Verdacht auf ein Verbrechen. Marianna hatte eine Vorgeschichte mit

Depressionen und hatte schon einmal versucht, sich umzubringen, als sie sechzehn war. Aber ich weiß, wie einfach es ist, eine Mordszene zu inszenieren, wenn man weiß, was man tut.

Alles, was es braucht, ist ein wenig Voraussicht und Geschick.

Es ist natürlich eine gewagte Vermutung, aber ich habe nicht das erreicht, was ich erreicht habe, indem ich immer das Beste von den Menschen annahm. Auch wenn Chloe Emmons vielleicht nichts mit dem Tod ihrer Mutter zu tun hatte … irgendetwas stimmt hier nicht. Mein Instinkt sagt mir, dass mehr hinter dieser Geschichte steckt, und mein Instinkt liegt selten falsch.

Das Mädchen bedeutet Ärger. Das weiß ich ohne den geringsten Zweifel.

Trotzdem hält mich etwas davon ab, den Ordner zu schließen. Ich lese mir Konstantins Bericht komplett durch und gehe dann die Screenshots ihrer sozialen Medien durch. Überraschenderweise sind es nicht viele Selfies. Für ein so hübsches Mädchen scheint Chloe nicht übermäßig auf ihr Aussehen konzentriert zu sein. Stattdessen bestehen die meisten ihrer Posts aus Videos von Tierbabys und Fotos von malerischen Orten, zusammen mit Links zu Blogposts und Artikeln über die kindliche Entwicklung und optimale Lehrmethoden.

Wäre da nicht dieser Polizeibericht und ihr einmonatiges Verschwinden aus dem Netz, würde Chloe Emmons als genau das erscheinen, was sie vorgibt zu sein: eine frische College-Absolventin mit einer Leidenschaft für das Unterrichten.

Ich blättere zurück zum Anfang des Ordners, betrachte das Foto, auf dem sie lacht, und versuche zu verstehen, was mich an dem Mädchen fasziniert. Ihr hübsches Gesicht, ganz sicher, aber das ist nur ein Teil davon. Ich habe schon Frauen gesehen – und gefickt –, die im klassischen Sinne weitaus schöner waren als sie. Selbst dieser Porno-Puppen-Mund ist nichts Besonderes, obwohl kein Mann, der bei Verstand ist, sich die Chance entgehen lassen würde, diese prallen, weichen Lippen um seinen Schwanz zu spüren.

Nein, es ist etwas anderes, was diese magnetische Anziehungskraft auf mich ausübt, etwas, was mit der Ausstrahlung ihres Lächelns zu tun hat. Es ist, als würde man an einem Wintertag einen Sonnenstrahl entdecken, der durch die Wolken bricht. Ich möchte sie berühren, ihre Wärme spüren … sie einfangen, damit ich sie für mich selbst haben kann.

Mein Körper verhärtet sich bei dem Gedanken, und dunkle, nicht jugendfreie Bilder gehen mir durch den Kopf. Ein besserer Mann – ein besserer Vater – würde diesen Ordner sofort schließen, schon allein wegen der Versuchung, die er darstellt, aber ich bin nicht dieser Mann.

Ich bin ein Molotow, und wir haben noch nie etwas so Prosaisches wie das Richtige getan.

Ich trommele mit den Fingern auf meinen Schreibtisch und treffe eine Entscheidung.

Chloe Emmons ist vielleicht nicht die Richtige, um sie in die Nähe meines Sohnes zu lassen, aber ich möchte sie trotzdem kennenlernen.

Ich möchte diesen Sonnenstrahl auf meiner Haut spüren.

3

CHLOE

*D*as dreieinhalb Meter hohe Metalltor öffnet sich, als ich darauf zufahre, und der Motor meines Toyotas heult bei der steilen Steigung der ungepflasterten Straße, die den Berg hinauf zum Anwesen führt. Ich umklammere das Lenkrad fest, fahre durch das offene Tor, und meine Nervosität wächst mit jeder Sekunde.

Ich kann immer noch nicht glauben, dass ich hier bin. Ich war mir fast sicher, dass ich nichts in meinem Posteingang finden würde, als ich heute Morgen in die Bücherei ging. Es war viel zu früh, um eine Antwort zu erwarten. Ich wollte aber vorsichtshalber meine E-Mails checken und dann ein paar Stunden online nach anderen Jobs im Umkreis von einer halben Tankfüllung suchen. Aber die E-Mail war schon da, als ich mich einloggte – sie kam gestern um zehn Uhr abends.

Sie wollten ein Vorstellungsgespräch mit mir.

Heute Mittag.

Meine Handflächen sind glitschig vor Schweiß, also wische ich erst die eine, dann die andere Hand an meiner Jeans ab. Ich habe keine Kleidung, die passend für ein Vorstellungsgespräch wäre, also trage ich meine einzige saubere Jeans und ein einfaches langärmeliges T-Shirt – ich brauche die Ärmel, um die Kratzer und den Schorf zu verdecken, die die Glasscherben auf meinem Arm hinterlassen haben. Ich hoffe, dass meine potenziellen Arbeitgeber mir die legere Kleidung nicht übelnehmen werden, schließlich bewerbe ich mich um eine Stelle als Lehrerin mitten im Nirgendwo.

Bitte lass mich den Job bekommen. Bitte lass mich ihn bekommen.

Das glatte Metalltor, durch das ich gerade gefahren bin, ist Teil einer genauso hohen Metallwand, die sich auf beiden Seiten der Straße in den schroffen Bergwald erstreckt. Ich frage mich, ob das bedeutet, dass sich die Mauer um das gesamte Anwesen erstreckt. Es ist schwer vorstellbar – laut dem Bibliothekar, der mir den Weg gezeigt hat, besteht das Grundstück aus über tausend Hektar wildem, bergigem Terrain – aber ich konnte nicht erkennen, wo die Mauer endete, also scheint es möglich. Und da sich das Tor von selbst für mich öffnete, muss es auch Kameras geben – was zwar etwas beunruhigend, aber auch beruhigend ist.

Ich habe keine Ahnung, warum diese Leute so viel Sicherheit brauchen, aber wenn ich diesen Job bekomme, werde auch ich auf ihrem Gelände sicher sein.

Die kurvenreiche Schotterstraße scheint sich ewig hinzuziehen, aber schließlich, nach etwa eineinhalb Kilometern, beginnt der Wald sich an den Seiten zu lichten, und das Gelände wird flacher. Ich muss mich dem Gipfel des Berges nähern.

Als ich um die nächste Kurve biege, sehe ich die elegante zweistöckige Villa.

Das ultramoderne Wunderwerk aus Glas und Stahl müsste eigentlich wie ein wunder Punkt inmitten der ungezähmten Natur hervorstechen, aber stattdessen wurde es geschickt in die Umgebung integriert, indem ein Teil des Hauses in einen Felsvorsprung gebaut wurde. Als ich vor dem Haus anhalte, sehe ich eine verglaste Terrasse, die sich um die Rückseite erstreckt, und erkenne, dass das Haus auf einer Klippe mit Blick auf eine tiefe Schlucht steht.

Die Aussicht muss einfach umwerfend sein.

Tief durchatmen, Chloe. Du schaffst das.

Ich parke den Wagen, streiche mit meinen verschwitzten Handflächen über meine Jeans, glätte mein Hemd, vergewissere mich, dass meine Haare immer noch in einem ordentlichen Dutt stecken und schnappe mir den Lebenslauf, den ich in der Bibliothek ausgedruckt habe. Normalerweise bin ich gut in Vorstellungsgesprächen, aber es stand noch nie so viel auf dem Spiel. Jeder Nerv in meinem Körper ist angespannt, und mein Herz klopft so schnell, dass mir schwindelig wird. Natürlich könnte mir auch schwindelig sein, weil ich heute nur eine Banane gegessen habe, aber darüber – und über die Tatsache, dass der Hunger vielleicht das geringste meiner Probleme ist, wenn ich den Job nicht bekomme – will ich jetzt nicht nachdenken.

Ich steige mit dem Lebenslauf in der Hand aus dem Auto. Ich bin etwa eine halbe Stunde zu früh, was besser ist als zu spät, aber nicht optimal. Ich hatte Angst gehabt, mich ohne GPS zu verfahren, also hatte ich die Bibliothek verlassen und mich auf den Weg hierher gemacht, sobald der Bibliothekar mir den Weg erklärt und mir eine Karte der Umgebung gegeben hatte. Ich habe mich jedoch nicht verfahren, also muss ich jetzt nur noch zu dieser eleganten, futuristisch aussehenden Eingangstür hinübergehen und klingeln.

Mit gestähltem Rückgrat bereite ich mich darauf vor, genau das zu tun, als die Tür aufschwingt und ein großer, breitschultriger Mann in einer dunklen Jeans und einem weißen Button-up-Hemd mit hochgekrempelten Ärmeln zum Vorschein kommt.

»Hi«, sage ich und setze ein strahlendes Lächeln auf, während ich auf ihn zugehe. »Ich bin Chloe Emmons, wir sind für ein Vorstellungsgespräch für …« Ich halte inne, und mein Atem stockt, als er ins Licht tritt und der Blick aus einem Paar atemberaubender haselnussbrauner Augen den meinen begegnet.

Aber *braun* ist ein zu allgemeiner Begriff für sie. Solche Augen habe ich noch nie gesehen. Ein sattes, dunkles Bernstein, gemischt mit Waldgrün. Sie sind von dicken schwarzen Wimpern umgeben und funkeln mit einer eigentümlichen Wildheit, einer Intensität, die bei einem Raubtier im Dschungel nicht fehl am Platz wäre. Tigeraugen, die zu einem Mann gehören, der selbst die personifizierte Macht und Gefahr ist – ein Mann, der so grausam gut aussieht, dass mein ohnehin schon erhöhter Herzschlag auf Überschallgeschwindigkeit geht.

Hohe, breite Wangenknochen, eine kerzengerade Nase, ein Kiefer, der kantig genug ist, um Marmor zu schneiden – die schiere Symmetrie dieser markanten Gesichtszüge hätte schon gereicht, um die Titelseiten von Magazinen zu zieren, aber in Kombination mit dem vollen, zynisch geschwungenen Mund ist der Effekt absolut verheerend. Wie seine Wimpern sind auch seine Augenbrauen dick und schwarz, genauso wie sein Haar, das lang genug ist, um seine Ohren zu bedecken, und so glatt, dass es wie ein Rabenflügel aussieht.

Er verringert den Abstand zwischen uns mit langen, geschmeidigen Schritten und streckt mir seine Hand entgegen. »Nikolai Molotow«, sagt er und spricht den Namen so aus, wie es ein gebürtiger Russe tun würde – obwohl keine Spur von Akzent in seiner tiefen, rauen Seidenstimme liegt. »Es ist mir eine Freude, Sie kennenzulernen.«

4

CHLOE

*V*erblüfft schüttele ich seine Hand. Er ist groß und stark, seine leicht gebräunte Haut warm, als sich seine langen Finger um die meinen legen und mit sorgfältig kontrollierter Kraft zusammendrücken. Ein Schauer läuft über meinen Rücken, mein Körper erhitzt sich, und es kostet mich meine ganze Kraft, nicht zu ihm zu taumeln, während meine Knie puddingweich werden.

Reiß dich zusammen, Chloe. Dies ist ein potenzieller Arbeitgeber. Reiß dich verdammt nochmal zusammen.

Mit einer herkulischen Anstrengung ziehe ich meine Hand weg und kratze zusammen, was von meiner Gelassenheit übrig geblieben ist. »Es ist schön, Sie kennenzulernen, Mr. Molotow.« Zu meiner Erleichterung ist meine Stimme fest, mein Tonfall ruhig und freundlich, wie es sich für eine Person gehört, die sich um einen Job bewirbt. Ich trete einen halben Schritt zurück und lächele zu meinem

Gastgeber hoch. »Es tut mir leid, dass ich ein wenig zu früh bin.«

Seine Tigeraugen glänzen heller. »Kein Problem. Ich habe mich darauf gefreut, dich zu treffen, Chloe. Und bitte nenn mich Nikolai.«

»Nikolai«, wiederhole ich, und mein dummer Herzschlag beschleunigt sich weiter. Ich verstehe nicht, was mit mir passiert, warum ich diese Reaktion auf diesen Mann zeige. Ich war noch nie jemand, der wegen eines gemeißelten Kiefers und eines Waschbrettbauchs den Verstand verliert, nicht einmal als hormongesteuerter Teenager. Während meine Freundinnen in Fußballspieler und Filmstars verknallt waren, ging ich mit Jungs aus, deren Persönlichkeiten ich mochte, deren Kopf mich mehr anzog als ihre Körper. Für mich war die sexuelle Chemie immer etwas, was sich mit der Zeit entwickelt und nicht von Anfang an da ist.

Andererseits habe ich noch nie einen Mann mit einer so rohen und animalischen Anziehungskraft getroffen.

Ich wusste nicht, dass Männer wie er existieren.

Konzentriere dich, Chloe. Er ist höchstwahrscheinlich verheiratet.

Der Gedanke ist wie ein Spritzer kaltes Wasser in mein Gesicht, der mich in die Realität meiner Situation zurückholt. Was zum Teufel mache ich hier? Warum sabbere ich nach dem Vater irgendeines Kindes? Ich brauche diesen Job, um zu *überleben*. Die fünfundsechzig Kilometer Fahrt hierher haben mehr als einen viertel Tank Benzin verschlungen, und wenn ich nicht bald etwas Geld verdiene, werde ich gestrandet sein und ein leichtes Ziel für die Killer, die hinter mir her sind.

Die Hitze in mir kühlt bei dem Gedanken ab, und als Nikolai mich bittet, ihm zu folgen, und zurück ins Haus geht, sind meine Nerven vor Angst angespannt, anstatt vor was auch immer es war, was mich bei seinem Anblick überkam.

Innen ist das Haus genauso ultramodern wie von außen. Überall um mich herum sind raumhohe Fenster mit einer atemberaubenden Aussicht, moderne, museumswürdige Dekorationen und elegante Möbel, die aussehen, als kämen sie direkt aus dem Showroom eines Innenarchitekten. Alles ist in Grau- und Weißtönen gehalten, die an einigen Stellen durch natürliche Holz- und Steinakzente aufgelockert werden. Es ist wunderschön und mehr als nur ein bisschen einschüchternd, genau wie der Mann vor mir. Als er mich durch ein offenes Wohnzimmer zu einer Wendeltreppe aus Holz und Glas im hinteren Bereich führt, fühle ich mich wie eine räudige Taube, die versehentlich in einen vergoldeten Konzertsaal geflogen ist.

Ich unterdrücke das beunruhigende Gefühl und sage: »Du hast ein schönes Haus. Lebst du schon lange hier?«

»Ein paar Monate«, antwortet er, als wir die Treppe hinaufgehen. Er blickt mich an. »Was ist mit dir? Du hast in deinem Anschreiben gesagt, dass du auf einem Roadtrip bist?«

»Das ist richtig.« Ich fühle mich sicherer und erkläre ihm, dass ich im Juni meinen Abschluss am Middlebury College gemacht und beschlossen habe, mir das Land anzusehen, bevor ich in die Arbeitswelt eintauche. »Aber dann habe ich dein Angebot gesehen«, schließe ich, »und es klang zu perfekt, um es mir entgehen zu lassen, also bin ich hier.«

»Ja, in der Tat«, sagt er leise, als wir vor einer geschlossenen Tür anhalten. »Hier bist du.«

Mein Atem stockt wieder, und mein Puls beschleunigt sich unkontrolliert. Es gibt etwas Beunruhigendes in der dunklen, sinnlichen Wölbung seines Mundes, etwas fast … *Gefährliches* in der Intensität seines Blickes. Vielleicht liegt es an der ungewöhnlichen Farbe seiner Augen, aber ich fühle mich ausgesprochen unwohl, als er seine Handfläche gegen ein unauffälliges Paneel an der Wand drückt und die Tür wie in einem Spionagefilm vor uns aufschwingt.

»Bitte«, murmelt er und bedeutet mir, einzutreten. Ich gebe mein Bestes, um das beunruhigende Gefühl zu ignorieren, dass ich die Höhle eines Raubtieres betrete.

Die *Höhle* entpuppt sich als ein großes, sonnendurchflutetes Büro. Zwei der Wände sind komplett aus Glas und geben einen atemberaubenden Blick auf die Berge frei, und auf einem schlanken, L-förmigen Schreibtisch in der Mitte stehen mehrere Computermonitore. An der Seite gibt es einen kleinen runden Tisch mit zwei Stühlen, und dorthin führt mich Nikolai.

Ich verberge ein erleichtertes Ausatmen, setze mich und lege meinen Lebenslauf vor ihm auf den Tisch. Natürlich bin ich nervös, meine Nerven sind nach dem letzten Monat so angespannt, dass ich überall Gefahren sehe. Das ist ein Vorstellungsgespräch für eine Hauslehrerstelle, mehr nicht, und ich muss mich zusammenreißen, bevor ich es vermassele.

Trotz der Ermahnung steigt mein Puls wieder an, als Nikolai sich in seinem Stuhl zurücklehnt und mich mit diesen beunruhigend schönen Augen ansieht. Ich spüre, wie meine Handflächen immer feuchter werden, und ich kann nicht anders, als sie wieder an meiner Jeans abzuwischen. So lächerlich es auch ist, ich fühle mich durch diesen Blick entblößt, so als ob alle meine Geheimnisse und Ängste offenliegen.

Hör auf, Chloe. Er weiß nichts. Du bewirbst dich als Lehrerin, mehr nicht.

»Also«, sage ich fröhlich, um meine Besorgnis zu verbergen, »darf ich nach dem Kind fragen, das ich betreuen würde? Ist es dein Sohn oder deine Tochter?«

Sein Gesicht nimmt einen nicht entzifferbaren Ausdruck an. »Mein Sohn. Miroslav. Wir nennen ihn Slava.«

»Das ist ein toller Name. Ist er …«

»Erzähl mir von dir, Chloe.« Er beugt sich vor und nimmt meinen Lebenslauf in die Hand, schaut ihn aber nicht an. Stattdessen sind seine Augen auf mein Gesicht gerichtet, und ich fühle mich wie ein

Schmetterling, der unter einem Mikroskop festgehalten wird. »Was ist es, das dich an dieser Position so fasziniert?«

»Oh, alles.« Ich atme tief durch, um meine Stimme zu beruhigen, und beschreibe all die Kinderbetreuung sowie die Nachhilfestunden, die ich im Laufe der Jahre erlebt habe, und dann gehe ich auf meine Praktika ein, einschließlich meines letzten Sommerjobs in einem Camp für Kinder mit besonderen Bedürfnissen, wo ich mit Kindern aller Altersgruppen gearbeitet habe. »Es war eine tolle Erfahrung«, schließe ich meinen Bericht ab, »sowohl herausfordernd als auch erfüllend. Am liebsten habe ich jedoch den jüngeren Kindern Mathe und Lesen beigebracht – deshalb denke ich, dass ich perfekt für diese Rolle geeignet wäre. Unterrichten ist meine Leidenschaft, und ich würde sehr gerne mit einem Kind individuell arbeiten, um den Lehrplan auf seine Interessen und Fähigkeiten abzustimmen.«

Er legt den Lebenslauf ab, ohne sich die Mühe zu machen, ihn anzuschauen. »Und was hältst du davon, an einem Ort zu leben, der so weit von der Zivilisation entfernt ist? Wo es über Dutzende von Meilen nichts als Wildnis gibt und nur minimalen Kontakt zur Außenwelt?«

»Das klingt …« *Wie ein sicherer Hafen.* »… toll.« Ich strahle ihn an, meine Begeisterung ist nicht vorgetäuscht. »Ich bin ein großer Fan der Wildnis und der Natur im Allgemeinen. Tatsächlich wurde meine Alma Mater – das Middlebury College – teilweise wegen seiner ländlichen Lage ausgewählt. Ich liebe es, zu wandern und zu angeln,

ANNA ZAIRES

und ich kenne mich mit Lagerfeuern aus. Hier zu leben wäre ein wahr gewordener Traum.« Vor allem angesichts all der Sicherheitsmaßnahmen, die ich auf dem Weg hierher entdeckt habe – aber das sage ich natürlich nicht.

Ich darf nicht anders wirken als eine frische College-Absolventin auf der Suche nach einem Abenteuer.

Er zieht seine Augenbrauen in die Höhe. »Wirst du deine Freunde nicht vermissen? Oder Familie?«

»Nein, ich ...« Zu meinem Entsetzen schnürt sich mein Hals mit einem plötzlichen Ansturm von Trauer zusammen. Ich schlucke und versuche es erneut. »Ich bin sehr unabhängig. Ich bin in den letzten Monaten allein durch das Land gereist, und außerdem gibt es immer Telefone, Videokonferenz-Apps und soziale Medien.«

Er neigt seinen Kopf. »Trotzdem hast du seit einem Monat nichts mehr auf deinen Social-Media-Profilen gepostet. Warum nicht?«

Ich starre ihn an, und mein Herzschlag schießt in die Höhe. Er hat sich meine sozialen Medien angeschaut? Wie? Wann? Ich habe die höchsten Privatsphäre-Einstellungen ausgewählt – er sollte nichts über mich sehen können, außer der Tatsache, dass ich existiere und wie ein normaler Mensch soziale Medien nutze. Hat er mich überprüfen lassen? Sich irgendwie in meine Accounts gehackt?

Wer ist dieser Mann?

»Ich habe im Moment kein Telefon.« Ein Rinnsal

Schweiß läuft mir den Rücken hinunter, aber ich schaffe es, meine Stimme ruhig zu halten. »Ich habe es nicht mitgenommen, weil ich sehen wollte, ob ich auf diesem Roadtrip ohne die ganze Elektronik leben kann. Eine persönliche Herausforderung sozusagen.«

»Ich verstehe.« Seine Augen sind in diesem Licht mehr grün als bernsteinfarben. »Und wie hältst du Kontakt zu Familie und Freunden?«

»E-Mail, meistens«, lüge ich. Ich kann auf keinen Fall zugeben, dass ich mit niemandem in Kontakt geblieben bin und auch nicht vorhabe, dies zu ändern. »Ich besuche öffentliche Bibliotheken und benutze die Computer dort hin und wieder.« Als ich merke, dass meine Finger fest verschränkt sind, löse ich meine Hände und zwinge ein Lächeln auf meine Lippen. »Es ist ziemlich befreiend, nicht an ein Telefon gebunden zu sein. Die extreme Erreichbarkeit ist sowohl ein Segen als auch ein Fluch, und ich genieße die Freiheit, durch das Land zu reisen, wie es die Menschen in der Vergangenheit getan haben, nur mit einer Papierkarte, die mich leitet.«

»Eine Technikverweigerin der Generation Z. Wie erfrischend.«

Ich erröte über den sanften Spott in seiner Stimme. Ich weiß, wie sich meine Erklärung anhört, aber es ist das Einzige, was mir einfällt, um meine mangelnde Aktivität in den sozialen Medien zu rechtfertigen … und, für den Fall, dass er sich meinen Lebenslauf genau ansieht, das Fehlen einer Handynummer. Und eigentlich ist es eine gute Ausrede für alles, also kann ich das gleich aufgreifen.

»Du hast recht. Ich bin so eine Art Technikverweigerin«, sage ich. »Das ist wahrscheinlich der Grund, warum mich das Stadtleben so wenig reizt, und warum ich deine Stellenausschreibung so faszinierend fand. Hier draußen zu leben«, ich mache einen Schritt in Richtung der herrlichen Aussicht, »und deinen Sohn zu unterrichten, ist die Art von Job, die ich schon immer wollte, und wenn du mich einstellst, werde ich mich dem komplett widmen.«

Ein langsames, dunkles Lächeln umspielt seine Lippen. »Ist das so?«

»Ja.« Ich halte seinem Blick stand, auch wenn mein Atem flach wird und ein Kribbeln über meine Haut läuft. Ich verstehe meine Reaktion auf diesen Mann wirklich nicht, verstehe nicht, wie ich ihn so anziehend finden kann, obwohl er in meinem Kopf alle Arten von Alarmen auslöst. Paranoia oder nicht, meine Instinkte schreien, dass er gefährlich ist, und doch juckt es mich in den Fingern, die klar definierten Ränder seiner vollen, weich aussehenden Lippen nachzufahren. Ich schlucke, reiße meine Gedanken von diesem verräterischen Territorium fort und sage mit so viel Ernsthaftigkeit wie möglich: »Ich werde die perfekteste Lehrerin sein, die du dir vorstellen kannst.«

Er betrachtet mich, ohne zu blinzeln, und die Stille hält mehrere lange Sekunden lang an. Gerade als ich das Gefühl habe, dass meine Nerven wie ein überdehntes Gummiband reißen könnten, steht er auf und sagt: »Folge mir.«

Er führt mich aus dem Büro und einen langen Flur entlang, bis wir eine weitere geschlossene Tür erreichen. Diese scheint keine biometrische Sicherung zu haben, denn er klopft einfach an und geht hinein, ohne eine Antwort abzuwarten.

Im Inneren sorgt ein weiteres raumhohes Fenster für eine weitere atemberaubende Aussicht. Allerdings hat dieser Raum nichts Schickes und Modernes an sich. Stattdessen sieht er aus wie die Nachwehen einer Explosion in einer Spielzeugfabrik. Überall herrscht buntes Chaos. Stapel von Spielzeug, Kinderbüchern und Legosteinen sind auf dem Boden verstreut, und in der Ecke steht ein Kinderbett mit einem Superman-Laken. Die Superman-Kissen und die Decke vom Bett liegen in einer anderen Ecke, und erst als mein Gastgeber in einem Befehlston »Slava!«, sagt, wird mir klar, dass ein kleiner Junge neben dem Haufen eine Legoburg baut.

Bei der Stimme seines Vaters zuckt der Kopf des Jungen hoch und offenbart ein Paar riesiger bernsteinfarbener Augen mit grünen Einsprenkelungen – dieselben faszinierenden Augen, die der Mann neben mir hat. Im Allgemeinen ist der Junge Nikolai in Miniatur, sein schwarzes Haar fällt in einem glatten, glänzenden Vorhang um seine Ohren, und sein kindlich-rundes Gesicht zeigt bereits eine Andeutung dieser markanten Wangenknochen. Sogar der Mund ist der gleiche, es fehlt nur die zynische, wissende Wölbung der Lippen seines Vaters.

»Slava, *idi sjuda*«, befiehlt Nikolai, und der Junge steht auf und kommt vorsichtig zu uns. Als er vor uns stehen bleibt, bemerke ich, dass er eine Jeans und ein T-Shirt mit einem Bild von Spiderman auf der Vorderseite trägt.

Nikolai blickt auf seinen Sohn und beginnt, in schnellem Russisch mit ihm zu sprechen. Ich habe keine Ahnung, was er sagt, aber es muss etwas mit mir zu tun haben, denn der Junge schaut mich immer wieder an, und sein Blick ist neugierig und ängstlich zugleich.

Als Nikolai mit dem Sprechen fertig ist, lächele ich das Kind an und knie mich auf den Boden, so dass wir auf gleicher Augenhöhe sind. »Hi, Slava«, sage ich sanft. »Ich bin Chloe. Es ist schön, dich kennenzulernen.«

Der Junge schaut mich verständnislos an.

»Er spricht kein Englisch«, sagt Nikolai mit fester Stimme. »Alina und ich haben versucht, ihn zu unterrichten, aber er weiß, dass wir Russisch sprechen, und weigert sich, es von uns zu lernen. Das wäre also deine Aufgabe: ihm Englisch beizubringen, zusammen mit allem anderen, was ein Kind in seinem Alter wissen sollte.«

»Ich verstehe.« Ich halte meinen Blick auf den Jungen gerichtet und lächele ihn freundlich an, auch wenn in meinem Kopf weitere Alarme losgehen. Die Art und Weise, wie Nikolai mit und über das Kind redet, hat etwas Seltsames an sich. Es ist, als ob sein Sohn ein Fremder für ihn ist. Und wenn Alina – von der ich annehme, dass sie seine Frau und die Mutter des Kindes ist – genauso gut Englisch kann wie mein Gastgeber, warum spricht Slava dann nicht wenigstens ein paar Worte? Warum sollte er sich weigern, die Sprache von seinen Eltern zu lernen?

Überhaupt, warum nimmt Nikolai den Jungen nicht in den Arm und umarmt ihn? Oder zerzaust spielerisch sein Haar?

Wo ist die herzliche Leichtigkeit, mit der Eltern normalerweise mit ihren Kindern kommunizieren?

»Slava«, sage ich leise zu dem Jungen, »ich bin Chloe.« Ich zeige auf mich. »Chloe.«

Er betrachtet mich für einige lange Momente mit dem unumwundenen Blick seines Vaters. Dann bewegt sich sein Mund und formt die Silben. »Klo-ee.«

Ich strahle ihn an. »Das ist richtig. Chloe.« Ich klopfe mir auf die Brust. »Und du bist Slava.« Ich zeige auf ihn. »Miroslav, richtig?«

Er nickt ernst. »Slava.«

»Magst du Comics, Slava?« Ich berühre sanft das Bild auf seinem T-Shirt. »Das ist Spiderman, nicht wahr?«

Seine Augen leuchten auf. »*Da*, Spiderman.« Er spricht es mit einem russischen Akzent aus. »*Ti znajesh o njom?*«

Ich blicke zu Nikolai auf und stelle fest, dass er

37

mich mit einem dunklen, nicht zu entziffernden Gesichtsausdruck beobachtet. Ein Schauer läuft mir über den Rücken, und mein Atem stockt bei dem plötzlichen Gefühl von Verletzlichkeit. Ich möchte vor diesem Mann nicht auf Knien sein.

Das fühlt sich so an, als würde ich meine Kehle vor einem schönen, wilden Wolf entblößen.

»Mein Sohn fragt, ob du etwas über Spiderman weißt«, sagt er nach einem spannungsgeladenen Moment. »Ich nehme an, die Antwort ist Ja.«

Mühsam reiße ich meinen Blick von ihm los und konzentriere mich auf den Jungen. »Ja, ich weiß alles von Spiderman«, sage ich und lächele. »Ich habe Spiderman geliebt, als ich in deinem Alter war. Auch Superman und Batman und Wonder Woman und Aquaman.«

Das Gesicht des Kindes hellt sich mit jedem Superhelden, den ich nenne, mehr auf, und als ich bei Aquaman ankomme, erscheint ein verschmitztes Grinsen auf seinem Gesicht. »Aquaman?« Er rümpft seine kleine Nase. »*Njet, nje* Aquaman.«

»Kein Aquaman?« Ich weite meine Augen übertrieben. »Warum nicht? Was stimmt nicht mit Aquaman?«

Das lässt ihn kichern. »*Nje* Aquaman.«

»Okay, du hast gewonnen. Nicht Aquaman.« Ich stoße einen traurigen Seufzer aus. »Armer Aquaman. So wenige Kinder mögen ihn.«

Der Junge kichert wieder und läuft hinüber zu einem Stapel Comics neben dem Bett. Er schnappt sich einen, bringt ihn zurück und zeigt auf das Bild auf der Vorderseite. »Superman *samij sil'nij*«, erklärt er.

»Superman ist der Beste?«, rate ich. »Dein Favorit?«

»Er hat gesagt, er ist der Stärkste«, sagt Nikolai ruhig, dann wechselt er ins Russische, und seine Stimme nimmt den gleichen Befehlston wie zuvor an.

Das Gesicht des Jungen sieht enttäuscht aus, er lässt das Buch sinken, und seine Haltung wirkt niedergeschlagen.

»Lass uns zurück in mein Büro gehen«, sagt Nikolai zu mir, und ohne ein weiteres Wort zu seinem Sohn geht er zur Tür.

5

NIKOLAI

*A*ls ich aus dem Zimmer trete, höre ich, wie sie sich von meinem Sohn verabschiedet. Ihre Stimme ist süß und hell, und das schmerzhafte Pochen in meiner Brust verstärkt sich, Wut vermischt sich mit der stärksten Lust, die ich je empfunden habe.

Sechs Monate.

Sechs Monate, und ich habe nicht einmal ein Lächeln aus dem Jungen herausbekommen. Aber Alina hat es, und jetzt auch dieses Mädchen, diese völlig Fremde.

Slava lachte mit ihr.

Er zeigte ihr sein Lieblingsbuch.

Er ließ sie sein Shirt berühren.

Und die ganze Zeit, in der ich sie mit meinem Sohn beobachtete, konnte ich nur daran denken, wie sie nackt unter mir aussehen würde, ihr Haar mit den Sonnensträhnen aus dem festen Dutt befreit und ihre großen braunen Augen auf mich gerichtet, während ich mich in ihrem seidigen Fleisch vergrabe, immer und immer wieder.

Wenn es noch eines Beweises bedurft hätte, dass ich als Vater untauglich bin, hier ist er, klar und deutlich.

»Setz dich, bitte«, sage ich zu Chloe, als wir wieder in meinem Büro sind. Trotz meiner besten Bemühungen ist meine Stimme angespannt, weil der brodelnde Kessel der Emotionen in mir zu mächtig ist, um eingedämmt zu werden. Ich möchte das Mädchen greifen, es auf der Stelle ficken, und gleichzeitig möchte ich es schütteln und von ihm verlangen, dass es mir erzählt, wie es so schnell Slava verzaubert hat … warum mein Sohn innerhalb von Minuten auf Chloe reagiert hat, während ich seit Monaten nicht mehr als ein paar Worte aus ihm herausbekommen habe.

Sie nimmt denselben Stuhl wie zuvor und setzt sich so zart wie ein Schmetterling auf eine Blume auf die Kante des Sitzes. Ihre Augen sind neugierig auf mein Gesicht gerichtet, ihr Gesichtsausdruck perfekt gefasst, und wenn sie nicht ihre kleinen Finger auf dem Tisch verkrampfen würde, würde ich denken, dass sie so cool ist, wie sie aussieht. Aber sie ist nervös, dieses hübsche Mysterium von einem Mädchen, nervös und mehr als nur ein bisschen verzweifelt.

Ich weiß nicht, warum das so ist, aber ich werde es herausfinden.

»Was hältst du von meinem Sohn?«, frage ich, und mein Tonfall wird sanfter, während ich mich in meinem Stuhl zurücklehne. Jetzt, wo wir von Slava weg sind, lässt die seltsame Enge, die ich in seiner

Nähe oft in meinem Brustkorb spüre, nach. Die irrationale Wut und Eifersucht verblassen, bis sie nur noch ein schwaches Pulsieren in meinem Hinterkopf sind.

Und was, wenn der Junge diese Fremde lieber mag?

Das bedeutet, dass sie vielleicht tatsächlich in der Lage ist, den Job zu machen, für den ich sie anstellen will.

Ich weiß nicht, wann genau ich zu dieser Entscheidung gekommen bin. An welchem Punkt ich entschieden habe, dass meine Faszination für Chloe Emmons die Gefahr rechtfertigt, die sie für meine Familie darstellen könnte. Vielleicht war es, als sie so schlagfertig darüber log, warum sie aufgehört hat, soziale Medien zu nutzen, oder als sie furchtlos meinen Blick hielt, nachdem sie geschworen hatte, sich dem Job zu widmen. Oder vielleicht war es, als ich aus dem Haus kam und diese sanften braunen Augen zum ersten Mal auf mir landeten und mir jedes Haar auf meinem Körper vor sengendem Verlangen zu Berge stand.

Anziehung ist ein zu schwaches Wort, um den magnetischen Sog zu beschreiben, den ich bei ihr empfinde. Meine Hände zucken förmlich mit dem Drang, sie zu berühren, mit meinen Fingern über ihren fein geformten Kiefer zu fahren, um zu sehen, ob ihre gebräunte Haut so babyweich ist, wie sie scheint. Auf Bildern war sie strahlend und hübsch, ihr Leuchten schien von dem Blatt auszugehen. Persönlich ist sie all das und noch viel mehr. Ihr Lächeln ist voller unbewusster Wärme. Ihr unerschütterlicher Blick spricht sowohl von Verletzlichkeit als auch von Stärke.

Und unter all dem ist Verzweiflung. Ich kann sie sehen, fühlen … riechen. Angst, Hoffnungslosigkeit – sie hat einen Geruch, wie Blut. Und wie Blut ruft sie die dunkelsten Teile von mir, die Bestie, die ich sorgfältig an der Leine halte. Schlimmer noch, diese ungünstige Anziehungskraft ist nicht einseitig.

Chloe Emmons fühlt sich auch zu mir hingezogen.

Hinter ihrem hellen, freundlichen Lächeln verbirgt sich ein rein weibliches Interesse, eine Reaktion, die so ursprünglich ist wie meine Reaktion auf sie. Als ich ihre Hand schüttelte, spürte ich, wie ein Zittern über ihre Haut lief, sah, wie sich ihre Lippen bei einem flachen Ausatmen teilten, als ihre zarten Finger in meinem Griff zuckten.

Nein, ich bin dem Mädchen überhaupt nicht gleichgültig, und das macht sie zu Freiwild.

»Ich denke, Slava ist sehr klug«, antwortet sie und mein Blick fällt auf die verlockende Form ihres Mundes. Ihre Oberlippe ist ein bisschen voller als die Unterlippe, was den Eindruck eines leichten Überbisses erweckt, wenn sie nicht lächelt. »Ich bin mir nicht sicher, warum er sich weigert, Englisch von dir zu lernen, aber ich bin zuversichtlich, dass ich es ihm beibringen kann«, fährt sie fort, während ich darüber nachdenke, ob diese kleine Unvollkommenheit ihre Züge attraktiver oder weniger attraktiv macht. Attraktiver, entscheide ich, als sie mir die Lehrmethoden erklärt, die sie anwenden will. Definitiv attraktiver, denn alles, woran ich denken kann, ist, wie sehr ich die plüschige Weichheit dieser Lippen schmecken und sie auf meinem Körper spüren möchte.

Mühsam konzentriere ich mich wieder auf ihre Worte.

»... und deshalb fangen wir mit ...«

»Was hältst du von körperlicher Züchtigung bei Kindern?«, unterbreche ich sie und lehne mich vor. Ich habe genug gehört, um zu wissen, dass sie in der Lage ist, den Job zu machen. Es gibt nur noch eine Sache, die ich jetzt wissen muss. »Bist du für körperliche Bestrafungen?«

Sie wirft mir einen entsetzten Blick zu. »Natürlich nicht! Das ist das Letzte ... Nein, das würde ich niemals dulden.« Ihre Augen verengen sich grimmig, während sie sich vorbeugt und ihre schlanken Hände auf dem Tisch zu Fäusten ballt. »*Du?*«

»Nein. Das bin ich nicht.«

Sie entspannt sich sichtlich, und ich verberge ein zufriedenes Lächeln. Für eine Sekunde sah sie so aus, als würde sie mich mit ihren winzigen Fäusten schlagen wollen. Und diese Reaktion war nicht vorgetäuscht – jeder Muskel in ihrem Körper spannte sich sofort an, als ob sie sich in die Schlacht stürzen wollte. Die bloße Möglichkeit, dass mein Sohn den Hintern versohlt bekommt, ließ sie vergessen, was auch immer hinter ihrer Verzweiflung steckt, und sie war bereit, wie eine Bärenmama über mich herzufallen.

Das ist nicht die Reaktion einer Frau, die jemals

einem Kind wehtun würde. Was auch immer für eine Gefahr von Chloe Emmons ausgeht, sie hat keine gewalttätigen Tendenzen – zumindest keine, die sich gegen Slava richten.

Ich bin immer noch auf die wahre Todesursache ihrer Mutter aus.

Es ist wahrscheinlich ein weiteres Zeichen dafür, dass ich als Elternteil ungeeignet bin, aber ein Teil von mir freut sich auf den Ärger, den sie mit sich bringen könnte. Es ist ruhig hier, in dieser abgelegenen Ecke von Idaho – wunderschön und verdammt nochmal viel zu ruhig. Das Leben, das ich zurückgelassen habe, ist nichts im Vergleich zu dem, das ich in den letzten sechs Monaten geführt habe, und ich kann nicht leugnen, dass ich den Adrenalinrausch vermisse, an der Spitze einer der mächtigsten Familien Russlands zu stehen.

Dieses Mädchen mit ihren intriganten Lügen und ihrem Porno-Puppen-Mund wird das für mich nicht ersetzen, aber so oder so wird sie für Unterhaltung sorgen.

Ich lehne mich zurück, streiche mit den Fingern über meinen Brustkorb und lächele sie an. »Also, Chloe ... wann kannst du anfangen?«

6

CHLOE

*I*ch springe fast auf und rufe: »Jetzt! In dieser Minute. In dieser Sekunde.« Nur das würde meine Verzweiflung verraten und die ganze Sache ruinieren, also bleibe ich sitzen und sage mit einem Anschein von Gelassenheit: »Wann immer du möchtest. Ich bin sofort verfügbar.«

Nikolais Augen glänzen dunkelgolden. »Ausgezeichnet. Ich möchte, dass du heute anfängst. Ich nehme an, du bist mit dem in der Anzeige genannten Gehalt einverstanden?«

»Ja, danke. Es ist angemessen.« Damit meine ich, dass es mehr Geld ist, als ich woanders hätte verdienen können, aber in allen Bewerbungsbüchern steht, dass man nicht zu eifrig erscheinen und verhandeln soll. Letzteres traue ich mir nicht zu, aber Ersteres kann ich versuchen. Um einen lockeren Ton bemüht, frage ich: »Wie oft werde ich bezahlt?«

»Wöchentlich. Wir zählen den heutigen Tag als

deinen ersten Tag, also bekommst du die erste Zahlung nächsten Dienstag. Ist das in Ordnung?«

Ich nicke nur, weil ich zu aufgeregt bin, um zu sprechen. In einer Woche – oder besser gesagt, in sechseinhalb Tagen – werde ich Geld haben. Tatsächliches, echtes, substanzielles Geld, die Art, die mich für Monate mit Essen und Benzin versorgen wird, wenn ich wieder flüchten muss.

»Ausgezeichnet.« Er steht auf. »Komm, ich zeige dir dein Zimmer.«

Ich folge ihm und gebe mein Bestes, um nicht zu bemerken, wie sich seine Designerjeans an seine muskulösen Oberschenkel schmiegt und wie sein gut sitzendes Hemd seine kräftigen Schultern umspannt. Das Letzte, was ich brauche, ist, meinen Arbeitgeber anzuschmachten, einen Mann, der höchstwahrscheinlich mit einer Frau verheiratet ist, die ich noch nicht kenne. Was, wenn ich so darüber nachdenke, seltsam ist.

Warum war Slavas Mutter nicht an der Entscheidung, mich einzustellen, beteiligt?

Ich hole Nikolai ein und räuspere mich, um seine Aufmerksamkeit zu bekommen. »Werde ich bald Alina kennenlernen?«, frage ich, als sein Blick auf mir landet. »Oder ist sie weg?«

Er zieht die Augenbrauen hoch. »Sie ist …«

»Genau hier.« Eine atemberaubende junge Frau tritt aus dem Raum, den wir gerade betreten wollten. Sie ist groß und schlank und trägt ein rotes Kleid, das direkt vom Laufsteg in Paris stammen könnte. An ihren Füßen trägt sie ein elegantes Paar hautfarbener Absatzschuhe, und ihr langes, glattes, tiefschwarzes Haar umrahmt ein auffallend schönes Gesicht. Ihre vollen Lippen sind passend zu ihrem Kleid rot, und ein gekonnt aufgetragener schwarzer Eyeliner betont die katzenhafte Form ihrer jadegrünen Augen.

Sie streckt mir eine perfekt gepflegte Hand entgegen und sagt sanft: »Alina Molotowa. Ich nehme an, das Vorstellungsgespräch verlief gut?« Wie ihr Ehemann spricht sie einwandfreies amerikanisches Englisch, nur die Aussprache ihres Namens verrät ihre ausländische Herkunft.

Ich erhole mich von dem Schock ihrer Erscheinung und schüttele ihre Hand. »Es ist mir ein Vergnügen, Sie kennenzulernen, Mrs. Molotowa.« Ich spreche ihren Namen so aus, wie sie es tat, mit einem *a* am Ende – ich erinnere mich aus meinem Kurs über russische Literatur, dass russische Nachnamen geschlechtsspezifisch sind. »Ich bin …«

»Chloe Emmons, ich weiß. Und bitte, nenn mich Alina.« Sie lächelt und zeigt eine winzige Lücke zwischen ihren Vorderzähnen – eine Unvollkommenheit, die ihre umwerfende Schönheit nur noch verstärkt.

»Danke, Alina.« Ich erwidere das Lächeln, auch wenn sich meine Brust mit einem unangenehmen Schmerz zusammenzieht.

Nikolais Frau ist mehr als umwerfend, und aus irgendeinem Grund hasse ich diese Tatsache.

Seltsamerweise sieht Nikolai auch nicht glücklich

über sie aus. »Was machst du hier?« Sein Tonfall ist hart, und seine dunklen Augenbrauen ziehen sich zu einem Stirnrunzeln zusammen.

Alinas Lächeln wird katzenhaft. »Ich habe natürlich Chloes Zimmer vorbereitet. Was sonst?«

Seine Antwort auf Russisch ist schnell und schneidend, aber sie lacht nur – ein schöner, glockenartiger Klang – und sagt zu mir: »Willkommen im Haushalt, Chloe.«

Damit geht sie weg, und ihr Schritt ist so anmutig wie der eines Models auf einem Laufsteg.

Ich atme aus, wende mich wieder Nikolai zu und sehe, wie er den Raum betritt. Ich folge ihm und finde mich in einem geräumigen, hochmodernen Schlafzimmer mit einem raumhohen Fenster wieder, das einen atemberaubenden Ausblick bietet.

»Wow.« Ich gehe zum Fenster und blicke hinaus auf die schneebedeckten Gipfel der fernen Berge, die von einem bläulichen Dunst verschleiert werden. »Das ist … einfach wow.«

»Wunderschön, nicht wahr?«, sagt er und mein Puls springt, als ich merke, dass er sich neben mich gestellt hat und seinen Blick auf die herrliche Aussicht draußen richtet. Im Profil ist er sogar noch atemberaubender. Seine Gesichtszüge sind so markant und perfekt, als wären sie aus der Klippe gemeißelt, auf der wir thronen. Sein kraftvoller Körper ist eine Naturgewalt wie die unerbittliche Wildnis um uns herum.

Gefährlich.

Das Wort schlängelt sich wie ein Flüstern durch meinen Kopf und dieses Mal kann ich mir nicht einreden, dass es nur Paranoia ist. Er ist gefährlich, mein mysteriöser Arbeitgeber. Ich weiß nicht, wie, ich weiß nicht, warum, aber ich kann es fühlen. Vor einem Monat wurden die Scheuklappen, die ich mein ganzes Leben lang getragen hatte – die Scheuklappen, die alle normalen Menschen tragen –, gewaltsam weggerissen, und ich kann die Dunkelheit in der Welt nicht mehr übersehen, kann nicht mehr so tun, als wäre sie nicht da. Und ich sehe die Dunkelheit in Nikolai.

Unter dieser atemberaubenden männlichen Schönheit und diesen perfekten Manieren lauert etwas Wildes … etwas Schreckliches.

Er dreht sich zu mir um und ich muss all meinen Mut aufbringen, an Ort und Stelle stehen zu bleiben und in seine leuchtenden Tigeraugen zu schauen. Mein Herz schlägt heftig in meiner Brust, trotzdem scheint ein gleißender Strom zwischen uns zu springen, und die Luftpartikel nehmen eine elektrische Ladung an. Meine Nervenenden brutzeln davon, erhitzen meine Haut und lassen meinen Atem flach und unregelmäßig werden.

Lauf, Chloe.

Ich schlucke und trete zurück, während Moms Stimme so deutlich in meinem Kopf klingt, als wäre sie hier. Und ich möchte unbedingt auf sie hören, aber ich habe nur noch ein paar Dollar im Portemonnaie und einen zu einem Viertel gefüllten Benzintank in meinem alten Schrottauto. Dieser Mann, der mich sowohl anzieht als auch ängstigt, ist meine einzige Hoffnung, zu überleben, und welche Gefahr mir hier auch immer droht, sie kann nicht schlimmer sein als die, die mich erwartet, wenn ich gehe.

Seine Augen glänzen mit dunkler Belustigung, als ich einen weiteren Schritt zurücktrete und dann noch einen, und ich habe wieder das beunruhigende Gefühl, dass er mich durchschaut, dass er irgendwie sowohl meine Angst als auch seine unangebrachte Anziehungskraft auf mich spürt.

Ich zwinge mich dazu, mich abzuwenden, und schaue mich um. Ich täusche Interesse an meiner Umgebung vor – als ob irgendetwas hier so faszinierend sein könnte wie er. »Das wird also mein Zimmer sein?«

»Ja. Gefällt es dir?«

»Es ist großartig.« Ich schaue auf einen großen Fernseher, der über dem Bett von der Decke hängt, dann gehe ich hinüber zu einer Tür gegenüber derjenigen zum Flur. Sie führt in ein schlichtes, weißes Badezimmer mit einer gläsernen Duschkabine, die groß genug ist, um fünf Personen zu beherbergen. Hinter einer weiteren Tür verbirgt sich ein begehbarer Kleiderschrank in der Größe meines Zimmers im Studentenwohnheim, der leer ist und auf meine spärlichen Habseligkeiten wartet.

Es ist ein Luxus, wie ich ihn bisher nur aus Filmen kannte, und er verstärkt mein Unbehagen.

Wer sind diese Leute? Woher haben sie ihren Reichtum? Wie konnte Nikolai von meiner

Abwesenheit in den sozialen Medien wissen, wenn alle meine Profile privat sind?

Warum brauchen sie so viel Sicherheit an einem so abgelegenen Ort?

Ich wollte vorher nicht zu viel darüber nachdenken – mein Fokus lag darauf, den Job zu bekommen – aber jetzt, wo ich hier bin, jetzt, wo das hier real ist, kann ich nicht anders, als mich zu fragen, worauf ich mich da eingelassen habe. Denn es gibt eine einfache Antwort auf all meine Fragen, ein Wort, das mir, dank Hollywood, in den Sinn kommt, wenn ich an reiche Russen denke.

Mafia.

Ist es das, was meine neuen Arbeitgeber sind?

7

CHLOE

*M*it hämmerndem Herzen drehe ich mich um und sehe Nikolai an. Er beobachtet mich mit der gleichen beunruhigenden Belustigung, und ich fühle mich plötzlich wie eine Maus, mit der eine große, prächtige Katze spielt.

Die vielleicht in der Mafia ist.

»Also«, beginne ich unbehaglich, »ich sollte wahrscheinlich …«

»Gib mir deine Autoschlüssel.« Er geht auf mich zu. »Ich werde deine Sachen hierherbringen lassen.«

»Das ist nicht nötig. Das kann ich selbst tun. Ich werde einfach …« Ich halte meinen Mund, denn er streckt seine Hand mit der Handfläche nach oben aus, und aus seinem Gesichtsausdruck spricht Kompromisslosigkeit.

Ich krame in meiner Tasche, hole die Schlüssel heraus und lasse sie auf seine große Handfläche fallen. »Bitte sehr.«

»Danke.« Er steckt die Schlüssel ein. »Richte dich ein und mach es dir bequem. Pavel wird dir gleich dein Gepäck bringen.«

»Es gibt nur einen Koffer – einen kleinen im Kofferraum«, sage ich, aber er ist schon im Begriff, zu gehen.

Ich stoße den Atem aus, von dem ich nicht wusste, dass ich ihn angehalten habe, und lasse mich auf das Bett fallen. Jetzt, wo das Bewerbungsgespräch vorbei ist, sinkt der Adrenalinspiegel, der mich funktionieren lassen hat, und ich fühle mich kraftlos, so komplett ausgelaugt, dass ich nur noch daliegen und ausdruckslos an die hohe Decke starren kann. Nach einer Weile erhole ich mich genug, um zu bemerken, dass die weiße Decke unter mir aus einem weichen, flauschigen Material besteht, und ich streiche mit meinen Handflächen darüber, als wäre sie ein Haustier.

Ein Klopfen an der Tür holt mich aus meinem halbapathischen Zustand. Ich setze mich auf und rufe: »Herein!«

Ein Mann von der Größe eines Höhlenbären tritt ein und trägt meinen Koffer, der bei ihm eher wie eine Handtasche aussieht, in seiner riesigen Hand. Tattoos ziehen sich an den Seiten seines dicken Halses entlang, und sein verwittertes Gesicht erinnert mich an einen Backstein – hart, rötlich und kompromisslos kantig. Sein militärisch kurzes Haar hat einen unbestimmten Braunton, der großzügig mit Grau gesprenkelt ist, und seine harten grauen Augen erinnern mich an geschmolzene Pistolenkugeln.

»Hi«, sage ich und ringe mir ein Lächeln ab, während ich aufstehe. »Du musst Pavel sein.«

Er nickt, aber seine Mimik bleibt unverändert. »Wo willst du ihn hinhaben?«, fragt er mit einer tiefen Stimme und starkem Akzent.

»Genau hier ist gut, danke. Ich mach das schon.« Ich gehe hinüber, um ihm den Koffer abzunehmen, und als ich näher komme, wird mir klar, dass er der größte Mann sein muss, dem ich je begegnet bin, sowohl in Bezug auf seine Höhe als auch auf seine Breite. Weitere Tattoos schmücken seine Handrücken und schauen aus dem V-Ausschnitt des Pullovers hervor, der sich eng über seine markanten Brustmuskeln spannt.

Ich versuche, nicht nervös zu schlucken, bleibe vor ihm stehen und umfasse den Griff des Koffers, den er gerade auf den Boden gestellt hat. »Danke.« Ich lächele noch mehr und schaue auf. Sehr weit nach oben – mein Nacken schmerzt davon, wie weit ich ihn zurückbiegen muss.

Pavel nickt noch einmal mit angespanntem Kiefer, dann dreht er sich um und geht hinaus.

Also gut. So viel zum Thema Freundschaft mit anderen Mitarbeitern. Was ist eigentlich die Aufgabe des Bärenmenschen hier? Bodyguard?

Mafia-Vollstrecker vielleicht?

Ich schiebe den Gedanken beiseite. Auch wenn der Kerl genau dem Stereotyp entspricht, weigere ich mich, mich mit dieser Möglichkeit zu befassen. Wozu? Selbst wenn meine neuen Arbeitgeber Mafiosi sind, bin ich hier sicherer als da draußen.

Hoffe ich.

Ich schließe die Tür hinter Pavel, packe aus – ein Prozess, der keine zehn Minuten dauert – und schaue sehnsüchtig auf das Bett mit der flauschigen weißen Decke. Ich bin erschöpft und das nicht nur von dem Bewerbungsgespräch. Zwischen den Alpträumen, die mich nachts heimsuchen und den ständigen Sorgen am Tag habe ich seit Wochen nicht mehr als vier Stunden Schlaf gehabt. Aber ich kann den Nachmittag nicht einfach verschlafen.

Ich wurde angeheuert, um einen Job zu erledigen, und ich habe vor, genau das zu tun.

Um wach zu werden, dusche ich schnell in dem riesigen Badezimmer und ziehe mir ein frisches T-Shirt an – mein letztes. Ich muss mich so schnell wie möglich erkundigen, wo ich meine Wäsche waschen kann, aber eines nach dem anderen.

Es ist an der Zeit, dass ich meinen jungen Schüler kennenlerne.

Die Tür zu Slavas Zimmer steht offen, als ich mich nähere, und ich sehe Alina, die mit dem Jungen in melodiösem Russisch spricht. Als sie meine Schritte hört, blickt sie zu mir herüber und wölbt ihre Augenbrauen auf eine Art und Weise, die mich an ihren Mann erinnert.

»Lust, zu beginnen?«

Ich lächele sie an. »Wenn es dir nichts ausmacht,

habe ich mir gedacht, dass Slava und ich uns heute Nachmittag kennenlernen könnten.« Ich erwidere den Blick des Kindes und zwinkere ihm zu, was ihm ein breites Lächeln entlockt.

Alinas Gesichtsausdruck erwärmt sich bei der Reaktion ihres Sohnes. »Natürlich macht es mir nichts aus. Ich habe ihm gerade erklärt, dass du hier leben und ihn unterrichten wirst. Er ist ganz begeistert von der Idee.«

»Das bin ich auch.« Ich hocke mich vor den Jungen. »Wir werden eine tolle Zeit haben, nicht wahr, Slava?«

Er versteht offensichtlich nicht, was ich sage, aber er grinst trotzdem und rattert etwas auf Russisch herunter.

»Er fragt, ob du Burgen magst«, sagt Alina.

»Ja, das tue ich«, sage ich zu Slava. »Zeig mir, was du da hast. Ist das deine Festung?« Ich zeige auf das begonnene Legoprojekt.

Der Junge lacht und setzt sich zwischen die Legosteine. Er hebt zwei auf und befestigt sie an den Wänden der Burg, und ich helfe ihm, indem ich zwei weitere anbringe. Nur habe ich es anscheinend falsch gemacht, denn er schüttelt den Kopf und nimmt meine Steine ab, um sie dann direkt neben die Stelle zu legen, wo ich sie befestigt habe.

»Oh, ich verstehe. Du lässt Platz für Fenster. Fenster, richtig?« Ich zeige auf das riesige Fenster in seinem Zimmer.

Er nickt. »*Da, okna. Bol'shije okna.*« Er ergreift mein Handgelenk, legt einen weiteren Stein in meine

Handfläche und führt meine Hand an die richtige Stelle an der Wand. »*Nado sjuda.*«

»Ich hab's verstanden.« Grinsend befestige ich den nächsten Stein. »So, richtig?«

»*Da,*«, sagt er aufgeregt und schnappt sich weitere Steine. Wir machen genau so unter seiner Anleitung weiter, bis Alina sich räuspert.

»Scheint so, als würdet ihr euch verstehen, also lasse ich euch allein«, sagt sie, als ich aufschaue. »Ihr habt eine halbe Stunde Zeit bis zu Slavas Snack-Zeit. Hast du zufällig Hunger, Chloe?«

Mein Magen reagiert mit einem lauten Knurren, und Alina lacht, wobei ihre grünen Augen belustigt aufleuchten.

»Ich schätze, das ist ein Ja. Irgendwelche Essensvorlieben oder Allergien?«

»Ich esse alles«, sage ich, und bin dankbar, dass mein dunkler Hautton meine verlegene Röte verdeckt. Ich kann mir nicht vorstellen, dass Alinas eleganter, langgliedriger Körper jemals so ein indiskretes Geräusch von sich gibt – obwohl, wenn sie ein Mensch ist, muss er das gelegentlich. Natürlich ist der menschliche Teil noch nicht geklärt.

In diesen High Heels und dem umwerfenden Kleid sieht Nikolais Frau zu glamourös aus, um echt zu sein.

Etwas von meiner Verlegenheit muss sich zeigen, denn ihre Belustigung vertieft sich, und ihre Lippen wölben sich auf eine Art und Weise, die mich wieder beunruhigend an ihren Mann erinnert. »Wie praktisch. Ich sage Pavel Bescheid.«

Pavel? Ist der Bärenmensch ihr Koch oder so? Noch ehe ich fragen kann, dreht sich Alina zu ihrem Sohn um und sagt etwas auf Russisch, bevor sie hinausschlendert und mich mit meinem Schützling allein lässt.

8

NIKOLAI

»*A*lso, sag mir, Bruder ... hast du sie für Slava oder für dich selbst eingestellt?«

Ich halte mitten im Anlegen meiner Manschettenknöpfe inne und drehe mich um, um Alinas kühl spöttischem Blick zu begegnen. »Ist das wichtig?« Ich habe keine Ahnung, wie sie mein Interesse an unserer neuen Mitarbeiterin erschnüffelt hat, aber es überrascht mich nicht.

Meine Schwester hat mich schon immer besser durchschauen können als jeder andere.

Sie lehnt sich gegen den Türrahmen meines begehbaren Kleiderschranks, wo ich mich für das Abendessen umziehe. »Ich schätze, ich hätte damit rechnen sollen. Sie ist hübsch, nicht wahr?«

»Sehr.« Ich drehe ihr absichtlich den Rücken zu. Alina lebt dafür, mich zu ärgern, aber das wird ihr heute Abend nicht gelingen. Sie wird mich auch nicht dazu überreden können, mich von Chloe fernzuhalten.

Dafür fasziniert mich das Mädchen zu sehr.

»Du weißt, dass sie den ganzen Nachmittag mit Slava verbracht hat, oder?« Alina schlendert tiefer in meinen Schrank und holt meine dünne schwarze Krawatte heraus, die ich mir gerade umbinden wollte.

Ich widerstehe dem Impuls, nach einer anderen zu greifen, nur um sie zu ärgern, sondern nehme ihr die Krawatte ab und lege sie mit geübten Bewegungen an. »Ja, das weiß ich.«

Es gibt Kameras im Zimmer meines Sohnes, und ich habe *meinen* Nachmittag damit verbracht, ihn beim Spielen mit seiner neuen Betreuerin zu beobachten. Sie stellten die Burg fertig, an der Slava arbeitete, aßen den Obst- und Käseteller, den Pavel gebracht hatte, und spielten dann eine Runde Fangen, bei der Chloe ihn durch sein Zimmer und den Flur jagte und ihn dabei so sehr zum Lachen brachte, dass er kaum noch Luft bekam. Danach las Chloe ihm aus einigen seiner Lieblingscomics vor – den englischsprachigen, nicht den russischen Übersetzungen, die Alina eingeschmuggelt hatte, um sich die Gunst des Jungen zu erschleichen. Während sie sprach, schaute Slava fasziniert seine schöne, junge Lehrerin an, was ich gut verstehen kann.

Ich würde dafür töten, dass sie neben mir säße und mir mit dieser sanften, leicht heiseren Stimme vorlesen würde. Um zu spüren, wie ihre Hand mit meinem Haar spielt, so wie sie es mit dem meines Sohnes tut, wenn er sich an sie kuschelt, als würde sie ihn schon sein ganzes Leben lang kennen.

»Sie kann gut mit ihm umgehen«, fährt Alina fort, während ich meinen Gürtel fertig umgeschnallt habe und nach meiner Anzugjacke greife. »Wirklich gut.«

»Das habe ich bemerkt.«

»Trotzdem willst du sie noch ficken. Genau wie *er* es tun würde.«

Ich halte meinen Tonfall ruhig. »Ich habe nie behauptet, anders zu sein.«

»Aber du kannst es sein. Kolya ...« Sie legt ihre Hand auf meinen Arm, und als ich ihren Blick erwidere, sagt sie leise: »Wir sind gegangen. Wir sind hierhergekommen. Dies ist unsere Chance, neu anzufangen, uns zu dem zu machen, was wir sein wollen. Vergiss unseren Vater. Vergiss das alles. Du hast deine Zeit investiert, jetzt sind Valery und Konstantin an der Reihe.«

Ein trockenes Lachen entweicht meiner Kehle. »Wie kommst du darauf, dass ich neu anfangen will? Oder etwas anderes sein will als das, was ich bin?«

»Die Tatsache, dass du gegangen bist. Die Tatsache, dass wir hier sind und dieses Gespräch führen.« Ihr Gesichtsausdruck ist ernst, ausnahmsweise offen. »Lass das Mädchen Slavas Lehrerin sein und nichts weiter. Amüsier dich woanders. Sie ist zu jung für dich. Zu unschuldig.«

»Sie ist dreiundzwanzig, nicht zwölf. Und ich bin gerade erst einunddreißig geworden – kaum ein unüberwindbarer Altersunterschied.«

»Ich spreche nicht über das Alter. Sie ist nicht wie wir. Sie ist weich. Verletzlich.«

»Genau. Und du hast mich auf sie aufmerksam gemacht.« Ich lächele grausam. »Was, dachtest du, würde passieren?«

Alinas Gesicht verhärtet sich. »Du wirst sie zerstören. Aber andererseits«, ihre Lippen verziehen sich zu einem bitteren Lächeln, während sie zurücktritt, »ist das genau das, was die Molotows tun, nicht wahr? Viel Spaß mit deinem neuen Spielzeug, Kolya. Ich kann es kaum erwarten, dich beim Essen mit ihr spielen zu sehen.«

Und ohne ein weiteres Wort geht sie hinaus.

9

CHLOE

*I*ch halte Slavas Hand und nähere mich dem Esszimmer, wobei meine weichen Knie fast zusammenschlagen. Ich weiß nicht, warum ich so nervös bin, aber ich bin es. Allein der Gedanke, Nikolai wiederzusehen, gibt mir das Gefühl, dass sich ein tollwütiger Honigdachs in meinem Magen eingenistet hat.

Das ist die Mafia-Frage, sage ich mir. Jetzt, wo mir der Gedanke in den Sinn gekommen ist, bekomme ich ihn nicht mehr aus dem Kopf, egal wie sehr ich es versuche. Deshalb beschleunigt sich mein Atem, und meine Handflächen werden jedes Mal feucht, wenn ich an die zynische Wölbung der Lippen meines Arbeitgebers denke. Weil er ein Krimineller sein könnte. Weil ich eine dunkle, rücksichtslose Seite in ihm spüre. Es hat nichts mit seinem Aussehen und der Hitze zu tun, die durch meine Adern fließt, wenn sein intensiver grün-goldener Blick auf mir landet.

Damit kann es nichts zu tun haben, denn er ist verheiratet, und ich würde niemals einer anderen Frau den Mann ausspannen, schon gar nicht, wenn ein Kind im Spiel ist.

Trotzdem kann ich nicht anders, als mich zu fragen, wie lange Nikolai und seine Frau schon zusammen sind … ob er sie liebt. Bisher habe ich die beiden nur kurz zusammen gesehen, daher ist es unmöglich zu sagen – obwohl ich einen gewissen Mangel an Intimität zwischen ihnen gespürt habe. Aber ich bin mir sicher, dass das nur Wunschdenken meinerseits war. Warum sollte mein Arbeitgeber seine Frau nicht lieben? Alina ist genauso umwerfend wie er, so sehr, dass sie sich fast ähnlich sehen. Kein Wunder, dass Slava so ein wunderschönes Kind ist – mit solchen Eltern hat er die genetische Lotterie gewonnen, im großen Stil.

Ich werfe einen Blick auf den fraglichen Jungen, und er schaut zu mir hoch, seine großen Augen ähneln denen seines Vaters auf unheimliche Weise. Sein Gesichtsausdruck ist ernst, die Ausgelassenheit, die er an den Tag legte, als wir zusammen spielten, ist verschwunden. Wie ich scheint er besorgt über unser bevorstehendes Essen zu sein, also schenke ich ihm ein beruhigendes Lächeln.

»Abendessen«, sage ich und nicke in Richtung des Tisches, auf den wir zugehen. »Es gibt gleich Abendessen.«

Er blinzelt mich an und sagt nichts, aber ich weiß, dass er sich das Wort merkt, zusammen mit allem anderen, was ich heute zu ihm gesagt habe. Kleine Kinder sind wie Schwämme, sie saugen alles auf, was Erwachsene sagen und tun, ihre Gehirne bilden in rasender Geschwindigkeit Verbindungen. Als ich in der Highschool war, habe ich für ein chinesisches Paar gebabysittet. Seine fünfjährige Tochter sprach überhaupt kein Englisch, als ich sie kennenlernte, aber nach ein paar Wochen Kindergarten und einem Dutzend Abenden mit mir, war es fast fließend. Das Gleiche wird auch mit Slava passieren, daran habe ich keinen Zweifel.

Schon am Ende dieses Nachmittags wiederholt er einige meiner Worte.

Im Esszimmer ist noch niemand, obwohl Pavel mir unwirsch gesagt hat, dass ich um sechs hier unten sein soll, als er das Obst- und Käsetablett in Slavas Zimmer gebracht hat. Der Tisch ist aber bereits mit allerlei Salaten und Vorspeisen gedeckt, und mir läuft angesichts der Köstlichkeiten, die auf uns warten, das Wasser im Mund zusammen. Obwohl der Nachmittagssnack geholfen hat, bin ich immer noch am Verhungern, und ich muss all meine Willenskraft aufbringen, um mich nicht gierig auf die kunstvoll arrangierten Platten mit Kaviar auf Baguette, geräuchertem Fisch, gebratenem Gemüse und grünen Blattsalaten zu stürzen. Stattdessen helfe ich Slava, auf einen Stuhl mit einer Sitzerhöhung für Kinder zu klettern, und dann beginne ich, die Namen der verschiedenen Lebensmittel auf Englisch zu nennen. »Wir nennen dieses Gericht *Salat*, und das grüne Zeug darin ist *Kopfsalat*,«, sage ich, als das Klappern von High Heels Alinas Ankunft ankündigt.

Ich schaue mit einem Lächeln zu ihr auf. »Hallo. Slava und ich waren gerade …«

»Warum hat er sich nicht umgezogen?« Ihre dunklen Augenbrauen ziehen sich zusammen, während sie das Kind betrachtet. »Er weiß, dass wir uns zum Abendessen umziehen.«

Ich blinzele. »Oh, ich …«

Sie unterbricht mit einem Strom von rasend schnellem Russisch, und ich sehe, wie sich die Schultern des Jungen anspannen, während er in seinem Sitz zusammensinkt, als wolle er verschwinden. Alina bemerkt seine Reaktion, mildert ihren Tonfall und bekommt schließlich eine Art Entschuldigung von dem Kind.

Sie schaut mich an. »Es tut mir leid. Slava weiß es besser, als so nach unten zu kommen, aber er hat es in der ganzen Aufregung vergessen.«

Mein Gesicht verbrennt, als ich erkenne, dass mit *so* seine normale Freizeitkleidung gemeint ist, die sich nicht von der Jeans und dem langärmeligen T-Shirt unterscheidet, die ich trage. Nikolais Frau hingegen hat sich ein noch glamouröseres Kleid angezogen – ein knöchellanges silber-blaues Kleid – und sieht aus, als wäre sie auf dem Weg zu einer Hollywood-Premiere.

»Es tut mir leid«, sage ich und fühle mich wie ein Tourist mit Gürteltasche, der in eine Pariser Modenschau gestolpert ist. »Ich wusste nicht, dass es eine Kleiderordnung gibt.«

»Bei dir ist das in Ordnung.« Alina winkt mit einer eleganten Hand. »Für *dich* ist es kein Muss. Aber Slava ist ein Molotow, und es ist wichtig, dass er die Familientraditionen lernt.«

»Ich verstehe.« Eigentlich tue ich das nicht, aber es ist nicht meine Aufgabe, mich in Familientraditionen einzumischen, wie absurd sie auch sein mögen.

»Und mach dir keine Sorgen«, fügt Alina hinzu und nimmt gegenüber von Slava Platz. »Wenn du dich auch angemessen gut kleiden willst, wird Kolya dir sicher passende Kleidung kaufen.«

Kolya? Nennt sie ihren Mann so?

»Das ist nicht nötig, danke …«, beginne ich, nur um dann in ein fassungsloses Schweigen zu verfallen, als ich sehe, wie Nikolai sich dem Tisch nähert. Wie seine Frau hat auch er sich für das Abendessen umgezogen. Seine High-End-Designer-Jeans und das Button-up-Hemd wurden durch einen eng geschnittenen schwarzen Anzug, ein steifes weißes Hemd und eine schmale schwarze Krawatte ersetzt – ein Outfit, das auf einer High-Society-Hochzeit nicht fehl am Platz wäre … oder auf der gleichen Filmpremiere, die Alina zu besuchen plant. Und während ein durchschnittlich aussehender Mann in einem solchen Anzug leicht als gutaussehend durchgehen könnte, wird Nikolais dunkle, maskuline Schönheit zu einem fast unerträglichen Grad gesteigert. Während ich ihn betrachte, geht mein Puls durch die Decke, und meine Lungen ziehen sich zusammen, genauso wie die unteren Regionen meiner …

Verheiratet, Chloe. Er ist verheiratet.

Die Erinnerung ist wie ein Schlag ins Gesicht, der mich aus meiner geblendeten Trance reißt. Ich zwinge einen Atemzug in meine sauerstoffarmen Lungen und schenke meinem Arbeitgeber vorsichtig ein verhaltenes Lächeln, eines, das *nicht* sagt, dass mein Herz in meiner Brust rast und ich mir wünsche, Alina würde nicht existieren. Vor allem, da sein markanter Blick auf mich gerichtet ist, anstatt auf seine wunderschöne Frau.

»Du bist spät dran«, sagt sie, als er sich einen Stuhl heranzieht und sich neben sie setzt. »Es ist schon …«

»Ich weiß, wie spät es ist.« Er wendet seinen Blick nicht von mir ab, als er ihr antwortet, und sein Ton ist kühl und abweisend. Dann wandert sein Blick zu dem Jungen an meiner Seite, und seine Gesichtszüge verengen sich, als er dessen Freizeitkleidung wahrnimmt.

»Es tut mir leid, das ist meine Schuld«, sage ich, bevor er das Kind ebenfalls zurechtweisen kann. »Mir war nicht klar, dass wir uns für das Abendessen umziehen müssen.«

Nikolais Aufmerksamkeit kehrt zu mir zurück. »Natürlich wusstest du das nicht.« Sein Blick wandert über meine Schultern und meine Brust und macht mir mein schlichtes langärmeliges T-Shirt und den dünnen Baumwoll-BH darunter bewusst, der nichts tut, um meine unerklärlich harten Nippel zu verstecken. »Alina hat recht. Ich muss dir angemessene Kleidung kaufen.«

»Nein, wirklich, das ist …«

Er hält seine Handfläche hoch. »Hausregeln.« Seine Stimme ist sanft, aber sein Gesicht könnte in Stein gemeißelt sein. »Jetzt, wo du ein Mitglied dieses Haushalts bist, musst du dich an sie halten.«

»Ich … in Ordnung.« Wenn er und seine Frau mich in schicken Klamotten beim Abendessen sehen wollen und es ihnen nichts ausmacht, das Geld dafür auszugeben, dann soll es so sein.

Wie er sagte, ihr Haus, ihre Regeln.

»Gut.« Seine sinnlichen Lippen wölben sich. »Ich bin froh, dass du so entgegenkommend bist.«

Mein Atem beschleunigt sich, mein Gesicht wird wieder warm, und ich schaue weg, um meine Reaktion zu verbergen. Der Mann hat nur gelächelt, verdammt nochmal, und ich bin rot geworden wie eine fünfzehnjährige Jungfrau. Und das auch noch vor den Augen seiner Frau.

Wenn ich diese lächerliche Schwärmerei nicht in den Griff bekomme, werde ich noch vor Ende des Essens gefeuert.

»Möchtest du etwas Salat?«, fragt Alina, als wolle sie mich an ihre Existenz erinnern, und ich richte dankbar für die Ablenkung meine Aufmerksamkeit auf sie.

»Ja, bitte.«

Anmutig gibt sie eine Portion grünen Salat auf meinen Teller, dann tut sie dasselbe für ihren Mann und ihren Sohn. In der Zwischenzeit hält Nikolai mir das Tablett mit dem Kaviar auf Baguette hin, und ich nehme mir eines, sowohl weil ich hungrig genug bin, um alles zu essen, was auf Brot liegt, als auch, weil ich neugierig auf die berüchtigte russische Delikatesse bin. Ich habe diese Art von Fischrogen – die großen orangefarbenen – schon ein paarmal in Sushi-Restaurants gegessen, aber ich stelle sie mir anders vor, wenn sie auf einer Scheibe französischem Baguette mit einer dicken Schicht Butter darunter serviert werden.

Als ich hineinbeiße, explodiert der volle Umami-Geschmack auf meiner Zunge. Anders als der Fischrogen, den ich probiert habe, scheint der russische Kaviar mit reichlich Salz konserviert zu werden. Allein wäre er zu salzig, aber das knusprige Weißbrot und die weiche Butter gleichen den Salzgehalt perfekt aus, und ich verschlinge den Rest des Baguettes mit zwei Bissen.

Mit einem amüsierten Blick bietet mir Nikolai erneut das Tablett an. »Mehr?«

»Nein, danke.« Ich hätte gerne noch ein Kaviarbaguette – oder zwanzig –, aber ich will nicht gierig wirken. Stattdessen greife ich zu meinem Salat, der ebenfalls köstlich ist, mit einem süßen, würzigen Dressing, das meine Geschmacksknospen kribbeln lässt. Dann probiere ich ein wenig von allem, was auf dem Tisch steht, vom geräucherten Fisch über eine Art Kartoffelsalat bis hin zu gegrillten Auberginen, die mit einer Gurken-Dill-Joghurt-Sauce beträufelt sind.

Während ich esse, behalte ich meinen Schützling im Auge, der ruhig neben mir isst. Alina hat Slava eine kleine Portion von allem gegeben, was die

Erwachsenen essen, einschließlich des Kaviars auf Baguette, und der Junge scheint kein Problem damit zu haben. Es gibt keine Forderungen nach Chicken Nuggets oder Pommes frites, keine Anzeichen für die typische Mäkeligkeit eines Vierjährigen. Sogar seine Tischmanieren sind die eines viel älteren Kindes. Es gibt nur ein paar Fälle, in denen er ein Stück Essen mit den Fingern statt mit der Gabel nimmt.

»Euer Sohn ist sehr gut erzogen«, sage ich zu Alina und Nikolai, und Nikolai hebt die Augenbrauen, als höre er es zum ersten Mal.

»Gut erzogen? Slava?«

»Natürlich.« Ich sehe ihn stirnrunzelnd an. »Findest du das nicht?«

»Ich habe nicht viel darüber nachgedacht«, sagt er und schaut zu dem Jungen, der ein Stück Salat mit seiner Gabel in Erwachsenengröße aufspießt. »Ich nehme an, dass er sich recht gut benimmt.«

Recht gut? Ein Vierjähriger, der ruhig sitzt und alles isst, was ihm serviert wird, ohne zu quengeln oder die Unterhaltung der Erwachsenen zu unterbrechen? Der wie ein Profi mit dem Besteck umgeht? Vielleicht gibt es so etwas in Europa, aber ich habe es in Amerika noch nie gesehen.

Außerdem, warum hat mein Arbeitgeber nicht viel über das Verhalten seines Sohnes nachgedacht? Müssen sich Eltern nicht um solche Dinge kümmern?

»Kennst du viele Kinder in seinem Alter?«, frage ich Nikolai aus einer Vermutung heraus und ertappe ihn, wie sich sein Mund kurz verzieht.

»Nein«, sagt er knapp. »Das tue ich nicht.«

Alina wirft ihm einen Blick zu, den ich nicht deuten kann, bevor sie sich mir zuwendet. »Ich weiß nicht, ob mein Bruder dir das erzählt hat«, sagt sie in einem ruhigen Ton, »aber wir haben erst vor acht Monaten von Slavas Existenz erfahren.«

Ich verschlucke mich an einer eingelegten Tomate, in die ich gerade hineingebissen habe, und bekomme einen Hustenanfall, weil die würzige Essigmarinade in die falsche Röhre gelangt ist. »Wie bitte?«, keuche ich, als ich wieder sprechen kann.

Vor acht Monaten?

Und hat sie gerade Nikolai ihren *Bruder* genannt?

»Ich verstehe, du wusstest es also noch nicht«, sagt Alina und reicht mir ein Glas Wasser, das ich dankbar in einem Zug austrinke. »Kolya«, sie blickt zu Nikolai, der einen harten, verschlossenen Gesichtsausdruck hat, »hat dir nicht viel über uns erzählt, oder?«

»Ähm, nein.« Ich stelle das Glas ab und huste erneut, um die Heiserkeit aus meiner Stimme zu beseitigen. »Nicht wirklich.« Mein neuer Arbeitgeber hat überhaupt nicht viel gesagt, aber ich habe alle möglichen Vermutungen aufgestellt, und zwar die falschen.

Alina ist Nikolais Schwester, nicht seine Frau, was bedeutet, dass der Junge nicht ihr Sohn ist.

Sie wussten bis vor acht Monaten nicht, dass er existiert.

Gott, das erklärt so viel. Kein Wunder, dass Vater und Sohn so tun, als wären sie sich fremd – sie *sind* es im Grunde genommen. Und ich hatte recht, als ich einen Mangel an Intimität zwischen Nikolai und Alina spürte.

Sie sind kein Liebespaar.

Sie sind Geschwister.

Wenn ich mir die beiden jetzt anschaue, verstehe ich nicht, wie ich die Ähnlichkeit übersehen konnte – oder besser gesagt, warum mir trotz der Ähnlichkeit, die mir aufgefallen ist, nie der Gedanke kam, sie könnten Bruder und Schwester sein. Alinas Gesichtszüge sind eine weichere, zartere Version des Mannes, der vor mir sitzt, und obwohl ihren grünen Augen die tiefen bernsteinfarbenen Untertöne von Nikolais atemberaubenden fehlen, ist die Form ihrer Augen und Augenbrauen die gleiche.

Sie sind eindeutig und unverkennbar Geschwister.

Das bedeutet, dass Nikolai nicht verheiratet ist.

Oder zumindest nicht mit Alina.

»Wo ist Slavas Mutter?«, frage ich und bemühe mich um einen lockeren Ton. »Ist sie …«

»Sie ist tot.« Nikolais Stimme ist kalt genug, um Erfrierungen zu verursachen, genauso wie der Blick, mit dem er Alina ansieht. Er dreht sich wieder zu mir um und sagt ruhig: »Wir hatten vor fünf Jahren einen One-Night-Stand, und sie hat mir nicht gesagt, dass sie schwanger ist. Ich hatte keine Ahnung, dass ich einen Sohn habe, bis sie vor acht Monaten bei einem Autounfall ums Leben kam und eine Freundin von ihr ein Tagebuch fand, in dem ich als Vater genannt wurde.«

»Oh, das ist …« Ich schlucke. »Das muss sehr

schwierig gewesen sein. Für dich, und vor allem für Slava.« Ich schaue den Jungen an meiner Seite an, der immer noch ruhig isst, als ob er sich um nichts in der Welt kümmern würde. Aber das ist ganz und gar nicht der Fall, das weiß ich jetzt. Nikolais Sohn hat eine der größten Tragödien erlebt, die einem Kind widerfahren können, und wie ausgeglichen er auch zu sein scheint, ich habe keinen Zweifel, dass der Verlust seiner Mutter tiefe Narben in seiner Psyche hinterlassen hat.

Ich bin erwachsen und habe Probleme, meine Trauer zu bewältigen. Ich kann mir vorstellen, wie schwierig das für einen kleinen Jungen ist.

»Das war es«, stimmt Alina leise zu. »In der Tat, mein Bruder …«

»Das reicht.« Nikolais Tonfall ist immer noch perfekt ruhig, aber ich kann die Anspannung in seinem Kiefer und seinen Schultern sehen. Das Thema ist ihm unangenehm, und das ist auch kein Wunder. Ich kann mir gar nicht vorstellen, wie es sein muss, herauszufinden, dass man ein Kind hat, das man nie kennengelernt hat. Zu wissen, dass man die ersten Jahre seines Lebens verpasst hat.

Ich habe eine Million Fragen, die ich stellen möchte, aber ich merke, dass jetzt nicht der richtige Zeitpunkt ist, um meiner Neugierde nachzugeben. Stattdessen greife ich nach mehr Essen und verbringe die nächsten Minuten damit, dem Koch Komplimente zu machen – der, wie sich herausstellt, in der Tat der schroffe, bärenartige Russe ist.

»Pavel und seine Frau Lyudmila sind mit uns aus

Moskau gekommen«, erklärt Alina, als der Bärenmann selbst aus der Küche erscheint und eine große Platte mit Lammkoteletts trägt, die von gebratenen Kartoffeln mit Champignons begleitet werden. Mit einem Grunzen stellt er das Essen auf den Tisch, schnappt sich ein paar leere Vorspeistenteller und verschwindet wieder in der Küche, während Alina fortfährt. »Lyudmila fühlt sich heute nicht gut, also macht Pavel die ganze Arbeit. Normalerweise erledigt er den Großteil des Kochens und Putzens, während sie das Essen serviert. Ihre Hauptaufgabe ist es aber, auf Slava aufzupassen.«

»Sind sie die einzigen beiden Menschen, die hier außer euch leben?«, frage ich und nehme den Teller mit einem Lammkotelett und eine Portion Kartoffeln mit Pilzen entgegen, den Alina mir hinhält, nachdem sie Slava eine anständige Portion gegeben hat – der wiederum ohne Umschweife zugreift.

»Sie sind die einzigen Menschen, die mit uns im Haus wohnen«, antwortet Nikolai. »Die Wachen haben einen separaten Bunker an der Nordseite des Anwesens.«

Mein Herz klopft schneller. »Wachen?«

»Wir haben ein paar Männer, die das Gelände sichern«, sagt Alina. »Weil wir hier draußen so isoliert sind.«

Ich tue mein Bestes, um meine Reaktion zu verbergen. »Ja, natürlich, das macht Sinn.« Eigentlich ergibt es keinen. Wenn überhaupt, dann sollte die abgelegene Lage es sicherer machen. Soweit ich auf der

Karte sehen konnte, führt nur eine Straße den Berg hinauf, und dort gibt es bereits ein undurchdringlich aussehendes Tor, ganz zu schweigen von dieser unglaublich hohen Metallwand.

Nur Leute mit mächtigen, gefährlichen Feinden würden es für nötig halten, zusätzlich zu all diesen Maßnahmen auch noch Wachen einzustellen.

Russische Mafia.

Die Worte gehen mir wieder durch den Kopf, und mein Herzschlag beschleunigt sich. Ich senke meinen Blick auf meinen Teller und schneide in mein Lammkotelett, wobei ich mein Bestes gebe, meine Hand trotz des unruhigen Wirbelns meiner Gedanken ruhig zu halten.

Bin ich hier in Gefahr? Bin ich vom Regen in die Traufe gekommen? Sollte ich …

»Erzähl uns mehr von dir, Chloe.«

Nikolais tiefe Stimme unterbricht meine ängstlichen Überlegungen, und als ich aufschaue, sehe ich, dass seine Tigeraugen auf mich gerichtet sind und ein ironisches Lächeln seine Lippen umspielt. Wieder einmal habe ich das beunruhigende Gefühl, dass er direkt in meinen Kopf sieht, dass er genau weiß, was ich denke und fürchte.

Ich unterdrücke das beunruhigende Gefühl und lächele zurück. »Was würdest du gerne wissen?«

»Auf deinem Führerschein steht, dass du in Boston wohnst. Ist das der Ort, an dem du aufgewachsen bist?«

Ich nicke und spieße ein Stück Lammkotelett auf.

»Meine Mutter zog mit uns von Kalifornien dorthin, als ich noch ein Baby war, und ich wuchs in und um Boston auf.« Ich beiße in das zarte, perfekt gewürzte Fleisch und muss Pavel erneut ein Lob aussprechen – es ist das beste Lammkotelett, das ich je gegessen habe. Die Kartoffeln mit Pilzen sind auch fantastisch, mit Knoblauch und Butter, so gut, dass ich ein Pfund auf einmal essen könnte.

»Was ist mit deinem Vater?«, fragt Alina, als ich das Lammkotelett zur Hälfte gegessen habe. »Wo ist er?«

»Ich weiß es nicht«, sage ich und tupfe mir mit einer Serviette über die Lippen. »Meine Mutter hat mir nie gesagt, wer er ist.«

»Warum nicht?« Nikolais Stimme wird schärfer. »Warum hat sie es dir nicht gesagt?«

Ich blinzele verblüfft, bis mir dämmert, was er denken muss. »Oh, sie hat die Schwangerschaft nicht vor ihm verheimlicht. Er wusste, dass sie schwanger war, und entschied sich, wegzugehen.« Zumindest ist es das, was ich aus den wenigen Andeutungen, die meine Mutter im Laufe der Jahre gemacht hat, herausgelesen habe. Aus welchem Grund auch immer hasste sie dieses Thema so sehr, dass sie sich jedes Mal, wenn ich auf Antworten drängte, mit Migräne ins Bett legte.

Nikolais Ton wird ein wenig weicher. »Ich verstehe.«

»Ich glaube, er war nicht bereit für diese Art von Verantwortung«, sage ich, weil ich das Bedürfnis verspüre, es zu erklären. »Meine Mutter war erst siebzehn, als sie mich bekam, also schätze ich, dass er auch noch sehr jung war.«

»Du schätzt?« Alina hebt ihre perfekt geformten Augenbrauen. »Deine Mutter hat dir nicht einmal sein Alter verraten?«

»Sie hat nicht gerne darüber gesprochen. Es war eine schwierige Zeit in ihrem Leben.« Meine Stimme verkrampft sich, als eine weitere Welle der Trauer über mich schwappt. Meine Brust zieht sich mit einem Schmerz zusammen, der so intensiv ist, dass ich kaum atmen kann.

Ich vermisse meine Mutter. Ich vermisse sie so sehr, dass es wehtut. Obwohl ich ihren Körper mit meinen eigenen Augen gesehen habe, kann ein Teil von mir immer noch nicht glauben, dass sie tot ist, kann die Tatsache nicht verarbeiten, dass eine so schöne und lebendige Frau für immer von dieser Welt gegangen ist.

»Geht es dir gut, Chloe?«, fragt Alina leise und ich nicke und blinzele schnell, um die Tränen zurückzuhalten, die mir in die Augen steigen.

»Bist du dir sicher?«, drängt sie und ihre grünen Augen sind voller Mitleid. Plötzlich verstehe ich, dass sie es weiß – und Nikolai auch, der mich mit einem unleserlichen Gesichtsausdruck beobachtet.

Irgendwie wissen sie beide, dass meine Mutter tot ist.

Ein Adrenalinstoß vertreibt die Trauer, während mein Verstand auf Hochtouren läuft. Es gibt kaum noch Zweifel: Sie haben mich vor unserem Bewerbungsgespräch untersuchen lassen. Daher wusste Nikolai von meinem Mangel an Posts auf Social Media, und deshalb schaut mich Alina so an.

Sie wissen alle möglichen Dinge über mich, einschließlich der Tatsache, dass ich sie belogen habe, indem ich Dinge verschwieg.

Meine Gedanken rasen, während ich sichtbar schlucke und auf meinen Teller schaue. »Meine Mutter …« Ich lasse meine Stimme brechen. »Sie ist vor einem Monat gestorben.« Ich erlaube den Tränen in meinen Augen, überzulaufen, und schaue auf, um Nikolais Blick zu erwidern. »Das ist ein weiterer Grund, warum ich mich entschieden habe, den Roadtrip zu machen. Ich brauchte etwas Zeit, um die Dinge zu verarbeiten.«

Seine Augen glänzen in einem dunkleren Goldton. »Mein tiefstes Beileid für deinen Verlust.«

»Danke.« Ich wische die Feuchtigkeit auf meinen Wangen weg. »Es tut mir leid, dass ich es nicht früher erwähnt habe. Das ist kein Thema, was ich gerne bei einem Vorstellungsgespräch erwähne.« Besonders, da meine Mutter getötet wurde und die Männer, die das getan haben, hinter mir her sind. Ich hoffe wirklich, dass Nikolai nichts *davon* weiß.

Andererseits hätte er mich nicht eingestellt, wenn er es täte. Das ist nicht die Art von Dingen, die man in der Nähe seiner Familie haben will.

»Dein Verlust tut mir sehr leid«, sagt Alina mit einem aufrichtigen Ausdruck der Anteilnahme auf ihrem Gesicht. »Es muss schwer für dich gewesen sein, dein einziges Elternteil zu verlieren. Hast du noch mehr Familie? Großeltern, Tanten, Cousinen?«

»Nein. Meine Mutter wurde von einem amerikanischen Missionarsehepaar aus einem Waisenhaus in Kambodscha adoptiert. Sie kamen bei einem Autounfall ums Leben, als sie zehn Jahre alt war, und keiner aus ihrer Familie wollte sie haben, also wuchs sie in Pflegefamilien auf.«

»Du bist jetzt also ganz allein«, murmelt Nikolai, und ich nicke, der drückende Schmerz in meiner Brust kehrt zurück.

Als ich aufgewachsen bin, hat mich das Fehlen einer Großfamilie nie gestört. Mom hatte mir all die Liebe und Unterstützung gegeben, die ich mir hätte wünschen können. Aber jetzt, da sie weg ist, jetzt, wo wir nicht mehr zu zweit gegen die Welt kämpfen, ist mir schmerzlich bewusst, dass ich niemanden habe, auf den ich mich verlassen kann.

Die Freunde, die ich in der Schule und auf dem College kennengelernt habe, sind mit ihren eigenen, weitaus weniger beschissenen Leben beschäftigt.

Als ich merke, dass ich gefährlich nahe am Selbstmitleid drifte, löse ich meine Augen von Nikolais bohrendem Blick und wende meine Aufmerksamkeit dem Jungen an meiner Seite zu. Er hat seine Kartoffeln aufgegessen und arbeitet nun fleißig an seinem Lammkotelett. Sein kleines Gesicht ist ein Bild der Konzentration, während er sich abmüht, ein mundgerechtes Stück Fleisch mit einer Gabel und einem Messer abzuschneiden, das jemand neben seinen Teller gelegt hat. Kein stumpfes Brotmesser, stelle ich entsetzt fest.

Ein richtig scharfes Steakmesser.

»Hier, Liebling, lass mich«, sage ich und schnappe es mir von ihm, bevor er sich die Finger abschneiden kann. »Das ist …«

»Etwas, mit dem er lernen muss, umzugehen«, sagt Nikolai und greift über den Tisch, um mir das Messer abzunehmen. Seine Finger streifen über meine, als er den Griff umfasst, und ich spüre die Wärme seiner Haut wie einen elektrischen Schlag, die ein Feuer in mir entfacht. Mein Inneres spannt sich an, mein Atem beschleunigt sich, und ich schaffe es kaum, meine Hand nicht zurückzureißen, als hätte ich mich verbrüht.

Wenigstens ist er nicht verheiratet, flüstert eine heimtückische kleine Stimme in meinem Kopf, und ich bringe sie mit Nachdruck zum Schweigen.

Verheiratet oder nicht, er ist immer noch mein Arbeitgeber und somit streng tabu.

Ich beiße mir auf die Lippe und beobachte, wie er dem Kind das Messer zurückgibt, damit es seine gefährliche Aufgabe wiederaufnimmt.

»Hast du keine Angst, dass er sich schneidet?« Ich kann die Verurteilung in meiner Stimme nicht unterdrücken, während ich auf die kleinen Finger starre, die sich um eine potenziell tödliche Waffe legen. Slava geht geschickt mit dem Messer um, aber er ist noch zu jung, um mit etwas so Scharfem zu hantieren.

»Wenn er das tut, wird er es das nächste Mal besser

wissen«, sagt Nikolai. »Das Leben kommt nicht mit einem Sicherheitsschloss.«

»Aber er ist erst *vier*.«

»Vier Jahre und acht Monate«, sagt Alina, als es dem Jungen gelingt, ein Stück Lammkotelett abzuschneiden und es sich, zufrieden mit sich selbst, in den Mund zu stecken. »Sein Geburtstag ist im November.«

Ich bin versucht, ihnen weiterhin zu widersprechen, aber es ist mein erster Tag, und ich habe meine Grenzen schon mehr als genug ausgetestet. Also halte ich den Mund und konzentriere mich auf mein Essen, um nicht das Kind anzuschauen, das neben mir ein Messer schwingt ... oder seinen gefühllosen, aber gefährlich attraktiven Vater.

Leider sieht besagter Vater mich immer wieder an. Jedes Mal, wenn ich meinen Blick von meinem Teller hebe, finde ich seine hypnotisierenden Augen auf mich gerichtet, und mein Herzschlag wird schneller und meine Hand kribbelt bei der Erinnerung daran, wie es sich anfühlt, wenn seine Finger über meine streichen.

Das ist nicht gut.

Überhaupt nicht gut.

Warum sieht er mich so an?

Er kann sich nicht auch noch zu mir hingezogen fühlen ... oder doch?

NIKOLAI

 enn es irgendeinen Zweifel in meinem Kopf gab, dass ich es genießen würde, Chloes Geheimnis zu lüften, dann ist er verschwunden, als Pavel das Dessert bringt. Alles an ihr fasziniert mich, von der Mischung aus Wahrheit und Lüge, die ihr so leicht über die Lippen kommt, bis hin zu der Art, wie sie vorsichtig und höflich genug Essen für zwei NFL-Linebacker verschlingt. Und unter meiner Faszination liegt eine ursprüngliche Anziehungskraft, die stärker ist als alles, was ich bisher erlebt habe. Ich habe noch nie eine Frau so sehr begehrt, und das mit so wenig Provokation ihrerseits. Sie flirtet nicht, tut nichts, um meine Aufmerksamkeit zu erregen, doch seit ich ihr gegenüber Platz genommen habe, bin ich hart. Der Anblick ihrer weichen Lippen, die sich um eine Gabel schließen, macht mich mehr an als die erotischste Stripshow in Moskau.

Selbst das Reden über Xenia und das, was sie mit

Slava abgezogen hat, konnte das Feuer, das in mir brennt, nicht abkühlen.

»Das muss das Köstlichste sein, was ich je gegessen habe«, sagt Chloe, nachdem sie eine Portion der Napoleon-Torte probiert hat, und ich murmele meine Zustimmung, obwohl ich den mehrschichtigen Blätterteigkuchen kaum schmecken kann. Meine Gedanken sind damit beschäftigt, wie *sie* schmecken und sich anfühlen wird, wenn ich sie erst in meinem Bett habe.

Ich habe das Gefühl, dass die neue Nachhilfelehrerin meines Sohnes köstlicher sein wird als alles, was ich je zuvor hatte.

»Nicht, Kolya«, sagt Alina leise auf Russisch, als Chloe sich an Slava wendet und beginnt, ihm das englische Wort für Kuchen beizubringen. »Bitte, ich flehe dich an, lass sie in Ruhe.«

Irritiert schaue ich meine Schwester an. »Ich werde sie nicht zwingen.« Das ist nicht meine Art und Weise, und nachdem ich das Mädchen in der letzten Stunde beobachtet habe, bin ich mir sogar noch sicherer, dass die Anziehung beidseitig ist.

Sie wird die meine sein. Das ist nur eine Frage der Zeit.

»Ich fange an zu glauben, dass du schlimmer bist, als er es war«, sagt Alina mit leiser Stimme. »Immerhin hat er versucht, es mit schwachsinnigen Ausreden zu rechtfertigen. Aber du versuchst es nicht einmal, oder? Du machst einfach, was immer du willst, egal, wer dabei verletzt wird.«

»Das ist richtig.« Ich schenke ihr ein hartes Lächeln. »Und du vergisst das besser nicht.«

Wenn meine Schwester denkt, dass der Vergleich mit unserem Vater irgendetwas ändern wird, könnte sie nicht falscher liegen. Ich weiß, dass ich wie er bin. Das war ich schon immer – deshalb hatte ich auch nie vor, Kinder zu bekommen.

Unser kleiner Austausch auf Russisch erregt Chloes Aufmerksamkeit, und ihr Blick trifft meinen, als sie zu mir hinüberschaut. Sie wendet ihren Kopf sofort wieder ab, aber nicht, bevor ich sehe, wie sich ihre zarte Kehle mit einem nervösen Schlucken bewegt, während ihre Zunge herausschnellt, um ihre Unterlippe zu befeuchten.

Oh, ja, sie fühlt sich zu mir hingezogen. Und sie ist besorgt darüber.

Ich schiebe mein halb gegessenes Dessert weg und greife nach meiner Tasse, um einen langen Schluck zu nehmen. Ich erhasche wieder ihren Blick, stelle die Tasse ab und schenke ihr ein langsames, bedächtiges Lächeln. »Und, wie hat dir dein erstes russisches Essen gefallen, Chloe?«

»Es war unglaublich.« Ihre Stimme ist ein wenig atemlos. »Pavel ist ein hervorragender Koch.«

Ich verstärke mein Lächeln. »Das ist er, nicht wahr?« Er ist sogar noch geschickter in anderen Dingen, wie zum Beispiel im Umgang mit Messern, aber das werde ich ihr nicht sagen. Sie zählt bereits zwei und zwei zusammen. Ich konnte sehen, wie sie reagierte, als ich die Wachen erwähnte. Sie ahnt, dass wir nicht nur eine wohlhabende Familie sind, und das macht sie fast so nervös wie meine Anziehungskraft auf sie.

Ich frage mich, ob es die natürliche Vorsicht einer behüteten Privatperson ist, oder ob mehr dahintersteckt ... wie die Geheimnisse, die sie zu verbergen versucht.

Das Klügste wäre gewesen, diese Geheimnisse aufzudecken, bevor ich sie einstellte, aber das hätte Zeit gekostet, und ich wollte nicht riskieren, dass sie mir entgleitet und verschwindet. Außerdem bin ich, nachdem ich sie während des Essens beobachtet habe, noch mehr davon überzeugt, dass sie keine körperliche Bedrohung für meine Familie darstellt. Die Art und Weise, wie sie Slava das Messer entriss, verriet nicht nur ihre Überfürsorglichkeit gegenüber dem Jungen, sondern auch ihr mangelndes Geschick mit einer Klinge. Sie hielt das Messer wie jemand, der es noch nie als Waffe benutzt hat, weder offensiv noch defensiv, und ich bezweifele, dass das nur gespielt war – nicht, wenn ihre Angst um Slava echt war.

Sie denkt, dass mein Sohn, ein Molotow, vor etwas so harmlosem wie einer scharfen Klinge geschützt werden muss.

Die unerklärliche Enge in meiner Brust kehrt zurück, und es kostet mich all meine Kraft, den Jungen nicht anzusehen. Wenn ich das tue, wird es nur noch schlimmer. Stattdessen konzentriere ich mich auf Chloe und die Art und Weise, wie sich ihre Wimpern als Reaktion auf mein Lächeln senken und ihre Brust sich in einem schnelleren Rhythmus hebt und senkt. Ihre Nippel sind wieder hart, wie ich mit wilder Genugtuung feststelle; der BH, den sie unter ihrem Shirt trägt, falls sie einen trägt, verhüllt nicht viel.

Ich kann es kaum erwarten, sie in einem schönen Designerkleid zu sehen, ihre schlanken Schultern entblößt. Etwas Geschmeidiges und Cremefarbenes, um den warmen Farbton ihrer Haut zu betonen. Sie wird es vor dem Abendessen für mich anziehen, und ich werde die gesamte Mahlzeit damit verbringen, mir vorzustellen, wie ich es ihr später in der Nacht vom Leib reißen werde – nicht, dass sie sich auf eine bestimmte Art und Weise anziehen muss, damit sich diese Fantasien in meinem Kopf manifestieren.

Das billige T-Shirt und die Jeans, die sie trägt, reichen dafür schon aus.

»Du kannst auch gerne ins Bett gehen, wenn du möchtest, Chloe«, sagt Alina, als Pavel ein Tablett mit Digestifs bringt, und dann hilft sie Slava aus seinem Stuhl, um ihn nach oben zu bringen und ihn bettfertig zu machen. »Fühle dich nicht gezwungen, hier bei uns zu bleiben. Ich bin mir sicher, dass du nach einem so langen Tag müde bist.«

»Und ich bin mir sicher, dass sie noch für einen Drink bleiben kann«, sage ich, bevor Chloe mehr tun kann, als Alina ein dankbares Lächeln zu schenken. Ich werde das Mädchen auf keinen Fall so schnell entkommen lassen. »Und überhaupt«, fahre ich fort und werfe meiner Schwester einen strengen Blick zu, »hast du nicht gesagt, dass *du* müde bist? Vielleicht solltest du dich Pavel anschließen, um Slava eine Gutenachtgeschichte vorzulesen und selbst früh ins Bett gehen.«

Alina will mir widersprechen, das sehe ich, aber selbst sie weiß, dass es keine gute Idee ist, mich jetzt weiter zu drängen. Seit wir Moskau verlassen haben, ist sie mutiger geworden, freier mit ihrer scharfen Zunge. Sie denkt, dass ich weicher geworden bin, weil ich die Zügel vorübergehend an unsere Brüder übergeben habe, aber sie könnte sich nicht mehr irren.

Die Bestie in mir ist lebendig und munter … und auf eine süße neue Beute fokussiert.

»In Ordnung«, sagt sie nach einem angespannten Moment. »Wenn das so ist, dann gute Nacht. Genießt euren Drink.«

Sie steht auf, und Chloe folgt ihrem Beispiel. »Ich denke, ich werde …«

»Setz dich«, sage ich mit einer befehlenden Geste, und das Mädchen sinkt zurück und blinzelt wie ein erschrockenes Rehkitz, als Alina mit einem letzten wütenden Blick in meine Richtung geht.

Ich warte, bis sie weg ist, bevor ich meine Beute mit einem Lächeln beglücke. »Also, Chloe …« Ich greife nach den Karaffen auf dem Tablett. »Bevorzugst du Cognac, Brandy oder Whiskey als Digestif?«

11

CHLOE

*I*ch starre Nikolai an, und mein Herz klopft heftig. Verstehe ich die Situation falsch oder hat er es so eingefädelt, dass wir letztlich allein am Tisch sitzen?

»Ich … trinke eigentlich nicht«, sage ich, und mein Hals ist ganz trocken. Der Blick in seinen intensiven Augen lässt mich mich wieder wie eine Maus fühlen, die von einer sehr großen Katze gefangen wurde – nur dass keine Maus eine solche Anziehungskraft von einer Raubkatze verspüren würde.

Ich möchte ihn fast so sehr berühren, wie ich weglaufen möchte.

Er wölbt seine dunklen Augenbrauen. »Niemals Alkohol? Ich finde das schwer zu glauben.«

»Das ist nicht das, was ich meinte. Es ist nur, du weißt schon, mal Bier oder Wein auf einer Party …« Meine Stimme verstummt, als er eine der Kristallkaraffen anhebt und zwei Finger breit eine bernsteinfarbene Flüssigkeit in ein Whiskyglas gießt, das er dann zu mir schiebt.

»Versuch das mal. Es ist einer der besten Cognacs der Welt.«

Zögernd hebe ich das Glas und schnuppere an seinem Inhalt. Ich habe eigentlich noch nie Cognac getrunken. Wodka-Shots ein paarmal, ja. Tequila bei ein paar denkwürdigen Anlässen, ganz sicher. Aber keinen Cognac – und nach den starken Alkoholdämpfen zu urteilen, die mir in die Nase steigen, ist das nichts, was ich heute Abend oder an irgendeinem anderen Abend in Nikolais Nähe trinken sollte.

Nicht, wenn ich so verwirrt über das bin, was zwischen uns passiert.

Er schenkt sich ebenfalls ein Glas ein. »Auf unsere neue Partnerschaft.« Er hebt das Getränk zum Toast, und ich habe keine andere Wahl, als mein Glas gegen seines zu stoßen. Ich setze es an meine Lippen, nehme einen Schluck – und breche in einen Hustenanfall aus, während meine Augen tränen und meine Kehle und mein Brustkorb in Flammen aufgehen.

Verdammt, das Zeug *ist* stark.

Nikolai beobachtet mich, und dunkle Belustigung schimmert in seinem Blick. »Du bist wirklich kein großer Trinker«, sagt er, als ich endlich wieder zu Atem gekommen bin. »Versuche es noch einmal, aber diesmal langsamer. Lass ihn ein paar Sekunden in deinem Mund, bevor du ihn herunterschluckst. Nimm den Geschmack, die Textur … das Brennen auf.«

Das ist keine gute Idee, das weiß ich, aber ich folge seinen Anweisungen, nehme einen weiteren Schluck und behalte ihn einen Moment in meinem Mund, bevor ich ihn meinen Hals hinunterlaufen lasse. Es brennt immer noch in meiner Speiseröhre, aber nicht mehr so sehr wie beim ersten Mal und nach dem feurigen Gefühl breitet sich eine angenehme Wärme in meinen Gliedern aus.

»Besser?«, erkundigt er sich leise, und ich nicke, unfähig, meinen Blick von seinen hypnotischen Augen loszureißen. Vielleicht ist es der Alkohol, der mich meine Hemmungen verlieren lässt, oder die Tatsache, dass wir ganz allein sind, aber es fühlt sich seltsam an, wie ein Date ... als ob sich ein Gefühl von Intimität zwischen uns aufbaut. Ich möchte über den Tisch greifen und die sinnliche Wölbung seiner Lippen nachzeichnen, meine Hand auf seine breite legen und ihre Stärke und Wärme spüren.

Ich will, dass er mich küsst, und wenn ich die brodelnde Hitze in seinen Augen nicht falsch einschätze, ist es vielleicht auch das, was er will.

»Warum hast du mich gebeten, auf einen Drink zu bleiben?«

Ich will die Worte zurücknehmen, sobald sie meinen Mund verlassen, aber es ist zu spät. Ein ironisches Lächeln erscheint auf seinem Gesicht, und er neigt seinen Kopf zur Seite, während er träge den Cognac in seinem Glas schwenkt. »Was denkst du?«

»Ich weiß nicht ...« Ich befeuchtete meine Lippen. »Ich weiß es nicht.«

»Aber wenn du eine Vermutung aufstellen müsstest?«

Mein Herzschlag beschleunigt sich. Ich kann auf keinen Fall sagen, was ich denke. Wenn ich falschliege, wird das sehr schlecht für mich ausgehen. In der Tat sehe ich nicht, wie das für mich gut laufen könnte. Wenn ich recht habe und er sich zu mir hingezogen fühlt, wird es noch komplizierter, als es sowieso schon ist. Und wenn ich es mir einbilde …

»Denk nicht zu viel nach, *zajchik*.« Seine Stimme ist trügerisch sanft. »Das ist keine deiner Uniprüfungen.«

Richtig. Und mir wäre es viel lieber, wenn es das wäre – denn dann müsste ich mir nur Sorgen machen, nicht durchzufallen. Hier steht unendlich viel mehr auf dem Spiel. Wenn ich das falsch mache, wenn ich ihn verärgere, könnte ich den Job verlieren – und damit auch jede Hoffnung auf Sicherheit.

Da draußen, jenseits der Grenzen dieses Anwesens, jagen mich Monster und hier drinnen ist ein Mann, der genauso gefährlich sein könnte … und das nicht nur, weil es ihm Spaß zu machen scheint, dieses sadistische kleine Spiel mit mir zu spielen.

»Was soll das bedeuten?«, frage ich vorsichtig. »Zajirgendwas?«

»*Zajchik*?« Dunkelheit schimmert in seinem Lächeln. »Es heißt *Häschen*. Ein russischer Kosename.«

Mein Gesicht erhitzt sich, und mein Puls nimmt einen ungleichmäßigen Rhythmus an. Die Wahrscheinlichkeit, dass ich falschliege, sinkt von Moment zu Moment, und das macht mich noch nervöser. Ich bin keine Jungfrau, aber ich habe noch nie jemanden gedatet, der auch nur im Entferntesten wie dieser Mann war. Meine Freunde im College waren genau das – Jungs, die zuerst meine Kumpel waren – und ich habe keine Ahnung, wie ich mit diesem gefährlich magnetischen Fremden umgehen soll, der auch noch mein Chef ist.

Und der vielleicht in der Mafia ist.

Es ist der letzte Gedanke, der die dringend benötigte Klarheit in das widersprüchliche Wirrwarr der Gefühle in meinem Kopf bringt.

Ich beruhige meine zitternden Nerven und stehe auf. »Danke für das Essen und den Drink. Wenn es dir nichts ausmacht, werde ich jetzt ins Bett gehen. Alina hat recht – es war ein langer Tag.«

Zwei lange Herzschläge lang sagt er nichts, sieht mich nur mit diesem spöttischen Lächeln an, und meine Angst steigt, während mein Magen sich zusammenzieht. Doch dann stellt er sein Glas ab und sagt leise: »Schlaf gut, Chloe. Wir sehen uns dann morgen früh.«

Und einfach so bin ich frei – und zu gleichen Teilen erleichtert und enttäuscht.

12

NIKOLAI

ch wälze mich zwei Stunden lang hin und her und versuche einzuschlafen, aber nichts passiert. Schließlich gebe ich auf und liege einfach nur da und starre an die dunkle Decke. Meine Muskeln sind angespannt, und mein Schwanz ist hart und schmerzt trotz der Erleichterung, die ich ihm mit meiner Faust verschafft habe.

Was ist es, das mich an diesem Mädchen fasziniert? Das Aussehen? Das Geheimnis, das sie repräsentiert? Ich schaffte es kaum, sie an diesem Abend in Ruhe zu lassen, mich zurückzuziehen und sie ins Bett gehen zu lassen, anstatt über den Tisch zu greifen, um sie zu mir zu ziehen.

Was hätte sie getan, wenn ich auf diesen Impuls hin gehandelt hätte?

Hätte sie sich versteift, geschrien ... oder wäre sie mit mir verschmolzen, wären ihre braunen Augen weich und unfokussiert geworden und hätten sich ihre Lippen für meinen Kuss geöffnet?

Fluchend stehe ich auf, werfe mir einen Bademantel über und gehe zu meinem Computer. Es ist später Vormittag in Moskau, also kann ich mit meinen Brüdern über einige Angelegenheiten reden.

Alles ist besser, als sich mit Chloe und dem frustrierenden Schmerz in meinen Eiern zu beschäftigen.

Konstantin nimmt meinen Videoanruf nicht an, also versuche ich es bei Valery. Mein jüngerer Bruder antwortet sofort, und sein Gesicht ist so glatt und ausdruckslos wie immer. Trotz der vier Jahre Unterschied zwischen uns sehen wir uns so ähnlich, dass man uns für Zwillinge halten könnte – und das passiert auch oft, genauso wie mit unserem älteren Bruder Konstantin und unserem Cousin Roman.

Molotow-Gene sind potent und giftig.

»Vermisst du uns schon?« Valerys Tonfall verrät nichts über seine Emotionen – wenn er überhaupt welche hat. Es ist möglich, dass mein Bruder so wenig fühlt, wie er zeigt. Ich habe ihn noch nie die Beherrschung verlieren sehen, auch nicht als Kind, und ich habe ihn mit Sicherheit noch nie weinen sehen. Andererseits war ich die meiste Zeit seiner Kindheit im Internat, daher kann ich nicht behaupten, ein Valery-Experte zu sein.

Wir stehen uns nicht nahe, meine Brüder und ich; dafür hat unser Vater gesorgt.

»Hast du die Freigabe für die Produktionsanlage

bekommen?«, frage ich anstelle einer Antwort. »Oder ist sie noch in der Schwebe?«

Valery starrt mich mit einem unverwandten Blick an. »Sie liegt auf dem Schreibtisch des Präsidenten. Er hat mir versprochen, sie mir bis morgen zukommen zu lassen.«

»Gut.« Es ist ein Deal, an dem ich mehrere Monate gearbeitet habe, bevor ich Moskau verlassen habe, und ich möchte sicherstellen, dass er zustande kommt. »Was ist mit dem Gesetz über die Steuergutschrift?«

»Es geht wie erhofft voran.« Mein Bruder legt den Kopf schief. »Warum der Anruf zu später Stunde? Das alles hätte auch bis morgen warten können.«

Ich zucke mit den Schultern. »Ich habe nur ein paar Probleme, einzuschlafen.«

Valerys Blick wird schärfer. »Hat das etwas mit Slava zu tun?«

»Nein.« Zumindest nicht auf die Art, wie er denkt. »Wo ist Konstantin?« Ich möchte, dass sein Team Chloe Emmons genauer unter die Lupe nimmt, mit besonderem Fokus auf den letzten Monat.

Ich muss wissen, was sie getan hat und wohin sie gegangen ist, während sie untergetaucht ist.

»Berlin«, antwortet Valery. »Mehr Server beschaffen.«

»Schon wieder?«

Jetzt ist er an der Reihe, mit den Schultern zu zucken. In meiner Abwesenheit haben meine Brüder die Aufgaben nach ihren Interessen und Stärken aufgeteilt, wobei die Technik ganz klar in Konstantins

Domäne fällt. Nicht, dass es jemals anders gewesen wäre; schon in der Grundschule konnte unser älterer Bruder die besten Programmierer des Landes locker übertreffen. Der Hauptunterschied ist, dass Valery sich jetzt aus Konstantins Geschäften heraushält und ihn machen lässt, was er will, während ich, als ich die Familienorganisation leitete, alles überwachte, einschließlich Konstantins Unternehmungen im Dark Web.

»Gut«, sage ich. »Ich werde mich dort mit ihm in Verbindung setzen. Jetzt kläre mich über den Rest auf.«

Und Valery tut es. Als wir den Anruf beenden, habe ich das Gefühl, wieder auf dem Laufenden zu sein – oder zumindest so auf dem Laufenden, wie ich es auf der anderen Seite der Welt sein kann. Ein Großteil unserer Geschäfte findet persönlich statt, auf Galas, in Opernhäusern und in Spitzenrestaurants, die von den Machthabern Osteuropas besucht werden. Man kann einen Politiker nicht subtil per E-Mail bestechen, kann keinen Lieferanten über Skype einschüchtern, einen Rabatt zu geben. Es geht darum, sich mit den richtigen Leuten zu treffen, zur richtigen Zeit am richtigen Ort zu sein – und keine Spuren zu hinterlassen, weder digital noch anderweitig, wenn man eine Grenze überschreiten muss, um etwas zu erreichen.

Ich fahre meinen Laptop herunter, werfe den Bademantel ab und gehe zum Fenster, wo der Halbmond, der sich teilweise hinter einer Wolke versteckt, gerade genug Licht spendet, um die Wipfel der Bäume am Berghang erkennen zu können. Ich bin immer noch angespannt, und jeder Muskel in meinem Körper ist fest. Der Anruf hat mich wie erhofft abgelenkt, aber jetzt, wo er vorbei ist, denke ich wieder an Chloe. Ich will sie wieder.

Scheiße.

Vielleicht hätte ich sie nicht vom Tisch gehen lassen sollen. Ich genoss ihre Nervosität, die Vorsicht in ihren hübschen braunen Augen. Sie erinnerte mich an einen wilden Hasen, bereit, beim ersten Anzeichen von Gefahr zu fliehen, und ich wollte sie jagen, sollte sie das tun.

Aber das habe ich nicht. Ich ließ sie gehen. Sie sah müde aus, und nicht die Art von Müdigkeit, die man bekommt, wenn man ein oder zwei Nächte zu wenig geschlafen hat. Es war eine tiefsitzende völlige Erschöpfung. Ihre Kleidung saß locker an ihr, als hätte sie kürzlich abgenommen, ihre zarten Gesichtszüge waren schärfer als auf den Bildern, und ihre Augen von tiefen Schatten umringt. Was auch immer ihr zugestoßen ist, hat sie an den Rand eines Zusammenbruchs gebracht, und in diesem Moment, als sie sich von ihrem Sitz erhob, so zerbrechlich und mutig, fühlte ich einen seltsamen Drang, sie zu trösten … sie zu beschützen, vor welchen Dämonen auch immer, die diese Zeichen der Anspannung in ihr Gesicht geätzt haben.

Nein, das ist idiotisch. Ich kenne das Mädchen kaum. Ich wollte sie nicht bis zum Äußersten treiben, das ist alles.

Ich gehe zu meinem Kleiderschrank, ziehe mir eine

Laufshorts und Turnschuhe an und verlasse das Zimmer. Vielleicht ist es ganz gut, dass ich sie heute Abend in Ruhe lasse. Morgen werde ich mich mit Konstantin in Verbindung setzen und damit beginnen, ihre Geheimnisse zu lüften. In der Zwischenzeit schadet es nicht, sie sich ausruhen zu lassen, ihr Zeit zu geben, sich zu orientieren ... sich an den Gedanken zu gewöhnen, dass ich sie will.

Egal was mein Schwanz denkt, es hat keine Eile.

Immerhin ist sie jetzt hier und geht nirgendwohin.

13

CHLOE

»*N ein!*«
Ich lande auf allen vieren, keuche, und mein ganzer Körper zittert und ist schweißbedeckt. Es ist dunkel, ich bin nackt und habe keine Ahnung, wo ich bin oder was passiert. Dann registriere ich das Gefühl des Hartholzbodens unter meinen Händen und das schwache Mondlicht, das durch das zimmerhohe Fenster hereinströmt, und alles fügt sich zusammen.

Ich bin in meinem Zimmer auf dem Anwesen der Molotows und nichts von dem, was ich gesehen habe, ist real.

Es war ein weiterer Alptraum.

Ich zucke zusammen, als ich mich auf den Knien aufrichte, die sofort aufschreien und protestieren. Ich muss sie geprellt haben, als ich mich vom Bett gestürzt habe.

Ein schlanker, brauner Arm in einer Blutlache ... Eine

Waffe in einer schwarz behandschuhten Hand ... Ein riesiger Pick-up, der auf mich zurast ...

Ein frischer Adrenalinschub treibt mich trotz der Schmerzen auf die Beine. Ich atme hektisch ein und suche in der Dunkelheit nach einem Lichtschalter. Meine Hand landet auf dem Bett, und ich taste mich hinüber zum Nachttisch.

Die Nachttischlampe geht auf meine Berührung hin an und erhellt den Raum mit einem sanften goldenen Schein. Meine Knie knicken vor Erleichterung ein, und ich lasse mich auf die Matratze sinken, damit das Licht die verbliebenen Reste des Alptraums vertreiben kann.

Es war nur ein Traum.

Ich bin in Sicherheit.

Hier kommen sie nicht an mich heran.

Nach ein paar Minuten fühle ich mich stabil genug, um aufzustehen und gehe ins Bad, um den Schweiß abzuspülen, der auf meiner Haut getrocknet ist. Bevor ich das tue, schalte ich die Lampe aus, da mir die saubere Kleidung zum Schlafen ausgegangen ist, und ich nicht herausfinden konnte, wie man die Jalousien am Fenster bedient. Wahrscheinlich ist irgendwo ein Knopf versteckt, aber ich war gestern Abend zu müde, um ihn zu finden. Sobald ich in meinem Zimmer war, zog ich mich aus, wusch mein Hemd und meine Unterwäsche mit der Hand im Waschbecken, damit ich morgens etwas Sauberes zum Anziehen hatte, und schlief sofort ein, als mein Kopf das Kissen berührte.

Selbst die Sorgen um meinen verstörend

attraktiven Arbeitgeber konnten mich nicht wach halten.

Doch jetzt unter der Dusche denke ich an ihn, und mein Herzschlag beschleunigt sich, meine Atmung wird mit einer Mischung aus Angst und Aufregung schneller.

Nikolai will mich.

Denke ich.

Vielleicht.

Ich könnte falschliegen.

Oder … nicht.

Hitze sammelt sich tief in meinem Unterleib, und meine Brustwarzen ziehen sich zusammen, als ich mir den finsteren Blick in seinen Augen vorstelle und die Dinge, die er gesagt hat, in meinem Kopf noch einmal abspiele … und wie er sie gesagt hat. Nein, ich liege nicht falsch. Zumindest nicht damit, dass er sich von mir angezogen fühlt. Es ist möglich, dass er nur mit mir gespielt und nicht die Absicht hat, auf diese Anziehung zu reagieren, aber das glaube ich nicht.

Ich glaube, er hat vor, mich zu ficken, und ich habe keine Ahnung, wie ich mich bei dem Gedanken fühle.

Eigentlich ist das eine Lüge. Mein Verstand mag zerrissen sein, aber mein Körper ist sehr geradlinig in seinen Gefühlen. Die Hitze in mir steigert sich, und eine schmerzhafte Anspannung breitet sich tief in meinem Inneren aus, während ich mir vorstelle, wie es wäre, wenn er in diesem Moment an meine Tür klopfte und in mein Zimmer käme … sie dann, ohne eine Antwort zu bekommen, öffnete und hereinkäme.

Wenn er auf dem Bett säße und auf mich wartete, wenn ich nackt aus dem Bad käme.

Meine Augen fallen zu, meine Hände umfassen meine Brüste und gleiten dann an meinem Körper hinunter, während ich mir vorstelle, wie er aufsteht und auf mich zugeht … und die Hand ausstreckt, um mich zu berühren. Meine Finger gleiten zwischen meine Schenkel, wo ich nass bin und voll schmerzhaftem Verlangen, und ich stelle mir vor, dass es seine Hand ist, sein grausam sinnlicher Mund dort unten. Mein Atem stockt, als sich das Verlangen in ein heißes Pochen verwandelt, meine Beinmuskeln vor zunehmender Anspannung zittern und ich plötzlich kraftvoll explodiere. Meine Zehen biegen sich auf den nassen Fliesen, während ich mich gegen die Glaswand der Kabine lehne und nach Luft schnappe.

Fassungslos öffne ich die Augen, ziehe meine Hand weg, und mein Herz rast wie verrückt in meiner Brust.

Ich kann nicht glauben, was gerade passiert ist. Ich konnte noch nie nur mit meinen Fingern zum Orgasmus kommen. Normalerweise brauche ich mindestens eine Viertelstunde mit meinem Vibrator – oder einen Kerl, der mich eine halbe Stunde lang leckt – und selbst dann ist es eine Frage der Zeit, je nachdem wie gestresst oder müde ich bin. Erregung ist für mich eine geistige Angelegenheit, deshalb habe ich mich noch nie auf Gelegenheitsbekanntschaften eingelassen.

Ich muss einen Mann kennen, um mit ihm intim zu werden.

Ich muss ihn mögen und ihm vertrauen.

Oder zumindest habe ich das immer gedacht. Ich habe keine Ahnung, ob ich Nikolai mag, und ich vertraue ihm ganz sicher nicht.

Warum also bringt mich der bloße Gedanke an ihn an den Rand des Orgasmus?

Warum fühle ich mich zu einem Mann hingezogen, der dafür sorgt, dass ich mich wie eine gejagte Beute fühle?

Das Licht, das auf mein Gesicht fällt, reißt mich aus dem Tiefschlaf, und ich rolle mich stöhnend auf die Seite, um der Helligkeit zu entkommen. Aber es ist überall, hell und warm, und es dämmert mir, dass es Morgen sein muss, auch wenn es sich nicht so anfühlt.

Ich zwinge meine schweren Augenlider, sich zu öffnen, setze mich auf und reibe mein Gesicht. Obwohl ich nach meiner spontanen Masturbation sofort wieder eingeschlafen bin, fühle ich mich immer noch müde, als hätte ich nur ein paar Stunden Schlaf bekommen, anstatt der neun oder zehn, die ich in Wirklichkeit geschlafen haben muss. Ich habe keine Ahnung, wie spät es jetzt ist, aber ich bin mir ziemlich sicher, dass ich vor zehn ins Bett gegangen bin.

Die vielen schlaflosen Wochen holen mich wohl ein.

Ich schwinge meine Beine auf den Boden und genieße die herrliche Aussicht aus dem Fenster. Trotz

ANNA ZAIRES

des hellen Sonnenlichts hüllen Nebelschwaben die fernen Berggipfel ein und das Ganze sieht aus wie auf einer Postkarte. Ich bin versucht, noch eine Minute dazusitzen und den Anblick zu genießen, aber ich zwinge mich, aufzustehen und ins Bad zu gehen, um mich zu waschen. Es ist mein erster Morgen im Job und ich will keinen schlechten Eindruck machen, indem ich zu spät komme. Nicht, dass ich wüsste, was »spät« ist – wir haben gestern nicht über meine Arbeitszeiten oder Slavas Zeitplan gesprochen.

Ich bin sauber von meiner nächtlichen Dusche, also dauert mein Morgenritual nur wenige Minuten. Das Hemd und die Unterwäsche, die ich mit der Hand gewaschen habe, sind immer noch ein wenig feucht, aber ich ziehe sie trotzdem an und behalte im Hinterkopf, dass ich so bald wie möglich mit Pavel oder jemandem über die Wäschesituation sprechen muss. Auch über meine Stunden.

Ich muss verstehen, was Nikolais Erwartungen sind, damit ich sie nicht nur erfüllen, sondern übertreffen kann.

Mein Puls beginnt bei dem Gedanken an ihn zu rasen, und ich konzentriere mich darauf, meine Haare zu einem Dutt zusammenzubinden, um mich von den immer aktiver werdenden Schmetterlingen in meinem Bauch abzulenken. Ich bin mit nassen Haaren ins Bett gegangen, also haben sie alle möglichen komischen Wellen drin und es ist auf jeden Fall professioneller, meine Haare aus dem Gesicht zu halten.

Ich kehre ins Schlafzimmer zurück, mache das Bett,

ziehe meine Turnschuhe an und straffe meine Schultern.

Ich schaffe das.

Ich muss das tun, egal wie mein neuer Chef mich fühlen lässt.

14

CHLOE

*U*nten sehe ich niemanden im Ess- oder Wohnzimmer, also laufe ich herum, bis ich die Küche finde. Als ich hineingehe, sehe ich eine kurvige Frau mit blondierten Haaren, die zu einem kurzen, bauschigen Bob geschnitten sind. In einem rosa-weiß geblümten Kleid beugt sie sich über ein Waschbecken und wäscht einen Teller, also räuspere ich mich, damit sie meine Anwesenheit bemerkt.

»Hi«, sage ich lächelnd, als sie sich umdreht und ihre Hände an einem Handtuch trocknet. »Du musst Lyudmila sein.«

Sie starrt mich erst an und nickt dann. »Lyudmila, ja. Bist du Slava-Lehrerin?« Ihr russischer Akzent ist noch stärker als der ihres Mannes und ihr rundes, rosiges Gesicht erinnert mich an eine bemalte Matrjoschka-Puppe, eine von denen, die im Inneren andere Puppen haben, wie Zwiebelschichten. Ich schätze sie auf Mitte bis Ende dreißig, obwohl ihre

Haut so glatt ist, dass sie leicht als zehn Jahre jünger durchgehen könnte.

»Ja, hallo. Ich bin Chloe.« Ich gehe auf sie zu und strecke meine Hand aus. »Es ist schön, dich kennenzulernen.«

Vorsichtig umfasst sie meine Finger und schüttelt kurz meine Hand, als ich frage: »Weißt du, wo Slava ist – und ob er schon gefrühstückt hat?«

Sie blinzelt verständnislos, also wiederhole ich die Frage, wobei ich darauf achte, jedes Wort ganz deutlich auszusprechen.

»Ah, ja, Slava.« Sie zeigt auf das große Fenster zu meiner Linken, das sich als Blick auf die Vorderseite des Hauses entpuppt, wo ich mein Auto geparkt habe. Aber das Auto ist nicht da. Ich runzele die Stirn, aber dann wird mir klar, dass Pavel es gestern umgeparkt haben muss, als er meinen Koffer geholt hat.

Ich muss ihn fragen, wo es ist, und meine Autoschlüssel. Ich glaube nicht, dass er sie mir jemals zurückgegeben hat.

Bevor ich Lyudmila die Frage stellen kann, entdecke ich meinen jungen Schüler. Er hüpft mit Pavel auf den Fersen die Auffahrt hinauf. Der Bärenmensch trägt einen riesigen Fisch am Haken, und der Junge hat ein ebenso großes Lächeln im Gesicht. Die beiden müssen am frühen Morgen geangelt haben.

Ich werfe einen Blick auf die Uhr an der Mikrowelle und zucke zusammen.

Nein, nicht am frühen Morgen. Eher vormittags.

Es ist fast zehn.

Mein Magen knurrt wie auf Kommando, und ein Lächeln breitet sich auf Lyudmilas rundem Gesicht aus. »Essen?«, fragt sie, und ich nicke und lächele reumütig zurück.

Wenigstens spricht mein Magen eine universelle Sprache.

»Ist es okay, wenn ich mir etwas nehme?«, frage ich und deute zum Kühlschrank, aber Lyudmila eilt selbst dorthin und holt einen Teller mit etwas heraus, das wie gefüllte Crêpes aussieht.

»Das gut?«, fragt sie, und ich nicke dankbar. Ich bin kein wählerischer Esser, und wenn diese Crêpes auch nur annähernd so lecker sind wie das russische Essen, das ich gestern Abend gegessen habe, werde ich im siebten Himmel sein.

»Danke«, sage ich und gehe hinüber, um ihr den Teller abzunehmen, aber sie stellt ihn in die Mikrowelle und deutet auf den Tresen hinter der Spüle.

»Geh. Sitz. Ich mache für dich.«

Ich bedanke mich noch einmal bei ihr und setze mich auf einen der Barhocker hinter dem Tresen. Ich möchte nicht zur Last fallen, aber mit der Sprachbarriere könnte mein höflicher Protest als Ablehnung oder Abneigung fehlinterpretiert werden.

»Tee? Kaffee?«, fragt sie.

»Kaffee, bitte. Mit Milch und Zucker, wenn möglich.«

Sie ist mit der Zubereitung beschäftigt und ich sehe mich in der Küche um. Sie ist genauso modern wie der

Rest des Hauses, mit glänzend weißen Schränken, grauen Quarz-Arbeitsplatten und schwarzen Edelstahlgeräten. Ein Teil der großen Kücheninsel in der Mitte ist mit einer langen Reihe frischer Kräuter in Blumentöpfen belegt, und darüber hängt kunstvoll ein Weinregal mit verschiedenen Flaschen.

Nach einer Minute klingelt die Mikrowelle, und Lyudmila bringt mir den Teller mit den Crêpes, einen sauberen Teller, Besteck und ein Glas mit Honig.

»Wow, danke«, sage ich, als sie mir einen der Crêpes auf den Teller legt, ihn mit Honig beträufelt und dann mimt, dass ich ihn schneiden und essen soll. »Das sieht toll aus.«

Ich schneide ein Stück von dem Crêpe ab und betrachte den Inhalt. Er sieht aus wie Ricotta-Käse mit Rosinen, und als ich den Bissen in den Mund schiebe, ist er gleichzeitig süß und herzhaft – und sogar noch köstlicher, als ich erwartet hatte. Mein Magen knurrt wieder, lauter, und Lyudmila grinst bei dem Geräusch.

»Du magst?«

»Oh, ja, danke. Das ist so gut«, murmele ich, den Mund schon beim zweiten Bissen voll, und Lyudmila nickt zufrieden.

»Gut. Du isst. So klein.« Sie bewegt ihre Hände in der Luft, als ob sie den Umfang meiner Taille messen würde, und schnalzt missbilligend mit der Zunge. »Zu klein.«

Ich lache unbehaglich und widme mich dem Essen, während sie sich wieder dem Abwasch widmet. Sie ist lustig, ihre unverblümte Kritik an meiner Figur, aber auch wahr. Ich war schon immer schlank, aber nach einem Monat mit sporadischen Mahlzeiten bin ich regelrecht abgemagert, die Muskeln an meinem Körper sind zusammen mit dem wenigen Fett, das ich hatte, geschmolzen. Sogar der Hintern, den ich einst für zu ausgeprägt hielt, ist jetzt kaum noch vorhanden. Ich werde wahrscheinlich eine Million Kniebeugen machen müssen, um ihn wiederzubekommen.

Was ich tun werde, wenn das alles vorbei ist.

Wenn es jemals vorbei ist.

Nein, nicht wenn. Ich weigere mich, so zu denken. Ich bin so weit gekommen, habe mich meinen Verfolgern wider Erwarten entzogen und jetzt geht es aufwärts. Zum ersten Mal, seit dieser Alptraum begann, habe ich die ganze Nacht geschlafen, ich habe einen vollen Bauch und ich bin irgendwo, wo sie nicht an mich herankommen können. Und in sechs Tagen habe ich meinen ersten Gehaltsscheck und damit mehr Möglichkeiten – einschließlich der, hier wegzugehen, wenn es das ist, was ich tun muss, um in Sicherheit zu sein.

Wenn die Dunkelheit, die ich in Nikolai gespürt habe, mehr als nur ein Produkt meiner Einbildung ist.

In dieser hellen, sonnenbeschienenen Küche fühlen sich meine Ängste vor der Mafia übertrieben, irrational an, ebenso wie meine Schlussfolgerung, dass er mich will. Wie Lyudmila schon sagte, sehe ich nicht gerade gut aus, und ich bin mir sicher, dass ein so reicher und wunderschöner Mann wie mein Arbeitgeber an Weltklasse-Schönheiten gewöhnt ist. Je mehr ich darüber nachdenke, desto mehr scheint es, dass seine Anziehung auf mich mich dazu verleitet hat, die Situation letzte Nacht falsch zu interpretieren. Der Kosename, die bohrenden Fragen, der tiefe, verführerische Ton in seiner Stimme – es könnte alles ein Fall von kulturellen Unterschieden gewesen sein. Ich weiß nicht viel über russische Männer, aber es ist möglich, dass sie bei Frauen immer so sind – genauso wie es möglich ist, dass reiche Russen aufgrund der hohen Korruption und Kriminalität in ihrem Land daran gewöhnt sind, Wächter zu haben.

Ja, das ist es wahrscheinlich. Bei all dem Stress des letzten Monats habe ich meiner Fantasie freien Lauf gelassen. Warum sollte sich eine Mafiafamilie hier niederlassen, in dieser abgelegenen Wildnis? New York, sicher; Boston, sehr wahrscheinlich. Aber Idaho? Das ergibt keinen Sinn.

Ich schüttele meinen Kopf über meine Dummheit, vertilge den Rest der Crêpes und trinke den Kaffee, den Lyudmila gekocht hat. Dann stehe ich auf, bringe das Geschirr zur Spüle – wo Lyudmila es mir trotz meiner Proteste abnimmt – und mache mich auf den Weg zu meinem Schüler.

Ich schaffe das.

Das werde ich wirklich.

Ich freue mich sogar schon darauf.

Ich biege gerade schnell um die Ecke zum Wohnzimmer, als ich in einen großen, harten Körper laufe. Der Aufprall reißt mir die Luft aus den Lungen und lässt mich fast fliegen, aber bevor ich fallen kann, schließen sich starke Hände um meine Oberarme und ziehen mich gegen einen Körper.

Fassungslos und völlig außer Atem, schaue ich nach oben – und mein Herzschlag geht durch die Stratosphäre, als ich Nikolais Tigeraugen begegne.

»Guten Morgen, *zajchik*«, murmelt er, und sein schöner Mund ist zu einem spöttischen Lächeln verzogen. »Wo willst du denn so eilig hin?«

15

CHLOE

ede Zelle in meinem Körper erhitzt sich, und mein Puls schnellt unvorstellbar in die Höhe. Mein Unterleib liegt bündig an seinem, meine Oberschenkel drücken gegen seine harten Beine, und mein Bauch schmiegt sich an seine Leistengegend. Ich kann sein Parfum riechen, etwas Subtiles und Komplexes, mit Noten von Zedernholz und Bergamotte und darunter den sauberen Moschus der warmen Männerhaut. Und sie *ist* warm. Selbst wenn wir beide vollständig bekleidet sind, kann ich seine animalische Hitze spüren – und zu meinem Entsetzen auch die wachsende Härte, die sich in meinen Bauch drückt.

»Geht es dir gut?«, murmelt er, und ich merke, dass ich benommen zu ihm hochstarre, wie ein Kaninchen in der Falle. Das ist ziemlich genau das, wie ich mich fühle. Seine langen Finger umschließen meine Oberarme komplett, sein Griff ist unzerbrechlich. Und er ist riesig. Bis zu diesem Moment hatte ich nicht bemerkt, wie groß und muskulös er ist. Ich bin durchschnittlich groß für eine Frau, aber er übertrifft mich in jeder Hinsicht – und der Dicke der Beule nach zu urteilen, die sich gegen mich presst, ist er überall groß.

Meine Haut erhitzt sich um weitere tausend Grad, und mein Inneres zieht sich mit einem plötzlichen Verlangen zusammen. »Mir … mir geht es gut.« Ich klinge jedoch alles andere als gut, und meine erstickte Stimme verrät meine Aufregung. Ich kann nicht denken, kann nichts verarbeiten außer der Tatsache, dass seine Erektion gegen mich drückt und er mich, aus welchem Grund auch immer, nicht loslässt.

Er hält mich an sich gedrückt, als ob er *niemals* loslassen würde, und sein Blick wird von Sekunde zu Sekunde intensiver. Langsam, wie von einem Magneten angezogen, bewegen sich seine Augen hinunter zu meinen Lippen und …

»Kolya.« Alinas Stimme ist fest. »Konstantin will mit dir reden.«

Nikolai versteift sich, hebt den Kopf, und seine Finger ziehen sich an meinen Armen zusammen, bis es schmerzt. Ein unwillkürliches Keuchen entweicht meiner Kehle, und er lockert seinen Griff, lässt mich aber immer noch nicht los.

»Sag ihm, dass ich ihn zurückrufe«, sagt er zu seiner Schwester. Sein Ton ist kühl und ruhig, als ob wir alle an einem Tisch sitzen würden, anstatt dass er mich umarmt, als ob wir gleich Tango tanzen würden. Mein Gesicht hingegen brennt vor Verlegenheit.

Ich kann mir gar nicht vorstellen, was Alina gerade denkt.

»Er will sofort mit dir sprechen«, beharrt sie darauf. »Er hat in ein paar Minuten ein anderes Meeting und wird danach beschäftigt sein.«

Nikolai murmelt etwas, was wie ein russischer Fluch klingt, und lässt mich schließlich los. Zitternd stolpere ich auf wackeligen Beinen zurück und drehe mich zu Alina um, die ihren Bruder mit zusammengekniffenen Augen beobachtet, während er weggeht. Dann richtet sich ihr Blick auf mich, und ihre vollen, roten Lippen spannen sich an.

»Ich bin ungewollt in ihn gelaufen«, platze ich damit heraus, bevor sie mir etwas vorwerfen kann. »Es war ein Unfall. Ich wäre gefallen, aber er …«

»Mein Bruder hat keine Unfälle.« Ihre Augen sind wie in Eis getauchte Jade. »Es ist besser, wenn du dir das merkst, Chloe.«

Und damit geht sie weg und lässt mich noch erschütterter zurück als zuvor.

Nach ein paar Minuten habe ich mich so weit gefasst, dass ich meine Suche nach Slava fortsetzen kann – dieses Mal in einem viel ruhigeren Tempo. Als ich zu seinem Zimmer komme, ist er aber nicht da, also gehe ich wieder nach unten, um ihn zu suchen.

Ich sehe weder ihn noch Pavel in einem der Gemeinschaftsräume, also kehre ich in die Küche zurück, in der Hoffnung, Lyudmila dort zu finden. Aber sie ist auch weg.

Vielleicht sind sie alle draußen?

Ich öffne die Haustür und trete in das helle Sonnenlicht hinaus. Es ist ein wunderschöner, wolkenloser Tag, die nach Wald duftende Brise ist kühl und erfrischend auf meinem Gesicht. Niemand ist auf der Einfahrt, aber ich gehe trotzdem hinaus und atme eine Lunge voll frischer Bergluft ein, um mich weiter zu beruhigen.

Es gibt keinen Grund, auszuflippen.

Es ist nichts passiert.

Nikolai hat mich aufgefangen, als ich gefallen wäre, das ist alles.

Aber ... es hätte etwas passieren können, wenn Alina uns nicht unterbrochen hätte. Ich bin mir zu neunzig Prozent sicher, dass Nikolai mich gerade küssen wollte. Und ich habe mir die harte Beule, die sich gegen mich presste, definitiv nicht eingebildet.

Er will mich wirklich.

Daran gibt es keinen Zweifel mehr.

Ich atme noch einmal tief durch, aber mein Herz rast weiter, und meine Handflächen schwitzen wie verrückt. Ich wische sie an meiner Jeans ab und gehe um die Seite des Hauses herum, um die Aussicht auf die Berge zu genießen und meine rasenden Gedanken zu beruhigen.

Es ist in Ordnung. Es ist alles in Ordnung. Nur weil

Nikolai sich zu mir hingezogen fühlt, heißt das noch lange nicht, dass zwischen uns etwas passieren wird. Ich bin mir sicher, dass er merkt, wie unangebracht das Ganze ist. Egal, was Alina sagte, es *war* ein Unfall, dass wir zusammenstießen. Ich weiß nicht, warum sie etwas anderes unterstellen sollte. Vielleicht denkt sie, dass ich ihn angemacht habe? Aber nein. Es schien fast so, als ob sie mich vor ihm warnen wollte, als ob –

Der Klang von Stimmen erregt meine Aufmerksamkeit, und als ich um die Ecke gehe, sehe ich Pavel und Slava. Sie stehen an einem Baumstumpf, der etwa fünfzig Meter entfernt ist und auf dem der große Fisch liegt. Als ich mich nähere, sehe ich, wie der Bärenmensch ihn halb aufschneidet und dann das scharf aussehende Messer an Slava weiterreicht.

Was zum Teufel …? Erwartet er, dass das Kind die Arbeit zu Ende bringt?

Genau das tut er. Und Slava vollbringt es. Als ich dort ankomme, schöpft der Junge mit seinen kleinen Händen Fischinnereien aus und wirft sie in eine Plastiktüte, die Pavel ihm hilfsbereit hinhält.

Also gut. Ich denke, sie wissen, was sie tun. Ich habe selbst schon ein paarmal Fische geputzt – mein Mitbewohner im ersten Semester, ein begeisterter Angler und Jäger, hat es mir beigebracht –, deswegen finde ich es nicht eklig, aber es ist beunruhigend, einen Vierjährigen dabei zu beobachten.

Sie haben *wirklich* kein Problem damit, ihm Messer zu geben.

Ich bleibe vor dem Baumstumpf stehen und setze

mein strahlendstes Lächeln auf. »Guten Morgen. Darf ich mich zu dir setzen?«

Der Junge grinst zu mir hoch und rattert etwas auf Russisch herunter. Pavel hingegen sieht nicht gerade erfreut aus, mich zu sehen. »Wir sind fast fertig«, knurrt er mit seiner stark akzentuierten Stimme. »Du kannst im Haus warten, wenn du willst.«

»Oh, nein, mir geht es hier draußen gut. Brauchst du Hilfe dabei?« Ich zeige in Richtung des Fisches.

Pavel starrt mich wütend an. »Weißt du, wie man Schuppen entfernt?«

»Ja.« Ich würde es eigentlich lieber nicht tun, damit ich meine einzigen sauberen Klamotten nicht schmutzig mache, aber ich möchte Slava weiter unterrichten, und der beste Weg, das zu tun, ist, Zeit mit ihm zu verbringen und mich mit den Aktivitäten zu beschäftigen, die er gerade macht.

Meiner Erfahrung nach lernen Kinder am besten außerhalb eines Klassenzimmers – und das tun auch die meisten Erwachsenen.

»Na dann.« Pavel schiebt mir das Messer zum Schuppenentfernen zu. »Zeig dem Kind, wie man es macht.«

Dem Grinsen auf seinem ziegelsteinartigen Gesicht nach zu urteilen denkt er, dass ich bluffe – weshalb es mir große Freude bereitet, ihm das Messer abzunehmen und nett zu sagen: »Okay.«

Ich passe auf, dass ich keine Spritzer auf mein Shirt bekomme, und mache mich an die Arbeit, wobei ich dem Jungen die ganze Zeit erkläre, was ich mache –

und wie. Ich sage ihm, wie jeder Teil des Fisches heißt, und lasse ihn die Worte wiederholen, dann lasse ich ihn das Entschuppen selbst ausprobieren. Er ist genauso gut darin wie beim Schneiden, und ich merke, dass er es schon einmal gemacht hat.

Als Pavel sagte, ich solle es ihm zeigen, wollte er mich nur testen.

Ich verberge meinen Ärger, lasse Slava die Arbeit beenden und lege den geputzten Fisch zurück in den Eimer. Pavel trägt ihn ins Haus, und Slava und ich folgen ihm. Der Bärenmann geht direkt in die Küche – wahrscheinlich, um den Fisch für das Mittagessen vorzubereiten –, und ich sage ihm, dass ich Slava nach oben bringe, um ihn umzuziehen. Im Gegensatz zu mir hat der Junge fischige Spritzer überall auf seinem Hemd.

Pavel grunzt etwas zur Bestätigung, bevor er in der Küche verschwindet, und ich schiebe Slava in das nächste Badezimmer. Wir waschen uns beide gründlich die Hände, und dann führe ich Slava hinauf in sein Zimmer.

Zu meiner Überraschung ist Lyudmila schon da, als wir hereinkommen, und hat Slava ein sauberes Hemd und eine Jeans auf das Bett gelegt.

»Danke«, sage ich mit einem Lächeln. »Er muss sich dringend umziehen.«

Sie lächelt zurück und sagt etwas auf Russisch zu Slava. Er geht zu ihr hinüber, und sie hilft ihm aus den schmutzigen Klamotten. Ich wende mich taktvoll ab – der Junge ist alt genug, um vor Fremden schüchtern zu sein. Als sie fertig zu sein scheinen, drehe ich mich um und sehe, dass Lyudmila ihm mit seiner Gürtelschnalle hilft.

»Fertig«, verkündet sie nach einem Moment und tritt zurück. »Du unterrichtest jetzt.«

Ich grinse sie an. »Danke, das werde ich.« Als ich sehe, wie sie Slavas schmutzige Kleidung zusammensucht, frage ich: »Gibt es irgendwo im Haus eine Waschmaschine? Ich muss die Wäsche waschen.«

Sie runzelt die Stirn und versteht mich nicht.

»Wäsche.« Ich zeige auf den Kleiderstapel in ihren Händen. »Du weißt schon, um Wäsche zu waschen.« Ich reibe meine Fäuste zusammen und ahme jemanden nach, der seine Wäsche mit der Hand wäscht.

Ihr Gesicht entspannt sich. »Ah, ja. Komm.«

»Ich bin gleich wieder da«, sage ich zu Slava und folge Lyudmila die Treppe hinunter. Sie führt mich an der Küche vorbei und einen Flur entlang in einen fensterlosen Raum, der etwa so groß ist wie mein Schlafzimmer. Es gibt zwei schicke Waschmaschinen und Trockner – ich vermute, um mehrere Ladungen auf einmal laufen zu lassen – zusammen mit einem Bügelbrett, einem Trockengestell, Wäschekörben und anderem Waschzubehör.

»Das, ja?« Sie zeigt auf die Maschinen, und ich nicke ihr dankend zu. Ich kehre in mein Zimmer zurück, sammele alle meine Sachen ein und bringe sie nach unten. Lyudmila ist schon wieder gegangen, also beginne ich mit dem Beladen der Waschmaschinen. In einer halben Stunde werde ich wieder herunterkommen, um die Kleidung in die Trockner zu stopfen, und bis zum Abendessen wird alles sauber sein.

Es geht wirklich aufwärts, abgesehen von der Situation mit meinem Chef.

Mein Herzschlag beschleunigt sich bei dem Gedanken, und die Schmetterlinge in meinem Bauch erwachen wieder zum Leben. Slava und Pavel sorgten für eine dringend benötigte Ablenkung, aber jetzt, wo ich allein bin, kann ich nicht anders, als darüber nachzudenken, was passiert ist. Mein Verstand geht alles durch, immer und immer wieder, bis sich die Schmetterlinge in Wespen verwandeln.

Ich spürte Nikolais Erektion.

Er sah aus, als würde er mich gleich küssen.

Er hat mich nicht losgelassen, als seine Schwester da war.

Es ist der letzte Teil, der mich am meisten ausflippen lässt, weil es bedeutet, dass ich falschlag. Er hat die Absicht, auf diese Anziehungskraft zu reagieren. Wenn Alina nicht darauf bestanden hätte, dass er den Anruf annimmt, hätte er mich geküsst – und vielleicht noch mehr. Vielleicht würden wir genau in diesem Moment zusammen im Bett liegen, mit seinem kraftvollen Körper, der in mich …

Ich stoppe die Fantasie, bevor sie noch weiter fortschreiten kann. Schon jetzt fühle ich mich übermäßig warm, meine Brüste sind voll und straff, und mein Geschlecht pulsiert mit einem schmerzhaften Verlangen. Es muss eine seltsame Nachwirkung meiner spontanen Masturbation der letzten Nacht sein. Das ist die einzige Erklärung dafür, warum ich plötzlich die Libido eines Teenagers bekommen habe.

Mit langsamen, tiefen Atemzügen, um mich zu beruhigen, werde ich mit dem Beladen der Waschmaschine fertig. Die Situation ist zweifelsohne knifflig. Eine Affäre mit meinem Arbeitgeber wäre in vielerlei Hinsicht unklug, doch ich bin mir meiner Fähigkeit, ihm zu widerstehen, nicht sicher. Wenn ich in Flammen aufgehe, nur weil ich an ihn denke, wie wäre es dann, wenn er mich berührt? Mich küsst?

Würde meine Selbstbeherrschung verdampfen wie Wasser auf einer Bratpfanne?

Es gibt nur eine Lösung, die ich sehe, nur eine Sache, die ich tun kann, um diese Katastrophe zu verhindern.

Ich muss ihm aus dem Weg gehen – oder zumindest verhindern, mit ihm allein sein – für die nächsten sechs Tage.

Mit diesem Plan schalte ich die Waschmaschine ein und drehe mich um – nur, um an Ort und Stelle zu erstarren.

In der Tür steht der Teufel, der meine Gedanken beschäftigt, mit goldenen Augen und einem verheerenden Lächeln auf seinen Lippen.

»Da bist du ja«, sagt er leise, und während ich wie gelähmt vor Schreck zusehe, tritt er weiter in den Raum und schließt die Tür.

16

CHLOE

»Ich habe nach dir gesucht«, fährt Nikolai fort und nähert sich mit pantherweichen Schritten. »Pavel sagte, du wärst mit Slava oben.«

Ich schlucke trocken, als er vor mir stehen bleibt. »Ja, ich bin nur kurz hierhergekommen, um etwas Wäsche in die Maschinen zu werfen. Ich hoffe, das ist in Ordnung.« Trotz meiner Bemühungen zittert meine Stimme, und ich kann nicht anders, als einen Schritt zurückzutreten, um mehr Abstand zwischen uns zu bringen. Nicht, dass er übermäßig nah wäre – mindestens drei Meter trennen uns – aber jetzt, da ich den Geruch seines Parfums kenne, kann ich die subtilen Zedern- und Bergamotte-Noten in der Luft wahrnehmen, und meine Erinnerung ergänzt den Rest: angefangen bei der Wärme, die von seiner Haut ausgeht, bis zu den harten Konturen seines Körpers, der sich an mich drückt. Und diese große, dicke Beule … Meine Knie zittern, und ich schwanke fast auf ihn zu, fange mich aber im letzten Moment und versteife meine Beine und meine Wirbelsäule.

Eine dunkle Hitze erscheint in seinen Blick, und ich weiß, dass er meine Reaktion bemerkt hat. Meine Wangen brennen, mein Herz hämmert schneller, und eiskaltes Kribbeln läuft über meine Haut.

Warum ist er hier?

Warum hat er nach mir gesucht?

Warum hat er die Tür geschlossen?

»Ja, natürlich, das ist kein Problem.« Seine Stimme ist sanft und tief, und in seinen Augen brennt immer noch diese beunruhigende Hitze. »Du wohnst jetzt hier, also betrachte dies als dein Zuhause.«

»Das werde ich, danke.« Verdammt, jetzt klinge ich ganz heiser und atemlos. Ich reiße mich mühsam zusammen und schenke ihm mein bestes Perfekte-Angestellte-Lächeln. »Ich wollte dich eigentlich etwas fragen. Habe ich einen Arbeitsplan? Das heißt, gibt es bestimmte Zeiten, in denen du möchtest, dass ich mit Slava arbeite? Idealerweise würde ich ihn gerne den ganzen Tag über unterrichten, im Gegensatz zu formellen Unterrichtsstunden, aber wenn du etwas anderes bevorzugst, bin ich flexibel.«

So, das ist schon besser. Ich habe es tatsächlich geschafft, meine Stimme zu beruhigen und semiprofessionell zu klingen. Hoffentlich erinnert ihn das daran, dass ich hier bin, um seinen Sohn zu unterrichten, und nicht, um unter seinem glühenden Blick zu schmelzen, wie – na ja, wahrscheinlich wie jede heterosexuelle Frau, die er je getroffen hat.

Ein weiteres verruchtes, sinnliches Lächeln berührt seine Lippen. »Wie du möchtest, *zajchik*. Dein Schüler, deine Methoden. Alles, was ich will, sind die Ergebnisse. Das Einzige, worum ich dich bitte, ist, dass du dich unserer Familie zu den Mahlzeiten anschließt, damit Pavel und Lyudmila nicht extra kochen und putzen müssen.«

»Ja, natürlich. Wann gibt es Frühstück und Mittagessen?« Jetzt habe ich ein schlechtes Gewissen, dass ich Lyudmila dazu gebracht habe, mir diese Crêpes zu geben – so spät, wie ich aufgewacht bin, hätte ich bis zur nächsten geplanten Mahlzeit warten können.

»Normalerweise frühstücken wir um acht Uhr und essen um halb eins zu Mittag. Ist das für dich in Ordnung?«

»Auf jeden Fall.« Wenn es etwas gibt, was ich in den letzten Monaten gelernt habe, dann ist es, dass Essen, jederzeit, überall und in jeder Variante, für mich in Ordnung ist.

Ein voller Magen ist etwas, was ich nie wieder als selbstverständlich ansehen werde.

»Gut. Dann sehe ich dich heute Mittag.« Er dreht sich in Richtung Tür um, und ich atme erleichtert und pervers enttäuscht aus. Aber dann bleibt er stehen und sieht mich wieder an, was mein Herz dazu bringt, einen Schlag auszusetzen.

»Fast hätte ich es vergessen«, sagt er mit leuchtenden Augen. »Deine neue Kleidung wird heute Nachmittag geliefert. Pavel wird sie auf dein Zimmer bringen, und ich würde mich freuen, wenn du eines der Kleider zum Abendessen tragen würdest.«

»Oh, sicher. Vielen Dank. Das werde ich.« Eines der Kleider? Wie viele hat er gekauft? Und wie bekommt er sie so schnell geliefert? Ich brenne darauf, zu fragen, aber ich will diese nervenaufreibende Begegnung nicht unnötig in die Länge ziehen.

Ich bin mir dieser geschlossenen Tür immer noch bewusst.

»Gut. Sag mir Bescheid, wenn etwas nicht passt.« Sein Blick wandert über meinen Körper, und das eisigheiße Kribbeln kehrt zurück, und mein Atem wird flach, während sich meine Brustwarzen in meinem BH zusammenziehen. *Ein weiterer dünner Baumwoll-BH, der wenig dazu beiträgt, meine Reaktion zu verbergen.* Mein Gesicht brennt mit der Hitze von tausend Sonnen, und als seine Augen wieder auf meine treffen, spüre ich die Verschiebung in der Atmosphäre, spüre, wie die Luft diese gefährliche elektrische Ladung annimmt.

Mit trockenem Mund trete ich einen halben Schritt zurück, obwohl ich mich eigentlich zu ihm lehnen möchte. Die Anziehungskraft ist so stark, dass sie wie eine physische Kraft wirkt – und nach der Art und Weise zu urteilen, wie sich sein Kiefer anspannt, während er meinen Rückzug beobachtet, bin ich nicht die Einzige, die sie spürt.

Lauf, Chloe. Verschwinde von hier.

Moms Stimme ist diesmal leiser, weniger eindringlich, aber sie vertreibt etwas von dem Dunst in meinem Gehirn. Ich kratze den letzten Rest meiner

Willenskraft zusammen, gehe noch einen Schritt zurück und sage so ruhig, wie ich es kann: »Danke. Das werde ich.«

Seine Nasenlöcher weiten sich, und ich habe wieder das Gefühl, in der Gegenwart von etwas Gefährlichem zu sein … etwas Dunklem und Wilden, das unter Nikolais weltmännischer Fassade lauert.

»In Ordnung«, sagt er leise. »Viel Glück mit deiner Wäsche, *zajchik*. Wir sehen uns bald wieder.«

Damit öffnet er die Tür und geht hinaus.

17

NIKOLAI

*N*achdem ich in meinem Büro angekommen bin, halte ich mich eine Viertelstunde lang zurück. Ich checke meine E-Mails, bezahle ein paar Rechnungen und schicke eine Antwort an einen meiner Buchhalter. Dann stelle ich fluchend den Ton meines Laptops lauter und rufe die Kamera aus dem Zimmer meines Sohnes auf.

Wie erwartet, ist Chloe da, seit sie die Waschmaschine angestellt hat. Hungrig beobachte ich, wie sie mit Slava mit Autos und Trucks spielt und die ganze Zeit mit ihm spricht, als ob er sie verstehen könnte. Ab und zu zeigt sie auf etwas wie ein Rad und lässt Slava das englische Wort nachsprechen, aber die meiste Zeit redet nur sie – und Slava hört ihr gebannt zu, genauso fasziniert von ihrer Mimik und Gestik wie ich.

An einer Stelle lacht er über die Art und Weise, wie

sein Truck ihr Auto überholt, und sie grinst und zerzaust sein Haar, wobei ihre schlanken Finger durch seine seidigen Strähnen gleiten. Meine Brust zieht sich schmerzhaft zusammen, meine Lust auf sie vermischt sich mit intensiver Eifersucht. Ich weiß nicht einmal, wen von ihnen ich mehr beneide – Slava, weil er von ihr berührt wird, oder Chloe, weil sie die Zuneigung meines Sohnes gewonnen hat. Alles, was ich weiß, ist, dass ich dort sein möchte, mich in ihrem sonnigen Lächeln baden und das Lachen meines Sohnes persönlich hören möchte, anstatt durch die Kamera.

Scheiße.

Das ist erbärmlich.

Was tue ich hier?

Ich will gerade die Ansicht schließen, halte aber in letzter Sekunde inne und lasse den Cursor über dem X schweben. Sie hat jetzt ein Buch aufgeschlagen und liest Slava vor. Ihre Stimme ist sanft und etwas heiser und bringt mich dazu, in das Zimmer meines Sohnes hereinplatzen zu wollen, um sie mir zu schnappen und in mein Bett zu tragen. Ich will diese Stimme meinen Namen stöhnen hören, während ich in ihre enge, feuchte Hitze stoße. Ich will sie flehen und betteln hören, während ich sie immer und immer wieder kurz vor den Orgasmus bringe, bevor ich ihr schließlich die süße Gnade der Erlösung gewähre.

Ich will sie fast so sehr quälen, wie ich sie ficken will, um sie dafür bezahlen zu lassen, dass sie mich so fühlen lässt.

Ich beiße die Zähne so fest zusammen, dass ich Zahnschmerzen riskiere, schließe das Fenster mit der Übertragung und stehe auf. Trotz der weitgehend schlaflosen Nacht, die ich hatte, strotze ich vor unruhiger Energie. Ich brauche einen weiteren Lauf – oder vielleicht eine Sparringssession mit Pavel.

Ich werfe einen Blick auf die Uhr über meiner Bürotür.

Weniger als eine Stunde vor dem Mittagessen.

Pavel ist wahrscheinlich damit beschäftigt, das Essen vorzubereiten, und wenn ich einen langen, harten Lauf mache, werde ich keine Chance haben, zu duschen und mich umzuziehen, bevor es Zeit ist, sich zu allen an den Tisch zu setzen.

Frustriert atme ich aus, setze mich und öffne den Posteingang erneut. Es ist noch zu früh, um irgendetwas von Konstantin zu erwarten – ich habe ihn erst heute Morgen gebeten, einen näheren Blick auf Chloes fehlenden Monat zu werfen – aber ich schaue trotzdem nach einer E-Mail von ihm.

Nichts.

Verdammte Scheiße. Ich brauche wirklich eine Ablenkung. Es juckt mir in den Fingern, den Kanal wieder zu öffnen und zu sehen, wie sie mit meinem Sohn interagiert. Aber wenn ich das tue, wird diese Unruhe nur noch schlimmer, mein Hunger nach ihr noch intensiver. Nachdem ich sie heute Morgen in meinen Armen gehalten habe, weiß ich, wie sie sich an mir anfühlt, wie süß und sauber sie riecht, wie Wildblumen an einem frischen Frühlingsmorgen. Es kostete mich all meine Kraft, sie loszulassen, auch wenn Alina dabei war, und als ich sie allein in der Waschküche fand, bestand jeder dunkle, ursprüngliche Instinkt darauf, dass ich sie nehme, dass ich sie nackt ausziehe und sie über die Waschmaschine beuge, um sie auf der Stelle zu beanspruchen.

Und genau das hätte ich auch getan, wenn sie sich zu mir gelehnt hätte.

Hätte sie etwas anderes getan, als sich zurückzuziehen, wäre ich jetzt tief in ihr drin, anstatt hier zu sitzen und mit mir selbst zu ringen wie ein Idiot.

Nein, scheiß drauf.

Ich springe auf.

Ich brauche einen harten, blutigen Kampf, und da Pavel nicht verfügbar ist, müssen die Wachen herhalten.

Arkash und Burev patrouillieren auf dem Gelände, als ich zum Bunker der Wachen komme, aber Ivanko, Kirilov und Gurenko sitzen draußen am Lagerfeuer mit ein paar unserer amerikanischen Angestellten. Wie Barbaren rösten sie ein ganzes Reh auf einem Spieß und tauschen ihre üblichen Beleidigungen aus.

Ivanko sieht mich zuerst. »Chef.« Er schnappt sich seine M16 und springt auf. »Stimmt etwas nicht?«

Kirilov und Gurenko sind auch schon auf den

Beinen, die Waffen bereit, genau wie in unseren Krimtagen.

»Ruhig, Jungs.« Grimmig lächelnd ziehe ich mein Shirt aus und hänge es über einen nahegelegenen Ast. »Alles ist genau richtig.« Oder es wird es bald sein.

Drei gegen einen ist genau das, auf was ich gehofft hatte.

18

CHLOE

Zu meiner Erleichterung ist das Mittagessen mit den Molotows eine viel zwanglosere Angelegenheit als das Abendessen. Alina ist immer noch gekleidet wie auf einer gehobenen Cocktailparty, aber Nikolai trägt eine dunkle Jeans mit einem weißen Polohemd, und niemand schimpft mit Slava wegen seiner Shorts und seinem T-Shirt, als wir uns an den Tisch setzen – der wieder mit allen möglichen leckeren Salaten, Aufschnitt und Beilagen beladen ist.

Essen alle Russen wie Zaren – oder nur diese Familie? Wenn jede Mahlzeit so üppig ausfällt, kann ich mir nicht erklären, warum sie nicht fett sind. Ich bin immer noch satt, da ich erst vor ein paar Stunden gefrühstückt habe, aber es ist unmöglich, dass ich mich nicht mit diesen Dingen vollstopfe.

Alles sieht so verdammt gut aus.

»Wie war deine erste Nacht bei uns, Chloe?«, fragt

Alina, als wir alle unsere Teller gefüllt haben. »Hast du gut geschlafen?«

Ich lächele sie an, erleichtert sowohl über die unverfängliche Frage als auch über den freundlichen Ton. Ich hatte Angst, dass sie nach dem Vorfall von heute Morgen noch sauer auf mich sein könnte. »Ich habe sehr gut geschlafen, danke.« Und es stimmt – abgesehen vom Alptraum war es der beste Schlaf seit Wochen.

»Das freut mich«, sagt Alina und schneidet sich ein Stück von etwas ab, was wie ein schickes gefülltes Ei aussieht. »Ich dachte, ich hätte gegen drei Uhr etwas aus deinem Zimmer gehört, aber es muss mein Bruder gewesen sein, der von einem seiner nächtlichen Läufe zurückkam.« Sie wirft Nikolai einen Seitenblick zu, und ich beschäftige mich mit dem Essen auf meinem Teller, dankbar für die Erklärung.

Ich muss letzte Nacht laut geschrien haben. Das, oder Alina hat mich aus dem Bett fallen hören.

»Ich war joggen«, sagt Nikolai, »also muss es das gewesen sein.« Als ich aufschaue, ist sein Blick auf mich gerichtet und er betrachtet mich mit einem unleserlichen Ausdruck.

Hat er einen Verdacht?

Gott, ich hoffe, er hat mich nicht schreien oder fallen hören.

Ich kämpfe gegen den Drang, mich auf meinem Stuhl zu winden, senke meinen Blick – und erstarre, als ich seine Hände sehe. Er hält ein Messer in der einen und eine Gabel in der anderen Hand, ganz im europäischen Stil, aber das ist nicht das, was meine Aufmerksamkeit erregt.

Es sind seine Fingerknöchel. Sie sind rot und geschwollen, als wäre er in einen Faustkampf verwickelt gewesen.

Mein Puls beschleunigt sich, als ich wegschaue und dann einen weiteren Blick auf seine Hände werfe.

Ja. Ich habe es mir nicht eingebildet. Nikolais Knöchel sehen übel aus. Generell sehen seine großen, maskulinen Hände aus, als hätten sie eine Menge Action gesehen, mit Schwielen an den Rändern seiner Daumen und verblassten Narben an ein paar Stellen. Selbst seine kurzen, ordentlich gepflegten Nägel können die Wahrheit nicht verbergen.

Dies sind nicht die Hände eines wohlhabenden Playboys. Sie gehören zu einem Mann, der entweder mit harter Handarbeit oder mit Gewalt vertraut ist.

Der Verdacht, den ich fast verdrängt hatte, kehrt zurück, und dieses Mal kann ich nicht so tun, als ob er unbegründet wäre. Irgendetwas an den Molotows macht mich nervös. Wer sind sie? Warum sind sie hier? Ich kann mir vorstellen, dass eine reiche ausländische Familie ein paar Wochen an einem Ort wie diesem für eine *Entgiftung in der Natur* verbringt … aber wirklich hierherzuziehen? Jemand, der so glamourös ist wie Alina, gehört nach Paris oder Mailand oder New York, aber nicht in eine Ecke von Idaho, in der es mehr Bären als Menschen gibt. Das Gleiche gilt für Nikolai, mit seinen polierten kosmopolitischen Manieren und seinem Bestehen auf *Downton-Abbey*-Kleidung beim Abendessen.

Meine neuen Arbeitgeber sind der Inbegriff des Jetsets – zumindest wenn man Nikolais Straßenschlägerhände ignoriert.

Ich zwinge mich, den Blick von diesen wütend aussehenden Knöcheln abzuwenden und mich auf das Kind neben mir zu konzentrieren, das wieder ruhig und leise isst. Beunruhigend, wie ich feststelle. Welcher Vier- oder Fünfjährige spielt nicht wenigstens ein bisschen mit seinem Essen? Oder fordert gelegentlich die Aufmerksamkeit von Erwachsenen ein? Ich weiß, dass der Junge lächeln, lachen und spielen kann wie jedes andere Kind in seinem Alter, warum verwandelt er sich also bei den Mahlzeiten in einen Roboter in Kindergröße?

Als er meinen Blick auf sich spürt, schaut Slava auf, und seine großen goldgrünen Augen sind auffallend ernst. Ich lächele ihn strahlend an, aber er lächelt nicht zurück. Er konzentriert sich einfach wieder auf seinen Teller und isst weiter. Ich esse ebenfalls, wobei ich ihn weiterhin beobachte, und mein Gefühl, dass etwas nicht stimmt, wird von Sekunde zu Sekunde stärker. Das Verhalten meines Schülers hat etwas Unnatürliches an sich, etwas zutiefst Beunruhigendes. Vielleicht ist der Junge durch den Tod seiner Mutter mehr traumatisiert, als es an der Oberfläche scheint, oder vielleicht geht etwas anderes vor … etwas viel Schlimmeres.

Ich werfe einen weiteren Blick auf Nikolais Knöchel, und ein schrecklicher Gedanke schleicht sich in meinen Kopf.

Zu meiner unendlichen Erleichterung sehen die Verletzungen frisch aus, als hätte er gerade etwas oder jemanden in den Boden gestampft. Da Slava den ganzen Morgen bei mir war, kann er nicht dieser Jemand gewesen sein. Außerdem kann nur ein starker Aufprall diese Art von Prellungen verursachen und die Art, wie Nikolais Sohn sitzt oder sich bewegt, deutet nicht darauf hin, dass er derart stark geschlagen wurde – oder überhaupt.

Was auch immer mein Arbeitgeber getan hat, es ist kein Kindesmissbrauch, Gott sei Dank. Ich weiß nicht, was ich tun würde, wenn das der Fall wäre. Nein, falsch. Ich weiß es. Ich würde das Jugendamt anrufen und abhauen, auch wenn die Mörder meiner Mutter auf mich warten.

Was mich daran erinnert: Ich habe meine Autoschlüssel immer noch nicht.

Ich will mich bei Nikolai gerade nach ihnen erkundigen, als Alina mich anlächelt und fragt: »Wolltest du schon immer Lehrerin werden, Chloe?«

Ich nicke und lege meine Gabel weg. »Ja. Ich habe schon immer sowohl Kinder als auch das Unterrichten geliebt. Schon als Kind habe ich oft mit Kindern gespielt, die jünger waren als ich, damit ich in die Rolle der Lehrerin schlüpfen konnte.« Ich grinse und schüttele den Kopf. »Ich glaube, es hat mir einfach gefallen, dass sie zu mir aufschauen. Es hat meinem Ego geschmeichelt und so.«

Während ich spreche, bin ich mir bewusst, dass Nikolai mich aufmerksam und unbeirrt ansieht. Ein Raubtierblick, der sowohl mit Hunger als auch mit unendlicher Geduld gefüllt ist. Meine Haut brennt unter seinem Gewicht, und ich muss meine ganze Kraft aufwenden, um meinen Blick auf Alina zu richten und meine Gabel anzuheben, als ob nichts geschehen wäre.

Sie fragt mich nach meiner Collegewahl, und ich erzähle ihr, dass ich das Glück hatte, dort ein Vollstipendium zu bekommen.

»Ich hatte nie vor, mich an einer so teuren Schule zu bewerben«, sage ich zwischen zwei Bissen von köstlichem Räucherfisch und gut gewürztem Rote-Bete-Salat. Es hilft, wenn ich mich auf das Essen konzentriere, anstatt auf den Mann, der mich anstarrt. »Meine Mutter arbeitete als Kellnerin, und das Geld war knapp, solange ich mich erinnern kann. Ich wollte auf ein Community College gehen und dann auf ein staatliches wechseln, mit einer Kombination aus Stipendien, Krediten und Arbeitsstipendien, um das alles zu bezahlen. Aber gerade als ich mein letztes Jahr an der Highschool begann, bekam ich eine Einladung, mich für dieses spezielle Stipendienprogramm in Middlebury zu bewerben. Es war für Kinder von einkommensschwachen Alleinerziehenden und deckte hundert Prozent des Schulgeldes, der Unterkunft und der Verpflegung ab, zusätzlich zu einem Zuschuss für

Bücher und andere Ausgaben. Natürlich habe ich mich beworben – und bin irgendwie reingekommen.«

»Warum irgendwie?«, fragt Nikolai. »Warst du keine gute Schülerin?«

Ich habe keine andere Wahl, als seinem durchdringenden Blick zu begegnen. »Doch, aber es gab Schüler in denselben Umständen, die viel qualifizierter waren als ich und es nicht geschafft haben.« Wie meine Freundin Tanisha, die eine perfekte Punktzahl bei den Aufnahmeprüfungstests erreicht hatte und als Jahrgangsbeste abschloss. Ich erzählte ihr von dem Stipendium, und sie bewarb sich ebenfalls für das Programm, wurde aber sofort abgelehnt. Bis heute frage ich mich, warum sie sich für mich und nicht für sie entschieden haben. Wenn es um Widrigkeiten ging, hatte Tanisha *bessere* Voraussetzungen, denn ihre teilweise behinderte Mutter zog nicht nur ein Kind, sondern gleich drei allein auf, von denen eines – Tanishas jüngerer Bruder – besondere Bedürfnisse hatte.

»Vielleicht haben sie etwas in dir gesehen«, sagt Nikolai, und seine Augen fahren über jeden Zentimeter meines Gesichts. »Etwas, was sie fasziniert hat.«

Ich zucke mit den Schultern und versuche, die Hitze zu ignorieren, die mir unter die Haut fährt. »Könnte sein. Wahrscheinlicher ist jedoch, dass ich einfach nur Glück hatte.« Das muss es gewesen sein, denn ein paar Monate später bekam Tanisha Zusagen von allen Schulen, bei denen sie sich beworben hatte, darunter auch Harvard, wo sie dank eines großzügigen finanziellen Unterstützungspaketes schließlich auch studierte. Nicht so großzügig wie das Stipendium, das ich bekam – sie machte ihren Abschluss mit siebzigtausend Dollar Schulden durch Studienkredite –, aber gut genug, dass ich aufhörte, mich schuldig zu fühlen, weil ich den Platz bekommen hatte, der ihr hätte gehören sollen.

Da sie eine nette Person ist, hat sie nie etwas anderes getan, als sich für mich zu freuen, aber ich weiß, dass die Ablehnung des Stipendienkomitees sie am Boden zerstört hat.

»Ich glaube nicht, dass es einfach Glück war«, sagt Nikolai leise. »Ich glaube, du unterschätzt deine Anziehungskraft.«

Oh Gott. Meine Herzfrequenz erhöht sich, und mein Gesicht wird noch heißer, als Alina sich versteift und ihr Blick zwischen mir und ihrem Bruder hin- und herspringt. Es gibt keinen Zweifel an der Bedeutung, kein Abtun als beiläufiges Kompliment über meine schulischen Fähigkeiten, und sie weiß das genauso gut wie ich.

Trotzdem versuche ich es. Ich tue so, als ob das alles ein Witz wäre, und grinse breit. »Das ist sehr nett, dass du das sagst. Was ist mit euch beiden? Wo habt ihr studiert?«

So. Themenwechsel. Ich bin stolz auf mich, bis mir klar wird, dass meine Frage sie beleidigen könnte, falls eines der Geschwisterkinder aus irgendeinem Grund *nicht* auf ein College gegangen ist.

Zum Glück zuckt Alina nicht mit der Wimper. »Ich

bin auf die Columbia gegangen, und Kolya hat in Princeton abgeschlossen.« Sie ist wieder gefasst, ihre Art ist freundlich und höflich. »Unser Vater wollte, dass wir in Amerika aufs College gehen – er dachte, dass wir dort die besten Möglichkeiten hätten.«

»Ist das der Grund, warum ihr so gut Englisch sprecht?«, frage ich, und sie nickt.

»Das, und wir waren auch beide hier im Internat.«

»Oh, das erklärt den fehlenden Akzent. Ich habe mich gefragt, wie ihr beide es geschafft habt, ihn nicht zu haben.«

»Wir hatten auch amerikanische Lehrer in Russland«, sagt Nikolai, und ein spöttisches Halblächeln umspielt seine Lippen. Offensichtlich weiß er, dass ich versuche, die Anspannung zu zerstreuen, und er findet meine Bemühungen amüsant. »Vergiss das nicht, Alinchik.«

Seine Schwester versteift sich aus irgendeinem Grund wieder, und ich beschäftige mich damit, die Reste auf meinem Teller aufzuessen. Ich habe keine Ahnung, auf welche Landmine ich getreten bin, aber ich weiß es besser, als mit diesem Thema weiterzumachen. Als ich mit dem Essen fertig bin, schaue ich zu Slava und stelle fest, dass auch er fertig ist.

»Möchtest du noch etwas?«, frage ich und lächele, während ich auf seinen leeren Teller zeige.

Er blinzelt zu mir hoch, und Alina sagt etwas auf Russisch, vermutlich übersetzt sie meine Frage.

Er schüttelt den Kopf, und ich lächele ihn wieder

an, bevor ich zu den anderen Erwachsenen am Tisch schaue. Zu meiner Erleichterung scheinen auch sie fertig zu sein. Nikolai lehnt sich zurück und beobachtet mich, und Alina tupft sich anmutig die Lippen mit einer Serviette ab. Wie durch ein Wunder hinterlässt ihr roter Lippenstift keine Spuren auf dem weißen Tuch – was mich aber auch nicht überraschen sollte, denn die leuchtende Farbe hat die ganze Mahlzeit überlebt, ohne zu verschmieren oder zu verblassen.

Eines Tages werde ich sie bitten, ihre Schönheitsgeheimnisse mit mir zu teilen. Ich habe das Gefühl, dass Nikolais Schwester mehr über Make-up und Kleidung weiß als zehn YouTube-Influencer zusammen.

Ich bin gerade dabei, mich und Slava zu entschuldigen, damit wir unseren Unterricht fortsetzen können, als Pavel und Lyudmila hereinkommen. Er trägt ein Tablett mit hübschen kleinen Tassen, einem Glas Honig und einer gläsernen Teekanne, gefüllt mit schwarzem Tee. Er stellt es auf den Tisch, während Lyudmila das Geschirr abräumt.

»Für mich nicht, danke«, sage ich, als er eine Tasse vor mich stellt. »Ich trinke keinen Tee.«

Er wirft mir einen Blick zu, der andeutet, dass ich kaum besser bin als ein wildes Tier, dann schiebt er meine Tasse beiseite und schenkt allen anderen, auch meinem Schüler, Tee ein. Das zarte Porzellan sieht lächerlich aus in seinen massiven Händen, aber er erledigt die Aufgabe so geschickt, dass ich mich frage, ob er in einem Spitzenrestaurant gearbeitet hat, bevor er in den Molotow-Haushalt kam.

»Danke für das wunderbare Essen. Alles war köstlich«, sage ich zu ihm, als er an mir vorbeigeht, aber er grunzt nur als Antwort und stapelt die Teller, an die seine Frau nicht herangekommen ist, zu einer sorgfältig angeordneten Pyramide auf dem Tablett, bevor er sie wegträgt. Erst als er gegangen ist, erinnere ich mich an etwas Wichtiges.

Ich drehe mich zu Nikolai, und mein Gesicht erwärmt sich wieder, als ich seinem tigerartigen Blick begegne. »Ich vergesse immer wieder, zu fragen ... Hat Pavel mein Auto umgeparkt? Ich habe es nicht vor dem Haus gesehen. Außerdem kann ich mich nicht erinnern, meine Autoschlüssel zurückbekommen zu haben.«

»Wirklich? Das ist seltsam.« Nikolai gibt einen Löffel Honig in seinen Tee und rührt die Flüssigkeit um. »Ich werde ihn danach fragen.« Er reicht Slava das Honigglas, der mehrere Löffel in seine Tasse gibt – der Junge muss eine echte Naschkatze sein.

»Das wäre toll, danke«, sage ich und hebe mein Glas mit klarem Wasser an – die einzige Flüssigkeit neben Kaffee, die ich gerne trinke. »Was ist mit dem Auto? Gibt es in der Nähe eine Garage oder so?«

»Auf der Rückseite des Hauses, direkt unter der Terrasse«, antwortet Alina anstelle ihres Bruders. »Pavel muss es dorthin gebracht haben.«

»Okay, toll.« Ich grinse, unerklärlicherweise erleichtert. »Ich hatte schon Angst, dass ihr beschlossen habt, dass es ein zu großer Schandfleck ist, und es in die Schlucht gestoßen habt.«

Alina lacht über meinen Witz, aber Nikolai lächelt nur, und nippt an seinem mit Honig gesüßten Tee und beobachtet mich mit einem unergründlichen Blick.

19

CHLOE

*D*er Rest des Nachmittags vergeht wie im Flug. Sobald das Mittagessen vorbei ist, finde ich die Garage – die Einfahrt befindet sich auf der Rückseite des Hauses, gleich hinter der Waschküche – und vergewissere mich, dass mein Auto tatsächlich dort steht und neben den schnittigen SUVs und Cabrios meiner Arbeitgeber noch älter und rostiger aussieht. Dann, da das Wetter schön ist – etwas mehr als zwanzig Grad und sonnig – nehme ich Slava mit auf eine Wanderung in den bewaldeten Teil des Anwesens, anstatt ihn in seinem Zimmer zu unterrichten. Wir stapfen über eine mit Wildblumen gefüllte Wiese, klettern hinunter zu einem kleinen See, den wir etwa einen Kilometer weiter westlich finden, und jagen ein Dutzend Eichhörnchen in die Bäume. Nun, Slava jagt sie und kichert wie verrückt – ich beobachte ihn nur mit einem Lächeln.

Hier draußen ist er ein ganz anderer Junge als im Esszimmer bei seiner Familie.

Während wir uns einen Weg durch den Wald bahnen, plappert er auf Russisch, und ich antworte auf Englisch, wann immer ich erraten kann, was er sagt. Ich achte auch darauf, ihm englische Wörter für alles zu sagen, was uns begegnet, und tue mein Bestes, um die russischen Wörter zu lernen, die er mir beibringt.

»*Belochka*«, sagt er und zeigt auf ein Eichhörnchen, nur um in Kichern auszubrechen, als ich das Wort bei meinem Versuch, es zu wiederholen, verstümmele. Er hingegen spricht englische Wörter fast auf Anhieb perfekt aus. Ich vermute, dass er entweder englischsprachige Cartoons geschaut oder ein perfektes Gehör hat.

Musikalisch veranlagte Kinder neigen dazu, Akzente schneller zu beherrschen als ihre Altersgenossen.

»Magst du Musik?«, frage ich, als wir nach Hause kommen. Ich summe ein paar Töne zur Demonstration. »Oder singen?« Ich gebe mein Bestes mit *Baby Shark*, woraufhin er sich vor Lachen krümmt.

Falls es irgendwelche Zweifel gab … ich bin *nicht* musikalisch veranlagt.

Als wir uns dem Haus nähern, kommt Pavel heraus und begrüßt uns mit einem grimmigen Blick auf dem Gesicht. »Wo wart ihr? Es ist fast fünf, und er hat seinen Snack noch nicht gegessen.«

»Oh, wir waren …«

»Und deine Kleidung wurde geliefert. Sie ist in

deinem Zimmer.« Mit einem missbilligenden Blick auf Slavas schmutzige Schuhe hebt er den Jungen hoch und trägt ihn ins Haus, wobei er etwas auf Russisch murmelt.

Verärgert ziehe ich meine schlammigen Turnschuhe aus und folge ihnen hinein. Wahrscheinlich hätte ich unsere Wanderung mit Slavas Betreuern absprechen, oder zumindest die Zeit besser im Auge behalten sollen. Ich habe ein paar Äpfel für Slava mitgenommen, falls er Hunger bekommen sollte – ich habe sie aus der Küche geholt, bevor ich gegangen bin – aber ich denke, das ist nicht so eine komplette Mahlzeit wie das Käse- und Obsttablett, das Pavel gestern gebracht hat.

Als ich in meinem Zimmer ankomme, wasche ich mir die Hände und richte meinen Dutt. Ein paar feine Strähnen haben sich aus ihm befreit und umrahmen mein Gesicht in einem unordentlichen Heiligenschein. Dann gehe ich in meinen Kleiderschrank, um mir die Lieferung anzuschauen.

Heilige Scheiße.

Der begehbare Kleiderschrank, der zu fünfundneunzig Prozent leer war, nachdem ich meinen Koffer ausgepackt hatte, ist nun bis zum Rand gefüllt. Und es sind nicht nur die ausgefallenen Kleider, die meine Arbeitgeber für das Abendessen vorschreiben. Es gibt Jeans und Yogahosen, Tanktops, T-Shirts und Pullover, legere Sommerkleider und schlichte Bleistiftröcke, Socken und Pyjamas und Mützen. Und Unterwäsche, alle Arten, von Tangas über bequeme

Baumwollslips bis hin zu Sport-BHs und Spitzen-Push-up-BHs, alle unglaublicherweise in meiner Größe. Es gibt sogar Jacken – von leichten Regenjacken über elegante Wollmäntel bis hin zu bauschigen Parkas, die auch arktischem Wetter standhalten würden.

Es ist ein Kleiderschrank für alle Jahreszeiten und alle Gelegenheiten, und den Etiketten nach zu urteilen, ist alles brandneu.

Verblüfft drehe ich ein Schild um, das an einem weich aussehenden weißen Pullover hängt.

$ 395.

Was zur Hölle ...?

Ich schnappe mir einen Anhänger vom nächsten Parka, einen hübschen blauen mit einer pelzgefütterten Kapuze.

3.499 €. Made in Italy.

»Gefällt er dir?«

Ich schrecke auf und drehe mich zu Alina um, die am Eingang des Schranks steht.

»Tut mir leid, ich wollte dich nicht erschrecken«, sagt sie und streicht sich ihre glänzenden schwarzen Haare über die Schulter. Sie hat bereits ein weiteres atemberaubendes Kleid angezogen, ein rotes, knöchellanges mit einem Schlitz bis zum Oberschenkel, der einen Teil eines langen, durchtrainierten Beins zeigt. Sie hat auch ihr Make-up aufgefrischt, indem sie den Eyeliner verlängert hat, um die Katzenhaftigkeit ihrer spitz zulaufenden Augen zu betonen.

»Ich habe geklopft, aber niemand hat geantwortet«, fährt sie fort, »also dachte ich mir, du erkundest deine neuen Sachen.«

»Das habe ich – das tue ich.« Ich werfe einen Blick über die Schulter auf die vollen Kleiderbügel und Regale. »Ist das ... alles für mich?«

»Natürlich. Für wen sollte es sonst sein? Ich brauche definitiv nichts mehr.« Sie kommt zu mir, stellt sich neben mich, und zieht ein langes gelbes Kleid heraus. Sie hält es mir vor die Brust, hängt es dann wieder zurück und zieht ein blassrosafarbenes heraus.

»Aber das ist viel zu viel«, sage ich, als sie das rosafarbene Kleid vor mich hält, nur um es ebenfalls wieder zurückzuhängen. »Ich brauche das alles nicht. Ein paar Kleider für das Abendessen, sicher, aber der Rest ...«

»So ist mein Bruder. Nikolai macht keine halben Sachen.« Sie blättert mit geübter Geschwindigkeit durch den Rest der Kleider und zieht ein schimmerndes pfirsichfarbenes heraus. *Versace*, steht auf dem Etikett, und es ist kein Preisschild in Sicht – wahrscheinlich, weil der Betrag erschreckend wäre. Alina hält es gegen mich und nickt zufrieden. »Probier das an.« Sie drückt es mir in die Hand.

»Jetzt sofort?«

Sie zieht seine Augenbrauen in die Höhe. »Ich kann mich wegdrehen, wenn du schüchtern bist.« Sie lässt den Worten Taten folgen und dreht mir den Rücken zu.

Ich unterdrücke ein verärgertes Seufzen und

schlüpfe schnell aus meinen Klamotten und in das Kleid – das irgendwie perfekt passt. Der goldgesprenkelte, pfirsichfarbene Chiffon fällt mit atemberaubender Eleganz über meinen Körper. Der A-Linien-Rock fällt anmutig bis zu meinen Füßen und das quadratisch geschnittene Mieder hat einen eingebauten BH, der meine bescheidenen B-Cups anhebt und mir einen Hauch von Dekolleté verleiht. Die breiten Riemen verdecken meine Schultern, aber meine Arme und der obere Teil meines Rückens bleiben nackt und legen den Schorf frei, wo die Glassplitter meine Haut durchbohrt haben.

Verdammt. Ich hatte gehofft, dass ich sie nicht zeigen müsste, bis sie verheilt sind.

»Fertig?« Alina klingt ungeduldig.

»Nur noch eine Sekunde.« Ich verdrehe meinen Arm hinter dem Rücken und versuche, den Reißverschluss ganz nach oben zu ziehen. »Könntest du mir bitte …?«

»Natürlich.« Sie zieht mir den Reißverschluss hoch und tritt zurück, um einen Blick auf mich zu werfen. Sofort fällt dieser auf den Schorf. »Was ist hier passiert?«, fragt sie, und ihre glatte Stirn runzelt sich leicht.

»Das ist nichts.« Ich ziehe eine Grimasse, als ob ich mich für meine Ungeschicklichkeit schämen würde. »Ich bin gestolpert und auf Glasscherben gefallen.«

Die Erklärung scheint sie zufriedenzustellen, denn sie lässt es dabei bewenden und nimmt ihre

Betrachtung wieder auf. »Sehr schön«, erklärt sie schließlich. »Aber der Dutt muss weg.«

»Oh nein, das ist okay …«

»Komm.« Sie ergreift meine Hand und zieht mich aus dem Schrank ins Bad, wo sie mich vor den Spiegel stellt. »Siehst du? Dazu musst du dein Haar offen tragen. Außerdem ist Make-up ein Muss.«

Ich starre mein Spiegelbild an, unordentlicher Dutt, Augenringe und so weiter. Sie hat recht. Ein so glamouröses Kleid verdient das ganze Drumherum. Leider habe ich nur eine Tube Lipgloss dabei, da ich den Großteil meiner Schminktasche beim Ausräumen meines Studentenwohnheims nach dem Abschluss weggeworfen habe. Ich hatte mir vorgestellt, dass ich mit Mama einkaufen gehe, wenn ich nach Hause komme. Sie liebte diese Art von Dingen, und wir haben immer …

Ich stoppe diesen Gedankengang und atme ein, um die schmerzhafte Verengung in meiner Brust zu lösen. »Ich kann meine Haare offen tragen, aber ich habe kein …«

»Doch, hast du.« Sie zieht eine der Schubladen neben dem Waschbecken auf und enthüllt eine Auswahl an Tuben und Flaschen, die einen professionellen Make-up-Artist stolz machen würden. »Ich habe dafür gesorgt, dass Nikolai alles Notwendige besorgt«, erklärt sie.

»Du hast ihm geholfen, das alles zu kaufen?«

»Wer sonst?« Sie grinst und enthüllt die perfekte kleine Lücke zwischen ihren geraden weißen Zähnen.

»Keiner meiner Brüder kann Wimperntusche von Lipliner unterscheiden.«

Meine Ohren spitzen sich. »Brüder?«

Sie nickt und greift in die Schublade. »Wir sind zu viert. Ich bin die Jüngste und das einzige Mädchen.« Sie öffnet eine Flasche Grundierung, ergreift meine Hand und dreht sie mit der Handfläche nach oben. Sie schmiert einen Streifen bronzener Farbe auf mein inneres Handgelenk, beäugt ihn kritisch, öffnet dann einen etwas goldeneren Farbton und testet diesen.

»Wo sind deine anderen Brüder?«, frage ich und schaue ihr fasziniert bei der Arbeit zu. Ich hatte gedacht, dass es schön wäre, eines Tages dabei Hilfe von ihr zu bekommen, und nun geschieht es. Ich hatte schon immer Probleme, die richtige Grundierung zu finden. Die meisten Drogeriemarken bieten Töne an, die entweder zu hell, zu dunkel oder zu äschern sind. Aber die zweite Farbe, die Alina ausprobiert, verschmilzt perfekt mit meiner Haut – sie weiß definitiv, was sie tut.

»Sie sind beide in Moskau«, antwortet sie und verschließt die Flasche. »Nun, im Moment ist Konstantin auf einer Geschäftsreise in Berlin, aber du weißt, was ich meine.« Sie stellt die Flasche vor mir auf den Tresen, zusammen mit Mascara, Eyeliner und einem Haufen anderer Sachen, darunter ein eiförmiger Schwamm, den sie unter dem Wasserhahn befeuchtet. Als sie meinen Blick im Spiegel trifft, fragt sie: »Stört es dich, wenn ich dein Gesicht schminke? Oder willst du es lieber selbst machen?«

»Nein, bitte, mach weiter.« Ich bin mehr als begierig darauf, dass sie weitermacht. Abgesehen von der Schönheitslektion ist dies eine Chance für mich, mehr über meine mysteriösen Arbeitgeber zu erfahren, ohne dass Nikolais düstere magnetische Präsenz mein Hirn durcheinanderbringt.

»Na gut, dann wasch dein Gesicht und komm mit.«

Ich tue, was sie sagt, während sie das ganze Make-up, das sie ausgelegt hat, in einem kleinen silbernen Koffer verstaut. Nachdem ich mein Gesicht trockengetupft und mit einer schicken Gesichtscreme eingecremt habe, die ich in einer anderen Schublade gefunden habe, führt sie mich zurück ins Schlafzimmer, wo sie mich vor dem deckenhohen Fenster positioniert – natürliches Licht sei am besten, meint sie. Sie stellt den Schminkkoffer auf den Nachttisch, tritt vor mich und beginnt mit einem konzentrierten Blick, die Grundierung mit dem feuchten Schwamm aufzutragen.

»Du musst immer tupfen, nie reiben«, erklärt sie mir und tupft auf meine Wangen. »Die Farbe passt sich so am besten an.«

»Gut zu wissen, danke.« Ich warte, bis sie mit meinem Kinn fertig ist, bevor ich frage: »Also, was hat dich und Nikolai dazu gebracht, hierherzukommen? Ich stelle mir vor, dass es eine große Umstellung von Moskau sein muss.«

Sie hält inne, und ihre Augen treffen meine. »Oh, das ist es. Moskau ist … eine ganz andere Welt.« Ihre roten Lippen neigen sich humorlos nach oben. »Nicht immer eine schöne Welt.«

»Oh?«

Sie nimmt ihr vorsichtiges Abtupfen wieder auf. »Es ist ruhig hier. Leise. Und die Natur ist wunderschön. Nikolai wollte das für seinen Sohn.«

»Ihr seid also wegen Slava hier?«

»Mein Bruder ist es.« Sie runzelt die Stirn, studiert mein Gesicht und benutzt das spitze Ende des Schwamms, um ein wenig Grundierung unter meinen Augen aufzutragen. Die dunklen Ränder müssen ihr zu schaffen machen. »Ich … ich brauchte einfach eine Pause«, fährt sie fort, während sie sich auf meinem Nasenrücken bewegt, »eine kleine Auszeit, wenn du so willst.«

»Vom Leben in Moskau?«

»So ähnlich. Schließ die Augen.«

Ich gehorche und verdaue schweigend, was ich erfahren habe, während sie Lidschatten auf meine Augenlider streicht und meine Wimpern tuscht. Es ergibt Sinn, dass sie wegen des Jungen hier sind – der Zeitpunkt ihres Umzugs auf das Gelände deckt sich mit Nikolais Wissen über die Existenz seines Sohnes. Und ich vermute, wenn man nach ruhiger, stiller Natur sucht, kann man es kaum besser treffen als mit diesem Ort.

Trotzdem, irgendetwas ist faul. Ich bin mir sicher, dass es in Russland und anderen Ländern in der Nähe von der Zivilisation unberührte wilde Flecken gibt.

Warum ans andere Ende der Welt ziehen, wenn man nur nach schöner Natur sucht? Allein die Zeitverschiebung muss es schwierig machen, mit der Familie in Kontakt zu bleiben oder irgendeine Art von Unternehmen zu leiten – vorausgesetzt, dass es ein Unternehmen *ist.*

Ich warte, bis Alina damit fertig ist, meine Lippen mit einem Stift nachzuzeichnen, bevor ich die Augen öffne und frage: »Was machen deine Brüder beruflich?«

»Oh, dies und das.« Sie trägt vorsichtig Lippenstift auf, lässt mich meine Lippen mit einem Taschentuch dazwischen schließen, um etwas von der Farbe zu entfernen, und wiederholt den Vorgang noch zwei weitere Male. Endlich zufrieden, legt sie den Lippenstift weg und nimmt einen kleinen Behälter mit Rouge und einen langstieligen Schminkpinsel zur Hand. »Unsere Familie besitzt eine Reihe von Unternehmen in verschiedenen Sektoren – Energie, Technologie, Immobilien, Pharmazeutika«, sagt sie und streicht mit dem Pinsel über meine Wangen. »Nikolai beaufsichtigt alles … oder er tat es bis vor kurzem. Als wir von Slava erfuhren, übergab er die meisten Aufgaben an Valery und Konstantin, damit er hierherziehen und Zeit mit seinem Sohn verbringen konnte.«

Ich starre sie ungläubig an. Redet sie über denselben Nikolai? Den kühl-distanzierten Vater, der kaum mit seinem Sohn interagiert? Ich kann mir nicht vorstellen, dass er ein Geschäftstreffen vorzeitig verlässt, um bei Slava zu sein, geschweige denn, dass er als Chef eines großen Konglomerats zurücktritt.

Ich muss etwas übersehen haben. Das – oder Slava ist eine bequeme Ausrede für etwas Zwielichtiges.

»Was ist mit dir?«, frage ich, als sie beiseitetritt und ihr Werk mit kritischem Blick begutachtet. »Bist du auch in das Familienunternehmen involviert?«

Sie lacht hell auf. »Oh, das ist nichts für mich.« Sie macht einen halben Schritt nach vorne und streicht mit ihrem Daumen meine linke Augenbraue glatt. »Nicht schlecht«, erklärt sie. »Jetzt müssen wir nur noch deine Haare machen. Komm.« Sie nimmt mich an der Hand und zieht mich zurück ins Badezimmer, wo sie eine ganze Reihe von Stylingprodukten aus einer anderen Schublade holt, während ich mein Spiegelbild betrachte.

Ich habe noch nie so ausgesehen, nicht einmal, als meine Mutter fünfzig Dollar ausgegeben hat, um mich für meinen Abschlussball professionell schminken zu lassen.

Das Mädchen im Spiegel ist mehr als hübsch, seine Haut ist glatt und leuchtend, die braunen Augen sind groß und geheimnisvoll, die Wangenknochen fein konturiert, und seine weichen, vollen Lippen haben die Farbe von düsteren Rosen.

Ich sehe nicht aus wie Alina, mit ihren knallroten Lippen und ihrem dramatischen Katzenaugen-Make-up. Tatsächlich sehe ich überhaupt nicht aus, als würde ich Make-up tragen. Stattdessen wirkt es so, als ob ich mit Photoshop bearbeitet worden wäre, um alle meine Unvollkommenheiten zu retouchieren und zu glätten.

»Wow.« Ich hebe meine Hand, um mein Gesicht zu berühren. »Das ist …«

Alina schlägt meine Hand weg. »Nicht anfassen, du zerstörst es sonst. Generell gilt: Je weniger du dein Gesicht berührst, desto besser. Du hast eine schöne, klare Haut, aber sie wird noch besser, wenn du deine Hände davon lässt. Das Öl und der Schmutz an unseren Fingern verstopfen die Poren und lassen sie mit der Zeit größer aussehen.«

»Alles klar, okay.« Derart zur Einsicht gebracht, lasse ich meine Hände am Körper, während sie sich an mein Haar macht. Zuerst befreit sie es aus dem Dutt, dann besprüht sie es mit Wasser und trägt verschiedene Stylingprodukte auf, um Wellen aus meinen sonst glatten Strähnen herauszukitzeln.

»So, alles erledigt«, sagt sie nach ein paar Minuten. »Jetzt brauchst du noch Schuhe, und dann sind wir fertig.«

Oh, Mist. »Ich glaube, ich habe keine …«, beginne ich, aber sie ist schon aus dem Bad gelaufen.

Ich folge ihr und sehe, wie sie auf meinen Kleiderschrank zusteuert. Eine Sekunde später taucht sie mit einem Schuhkarton auf. *Jimmy Choo*, verkündet das Logo auf der Box. Sie stellt sie auf dem Boden ab, nimmt ein Paar goldene Riemchenabsatzschuhe heraus und reicht sie mir. »Probier die mal.«

Sie haben mir auch noch Schuhe gekauft? Ich halte mein Gehirn davon ab, das nicht gerade kleine

Vermögen auszurechnen, das für meine Garderobe ausgegeben worden sein muss, ziehe die Schuhe an – die genau wie das Kleid perfekt passen – und gehe hinüber zu dem Ganzkörperspiegel, der neben dem Kleiderschrank hängt.

»Wie fühlen sie sich an?«, fragt Alina und stellt sich neben mich. Zu meiner Überraschung ist sie jetzt nur noch ein paar Zentimeter größer als ich – die hohen Absatzschuhe, die sie immer trägt, haben mir vorgegaukelt, dass sie die Größe eines Models besitzt.

Ich verlagere testweise mein Gewicht von Fuß zu Fuß. »Überraschend bequem.« Natürlich nicht so bequem wie meine Sneakers, aber ich kann in ihnen besser stehen und gehen als in allen anderen Absatzschuhen, die ich bisher getragen habe. Auch das pfirsichfarbene Kleid zwickt und kratzt nirgends, alle Nähte sind glatt und weich auf meiner Haut, und das seidige Innenfutter angenehm kühl.

Kein Wunder, dass sich Alina immer wie eine Königin kleiden kann. Wenn alle ihre Kleidungsstücke von dieser Qualität sind, ist es bei weitem nicht so lästig, glamourös auszusehen, wie ich es mir vorgestellt habe.

»Du brauchst nur noch eine Sache«, sagt sie und lächelt mein Spiegelbild an. »Bleib hier. Ich bin gleich wieder da.« Sie eilt aus dem Zimmer, und ich bleibe vor dem Spiegel stehen und bewundere die Art und Weise, wie das schimmernde Kleid meinen zu dünnen Körper drapiert und die Illusion von gesunden Kurven vermittelt.

Ich werde nie so schön sein wie Alina, aber sie hat definitiv das Beste aus mir herausgeholt.

Sie kommt eine Minute später mit einer kleinen Schmuckschatulle in der Hand zurück. Sie stellt sie auf dem Nachttisch ab, öffnet sie und nimmt ein Paar Diamantstecker und einen herzförmigen Anhänger an einer dünnen Goldkette heraus.

»Danke, aber das kann ich unmöglich tragen«, sage ich, als sie mit dem Schmuckstück in der Hand auf mich zukommt. »Das sieht wirklich teuer aus.«

»Mach dir keine Sorgen. Es ist nur ein kleines Schmuckstück.« Sie ignoriert meine Proteste, legt mir die goldene Kette um den Hals und verschließt sie. Danach steckt sie mir die Diamantstecker in die Ohren. »So, jetzt ist das Outfit komplett.«

Sie tritt zurück, und ich wende mich wieder dem Spiegel zu.

Sie hat recht. Der Schmuck hat mir den letzten Schliff gegeben. Der herzförmige Diamant glitzert einen Zentimeter über dem angedeuteten Dekolleté durch das Mieder des Kleides. Ich sehe zu gleichen Teilen elegant und sexy aus, wie eine moderne Prinzessin auf dem Weg zu einem Ball.

Wenn Mom mich so sehen würde, wäre sie so stolz. Sie brachte mich dazu, eine Million Fotos in dutzend verschiedenen Posen zu machen und die besten davon als Bildschirmschoner und Telefonhintergrund einzurichten, damit sie sie ihren Kollegen im Restaurant zeigen konnte. Sie würde …

Ich blinzele das Brennen aus meinen Augen und

drehe mich wieder zu Alina um. »Danke«, sage ich mit nur leicht angespannter Stimme. »Ich weiß das zu schätzen.«

»Es ist mir ein Vergnügen.« Ihre grünen Augen leuchten, als sie mir einen letzten Blick zuwirft. »Lass uns runter zum Essen gehen. Ich kann es nicht erwarten, dass Nikolai dich so sieht.«

Und bevor ich mich fragen kann, was sie meint, verlässt sie den Raum, und ich habe keine andere Wahl, als ihr zu folgen.

20

NIKOLAI

»Was zum Teufel glaubst du, was du da tust?« Meine Stimme ist tief und angenehm, und mein Gesichtsausdruck neutral, als ich meine Schwester auf Russisch anspreche. Chloe mir gegenüber hat ihren Kopf in Richtung Slava gebeugt und spricht mit ihm über das Essen auf seinem Teller, als ob er sie verstehen könnte. Alles, woran ich denken kann, ist, wie sehr ich über den Tisch greifen und diesen Anhänger von ihrer glatten, schlanken Kehle reißen möchte – gleich nachdem ich die Person, die ihn ihr gegeben hat, erdrosselt habe.

»Du hast mich gebeten, ihr beim Anziehen zu helfen.« Alinas Ton passt zu meinem, auch wenn kühle Belustigung in ihren Augen glitzert. »Gefällt dir das Ergebnis nicht?«

»Woher hast du sie?« Ich senke meine Stimme weiter, als Slava uns neugierig anschaut. Im Gegensatz zu seiner amerikanischen Lehrerin versteht er genau, was wir sagen, wenn auch nicht den Kontext von allem. »Ich dachte, sie wäre verloren gegangen.«

»Mamas Lieblingshalskette? Wohl kaum.« Alinas Lächeln ist so eisig hell wie der Diamant, der auf Chloes Brust glitzert. »Sie hat sie mir zur Aufbewahrung gegeben. Kurz bevor … du weißt schon.« Sie wartet auf meine Antwort. Als sie keine bekommt, klimpert sie mit übertriebener Unschuld mit den Wimpern. »Magst du sie nicht an ihr? Ich dachte, sie passt einfach perfekt zu diesem Kleid – und zu deinem hübschen neuen Spielzeug.«

Meine Backenzähne pressen sich zusammen, aber äußerlich wirke ich weiterhin ruhig. Ich verstehe jetzt, welches Spiel Alina spielt und ich habe nicht vor, sie gewinnen zu lassen. »Du hast recht. Die Kette *ist* perfekt, und sie ist es auch. Danke, dass du so hilfsbereit bist.«

Ohne auf ihre Reaktion zu warten, wende ich meine Aufmerksamkeit Chloe zu und ignoriere die weißglühende Wut, die jedes Mal durch meine Adern schießt, wenn der schimmernde Stein meinen Blick auf sich zieht. Dieser Anhänger ist alles, was ich gesehen habe, seit Chloe an den Tisch kam, und jetzt schaue ich Chloe zum ersten Mal wirklich an – und während ich das tue, verwandelt sich die brennende Wut in mir in brennende Lust.

Sie ist wunderschön. Nein, mehr als das. Sie ist atemberaubend, ein zum Leben erwachtes Gemälde einer griechischen Göttin. Wie auf dem Bild, das ich vorhin gesehen habe, fällt ihr Haar wie ein Wasserfall aus sonnengesprenkelten braunen Wellen bis zu ihren schlanken Schultern, und ihre glatte Haut leuchtet mit einem geheimnisvollen inneren Licht. Was auch immer meine Schwester getan hat, hat die Ausstrahlung verstärkt, die mich von Anfang an gefangen genommen hat, und Chloes leuchtende, zarte Schönheit betont.

Die Art von Schönheit, die geradezu darum bettelt, dass man sie entweiht.

Mein Blick wandert von ihrem Gesicht zu ihren zerbrechlichen Schlüsselbeinen und dann, den Anhänger überspringend, zu der Andeutung eines Schattens zwischen ihren Brüsten, die durch das enge Mieder ihres Kleides verführerisch nach oben gedrückt werden. Mit lebhafter Klarheit stelle ich mir vor, wie sich ihre harten Brustwarzen anfühlen werden, wenn ich diese kleinen, köstlichen Kugeln in die Hand nehme, wie sie schmecken werden, wenn ich an ihnen sauge. Sie wird stöhnen, ihren Kopf zurückwerfen und ihre schlanken Arme werden sich heben, um …

Ich halte inne, und die Fantasie verflüchtigt sich, als ich bei dem dunkelroten Schorf auf ihrem linken Bizeps hängenbleibe.

Was zur Hölle?

Sie sehen aus wie kleine Schnittwunden. Tiefe Schnittwunden.

»Sie sagte, sie sei auf Glasscherben gefallen«, murmelt Alina auf Russisch, so unheimlich gut auf mich eingestimmt wie immer. »Interessant, nicht wahr?«

Das ist es in der Tat. Auch wenn es theoretisch möglich ist, auf zerbrochenes Glas zu fallen und sich so kleine Schnittwunden zuzuziehen, ist es viel wahrscheinlicher, dass man einen längeren Schnitt zurückbehält, aber den hat sie nicht.

»Ich frage mich, ob sie mit einem Messer angegriffen wurde oder ob sie ein Schrapnell abbekommen hat«, fährt Alina fort und gibt meine Gedanken wieder. »Was denkst du? Ich tippe auf Letzteres.«

Ich zwinge mich, desinteressiert zu klingen, gelangweilt von dem Thema. »Ich glaube, sie ist auf ein paar Glasscherben gefallen.« Ich habe meiner Schwester nichts von dem zusätzlichen Bericht erzählt, den ich bei Konstantins Team in Auftrag gegeben habe, und ich habe auch nicht vor, das zu tun.

Ich will Chloes Geheimnisse herausfinden, die Puzzleteile zusammenfügen.

Sie ist mein hübsches Spielzeug, mit dem nur ich spiele.

Ihr Blick trifft den meinen, und sie schaut schnell weg. Chloes Hand verstärkt ihren Griff um die Gabel, während ihre kleine Brust sich in einem schnelleren Rhythmus hebt und senkt. Ich lächele finster und beobachte sie. Ich verunsichere sie, mache sie nervös, und es ist nicht nur die sexuelle Spannung, die die Luft zwischen uns erhitzt. Ich habe die Art und Weise bemerkt, wie sie während des Mittagessens auf meine aufgeschlagenen Knöchel schaute, sah die Fragen in ihren Augen.

Mein *zajchik* ist schlau genug, um sich vor mir in Acht zu nehmen.

Tief im Inneren weiß sie, was für ein Mann ich bin.

Ich beobachte sie während des gesamten Essens und lasse meine Augen auf ihr ruhen, während sie die Früchte von Pavels Küchenarbeit isst. Sie ist immer noch diskret und unauffällig, aber mindestens drei große Portionen *plov*, Pavels georgische Reispilaw-Spezialität, verschwinden in kürzester Zeit von ihrem Teller, gefolgt von einer Portion von jedem Salat und jeder Beilage auf dem Tisch, zusammen mit einem ganzen Teller Lammkebab, dem Hauptgericht des Abends.

Ihr übertriebener Appetit amüsiert und beunruhigt mich zugleich, weil er etwas Wichtiges offenbart.

Er sagt mir, dass sie in der jüngeren Vergangenheit echten, wahren Hunger erlebt hat.

Diese Erkenntnis trägt zu meiner Frustration bei, ebenso wie die Spuren auf ihrem Arm. Konstantin ist immer noch nicht mit dem Bericht fertig, und das macht mich wahnsinnig. Ich möchte wissen, was mit ihr passiert ist. Ich *muss* es wissen. Das wird schnell zu einer Besessenheit – und sie auch. Heute Nachmittag, als sie mit Slava wandern ging, ertappte ich mich dabei, wie ich die Wände hochging, weil ich sie nicht durch die Kameras beobachten konnte. Ich will jeden Moment wissen, was sie macht, und egal wie sehr ich versuche, mich abzulenken, sie ist alles, woran ich denken kann.

Als sich das Essen dem Ende zuneigt, überlege ich,

ob ich sie noch zu einem Digestif einladen soll, aber als ich sie dabei erwische, wie sie ein Gähnen unterdrückt, entscheide ich mich dagegen. Alinas Make-up hat geschickt die äußeren Zeichen von Chloes Erschöpfung verborgen, aber sie ist immer noch empfindlich, immer noch zerbrechlich ... zu sehr für all die dunklen, schmutzigen Dinge, die ich mit ihr machen möchte. Außerdem kann ich mir meiner Selbstbeherrschung heute Abend nicht sicher sein.

Das Verlangen, das durch meine Adern brennt, fühlt sich zu mächtig an, zu wild für eine sanfte Verführung.

Bald, verspreche ich mir, als ich sie beobachte, wie sie aus dem Esszimmer geht und die Treppe hinauf verschwindet.

Bald werde ich Chloe Emmons auf den Grund gehen und diesen Hunger stillen.

Es ist fast zwei Uhr nachts, als ich mich geschlagen gebe und aufstehe, um laufen zu gehen. Nachdem ich letzte Nacht kaum geschlafen habe und einen Großteil meiner unruhigen Energie durch Sparring mit den Wachen abgearbeitet habe, sollte ich eigentlich todmüde sein. Stattdessen lag ich stundenlang wach, mein Körper brannte vor unerfülltem Verlangen und mein Kopf war voller ruheloser Gedanken. Jedes Mal, wenn ich kurz davor war, einzuschlafen, sah ich den verdammten Anhänger über mir baumeln, und die

Wut flutete durch meine Adern und rüttelte mich wach.

Meine Schwester wusste, was sie tat, als sie diese Kugel um Chloes hübschen Hals hängte.

Der Nachthimmel ist klar, als ich das Haus verlasse. Das Licht des Halbmonds erhellt meinen Weg, als ich anfange, die Einfahrt hinunterzujoggen. Nicht, dass ich es bräuchte – ich habe eine ausgezeichnete Nachtsicht. Als der Wald um mich herum dichter wird, werde ich schneller, bis ich die Straße zum Tor hinuntersprinte. Auf halbem Weg biege ich scharf rechts ab in den Wald hinein, und meine Turnschuhe knirschen über Blätter und Zweige, während ich mich durch die Bäume schlängele. Hier ist es dunkler, gefährlicher, auf dem unebenen Boden mit den heruntergefallenen Ästen, aber diese Herausforderung ist genau das, was ich suche. So ein Lauf zwingt mich dazu, mich zu fokussieren, mich geistig und körperlich anzustrengen. Außerdem finde ich den nächtlichen Wald beruhigend. Das leise Rascheln der wilden Tiere in den Büschen, das Rufen einer Eule über meinem Kopf, der lehmige Geruch von verrottender Vegetation – all das ist ein Teil davon, ein Teil dessen, was mich an diesem Ort anzieht.

Ich laufe, bis meine Lungen brennen und meine Muskeln sich wie Blei anfühlen, bis mir der Schweiß in Rinnsalen über das Gesicht läuft. Als meine Beine zu versagen drohen, kehre ich um und laufe den Berg hinauf. Ich zwinge mich über den Punkt der Erschöpfung hinaus, über die Grenzen meines Körpers

ANNA ZAIRES

und die Erinnerungen, die sich in meinem Kopf festsetzen. Ich renne, bis ich an nichts mehr denken kann, geschweige denn an den herzförmigen Anhänger an Chloes Brust.

Schließlich werde ich langsamer und gehe den Rest des Weges, um mich abzukühlen. Als ich das dunkle, stille Haus betrete, hat sich meine Atmung beruhigt, und meine Beine fühlen sich wieder so an, als würden sie zu meinem Körper gehören. Ich ziehe meine schmutzigen Schuhe aus, schließe die Haustür ab und gehe die Treppe hinauf, während das Gewicht des Schlafmangels wie Ziegelsteine auf mich herabfällt. Ich kann es nicht erwarten, in mein Bett zu fallen und …

Ein erstickter Schrei lässt mich innehalten.

Ich bleibe oben auf der Treppe stehen, und alle meine Sinne sind in höchster Alarmbereitschaft, während ich den dunklen Flur absuche.

Einen Moment später höre ich ihn wieder.

Einen gedämpften Schrei, der aus Chloes Zimmer kommt.

Adrenalin schießt durch meinen Körper. Ich halte nicht inne, um zu denken, sondern handele einfach. Lautlos gehe ich den Gang hinunter, und jeder Muskel in meinem Körper ist für den Kampf angespannt. Wenn jemand eingebrochen ist, wenn er ihr wehtut … Der bloße Gedanke lässt mich rotsehen. Nur das lebenslange Training hält mich davon ab, die Tür einzutreten und hineinzustürmen. Stattdessen bleibe ich drei Meter vor ihrem Schlafzimmer stehen und drücke meine Handfläche gegen die Wand, um einen winzigen Grat zu ertasten. Als ich ihn finde, drücke ich hinein, und mit einem leisen Zischen gleitet ein kleines Stück der Wand beiseite und enthüllt eines der Mini-Waffenarsenale, die ich im ganzen Haus versteckt habe.

Lautlos greife ich in die Nische, schnappe mir eine geladene Glock 17 und nähere mich dann Chloes Tür.

Alles ist wieder ruhig, aber ich lasse mich davon nicht täuschen.

Irgendetwas stimmt da nicht. Ich weiß es. Ich spüre es.

Während ich mit dem rechten Daumen die Sicherung löse, drehe ich mit der linken Hand vorsichtig den Knauf und öffne die Tür einen Spalt.

Ein weiterer Schrei ertönt, gefolgt von einem erstickten Schluchzen.

Verdammt.

Ich stoße die Tür weit auf und stürme hinein, bereit zum Kampf.

Aber niemand greift mich an.

Es gibt keine fliegenden Kugeln, keine Bewegung jeglicher Art.

Das schwache Mondlicht offenbart niemanden in dem dunklen Schlafzimmer außer mir und einem kleinen Bündel unter der Decke auf dem Bett – ein Bündel, das plötzlich zuckt und einen weiteren dieser gedämpften Schreie von sich gibt.

Natürlich.

Ich senke die Waffe, und die schlimmste Anspannung fällt von mir ab. Das muss es sein, was Alina letzte Nacht gehört hat. Kein Wunder, dass Chloe so unbehaglich aussah, als meine Schwester das Thema ansprach.

Sie hat Alpträume. Schlimme.

Ich sollte gehen, jetzt, wo ich weiß, dass sie in Sicherheit ist, aber ich bleibe wie angewurzelt stehen und starre auf das Bündel aus Decken, während mein Herzschlag einen harten, pochenden Rhythmus annimmt. *Sie ist hier und schläft nur ein paar Meter entfernt.* Das Adrenalin in meinen Adern verwandelt sich in ein scharfes, heißes Bedürfnis, einen Hunger, der so heftig und stark ist, dass ich vor Anstrengung zittere, um ihn zu kontrollieren. Ich will ihre glatte, warme Haut unter meinen Fingern spüren, ihren frischen, süßen Wildblumenduft riechen … tief in ihrer engen, feuchten Hitze versinken … Mein Puls dröhnt in meinen Ohren, mein Körper ist so hart, dass es schmerzt, und meine Beine bewegen sich gegen meinen Willen und tragen mich vorwärts.

Nein. Scheiße, nein.

Ich bleibe mit vor Anstrengung zusammengebissenen Zähnen einen halben Meter vom Bett entfernt stehen.

Geh verdammt nochmal zurück. Jetzt.

Wie durch ein Wunder gehorchen meine Füße.

Ein Schritt.

Ein weiterer.

Ein dritter.

Ich bin auf halbem Weg zur Tür, als das Bündel auf dem Bett wieder zuckt, wild zu strampeln beginnt und die Luft mit rohen, herzzerreißenden Schreien erfüllt.

21

CHLOE

»Nein!«
Meine Füße rutschen im Blut aus, als ich mich nach vorne stürze und über Moms Körper auf die Knie falle. Ihr schönes, ausdrucksstarkes Gesicht ist schlaff, ihre weichen braunen Augen glasig und leer. Ihr rosafarbener Bademantel, mein Weihnachtsgeschenk vom letzten Jahr, klafft oben auf und enthüllt ihre linke Brust. Ihr rechter Arm liegt in einem rechten Winkel zum Körper, und das Blut aus der tiefen, vertikalen Wunde in ihrem Unterarm sammelt sich auf den sauberen weißen Fliesen und sickert in die makellos gepflegten Fugen. Ihr linker Arm ist gegen ihre Seite gepresst, aber auch dort ist Blut zu sehen. So viel Blut …

»Mom!« Ich drücke meine eisigen Finger an ihren Hals. Ich kann keinen Puls fühlen, oder vielleicht weiß ich einfach nicht, wo ich ihn finden kann. *Weil es einen Puls gibt. Das muss so sein. Sie würde das nicht tun. Nicht jetzt. Nicht noch einmal.* Ich bin gleichzeitig verzweifelt und taub, und meine Gedanken rasen, während ich steif und erstarrt dastehe. *Blut. So viel Blut auf dem Küchenboden.* Mein Kopf dreht sich automatisch nach oben, und meine Augen suchen auf dem Tresen nach einer Rolle Papiertücher. Mama wird sich so über die Flecken auf der Fuge aufregen. Ich muss das säubern, muss ...

Den Notruf anrufen. Das ist es, was ich tun muss.

Ich stehe auf und klopfe hektisch meine Taschen ab, während mein Blick durch die Küche schweift.

Mein Telefon. Wo ist mein verdammtes Telefon?

Moment, meine Handtasche.

Habe ich sie im Auto gelassen?

Ich drehe mich zur Haustür und atme flach. *Schlüssel.* Das Auto braucht Schlüssel. *Wo habe ich meine verdammten Schlüssel hingelegt?* Mein Blick fällt auf einen kleinen Tisch am Eingang, und ich renne darauf zu, wobei mein Herz so schnell hämmert, dass mir schlecht wird.

Schlüssel. Auto. Handtasche. Telefon.

Ich schaffe das.

Einen Schritt nach dem anderen.

Meine Finger schließen sich um meinen pelzigen Schlüsselbund, und ich will gerade nach dem Türgriff greifen, als ich es höre.

Das leise, tiefe Grollen von Männerstimmen in Moms Schlafzimmer.

Ich erstarre, und jeder Muskel in meinem Körper spannt sich an.

Männer. Hier in der Wohnung. Wo Mama in einer Blutlache liegt.

»… sollte hier sein«, sagt einer von ihnen, und seine Stimme wird von Sekunde zu Sekunde lauter.

Ohne nachzudenken, springe ich in die Wandnische im Flur, die uns als Garderobe dient. Mein linker Fuß landet auf einem Stapel Stiefel, und mein Knöchel verdreht sich qualvoll, aber ich verbeiße mir den Schrei und drapiere die Wintermäntel wie einen Schild um mich.

»Überprüfe das Telefon noch einmal. Vielleicht gibt es einen Stau.« Die Stimme des anderen Mannes klingt näher, ebenso wie seine schweren Schritte.

Oh Gott, oh Gott, oh Gott.

Ich lege beide Hände über meinem Mund, und die Schlüssel, die ich umklammere, graben sich schmerzhaft in mein Kinn, während ich still dastehe und mich nicht traue, zu atmen.

Die Schritte bleiben neben meinem Versteck stehen, und durch die dicken Schichten der Mäntel sehe ich sie.

Groß.

Kraftvoll gebaut.

Schwarze Masken.

Eine Waffe in einer behandschuhten Hand.

Ein Entsetzensschauer läuft mir über den Rücken, meine Sicht ist durch den Sauerstoffmangel von dunklen Flecken getrübt.

Nicht ohnmächtig werden, Chloe. Nicht bewegen und nicht ohnmächtig werden.

Als hätte er meine Gedanken gehört, dreht sich der Mann, der mir am nächsten steht, zu meinem Versteck um, reißt seine Maske ab und enthüllt einen Haifischkopf. Mit einem makabren Grinsen entblößt er seine messerartigen Zähne und richtet die Waffe auf mich.

»*Nein!*«

Ich zucke heftig zurück und verheddere mich in den Mänteln. Sie sind überall um mich herum, engen mich ein, halten mich gefangen. Ich winde mich immer verzweifelter, und heiseres Flehen und panische Schluchzer entweichen meiner Kehle, als der Finger mit den schwarzen Handschuhen sich um den Abzug legt und …

»Schscht, ist schon gut, *zajchik*. Es geht dir gut.« Die Mäntel ziehen sich um mich zusammen, nur dieses Mal ist ihr Gewicht tröstlich, als wäre ich in eine Umarmung gehüllt. Sie riechen auch gut, nach einer faszinierenden Mischung aus Zedernholz, Bergamotte und erdigem Männerschweiß. Ich atme tief ein, und mein Entsetzen lässt nach, während der Kopf des Hais und die Waffe in einem nebligen Dunst verschwinden, als sich andere Empfindungen ausbreiten.

Wärme. Glatte, harte Muskeln unter meinen Handflächen. Eine tiefe, rau-seidige Stimme, die mir beruhigende Worte ins Ohr murmelt, während starke Arme mich festhalten, mich beschützen, mich vor den Schrecken bewahren, die jenseits des Nebels schweben.

Mein Schluchzen wird leiser, und meine abgehackten Atemzüge werden langsamer, als der

Alptraum seinen Griff um mich löst. Und es *war* ein Alptraum. Jetzt, wo mein Gehirn anfängt, zu funktionieren, weiß ich, dass es so etwas wie einen Haifischkopf auf einem menschlichen Körper nicht gibt. Mein schlafender Geist hat ihn heraufbeschworen und die Erinnerung ausgeschmückt, so wie er jetzt …

Moment, das fühlt sich nicht wie ein Traum an.

Ich versteife, und ein Adrenalinstoß fegt den verweilenden Dunst fort und bringt die Erkenntnis, dass ein großer, warmer, halbnackter, *sehr realer* Mann mich auf seinem Schoß wiegt. Mein Gesicht ist in seiner Halsbeuge vergraben, meine Hände umfassen die harten Muskeln seiner Schultern, während seine großen, schwieligen Handflächen beruhigend über meinen Rücken streichen. Er murmelt tröstende Worte in einer Mischung aus Englisch und Russisch, und seine weiche, tiefe Stimme ist schrecklich vertraut, genauso wie sein betörender männlicher Duft.

Das kann nicht sein.

Das ist nicht möglich.

Und doch …

»Nikolai?«, flüstere ich und fühle mich, als würde ich innerlich implodieren. Als ich meinen Kopf von seiner Schulter hebe und meine Augen öffne, beleuchtet das schwache Mondlicht, das durch das Fenster fällt, die stark gezeichneten Linien seines Gesichts und verrät mir die Antwort.

22

CHLOE

*E*ine große, warme Hand legt sich auf meinen Nacken und massiert die Anspannung weg, die jeden Muskel in meinem Körper durchdringt. »Geht es dir gut, *zajchik?*«, fragt er murmelnd. Das blasse Mondlicht spiegelt sich in seinen Augen, während seine andere Hand meinen Arm auf und ab streicht. »Ist der böse Traum weg?«

Ich kann keine Worte finden, um zu antworten. Der Schock ist wie eine Million winziger Nadeln, die in meine Haut stechen, und mein inneres Thermostat schaltet von heiß auf kalt und wieder zurück.

Nikolai und ich sind im Bett.

Zusammen.

Er hält mich auf seinem Schoß.

Das Thermostat dreht sich bis zum Anschlag auf, treibt meinen Puls in die Höhe und schickt eine schwindelerregende Hitze direkt in mein Inneres. Wir sind fast nackt – mein Pyjamatanktop und meine

Shorts sind mehr als dünn, und er muss ebenfalls nur Shorts oder einen Slip tragen, denn ich kann seine nackten Oberschenkel an meinen spüren. Seine Haut ist rau von den Haaren, und seine Beinmuskeln sind so hart, dass sie sich wie Stein anfühlen.

Und das ist nicht die einzige steinerne Härte, die ich spüre.

Die ganze Welt scheint zu verblassen, ersetzt durch das Bewusstsein unserer intimen Position und der dunklen, magnetischen Kraft, die uns von Anfang an zueinander gezogen hat. Mein Herz pocht so heftig in meinem Brustkorb, dass jeder Schlag in meinen Ohren widerhallt, während mein stockender Atem durch meine geöffneten Lippen strömt. Sein Gesicht ist nur wenige Zentimeter von meinem entfernt, seine kräftigen Arme umschließen mich und halten mich in einer Umarmung, die zu gleichen Teilen beschützend und einschränkend ist.

»Chloe, *zajchik* …« Seine tiefe Stimme hat einen angestrengten Unterton. »Geht es dir gut?«

Gut? Ich verglühe, sterbe von dem Feuersturm des Verlangens in mir. Er ist so nah, dass ich die Wärme seines Atems spüren kann. Ich rieche einen Hauch von minziger Zahnpasta, der sich mit den sinnlichen Noten seines Parfums und den salzigen Untertönen von sauberem, gesundem Männerschweiß vermischt. Seine Augen glänzen im Mondlicht, gesprenkelt mit Schatten, sein schwarzes Haar verschmilzt mit der Nacht, und ich habe den unwirklichen Gedanken, dass *er* aus Dunkelheit besteht … dass er wie eine Kreatur der Unterwelt außerhalb der Reichweite des Lichts existiert.

Angst durchströmt mich, vermischt sich mit der Hitze, die in meinen Adern brennt und verstärkt sie auf eine seltsame, beunruhigende Weise. Meine Brustwarzen verhärten sich, und meine inneren Muskeln ziehen sich wegen des wachsenden, leeren Verlangens zusammen. Dann reagiert mein Körper auf einen lange schwelenden Impuls, als meine Finger fester die harten Muskeln seiner Schultern umfassen, während sich meine Lippen auf die seinen drücken.

Für einen kurzen Moment passiert nichts, und ich habe den entsetzlichen Gedanken, dass ich die Situation falsch eingeschätzt habe, dass die Anziehung doch einseitig ist. Doch dann rumpelt ein tiefer, rauer Ton in seiner Kehle und er küsst mich mit wildem Hunger zurück, während seine Arme sich zu einem eisernen Käfig um mich zusammenziehen. Seine Lippen verschlingen meine, seine Zunge dringt tief in mich ein, schmeckt mich, nimmt mich mit einer unverhohlenen Nachahmung des sexuellen Aktes in Besitz, und mein Verstand wird völlig leer, alle Gedanken und Ängste verdampfen unter der brutalen Peitsche der Lust.

Ich habe noch nie einen so rohen und fleischlichen Kuss erlebt, habe noch nie eine so intensive Erregung gespürt, dass sie wehtut. Meine Haut brennt, mein Herz schlägt wie eine Faust gegen meinen Brustkorb und mein Inneres pulsiert mit einem verzweifelten, immer stärker werdenden Verlangen. Er trägt mich zum Bett, nagelt mich unter seinem schweren Gewicht fest und alles, was ich tun kann, ist, hilflos in seinen Mund zu stöhnen, während sich meine Nägel in seine Schultern graben und meine Beine sich um seine Hüften legen, damit sich meine pochende Klitoris an der harten Ausbuchtung seiner Erektion reiben kann.

Ein raues Stöhnen entweicht seiner Kehle, und er streicht mit einer Hand über meinen Körper, wobei seine Berührung eine Feuerspur hinterlässt. Grob zieht er mein Tanktop hoch, und seine schwielige Handfläche schließt sich um meine linke Brust. Sie knetet sie mit hungrigem Druck, während seine Lippen meine erdrücken, sein Kuss mich verzehrt und mir jeden Atemzug aus der Lunge stiehlt. Atemlos und schwindlig drücke ich mich gegen ihn, und meine Hände gleiten nach oben und greifen nach seinem seidigen Haar. Das Gefühl seiner heißen Handfläche auf meiner Brustwarze ist zu gleichen Teilen Erleichterung und Qual. Es besänftigt das fiebrige Verlangen nach seiner Berührung, während es den schnellen Aufbau der Spannung intensiviert. Wie eine geladene Feder spannt sich der Druck in meinem Inneren immer mehr an, und jede reibende Bewegung meiner Hüften bringt mich näher zum Höhepunkt, zur Entladung, die ich so verzweifelt suche.

Ich werde gleich kommen. Diese Erkenntnis durchströmt mich einen Herzschlag, bevor der Höhepunkt kommt. Mein Rücken krümmt sich, meine Beine ziehen sich um seinen muskulösen Po zusammen, und ein erstickter Schrei entweicht meiner

Kehle, als heiße Lust durch meinen Körper schießt. Die Entladung ist so stark, dass sie jeden Gedanken, jede Vernunft auslöscht, und erst als mein Rausch nachlässt und ich die Augen öffne, bemerke ich, dass er auf mir liegt, den Kopf zur Tür gedreht hat und sein kraftvoller Körper vor Anspannung vibriert.

Einen Sekundenbruchteil später wird mir klar, warum.

»Chloe, bist du das? Bist du …« Alina erstarrt in der Tür, ihre im Negligé gekleidete Figur wird von dem Licht umrissen, das vom Flur hereinströmt.

Das Licht, das sie angemacht haben muss, als sie uns hörte.

Oder besser gesagt *mich* hörte.

Eine heiße Röte breitet sich auf meinem Gesicht und meinen Nacken aus, als mir klar wird, was genau sie gehört hat – und was sie sieht.

Mich, im Bett mit ihrem halbnackten Bruder mitten in der Nacht, mein Pyjama-Oberteil bis zu den Achseln hochgezogen.

Das kann man nicht als Unfall erklären, es nicht als etwas anderes sehen, als es ist.

»Entschuldigt.« Alinas Ton wird kühl. »Die Tür war offen. Ich wollte euch nicht stören.«

Sie verschwindet im Flur, und Nikolai murmelt etwas, was wie ein russischer Fluch klingt. Mit einer explosiven Bewegung rollt er sich von mir herunter, geht zur weit geöffneten Tür und knallt sie zu, um uns wieder in die Dunkelheit zu stürzen.

Ich setze mich schnell hin und ziehe mein Oberteil

herunter, als ich seine Schritte höre. *Scheiße. Scheiße. Scheiße. Was mache ich hier?* Meine Hand tippt hektisch auf dem Nachttisch, um den Schalter der Nachttischlampe zu finden, und das Licht geht gerade an, als die Matratze unter seinem Gewicht nachgibt.

Für ein paar Sekunden starren wir uns nur an und ich registriere alle möglichen Details, die Höschen schmelzen lassen können. Die Art und Weise, wie sein glattes schwarzes Haar von meinen Fingern zerzaust ist, dass seine sinnlichen Lippen rot und geschwollen sind und von unseren rauen Küssen glänzen. Die meinen müssen genauso aussehen, denn ich kann sie spüren, feucht und pochend und nach mehr von seiner süchtig machenden Berührung und seinem Geschmack verlangend. Er trägt nur Laufshorts, und seine Brust und Schultern sind muskulös, seine Bauchmuskeln scharf definiert. Im Gegensatz zu seinen kräftigen Beinen, die mit dunklen Haaren übersät sind, ist sein Oberkörper glatt, und seine leicht gebräunte Haut wird nur von einer blassen, hervortretenden Narbe auf seiner linken Schulter unterbrochen.

Meine Herzfrequenz steigt.

Schussverletzung.

Ich habe noch nie eine gesehen, aber ich bin mir sicher, dass ich richtig liege. Entweder das, oder ein Bohrer hat seine Schulter durchbohrt.

Das anhaltende Glühen des Orgasmus verflüchtigt sich, während sich die Angst verstärkt, die durch das klarere Denken entsteht. Wer ist er, dieser umwerfende Mann, dem Gefahren so vertraut zu sein scheinen?

Warum ist er in meinem Schlafzimmer, auf meinem Bett?

Langsam schiebe ich mich weg, ohne meinen Blick von ihm zu nehmen. Die Schusswunde, die geprellten Knöchel, die Mauer um das Gelände und die Wachen … Da ist etwas, und es ist nichts Gutes. Gewalt, in irgendeiner Form, scheint ein Teil des Lebens meines neuen Arbeitgebers zu sein, und ich will nichts damit zu tun haben, egal wie sehr sich mein Körper danach sehnt, dass wir beenden, was wir angefangen haben.

Was *ich* begonnen habe, indem ich ihn so gedankenlos, so unverschämt geküsst habe.

Bei meinem Rückzug verengen sich seine Tigeraugen, und ich spüre seine Frustration, die schwelende Wut eines Raubtieres, das die unvermeidliche Flucht seiner Beute beobachtet. Nur ist sie in unserem Fall nicht unvermeidlich – mit seiner überlegenen Größe und Stärke kann er mich jederzeit aufhalten, aber die Tatsache, dass er trotz der sichtbaren Anspannung in seinen mächtigen Muskeln unbeweglich bleibt, beruhigt mich.

Ihm muss klar sein, was ich denke, denn sein Gesichtsausdruck glättet sich, und seine Haltung wird entspannter, fast faul. »Mach dir keine Sorgen, *zajchik*. Ich werde mich nicht auf dich stürzen.« Seine Stimme ist leise, sein Ton leicht spöttisch. »Wenn du das nicht willst, sag es einfach. Ich habe nicht die Angewohnheit, Unwillige zu belästigen … oder solche, die so tun, als sei das der Fall.«

Mein Gesicht fühlt sich an, als würde jemand Kohlen unter meiner Haut verbrennen. Er bezieht sich zweifelsohne auf meinen spontanen Orgasmus, über den ich mir noch keine Gedanken gemacht habe. Denn so schamlos mein Verhalten heute Abend auch war, nichts übertrifft, dass ich mich wie eine läufige Hündin an ihm gerieben habe – und davon gekommen bin.

»Ich tue nicht …« Ich halte inne, als ich merke, dass ich im Begriff war, in kindische Leugnungen zu verfallen. »Du hast recht«, sage ich in einem etwas ruhigeren Ton. »Ich entschuldige mich. Ich hätte dich nicht küssen sollen. Das war völlig unangebracht und …«

»Und es wird wieder passieren.« Seine Augen sind wie bernsteinfarbene Juwelen in dem warmen Licht der Lampe. »Du wirst mich küssen, und wir werden ficken, und du wirst immer wieder kommen. Du wirst auf meinen Fingern und meiner Zunge kommen und auf meinem Schwanz, der tief in deiner engen, feuchten Muschi vergraben sein wird. Du wirst kommen, während ich deinen Mund und deinen Arsch ficke. Du wirst so verdammt oft kommen, dass du vergessen wirst, wie es sich anfühlt, nicht zu kommen – und du wirst immer noch nach mehr betteln.«

Ich starre ihn an, und mein Hals ist trocken und meine Unterwäsche klatschnass. Meine Klitoris pulsiert im Einklang mit seinen sanft gesprochenen Worten, und mein Herz hämmert wie ein Specht, während meine Lungen darum kämpfen, einen einzigen Atemzug zu machen. Noch nie hat ein Mann so mit mir gesprochen, und ich wusste nicht, dass Dirty Talk mich gleichzeitig anmachen und mich vor Scham brennen lassen kann.

»Das ist nicht … Ich bin nicht …« Ich atme tief ein. »Das wird nicht passieren.«

»Oh, aber das wird es, *zajchik*. Weißt du, warum?«

Ich schüttele den Kopf, weil ich meinem Mund nicht traue.

»Weil das unvermeidlich ist. Von dem Moment an, als ich dich sah, wusste ich, dass es so sein würde … heiß und wild und roh, völlig unkontrollierbar. Und du hast es auch gewusst. Das ist der Grund, warum du mich bei den Mahlzeiten kaum ansehen kannst, warum es dir so viel Angst macht, mit mir allein zu sein.« Er lehnt sich vor, und seine Augen glänzen. »Du willst mich, Chloe … und glaube mir, ich will dich auch.«

Ich suche nach etwas, was ich sagen kann, aber es fällt mir nichts ein. Wo Gedanken sein sollten, ist eine große, leere Lücke. Gleichzeitig pulsiert mein Körper mit elektrischem Bewusstsein, jedes Nervenende ist sich seiner Nähe und der dunklen Hitze in diesen raubtierhaften, hypnotischen Augen bewusst. Das ist so weit jenseits meines Erfahrungsbereichs, dass ich keinen Ablaufplan dafür habe, keine Ahnung, wie ich reagieren, geschweige denn handeln soll. Er ist mein Arbeitgeber, der Vater meines Schülers, und selbst wenn er es nicht wäre, gäbe es immer noch diese Aura der Gefahr, der Gewalt, die er wie einen tödlichen Heiligenschein trägt. Die einzige vernünftige Lösung ist, das Ganze abzubrechen, zu leugnen, dass ich ihn will, aber ich kann mich nicht dazu bringen, die offensichtliche Lüge auszusprechen.

Er wartet darauf, dass ich etwas sage, und als ich es nicht tue, verziehen sich seine Lippen zu einem spöttischen Halblächeln. »Denk darüber nach, *zajchik*«, rät er leise, und die Muskeln in seinem kraftvollen Körper spannen sich an, als er sich aufrichtet. »Denk daran, wie gut es sein wird, wenn du zu mir kommst.«

Als ich endlich eine Antwort finde, ist er verschwunden und hat einen schwachen Hauch von Bergamotte und Zedernholz auf meinen Laken hinterlassen – und völlige Verwirrung in meinem Geist und Körper.

23

NIKOLAI

ch brauche jedes bisschen von der Selbstbeherrschung, die ich über die Jahre kultiviert habe, um in mein Schlafzimmer zu gehen und die Tür hinter mir zu schließen. Die Lust, dunkel und stark, pulsiert durch mich hindurch und verlangt, dass ich zu Chloe zurückkehre und dort weitermache, wo wir aufgehört haben.

Stattdessen gehe ich in mein Badezimmer. Ich ziehe meine schweißgetränkten Shorts aus, schalte die Dusche ein und stelle die Temperatur ganz auf kalt. Dann trete ich unter den Strahl und lasse die Kühle des Wassers das Feuer in meinem Blut kühlen.

Zu verdammt früh.

Ich hätte sie weiter drängen können, ich weiß, aber es wäre zu früh gewesen. Sie ist nicht bereit dafür, nicht bereit für mich. Der Alptraum hat sie dazu gebracht, ihre Wachsamkeit zu verringern, aber die vorzeitige Unterbrechung durch meine Schwester

DIE HÖHLE DES TEUFELS

erinnerte sie an all die Gründe, warum sie mich nicht wollen sollte, all die Gründe, warum sie denkt, dass dies falsch ist. Ihr Körper mag mich wollen, aber ihr Kopf kämpft gegen die Anziehung. Sie macht ihr Angst, die Intensität dessen, was zwischen uns brodelt, und ich kann es ihr nicht verdenken.

Sie macht sogar mir beinahe Angst.

Mein Verlangen nach dem Mädchen hat etwas Zärtliches und zugleich Gewalttätiges ... eine Besessenheit, die über einfache Lust hinausgeht. Als ich dachte, dass sie in Schwierigkeiten steckte, konnte ich nur daran denken, zu ihr zu gelangen, sie zu beschützen und jeden zu vernichten, der ihr etwas antun wollte. Und als sie anfing, sich in ihrem Alptraum zu winden, war das Bedürfnis, sie zu trösten, zu stark, um es zu verleugnen. Ich behielt gerade genug Geistesgegenwart, um die Waffe im Flur abzulegen, und dann war ich da, hielt sie, während sie sich schüttelte und schluchzte und ihr offensichtliches Entsetzen mich mit Frustration und hilfloser Wut erfüllte.

Sie wurde traumatisiert, von jemandem oder etwas verletzt, und ich weiß nicht, von wem oder was.

Ich weiß es nicht, aber ich muss es wissen.

Ich muss es wissen, damit ich sie beschützen kann.

Ich muss es wissen, weil sie in meinem Kopf bereits die meine ist.

Ich stehe immer noch unter dem kalten Wasserstrahl, als eine dunkle Erkenntnis mich durchfährt.

Alina hat zu Recht Angst um Chloe.

Ich *bin* eine Gefahr für sie, allerdings nicht aus dem Grund, den sich meine Schwester vorstellt. Sie denkt, ich will das Mädchen als Wegwerf-Fickspielzeug, als eine kurzweilige Ablenkung, aber sie irrt sich. So sehr ich mich auch in Chloes engem kleinen Körper vergraben möchte, so sehr möchte ich auch in ihren Kopf eindringen. Ich möchte jeden Gedanken hinter diesen braunen Augen kennen, jeden Wunsch und jedes Bedürfnis ... jede Narbe und jede Wunde offenlegen. Ich möchte tief in ihre Psyche eindringen, und das nicht nur wegen der Geheimnisse, die sie verbirgt.

Ich möchte nicht nur das Geheimnis enträtseln, das sie darstellt.

Ich möchte *sie* enträtseln.

Ich möchte sie auseinandernehmen und verstehen, wie sie tickt.

Ich will das, damit ich sie nur für mich ticken lassen kann, damit sie mir allein gehören kann.

Ich will sie so, wie mein Vater einst meine Mutter gewollt haben muss ... vor einem ganzen Leben, bevor ihre Liebe in Hass umschlug.

Eine lange, übelkeitserregende Sekunde lang überlege ich, ob ich das Richtige tue. Ich überlege, ob ich weggehen soll – oder ob Chloe diejenige sein sollte, die geht. Gleich morgen früh könnte ich ihr zwei Monatsgehälter geben, ohne Bedingungen, und sie auf ihren Weg schicken ... und zusehen, wie sie in ihrem heruntergekommenen Toyota wegfährt.

Ich denke darüber nach und verwerfe den Gedanken.

Es mag für Chloe zu früh sein, in mein Bett zu kommen, aber es ist zu spät für mich, das Richtige zu tun.

In dem Moment, in dem ich sie erblickte, war es zu spät … vielleicht sogar in dem Moment, in dem ich geboren wurde.

Ich habe das, was ich heute Abend zu ihr gesagt habe, ernst gemeint.

Das *ist* unvermeidlich. Die Gewissheit darüber spüre ich tief in meinen Knochen.

Sie wird zu mir kommen, angezogen von demselben dunklen, ursprünglichen Bedürfnis, das sich unter meiner Haut windet.

Sie wird sich mir hingeben, und das wird ihr Schicksal besiegeln.

Ich schalte das kalte Wasser ab, steige aus der Kabine, trockne mich ab und gehe dann leise in mein Schlafzimmer. Die Einbauleuchten im Kopfteil sind eingeschaltet und werfen einen sanften Schein auf die weißen Seidenlaken, aber das Bett fühlt sich nicht einladend an. Nicht so wie sich *ihr* Bett anfühlte, mit ihrem kleinen, warmen Körper darin. Nicht so wie *sie* sich fühlte, als sie sich an mir rieb, nicht fragte, sondern von mir nahm, um ihr Verlangen zu befriedigen. Ihre Lippen waren wie Honig und Sünde, und ihr Geschmack wie Unschuld und Dunkelheit kombiniert.

Mein Schwanz verhärtet sich erneut, und eine

Welle brennender Lust vertreibt die Kälte von der Dusche. Ich setze mich aufs Bett, ziehe meine Nachttischschublade auf und schaue auf ein paar Schlüssel an einem pelzigen, rosafarbenen Schlüsselanhänger – die, die Pavel mir gestern Abend gegeben hat, gleich nachdem er Chloes Auto umgeparkt hatte.

Vorsichtig, ehrfürchtig, nehme ich ihn und führe ihn an meine Nase. Die Schlüssel selbst riechen nach Metall, aber das rosa Fell birgt eine schwache Spur von Wildblumen und Frühling, die frische, zarte Süße von ihr. Ich atme tief ein, nehme jede Note, jede Nuance auf.

Dann lasse ich die Schlüssel zurück in die Schublade fallen und schiebe sie zu.

24

CHLOE

Stöhnend rolle ich mich auf den Rücken und lege einen Arm über meine Augen, um sie vor dem Sonnenlicht zu schützen. Ich habe Stunden gebraucht, um einzuschlafen, nachdem Nikolai gegangen war, und ich fühle mich wie ein totales Wrack. Ich will nur noch das blöde Sonnenlicht ausschalten und ...

Moment, Sonnenlicht?

Ich richte mich ruckartig auf und blinzele in das helle Licht, das durch das Fenster strömt.

Verdammt.

Komme ich zu spät zum Frühstück?

Ich werfe einen hektischen Blick durch den Raum, aber es gibt keine Uhr. Allerdings hängt der Fernseher von der Decke, und ich sehe eine Fernbedienung auf meinem Nachttisch liegen. Ich nehme sie, drücke den Einschaltknopf und hoffe, dass es sich nicht um eines dieser komplizierten Heimkino-Setups handelt, für deren Bedienung man einen Abschluss in Informatik braucht.

Der Fernseher ist beim Einschalten praktischerweise auf einen Nachrichtensender eingestellt, und ich atme erleichtert aus.

Sieben Uhr und achtundvierzig Minuten.

Wenn ich mich beeile, schaffe ich es noch rechtzeitig nach unten.

Ich flitze ins Bad, erledige im Eiltempo mein Morgenprogramm und gehe dann direkt zu meinem Kleiderschrank. Der Fernseher ist immer noch an, der Nachrichtensprecher redet über die bevorstehenden Wahlen, während ich mir eine meiner neuen Jeans und ein weiches, langärmeliges Shirt schnappe, eine weitere Neuanschaffung. Laut dem Infobanner am unteren Rand des Fernsehbildschirms liegt die Temperatur heute Morgen unter fünfzehn Grad, also ist es deutlich kühler als gestern. Außerdem kann es nicht schaden, den immer noch heilenden Schorf auf meinem Arm zu bedecken – mir ist nicht entgangen, wie Nikolai ihn gestern Abend angesehen hat.

Ich trete um fünf vor acht angezogen aus dem Schrank, schnappe mir schnell das Schmuckkästchen mit dem Anhänger und den Ohrringen und stecke es in meine Tasche, damit ich es Alina zurückgeben kann. Die Nachrichtensendung zeigt nun einen Ausschnitt aus den Vorwahldebatten der letzten Nacht, in denen einer der Spitzenkandidaten, ein beliebter Senator aus Kalifornien, seine Gegner mit einer Flut von geschickt formulierten Fakten und Zahlen dezimiert. Ich verfolge die Politik nicht wirklich – meine Mutter hielt alle Politiker für den Abschaum der Menschheit und ihre Meinung hat auf mich abgefärbt – aber dieser Typ, Tom Bransford, ist bekannt genug, dass sogar ich weiß, wer er ist. Mit seinen fünfundfünfzig Jahren ist er einer der jüngsten Kandidaten im Rennen um die Präsidentschaft und sieht so gut aus und ist so charismatisch, dass er mit John F. Kennedy verglichen wurde. Nicht, dass er gegen meinen Arbeitgeber ankäme.

Wenn Nikolai für das Amt des Präsidenten kandidieren würde, müsste die gesamte weibliche Bevölkerung der Vereinigten Staaten nach jeder Debatte ihren Slip wechseln.

Die Zeit auf dem Bildschirm springt auf 7.56 Uhr, und ich schalte den Fernseher aus. Vielleicht habe ich heute Abend die Chance, etwas zu schauen, vorzugsweise eine leichte, lustige Komödie. Aber nichts Romantisches – ich muss mich von Nikolai und der verwirrenden Situation zwischen uns ablenken, nicht daran erinnert werden.

Ich will keine weitere schlaflose Nacht, in der mein Körper vor Erregung schmerzt und meine Gedanken in einer Endlosschleife seine schmutzigen Versprechen und die dunklen, hitzigen Bilder wiederholen, die sie hervorrufen.

Zu meiner Überraschung sitzt Nikolai nicht am Tisch, als ich pünktlich um eine Minute vor acht unten ankomme. Seine Schwester aber schon, und Slava auch. Das Kind schenkt mir ein strahlendes Grinsen, das im Kontrast zu Alinas viel kühlerem Lächeln steht, und ich lächele beide an, auch wenn der Gedanke daran, was Alina letzte Nacht gesehen hat, mich dazu bringt, mich wegschleichen und mein Gesicht nie wieder in diesem Haus zeigen zu wollen.

»Guten Morgen«, sage ich und nehme meinen üblichen Platz neben Slava ein. Es ist verlockend, Alinas Blick auszuweichen, aber ich bin entschlossen, meiner Verlegenheit nicht nachzugeben.

Was also, wenn sie mich mit ihrem Bruder erwischt hat? Es ist nicht so, dass ich eine Gouvernante aus der viktorianischen Zeit bin, die mit dem Gutsherrn geknutscht hat.

»Guten Morgen.« Alinas Ton ist neutral, ihr Ausdruck sorgfältig kontrolliert. »Nikolai ist am Telefon, also wird er nicht mit uns frühstücken.«

»Oh, okay.« Ich erlebe wieder diese seltsame Mischung aus Enttäuschung und Erleichterung, als ob ein schwerer Test, für den ich gelernt habe, verschoben wurde. Obwohl ich versucht habe, heute Morgen nicht an Nikolai zu denken, muss ich mich unterbewusst darauf vorbereitet haben, ihn hier zu sehen, denn ich fühle trotz der nachlassenden Spannung in meinen Schultern auch eine gewisse Ernüchterung.

Ich schiebe meine Hand in meine Tasche, hole das

kleine Schmuckkästchen heraus und reiche es Alina. »Danke, dass du mir das gestern Abend geliehen hast.«

Ihre langen, schwarzen Wimpern schwingen herab, als sie es von mir nimmt. »Kein Problem. Etwas *grechka?*«, fragt sie und deutet auf einen Topf mit dunklem Getreide, der neben ihr steht. Das Frühstück hier scheint viel weniger aufwändig zu sein. Es gibt nur ein Glas Honig und einige Platten mit Beeren, Nüssen und geschnittenem Obst, die das Hauptgericht begleiten.

Dankbar nickend reiche ich Alina meine Schüssel. »Sehr gerne, danke.« Ich bin überglücklich, dass sie sich normal verhält. Hoffentlich wird das so bleiben.

Als sie mir die Schüssel zurückgibt, probiere ich einen Löffel des Getreides, das sie *grechka* genannt hat. Es entpuppt sich als überraschend schmackhaft, mit einem vollen, nussigen Geschmack. Ich ahme nach, was Alina macht, gebe frische Beeren und Walnüsse in meine Schüssel und beträufele das Ganze mit Honig.

»Das ist gerösteter Buchweizen«, erklärt sie, während ich zugreife. »Zu Hause wird er normalerweise als herzhafte Beilage gegessen, oft gemischt mit einer Variation von gebratenen Karotten, Pilzen und Zwiebeln. Aber ich mag ihn so, eher wie Haferflocken.«

»Ich finde ihn leckerer als Haferflocken.«

Alina nickt und gibt Slava seine Portion Getreide. »Deshalb mag ich ihn zum Frühstück.« Sie füllt Slavas Schüssel mit Beeren, Nüssen und einem großzügigen Spritzer Honig und stellt sie vor den Jungen, der sofort seinen Löffel hineinsteckt. Aber anstatt zu essen, beginnt er, eine Blaubeere in seiner Schüssel herumzuschieben und dabei Motorengeräusche zu machen.

Ich grinse und stelle fest, dass ich ihn endlich wie ein normales Kind mit seinem Essen spielen sehe. Ich fange seinen Blick auf, zwinkere Slava zu und beginne, meine Blaubeeren aufeinanderzustapeln, als ob ich einen Turm bauen würde. Ich schaffe es nur bis zur zweiten Ebene, bevor die Beeren voneinanderrollen und in dem Teil des Getreides landen, der durch den Honig klebrig geworden ist.

Ich ziehe eine Grimasse und tue so, als wäre ich bestürzt. Slava kichert und beginnt, einen eigenen Beerenturm zu bauen. Er wird viel besser als meiner, da er Honig als Kleber verwendet und seine Blaubeeren mit geschnittenen Erdbeeren untermauert.

»Sehr gut«, lobe ich mit beeindruckter Miene. »Du bist wirklich der geborene Architekt.«

Er strahlt mich an und nimmt sich stolz einen Löffel *grechka*, zusammen mit einem Stück seiner Beerenkreation. Er stopft ihn sich in den Mund und kaut triumphierend, während ich ihn lobe, weil er so clever ist. Ermutigt baut er einen weiteren Turm, und ich bringe ihn wieder zum Lachen, indem ich eine meiner Brombeeren eine Blaubeere jagen lasse, die immer wieder von meinem Löffel wegrollt.

»Du magst Kinder wirklich, nicht wahr?«, murmelt Alina, als Slava und ich von dem Spiel müde werden und weiteressen. Ihr Gesichtsausdruck ist deutlich wärmer, und ihr grüner Blick ist von einer seltsamen Wehmut erfüllt, während sie ihren Neffen anschaut. »Für dich ist es nicht nur ein Job.«

»Natürlich nicht.« Ich lächele sie an. »Kinder sind toll. Sie können uns dazu bringen, die Welt so zu sehen, wie wir sie einst gesehen haben … sie können uns das Gefühl der Freude und des Staunens vermitteln, das uns die Jahre rauben. Sie sind das, was einer Zeitmaschine am nächsten kommt – oder zumindest einem Fenster in die Vergangenheit.«

Ihre Wimpern schwingen wieder nach unten und verbergen den Blick in ihren Augen, aber die plötzliche Anspannung um ihren Mund ist nicht zu übersehen. »Ein Fenster zur Vergangenheit …« Ihre Stimme hat eine seltsam brüchige Note. »Ja, das ist genau das, was Slava ist.«

Und bevor ich fragen kann, was sie meint, wechselt sie das Thema, hin zum heutigen kühleren Wetter.

25

NIKOLAI

»Wir haben ein Problem«, sagt Konstantin anstelle einer Begrüßung, als sein Gesicht – eine schlankere, asketischere Version von meinem, mit einer schwarz umrandeten Brille, die hoch auf seiner kantigen Nase sitzt – meinen Laptop-Bildschirm ausfüllt.

Ich lehne mich näher zur Kamera, und mein Puls beschleunigt sich vor Vorfreude. »Was hast du herausgefunden?«

Konstantin runzelt die Stirn. »Oh, über das Mädchen? Noch nichts. Mein Team arbeitet noch daran.« Ohne meine bittere Enttäuschung über seine Antwort zu bemerken, fährt er fort. »Es ist mein Atomprojekt. Die tadschikische Regierung hat gerade unsere Genehmigungen zurückgezogen.«

Ich atme ein und langsam wieder aus. In Momenten wie diesen möchte ich meinen älteren Bruder erwürgen. »Na und?« Er muss doch wissen, dass mich seine Lieblingsprojekte nicht interessieren, besonders nicht solche, die an Science Fiction grenzen.

Andererseits, vielleicht tut er das auch nicht. Trotz seines genialen IQs – oder vielleicht gerade deswegen – ist Konstantin sich bemerkenswert wenig dessen bewusst, was um ihn herum passiert, vor allem wenn es um Menschen geht, und nicht um Nullen und Einsen.

»Valery denkt, dass es die Leonows sind«, sagt er, und seine Augen glänzen hinter den Gläsern seiner Brille. »Atomprom bietet gegen uns, und Alexej wurde beim Mittagessen mit dem Leiter der Energiekommission in Duschanbe gesehen.«

Scheiße. Ich kann kaum das Aufflackern der Wut verbergen, die mich durchzuckt.

Ich lag falsch. Mein Bruder ist sich sehr wohl bewusst, was er tut, indem er mich in diese Sache miteinbezieht. Wenn es jemand anderes als die Leonows wäre, würde ich mich *nicht* darum scheren – Geschäft ist Geschäft –, aber ich werde auf keinen Fall zulassen, dass sie sich einmischen.

Nicht nach Slava.

»Hat Valery …«, beginne ich grimmig zu sagen, aber Konstantin schüttelt bereits den Kopf.

»Die Energiekommission weigerte sich, mit ihm zu sprechen. Irgendein Blödsinn über die Vermeidung von unzulässigem Einfluss. Valery hat ein paar Ideen, wie wir vorgehen können, aber ich dachte, ich spreche mit dir, bevor wir diesen Weg einschlagen.«

Ich nehme einen weiteren beruhigenden Atemzug

und zwinge meine angespannten Schultern, sich zu entspannen. »Du hast das Richtige getan.« Die Überzeugungstaktik, die unser jüngerer Bruder gerne anwendet, könnte unnötige Aufmerksamkeit erregen, und nach der Nummer, die die Leonows vor zwei Jahren abgezogen haben, befinden wir uns bereits auf dünnem Eis mit den tadschikischen Behörden.

Es ist eine vorsichtigere Vorgehensweise erforderlich, weshalb Konstantin damit zu mir gekommen ist.

»Ich werde den Leiter der Kommission anrufen und ein Treffen mit ihm vereinbaren«, sage ich. »Wir waren zusammen im Internat. Er wird sich mit mir treffen.«

Konstantin senkt den Kopf. »Ich werde dich in Duschanbe treffen. Wie schnell kannst du da sein?«

»Morgen. Ich fliege gleich früh los.« Je schneller ich diesen Scheiß hinter mich bringe, desto schneller bin ich wieder hier.

Zum ersten Mal, seit ich Moskau verlassen habe, reizt mich dieser ruhige Rückzugsort in der Wildnis mehr als jede andere Stadt der Welt.

26

CHLOE

*A*ls wir mit dem Frühstück fertig sind und ich Slava für mich allein habe, ersetzen graue Wolken den hellen Sonnenschein, der mich geweckt hat, und die Temperatur fällt weiter, als ein leichter Regen einsetzt. Laut Alina soll es bis zum Mittag Gewitter geben, also verwerfe ich die Idee, eine weitere Wanderung mit meinem Schüler zu machen.

Stattdessen überlasse ich Slava die Entscheidung, was er drinnen machen möchte, und ich schließe mich ihm bei dieser Aktivität an – und das ist nun einmal der Bau von Legotürmen. Das passt mir gut, denn so können wir einige der Wörter, die er gelernt hat, üben. Als ihm das zu langweilig wird, bauen wir eine Festung aus Kissen und Decken und spielen Camper und Bären, wobei ich ihn knurrend durch das ganze Haus jage, was uns missbilligende Blicke von Lyudmila und Pavel einbringt, die in der Küche das nächste Essen vorbereiten. Danach lese ich ihm seine Lieblingscomics vor, und wir spielen mit Autos und Trucks, wobei unsere ausgewählten Fahrzeuge gegeneinander antreten, während ich wie ein NASCAR-Sportreporter kommentiere.

Der Junge ist wirklich aufgeweckt und lustig – es ist eine Freude, ihn zu unterrichten. Doch egal wie fesselnd unsere Spiele sind, ich kann mich nicht vollständig auf sie oder auf ihn konzentrieren. Ein Teil meiner Gedanken ist woanders, bei einem anderen Paar goldener Augen. Nachdem Nikolai gegangen war, lag ich stundenlang wach, meine Haut war gerötet und mein Herz raste. Jedes Mal, wenn ich meine Augen schloss, hörte ich seine tiefe, weiche Stimme, die diese fleischlichen Versprechen machte, und der pochende Schmerz zwischen meinen Beinen kehrte zurück, machte mich nass und geschwollen und so empfindlich, dass ich die Berührung meiner Pyjama-Shorts kaum ertragen konnte. Erst als ich nachgab und meine Finger benutzte, um mir einen weiteren Orgasmus zu verschaffen, war ich in der Lage, einzuschlafen – und selbst dann war mein Schlaf unruhig, voller verschwommener Sex-Träume, durchsetzt mit Fragmenten von Alpträumen.

Aber nicht meine üblichen Alpträume.

In diesen gab es nur einen Mann mit einer Maske, und der wollte mich nicht töten.

Er wollte mich fangen.

Er wollte mich zu der seinen machen.

Slava und ich liegen auf dem Bauch auf seinem Bett und blättern in einem Buch über das ABC, als ich ein Kribbeln zwischen meinen Schulterblättern verspüre. Ich werfe neugierig einen Blick hinter mich – und Hitze durchströmt meinen ganzen Körper, als ich Nikolais Blick begegne.

Er lehnt am Türrahmen und beobachtet uns mit einem unleserlichen Gesichtsausdruck. Ich habe keine Ahnung, wie lange er bereits dort steht, aber ich kann mich nicht daran erinnern, dass ich gehört habe, wie sich die Tür geöffnet hat, also muss es schon eine Weile her sein.

»Mach weiter, mach ruhig fertig, was ihr gerade macht«, murmelt er. »Ich möchte den Unterricht nicht unterbrechen.«

Ich schlucke heftig und richte meine Aufmerksamkeit wieder auf Slava und das Buch. Auch er hat seinen Vater entdeckt, aber seine Reaktion ist viel zahmer. Er ist etwas zurückhaltend, als wir wieder die Buchstaben und die Objekte, die mit ihnen beginnen, benennen, aber als wir bei S ankommen und ich *Oink-oink*-Geräusche mache, um das Bild des Schweinchens zu begleiten, ist er wieder ganz er selbst und lacht fröhlich.

Ich kann mich nicht davon abhalten, einen weiteren Blick über meine Schulter zu werfen – und mein Herz setzt einen Schlag aus. Nikolai sieht jetzt nicht mich an, sondern seinen Sohn, und in seinen Augen liegt etwas Weiches und Schmerzliches … eine seltsame, verzweifelte Art von Sehnsucht.

Ich blinzele, und genauso schnell wechselt seine Aufmerksamkeit zu mir, der seltsame Ausdruck verschwindet und wird durch die vertraute, sengende Hitze ersetzt. Errötend schaue ich weg und setze den Unterricht fort, wobei mein Puls ungleichmäßig pocht. Ich muss mir diesen Blick eingebildet oder ihn irgendwie falsch interpretiert haben. Es ergibt keinen Sinn, dass Nikolai sich nach einem Sohn sehnt, der direkt vor ihm steht. Wenn er dem Jungen näher sein will, muss er ihm nur die Hand reichen, ihn anlächeln, mit ihm reden … ihn kennenlernen.

Er kann versuchen, tatsächlich ein Vater zu *sein* statt dieser distanzierten Autoritätsperson, mit der Slava nichts anfangen kann.

Andererseits fiel es mir schon immer leicht, mich in Kinder hineinzuversetzen. Das ist der Grund, warum ich diesen Beruf gewählt habe. Wenn Nikolai nur wenig mit Kindern zu tun hatte, bevor er von der Existenz seines Sohnes erfuhr, fühlt er sich vielleicht einfach nur verloren und unsicher – so schwer es auch bei einem so mächtigen und selbstsicheren Mann zu glauben ist.

Aus einem Impuls heraus setze ich mich auf und drehe mich zu ihm. »Möchtest du mitmachen? Vielleicht können wir beide die letzten Buchstaben mit Slava noch einmal durchgehen.«

Er wird merkwürdig still. »Wir beide?«

»Oder du kannst es allein machen, wenn dir das lieber ist.« Ich fange an, mich dumm zu fühlen. Es ist sehr wahrscheinlich, dass ich die ganze Sache falsch verstanden habe und Nikolai Gedanken und Emotionen zuschreibe, die mein eigenes Wunschdenken widerspiegeln. Nur weil ich insgeheim davon geträumt habe, meinen Vater zu treffen und ihm nahezukommen, bedeutet das nicht, dass jede Eltern-Kind-Beziehung einer bestimmten Dynamik folgen muss oder …

»Ich mache gerne mit.« Nikolai schiebt sich vom Türrahmen weg und nähert sich dem Bett mit diesen langen, anmutigen Schritten, die mich an eine Dschungelkatze erinnern.

Ich krabbele zurück, als er sich neben mich auf die Matratze setzt, aber mit Slava, der zwischen mir und der Wand liegt, komme ich nicht weit. Nikolai ist so nah bei mir, dass wir uns fast berühren, und mein Atem stockt, als sein sinnlicher Zedern- und Bergamottenduft mich einhüllt und mich an die letzte Nacht erinnert. Lebendige sexuelle Bilder dringen in meinen Geist ein, und mehr Hitze durchströmt mich, befeuchtet meine Unterwäsche und bringt mein Herz zum Rasen. Mir ist unangenehm bewusst, dass Slavas große Augen auf uns gerichtet sind, und ich versuche, meine Erregung zu unterdrücken, aber die Hitze verschwindet nicht und mein Puls weigert sich, einen gleichmäßigeren Rhythmus anzunehmen.

Das war eine schlechte Idee. Eine sehr schlechte Idee. Ich sollte mich von meinem Arbeitgeber fernhalten und nicht eine Einladung zum Kuscheln auf einem Doppelbett aussprechen. Es ist kaum genug

Platz für mich und Slava. Der einzige Weg, wie wir alle zusammen daraufpassen können, ist, wenn ...

»Leg dich hin, *zajchik*«, sagt Nikolai leise, und ein amüsiertes halbes Lächeln umspielt seine Lippen, während er um mich herumgreift und das Buch nimmt. »Damit ich richtig zu euch kommen kann.«

Das Blut, das in mein Gesicht fließt, fühlt sich an wie Lava, als ich widerwillig gehorche und mich auf den Bauch neben Slava lege, der fasziniert zu sein scheint von dem, was gerade passiert. Nikolai streckt sich neben mir aus, sein großer, harter Körper schmiegt sich an den meinen, und erst zu spät fällt mir ein, dass Slava in der Mitte sein sollte, um als Puffer zu dienen. Bevor ich es vorschlagen kann, legt Nikolai einen schweren Arm über meine Schultern, hält mich fest und legt das Buch vor mich.

»Mach schon«, murmelt er in mein Ohr, und sein warmer Atem schickt eine Gänsehaut über meinen Arm. »Lass uns deine Lehrmagie sehen.«

Magie? Die einzige Magie hier ist, dass ich irgendwie unversehrt bin und nicht als Pfütze auf dem Laken liege – so fühlt sich mein Körper an, während ich in seiner Umarmung liege. Mein Puls pocht in meinen Schläfen, und mein Atem kommt abgehackt über meine Lippen, während meine Unterwäsche noch nasser wird. Einzig und allein die Anwesenheit des Kindes neben uns hält mich davon ab, den Fehler von letzter Nacht zu wiederholen, indem ich dem gefährlichen, hypnotischen Sog nachgebe, den Nikolai auf mich ausübt.

Stattdessen versuche ich, mich auf die anstehende Aufgabe zu konzentrieren. Ich räuspere mich und lese: »T steht für Traktor. Und auch für Trucks.« Meine Stimme ist eine Spur zu heiser, aber ich bin froh, dass mein Gehirn noch genug funktioniert, um die Worte auf dem Blatt zu erkennen. Glücklicherweise scheint Slava nichts zu bemerken, während ich fortfahre und mit einem leicht unsicheren Finger auf das Bild des Trucks zeige.

Mit neugierigen Blicken auf seinen Vater wiederholt er die Worte. Zuerst ist seine Stimme leise und gedämpft, dann wird sie immer lebhafter, und als wir bei Z ankommen, lacht er über die Streifen auf dem Zebra und spricht das Wort absichtlich falsch aus, da er den großen Mann im Bett mit uns vergessen hat.

Nach seinem dritten Fehlversuch schnalze ich mit gespielter Enttäuschung und schaue Nikolai an. »Warum versuchst du nicht, es zu sagen?«, schlage ich vor und ignoriere, wie mein Puls in die Höhe schnellt, als ich seinem Blick begegne. »Vielleicht hast du mehr Glück.«

Nikolais Gesichtsausdruck ändert sich nicht, aber der Arm, der über meine Schultern gelegt ist, versteift sich leicht. »In Ordnung«, sagt er in einem gemessenen Ton und schaut auf das Buch hinunter, dann sagt er mit einem starken übertriebenen russischen Akzent: »Zjebruh.«

Slavas Augen werden rund. Er hat offensichtlich nicht damit gerechnet, dass sein Vater Probleme mit dem englischen Wort haben würde. Ich schüttele den

Kopf, als ob ich von Nikolais Versuch enttäuscht wäre, und nach einem kurzen, spannungsgeladenen Moment bricht Slava in Gelächter aus.

»Zebra«, korrigiert er durch das Kichern hindurch, seine Aussprache ist genauso perfekt wie meine. »Zebra, Zebra.«

»Oh, ich verstehe.« Nikolai schaut mich mit einem schelmischen Funkeln in seinen Augen an. »Also … Zee-bro?«

Slava stirbt jetzt fast vor Lachen, und auch ich kann mir ein Grinsen nicht verkneifen. Das ist eine Seite meines Arbeitgebers, die ich noch nie gesehen habe, und nach Slavas Reaktion zu urteilen, hat er das auch nicht. Kichernd korrigiert er die Aussprache seines Vaters, und Nikolai verpatzt es wieder, was neue Lachsalven bei dem Jungen auslöst. Schließlich gelingt es Slava, Nikolai zu *lehren*, wie man es richtig ausspricht, und wir schließen das Buch triumphierend, nachdem wir das gesamte Alphabet durchgenommen haben.

Sofort kehrt die Spannung zwischen mir und Nikolai zurück, die Luft knistert mit einer sexuellen Ladung. Ich habe mein Bestes getan, um das Gefühl zu ignorieren, dass er sich an meine Seite drückt, aber ohne die Ablenkung durch das Buch ist es unmöglich. Sein großer Körper ist warm und hart neben mir, sein Arm liegt schwer über meinen Schulterblättern, und obwohl wir beide vollständig bekleidet sind, ist die Intimität, so zusammenzuliegen, unbestreitbar.

Zu meiner Erleichterung nimmt Nikolai seinen

Arm von mir und setzt sich auf. Ich tue dasselbe und weiche schnell zurück, um etwas Abstand zwischen uns zu bringen – ein Rückzug, den er mit dunklem Amüsement beobachtet, bevor er etwas auf Russisch zu seinem Sohn sagt.

Der Junge nickt, immer noch errötet von der Aufregung, und Nikolai erhebt sich.

»Lass uns in mein Büro gehen«, sagt er zu mir. »Es gibt etwas, was ich gerne mit dir besprechen würde.«

27

NIKOLAI

*I*ch sitze an dem kleinen runden Tisch in meinem Büro, und Chloe sitzt mir gegenüber und betrachtet mich mit diesen hübschen, wachsamen braunen Augen. Ihre Hände sind verschränkt auf dem Tisch, während sie darauf wartet, dass ich das Gespräch eröffne, aber ich ziehe diesen Moment in die Länge und genieße ihre Nervosität. Neben ihr auf Slavas winzigem Bett zu liegen war eine Qual – wenn mein Sohn nicht gewesen wäre, hätte ich mich nicht beherrschen können. So wie es ist, bin ich immer noch hart davon, neben ihr gelegen und ihre Wärme gespürt zu haben, während ich ihren frischen, süßen Duft einatmete. Es kostet mich alles, was ich habe, um sie nicht hier und jetzt zu packen und auf diesen Tisch zu legen.

Mit Mühe bändige ich mich. Es ist noch zu früh, zumal ich in einer halben Stunde losfahre und erst in einigen Tagen zurück sein werde. Ein schneller Fick ist nicht das, worauf ich aus bin. Das wäre nicht annähernd genug.

Wenn ich Chloe erst einmal in meinem Bett habe, werde ich sie stundenlang dort behalten. Vielleicht sogar Tage oder Wochen.

Außerdem ist das nicht der Grund, warum ich sie in mein Büro gerufen habe.

Ich lege meine Unterarme auf den Tisch und beuge mich vor. »Wegen letzter Nacht …«

Sie versteift sich, und der Puls in ihrem Nacken beschleunigt sich zusehends.

»… ging es um deine Mutter?«

Sie blinzelt. »Was?«

»Dein Alptraum. Ging es um den Tod deiner Mutter?« Die Frage quält mich schon den ganzen Morgen, und da Konstantin keinen Bericht für mich hatte, gibt es nur einen Weg, wie ich die Antwort erfahren kann.

Bei dem Wort *Tod* bewegt sich ihr Kinn fast unmerklich. »Es ist … ja, in gewisser Weise geht es um sie …« Sie schluckt trocken. »Ihren Tod.«

»Es tut mir leid.« Was auch immer sie verbirgt, ihr Schmerz ist echt, und er zerrt an mir wie ein stumpfer Angelhaken. »Wie ist sie gestorben?«

Ich weiß, was im Polizeibericht steht, aber ich möchte Chloes Meinung dazu hören. Ich habe die Möglichkeit, dass sie ihre Mutter getötet haben könnte, bereits verworfen – das Mädchen, das ich in den letzten zwei Tagen beobachtet habe, ist genauso wenig eine Mörderin wie ich ein Heiliger bin – aber das bedeutet nicht, dass nicht *etwas* passiert ist. Etwas, was sie aus dem Raster fallen ließ und sie auf eine Reise quer durchs Land in einem Auto schickte, das schon vor einem Jahrzehnt hätte ausrangiert werden sollen.

Chloes Hände verschlingen sich fester, und ihre Augen glitzern mit schmerzhafter Helligkeit. »Er wurde als Selbstmord gewertet.«

»Und war er das?«

»Ich … weiß es nicht.«

Sie lügt. Es ist sonnenklar, dass sie kein Wort des Polizeiberichts glaubt, dass es etwas gibt, was sie mir nicht erzählt. Ich bin versucht, sie fester zu drücken, sie zu zwingen, sich mir zu öffnen, aber auch dafür ist es noch zu früh. Sie hat noch keinen Grund, mir zu vertrauen. Wenn ich zu sehr dränge, wird das nur nach hinten losgehen.

Das Letzte, was ich will, ist, sie zu verschrecken, sie dazu zu bringen, dass sie weglaufen will, während ich nicht da bin.

»Das ist hart«, sage ich stattdessen leise. »Kein Wunder, dass du Alpträume hast.«

Sie nickt. »Es war schon ziemlich hart.« Vorsichtig fragt sie: »Was ist mit deinen Eltern? Sind sie in Russland?«

»Sie sind tot.« Mein Ton ist zu schroff, aber meine Familie ist kein Thema, mit dem ich mich beschäftigen möchte.

Chloes Augen weiten sich, bevor sie sich wie erwartet mit Mitgefühl füllen. »Es tut mir wirklich leid …«

Ich halte eine Hand hoch, um sie zu stoppen. »Du hast weder ein Telefon noch einen Laptop oder irgendein Tablet, richtig?«

Sie sieht überrascht aus. »Richtig. Ich habe nichts mit auf die Reise genommen.«

Ich stehe auf und gehe hinüber zu meinem Schreibtisch. Ich öffne eine der Schubladen und nehme einen nagelneuen Laptop heraus, der noch in einer Schachtel versiegelt ist, und nehme ihn mit zurück zum Tisch.

»Hier.« Ich stelle ihn vor sie. »Ich fahre in«, ich schaue auf die Uhr, »einer Viertelstunde nach Tadschikistan. Ich weiß nicht, wie lange ich weg sein werde, aber es werden mindestens drei bis vier Tage sein, und ich möchte, dass du mich über Slavas Fortschritte auf dem Laufenden hältst.«

»Ja, natürlich.« Sie steht ebenfalls auf, und ihre braunen Augen blicken zu mir auf. »Möchtest du, dass ich dir täglich eine E-Mail schicke oder …?«

»Ich werde dich per Videoanruf kontaktieren. Bitte Alina darum, ein Konto für dich auf der sicheren Plattform einzurichten, die wir verwenden. Außerdem …«, ich ziehe meine Visitenkarte heraus und reiche sie ihr, »ist hier meine Handynummer für Notfälle.«

Ich habe vor, sie auch durch die Kameras in Slavas Zimmer zu beobachten, aber das wird nicht ausreichen. Das weiß ich bereits. Ich brauche mehr Kontakt mit ihr, muss sie hören, wie sie mit *mir* spricht, sehen, wie sie *mich* anlächelt, nicht nur meinen Sohn. Die Videoanrufe werden auch nicht ausreichen, aber es ist das Beste, was ich tun kann, wenn ich die Reise nicht ganz absagen will, und so verrückt bin ich noch nicht.

Nein, das muss reichen, und sich über Slavas Fortschritte auf dem Laufenden zu halten ist eine gute Ausrede für diese Anrufe.

Meine Brust zieht sich bei dem Gedanken an meinen Sohn wieder zusammen, aber dieses Mal wird der Schmerz von einer beunruhigenden Wärme begleitet. Slava lachte mit mir, schaute mich heute Morgen mit etwas anderem als Misstrauen an ... und das ihretwegen, weil sie da war und mir ihre Herzlichkeit, ihre strahlende Magie lieh.

Ich will mehr davon.

Ich möchte all ihren Sonnenschein nehmen und damit jede dunkle, hohle Ecke meiner Seele erhellen.

Langsam, darauf bedacht, sie nicht zu erschrecken, trete ich näher und fahre mit meiner Handfläche sanft über ihre seidig-glatte Wange. Sie blickt mich an, unbeweglich, kaum atmend, diese weichen, schmollenden Puppenlippen leicht geöffnet, und meine Eingeweide krampfen sich zu einer heftigen Welle von Verlangen zusammen, einem Hunger, der so intensiv wie dunkel ist. So sehr ich sie auch ficken will, noch mehr will ich sie besitzen.

Ich will sie innerlich und äußerlich besitzen, sie an mich ketten und nie wieder gehen lassen.

Etwas von meiner Absicht muss sich zeigen, denn ihr Atem stockt, und ihre Kehle bewegt sich in einem nervösen Schlucken. »Nikolai, ich ...«

»Lass den Laptop abends an«, befehle ich leise. Ich lasse die Hand sinken und trete zurück, bevor ich dem gefährlichen Sog in mir nachgeben kann.

Der Bestie, die keine noch so große Raffinesse verbergen kann.

2 8

CHLOE

*M*it klopfendem Herzen beobachte ich durch das Fenster in Slavas Zimmer, wie Pavel einen Koffer auf den Rücksitz eines schicken weißen Geländewagens lädt und sich hinter das Lenkrad setzt. Eine Minute später nähert sich Nikolai dem Auto. Er trägt einen eng geschnittenen grauen Anzug, ein weißes Hemd mit Nadelstreifen und eine Laptoptasche über einer Schulter, was ihn durch und durch wie einen mächtigen Geschäftsmann aussehen lässt. Mit seiner gewohnten sportlichen Anmut klettert er auf den Beifahrersitz und schließt die Tür.

Ich atme zittrig aus, und mein Puls verlangsamt sich, als das Auto wegfährt und die kurvenreiche Einfahrt hinunter verschwindet. Ich habe keine Ahnung, wie ich mich wegen seiner Abreise oder dem, was in seinem Büro passiert ist, fühle. Hatte er mich gerade küssen wollen? Wenn ich seinen Namen nicht gesagt hätte, hätte er dann …

»Chloe?«, ertönt eine kleine, hohe Stimme, und ich drehe mich mit einem Lächeln um und schiebe alle Gedanken an meinen Arbeitgeber beiseite.

»Ja, mein Schatz?«

Slava hält eine Kiste mit Legosteinen hoch. »Burg?«

Ich grinse. »Klar, machen wir.« Ich liebe es, dass er sich das Wort gemerkt hat und dass er sich wohl genug fühlt, mich bei meinem Namen zu nennen. Er ist wirklich eines der klügsten Kinder, die ich je getroffen habe und ich habe keinen Zweifel daran, dass ich Nikolai eine Menge zu berichten haben werde, wenn er mich anruft.

Mein Herzschlag beschleunigt sich wieder bei dem Gedanken, mit ihm per Videoanruf zu sprechen, und ich lenke mich damit ab, die Legosteine aus der Box zu nehmen. Ein Teil von mir ist froh, dass Nikolai weg ist … dass ich in den nächsten Tagen nicht mit seiner gefährlichen, magnetischen Gegenwart konfrontiert sein werde. Aber ein anderer, schwächerer Teil von mir trauert bereits um seine Abwesenheit. Der bewölkte Himmel draußen fühlt sich dunkler und grauer an, das Haus leerer und kälter.

Es ist, als ob etwas Lebenswichtiges aus meinem Leben verschwunden ist und ein seltsam hohles Gefühl zurückgelassen hat.

Ich verbringe den Rest des Morgens mit Slava mit verschiedenen Lernspielen, und dann essen wir im

Esszimmer allein zu Mittag, während Lyudmila alle Gerichte herausbringt.

»Kopfschmerzen«, informiert sie mich, als ich nach Alina frage. »Du isst dich selbst, okay?«

Ich nicke und halte ein Lachen über die unglückliche Formulierung zurück. Vielleicht wäre Pavels Frau offen für ein paar Englischstunden, während ich hier bin? Irgendwann muss ich sie einmal fragen. Im Moment konzentriere ich mich darauf, Slava eine großzügige Portion von allem auf dem Tisch aufzufüllen und dann dasselbe für mich selbst zu tun, während Lyudmila in der Küche verschwindet. Ich sehe sie erst beim Abendessen wieder – das Alina auch überspringt und mich mit meinem Schützling allein essen lässt.

Das macht mir nichts aus. Eigentlich ist es sogar eine Erleichterung. Trotz der schicken Klamotten, die Slava und ich gemäß den *Hausregeln* angezogen haben, fühlt sich das Abendessen zu zweit unendlich viel lockerer an, da die Atmosphäre frei von all der Anspannung ist, die die Molotow-Geschwister mit sich bringen. Ich spiele mit meinem Essen, was Slava wie verrückt kichern lässt, und ich bringe ihm weitere Wörter für verschiedene Lebensmittel sowie grundlegende Sätze für Mahlzeiten bei. Schon bald bittet er mich auf Englisch, ihm eine Serviette zu reichen, und mit viel Gestik und Mimik gelingt es uns, darüber zu diskutieren, welche Speisen er am liebsten mag und welche nicht.

Erst als Lyudmila Slava ins Bett bringt und ich in

mein Zimmer gehe, wird mir klar, dass ich Alina brauche. Sie ist diejenige, die für mich einen Account auf der sicheren Videokonferenzplattform einrichten soll. Ich bezweifele, dass Nikolai mich heute Abend anrufen wird – er ist höchstwahrscheinlich noch in der Luft – aber er könnte mich morgen früh anrufen. Oder mitten in der Nacht, wenn er landet.

Aber ich möchte sie nicht stören, wenn es ihr nicht gut geht.

Ich beschließe, mit dem Einrichten des Computers zu beginnen. Es ist ein schlankes, hochwertiges MacBook Pro, und als ich es aus der Schachtel nehme, wird mir klar, dass ich noch nie ein so teures Notebook hatte. Es ist schwer zu glauben, dass Nikolai es einfach in seiner Schreibtischschublade liegen hatte, wie einen Ersatzstift.

Andererseits, warum sollte ich überrascht sein? Diese Familie hat eindeutig zu viel Geld.

Ich fahre den Laptop hoch und gehe durch das Setup des neuen Computers. Aber als ich versuche, ins WLAN zu kommen, kann ich das nicht – es ist passwortgeschützt. Auch dafür brauche ich Alina. Ich könnte Lyudmila fragen, aber sie bringt gerade Slava ins Bett, und es gibt keine Garantie, dass sie das Passwort kennt, wenn man bedenkt, wie paranoid die Molotows in Sachen Sicherheit sind, egal ob digital oder traditionell.

Frustriert atme ich aus und klappe den Laptop zu. Ohne Internet ist er so gut wie nutzlos.

Ich schätze, heute Abend darf ich faulenzen und fernsehen.

Ich schlüpfe aus meinem Abendkleid in eine butterweiche Leggings und ein Longsleeve – beides Neuanschaffungen – und mache es mir auf dem Bett bequem. Ich schalte den Fernseher ein, finde eine Naturdokumentation und verbringe die nächste Stunde damit, etwas über die Ebenen der Serengeti zu lernen. David Attenborough erzählt so großartig wie immer, und ich bin so sehr in die Geschichte auf dem Bildschirm vertieft, dass mein Kopf zum ersten Mal seit Wochen nicht arbeitet. Erst als ich einen Löwen beobachte, der sich an eine Gazelle heranpirscht, kreisen meine Gedanken um die Killer, die mich jagen, und mein Unbehagen kehrt zurück.

Ich weiß immer noch nicht, wer diese Männer sind oder was sie von meiner Mutter wollten – warum sie sie getötet haben und es wie einen Selbstmord aussehen ließen. Die logischste Möglichkeit ist, dass sie die beiden beim Einbruch in die Wohnung erwischt hat, aber warum trug sie dann ihren Bademantel, als ob sie sich zu Hause entspannen würde? Und warum hat die Polizei keine Anzeichen für einen Einbruch oder fehlende Dinge bemerkt?

Zumindest gehe ich davon aus, dass sie sie nicht bemerkt haben. Wenn sie das taten und ihren Tod trotzdem als Selbstmord einstuften ... nun, das wirft alle möglichen anderen Fragen auf.

Die andere Möglichkeit, die wahrscheinlicher und

viel beunruhigender ist, ist, dass sie extra gekommen sind, um sie zu töten.

Ich schalte den Fernseher aus, stehe auf und gehe zum Fenster, um hinaus auf die schnell dunkler werdende Landschaft zu starren. Meine Brust ist eng, meine Gedanken drehen sich wieder. Seitdem es passiert ist, zerbreche ich mir den Kopf darüber, warum jemand meine Mutter umbringen wollen würde, und mir fällt kein einziger Grund ein. Mom war nicht perfekt – sie konnte scharfzüngig sein, wenn sie müde war, und sie war anfällig für Depressionen – aber ich habe nie erlebt, dass sie absichtlich gemein oder unfreundlich zu jemandem war. Solange ich mich erinnern kann, hatte sie zwei oder mehr Jobs, um uns zu versorgen, was ihr wenig Zeit und Energie ließ, um Kontakte zu knüpfen und Freunde – oder Feinde – zu finden. Soweit ich weiß, hatte sie nicht einmal ein Date, obwohl sie ständig von Männern angesprochen wurde.

Sie war wunderschön … und kaum vierzig, als sie starb.

Meine Kehle schnürt sich zu, und ein brennender Druck baut sich hinter meinen Augen auf. Ich habe nicht nur die einzige Person auf der Welt verloren, die mich bedingungslos geliebt hat, sondern ihre Mörder sind da draußen, frei. Die Polizei hat mir kein einziges Wort geglaubt, die Reporter, die ich kontaktiert habe, haben nicht auf meine E-Mails geantwortet und niemand sucht nach den Mördern meiner Mutter. Niemand jagt sie wie die tollwütigen Tiere, die sie sind.

Stattdessen jagen die Killer mich.

Verdammte Scheiße.

Ich drehe mich auf dem Absatz um, gehe zum Bett und schnappe mir den Laptop. Ich kann nicht herumsitzen und fernsehen, als ob meine Welt nicht vor einem Monat zusammengebrochen wäre. Nicht, wenn ich endlich in Sicherheit bin und einen Computer habe, an dem ich in Ruhe recherchieren kann. Seit Wochen taumele ich von einem Anschlag auf mein Leben in den nächsten, und meine gesamte Energie konzentrierte sich auf das Überleben, auf die Flucht, aber jetzt ist alles anders. Ich habe einen vollen Bauch, einen Rückzugsort, um meinen Kopf auszuruhen und – wenn ich nur das WLAN-Passwort bekommen kann – einen Laptop mit Internetanschluss. Ich muss mich nicht mehr in eine Bibliothek in einer kleinen Stadt schleichen, um mich über die langsamen, uralten Desktops zu kauern und mir jede Minute über die Schulter zu schauen, ich muss keine hastig verfassten E-Mails mehr abschicken, bevor ich zu meinem Auto renne.

Hier, in der Abgeschiedenheit meines Zimmers, kann ich in Ruhe nach Beweisen suchen, die meine Behauptungen untermauern, nach einer Art Beweis, mit dem ich zur Polizei gehen kann.

Ich kann versuchen, das Geheimnis von Moms Ermordung zu lösen und den Spieß umzudrehen, damit sie diejenigen sind, die fliehen müssen.

29

CHLOE

Ich weiß nicht, welches Zimmer Alinas ist, aber es muss nahe bei meinem sein, wenn sie mich beide Nächte gehört hat. Ich halte den Laptop gegen meine Brust gedrückt und klopfe an die Tür, die meinem Schlafzimmer am nächsten liegt. Als ich keine Antwort bekomme, gehe ich zur nächsten.

Wieder kein Glück.

Ich versuche drei weitere Schlafzimmertüren, plus Nikolais Büro, genauso erfolglos. Der einzige Raum, der noch übrig ist, ist Slavas, und da dort alles ruhig ist, muss er bereits schlafen.

Ich unterdrücke meine Frustration und gehe die Treppe hinunter. Ich bin mir ziemlich sicher, dass das Zimmer von Lyudmila und Pavel in der Nähe der Waschküche ist. Ich habe ihre Stimmen von dort gehört, als ich gestern meine Wäsche aus dem Trockner genommen habe. Hoffentlich ist Lyudmila noch nicht ins Bett gegangen und kann mir entweder das Passwort geben oder Alina für mich ausfindig machen.

Niemand antwortet auf das Klopfen – und Lyudmila ist auch nicht in der Küche oder einem der anderen Gemeinschaftsräume im Erdgeschoss. Ich will gerade aufgeben und zurück in mein Zimmer gehen, als entferntes Gelächter meine Ohren erreicht.

Es kommt von draußen.

Endlich.

Ich lasse den Laptop auf dem Couchtisch im Wohnzimmer liegen, eile zur Haustür und trete hinaus in die kühle, neblige Dunkelheit. Es regnet nicht mehr, aber die Luft ist immer noch feucht und kühl, und die dicken Wolken blockieren jeden Hauch von Mondlicht. Ohne das Licht aus den Fenstern und die Solarleuchten auf beiden Seiten der Einfahrt wäre es zu dunkel, um etwas zu erkennen. Aber auch so ist es immer noch mehr als nur ein bisschen unheimlich, und ich schlinge meine Arme um mich, um nicht zu frösteln, während ich dem Klang der Stimmen folgend zur Rückseite des Hauses gehe.

Ich finde Alina und Lyudmila auf Felsen am Rande der Klippe sitzen, und ein kleines Feuer knistert fröhlich vor sich hin. Sie lachen und reden auf Russisch – und, wie ich feststelle, als ich näher komme, teilen sich einen Joint.

Der grasige Geruch von Pot ist unverkennbar.

Als ich mich ihnen weiter nähere, verstummen sie, und Lyudmila sieht mich mit offener Bestürzung an, während Alina ihren üblichen rätselhaften Ausdruck auf dem Gesicht liegen hat. Nikolais Schwester nimmt einen tiefen Zug, bläst dann langsam den Rauch aus und hält mir den Joint hin. »Willst du?«

Ich zögere, bevor ich ihn ihr behutsam abnehme. »Klar, danke.« Gras ist mir nicht fremd. Ich habe in meinem ersten Jahr auf dem College mehr als genug davon geraucht, aber es ist schon eine Weile her, dass ich etwas hatte.

Früher hat es mir geholfen, mich zu entspannen, und das könnte ich heute Abend gut gebrauchen.

Ich setze mich auf einen Felsen neben Alina, inhaliere einen Zug Rauch, genieße den beißenden, grasigen Geschmack, und dann reiche ich den Joint an die misstrauisch dreinblickende Lyudmila weiter. Alina murmelt ihr etwas auf Russisch zu, und die andere Frau entspannt sich sichtlich. Sie nimmt einen Zug und gibt den Joint an Alina weiter, die wiederum einen Zug nimmt und ihn an mich weitergibt. So machen wir weiter und rauchen in geselliger Stille, bis nur noch ein kleiner, nutzloser Stummel übrig bleibt.

»Ich habe ihr gesagt, dass du uns nicht an meinen Bruder verraten wirst.« Alina lässt den Stummel ins Feuer fallen und beobachtet die daraus resultierende Funkenexplosion. »Oder ihren Mann.«

»Sie haben ein Problem mit Gras?« Meine Stimme ist rau und sanft, mein Verstand angenehm unscharf. Selbst die Aussicht, meinen Arbeitgeber zu verärgern, beunruhigt mich im Moment nicht, obwohl ich weiß, dass es das sollte. Außerdem ist Alina technisch gesehen ebenfalls meine Arbeitgeberin, und sie hat mir den Joint angeboten, also bin ich nicht schuld. Oder bin ich es? Vielleicht ist ja doch nur Nikolai mein Arbeitgeber?

Es ist schwer, klar zu denken.

»Nikolai kann bei bestimmten Dingen … prüde sein. Und Pavel hat keine Geheimnisse vor ihm.« Alina stupst mit der Spitze ihres Schuhs gegen die Glut, und ich nehme verschwommen wahr, dass sie Stilettos und ein blaues Cocktailkleid trägt, das perfekt für eine Vernissage wäre. Ihr einziges Zugeständnis an die uns umgebende Wildnis ist ein weißer Kunstpelz, der um ihre schlanken Schultern drapiert ist – vermutlich, um die Kälte abzuhalten. Sie trägt auch ihren üblichen Lippenstift und Eyeliner.

»Lyudmila sagte, du hättest Kopfschmerzen«, platze ich damit heraus, bevor ich es mir anders überlegen kann. »Machst du dich auch schick und schminkst dich, wenn du krank bist?«

Alina lacht leise und zündet sich einen weiteren Joint an. Sie nimmt einen Zug und bietet ihn Lyudmila an, die dasselbe tut und ihn mir anbietet. Ich fange an, nach ihm zu greifen, aber ändere meine Meinung. Ich weiß aus Erfahrung, dass ich schon so entspannt bin, wie ich nur sein kann; alles andere würde mich nur noch träge machen. Nicht, dass ich es nicht schon wäre – der erste Joint war stark, stärker als alle anderen, die ich je probiert habe. Außerdem gab es einen Grund, warum ich hierhergekommen bin, und der war nicht, um mich zu bekiffen.

»Ich habe schon genug, danke«, sage ich, während

ich meine Hand zurückziehe, und mit einem Schulterzucken gibt Lyudmila den Joint an Alina zurück.

Ich beobachte, wie die Flammen knistern und tanzen, während die beiden rauchen und sich auf Russisch unterhalten. Ich wünschte, ich würde die Sprache sprechen, damit ich sie verstehen könnte, aber das tue ich nicht. Der sanfte Rhythmus ihrer Sprache erinnert mich an einen plätschernden Bergbach, da die Worte ineinanderfließen und sich meinem Verständnis entziehen.

Ist es für Slava auch so, wenn ich spreche? Oder für Lyudmila?

War es so für meine Mutter, als sie frisch aus Kambodscha nach Amerika gebracht wurde?

Sie hatte nie viel über ihre frühen Jahre gesprochen. Alles, was ich weiß, ist, dass sie von dem Missionarsehepaar adoptiert wurde, als sie etwa in Slavas Alter war. Ich habe sie nie nach Details gefragt, weil ich keine schlechten Erinnerungen wecken wollte. Ich dachte, wir hätten ein ganzes Leben lang Zeit, um über alles zu reden, und sie würde mich irgendwann alles Erzählenswerte wissen lassen.

Ich war ein kurzsichtiger Idiot.

Ich hätte alles über meine Mutter erfahren sollen, als ich die Gelegenheit dazu hatte.

Alinas Lachen erregt meine Aufmerksamkeit, und ich lenke meinen Blick von den tanzenden Flammen auf ihr Gesicht, um jede Einzelheit ihrer umwerfenden Gesichtszüge zu betrachten. Es wäre leicht, sie zu beneiden, sowohl um ihre außergewöhnliche Schönheit als auch um ihren Reichtum, aber aus irgendeinem Grund habe ich nicht den Eindruck, dass Nikolais Schwester besonders glücklich ist. Sogar jetzt, wo sie mehr als nur ein bisschen high sein muss, gibt es eine spröde Kante in ihrem Lachen … eine seltsame Zerbrechlichkeit unter ihrer glänzenden Fassade. Und vielleicht ist es der Schein des Feuers, der die porzellanartige Perfektion ihrer Haut aufweicht, aber heute Abend scheint sie jünger zu sein als die Mitte bis Ende zwanzig, für die ich sie gehalten habe.

Viel jünger.

»Wie alt bist du eigentlich?«, kann ich die Frage nicht zurückhalten, da ich mir plötzlich Sorgen mache, dass ich Gras von einem Teenager angenommen haben könnte. Einen Sekundenbruchteil später erinnere ich mich daran, dass sie die Columbia absolviert hat, also muss sie mindestens in meinem Alter sein. Aber es ist zu spät, um meine übermäßig persönliche Frage zurückzunehmen.

Zu meiner Erleichterung scheint Alina sie nicht unpassend zu finden. »Vierundzwanzig«, antwortet sie in einem verträumten Tonfall. »Nächste Woche fünfundzwanzig.« Ihre Augen sind leicht unscharf, als sie nach meinem Haar greift und eine Strähne zwischen ihren Fingern reibt. »Hat schon mal jemand erwähnt, dass du ein bisschen wie Zoë Kravitz aussiehst?« Ohne auf eine Antwort zu warten, fährt sie mit den Fingerspitzen über meinen Kiefer. »Ich kann

verstehen, warum mein Bruder dich will. So hübsch …
so süß und frisch …«

Unbeholfen lachend schlage ich ihre Hand weg.
»Du bist so stoned.« Ich kann Lyudmilas Blick auf uns
spüren, neugierig und urteilend, und mein Gesicht
erwärmt sich, als ich darüber nachdenke, wie viel von
Alinas Worten sie verstanden hat – und was sie bereits
weiß. Die beiden scheinen gute Freundinnen zu sein,
und es würde mich nicht wundern, wenn zumindest
ein Teil ihres früheren Lachens auf meine Kosten ging.

»Extrem stoned«, stimmt Alina zu und wirft den
zweiten Stummel ins Feuer. »Aber das ändert nichts an
den Tatsachen.« Sie stützt ihre Ellenbogen auf die
Knie, beugt sich vor, und das Feuerlicht tanzt in ihren
Augen, als sie leise sagt: »Verlieb dich nicht in ihn,
Chloe. Er ist nicht dein edler Ritter.«

Ich ziehe mich zurück. »Ich bin nicht auf der Suche
nach einem …«

»Doch, das bist du.« Ihre Stimme bleibt sanft, auch
wenn ihr Blick messerscharf wird und alle Unschärfe
verschwindet. »Du brauchst einen edlen Ritter,
großmütig und freundlich und rein, einen Beschützer,
der dich hegt und liebt. Und mein Bruder kann das
nicht für dich sein, oder für irgendjemanden.
Molotow-Männer lieben nicht, sie besitzen – und
Nikolai ist da keine Ausnahme.«

Ich starre sie an, und mein Magen zieht sich
zusammen, als sich der angenehme Zustand der
chemisch induzierten Entspannung auflöst, und mein
Kopf von Sekunde zu Sekunde klarer wird. Ich

verstehe nicht, was sie meint, nicht ganz, aber ich zweifele nicht daran, dass sie es ernst meint, dass ihre Warnung mich schützen soll.

Alina zieht sich zurück, zündet einen dritten Joint an und hält ihn mir hin. »Mehr?«

»Nein, danke. Ich, ähm …« Ich räuspere mich, um meine Kehle von der Heiserkeit zu befreien. »Ich brauche eigentlich das WLAN-Passwort. Deshalb bin auf der Suche nach dir hierhergekommen. Außerdem wollte Nikolai, dass du mich auf eurer Videokonferenz-Plattform einrichtest – falls es dir gerade überhaupt passt.«

Sie nimmt einen tiefen Zug und bläst mir langsam den Rauch ins Gesicht. »Ich nehme an, das lässt sich einrichten.« Sie reicht Lyudmila den Joint und steht auf. »Gehen wir.«

Und mit einem nur leicht unsicheren Gang führt sie mich zurück zum Haus.

Als wir im Wohnzimmer ankommen, reiche ich ihr den Laptop und beobachte mit einem nicht geringen Maß an Erstaunen, wie sie zu den Einstellungen navigiert und das Passwort eingibt, wobei ihre eleganten Finger über die Tastatur fliegen. Wenn nicht der starke Geruch von Gras an ihren Haaren und ihrer Kleidung hängen würde – und wenn ich nicht persönlich gesehen hätte, wie sie den Großteil dieser zwei Joints geraucht hat, plus wer weiß wie viele vor meiner

Ankunft mit Lyudmila –, hätte ich nie gedacht, dass sie high ist.

Sie ist genauso zielsicher bei der Installation der Videokonferenzsoftware und der Einrichtung des Accounts, und ihre rot lackierten Fingernägel bewegen sich mit einer Geschwindigkeit, die einen Hacker stolz machen würde.

»Du bist wirklich gut darin«, sage ich, nachdem sie mir den Laptop zurückgegeben und die Grundlagen der Software erklärt hat. »Hast du Informatik oder etwas in der Richtung studiert?«

»Gott, nein.« Sie lacht. »Wirtschafts- und Politikwissenschaften, genau wie Nikolai. Konstantin ist der Geek in der Familie – der Rest von uns ist bestenfalls kompetent.«

»Ah, trotzdem, danke dafür.« Ich klappe den Laptop zu und klemme ihn unter meinen Arm. »Ich gehe jetzt ins Bett. Gehst du …?« Ich winke in Richtung der Eingangstür.

Sie nickt, und ein Mundwinkel hebt sich zu einem halben Lächeln. »Lyudmila wartet auf mich. Gute Nacht, Chloe. Süße Träume.«

30

CHLOE

Zurück in meinem Zimmer dusche ich, um den restlichen Nebel aus meinem Kopf zu vertreiben, und ziehe meinen Schlafanzug an. Voller Vorfreude mache ich es mir dann auf dem Bett bequem, klappe den Laptop auf und starte den Browser.

Ich beginne damit, nach Nachrichten über den Tod meiner Mutter zu suchen. Es ist nicht viel zu finden, nur ein Nachruf und ein kurzer Artikel in einer lokalen Zeitung, der berichtet, dass eine Frau tot in ihrer Wohnung in East Boston gefunden wurde. Nichts von beidem geht auf Details ein und lässt taktvoll jede Erwähnung von Selbstmord aus. Ich hatte sowohl den Artikel als auch den Nachruf bereits gelesen, als ich vor ein paar Wochen in einer Bibliothek in Ohio vorbeischaute, also verwende ich keine weitere Zeit darauf. Stattdessen notiere ich mir den Namen der Reporterin und schaue mir ihre Kontaktdaten an.

Dann logge ich mich in mein Gmail ein und schicke ihr eine lange, detaillierte E-Mail, in der ich genau beschreibe, was an diesem Junitag passiert ist.

Vielleicht habe ich mit ihr mehr Glück als mit den anderen Journalisten, die ich bis jetzt kontaktiert habe. Keiner von ihnen hat sich die Mühe gemacht, mir zu antworten – wahrscheinlich haben sie mich als geisteskrank abgetan, genau wie die Polizei. Aber das waren Reporter von großen Nachrichtensendern, und die werden zweifellos von allen möglichen Verrückten belästigt. In den Filmen ist es immer der kleine Reporter, der so fasziniert ist, dass er nachforscht, und vielleicht wird das auch hier der Fall sein.

Die Hoffnung stirbt zuletzt.

Als Nächstes gebe ich Moms Namen in Google ein und schaue, was ich sonst noch finden kann. Vielleicht gibt es irgendwo da draußen eine Erwähnung, dass sie ein geheimes Doppelleben führte, etwas, was erklären würde, warum jemand sie töten möchte.

Und vielleicht hüpfen Schweine in ein Raumschiff und fliegen zum Mond.

Ich finde genau das, was ich erwartet habe: ein großes fettes Nichts. Das Einzige, was meine Suche ergibt, ist Moms Facebook-Profil, und ich verbringe die nächste halbe Stunde damit, ihre Posts zu lesen, während ich mit den Tränen kämpfe. Mom mochte den Gedanken nicht, ihr Leben zur Schau zu stellen, daher ist ihre Freundeszahl im niedrigen zweistelligen Bereich, und ihre Posts sind selten und mit langen Pausen dazwischen. Ein Foto von uns beiden, wie wir zu meinem einundzwanzigsten Geburtstag in einen Klub gehen, ein Schnappschuss des Blumenstraußes, den ihre Kollegen im Restaurant ihr zu ihrem Vierzigsten geschenkt haben, ein Video von mir, wie ich während unseres letzten Urlaubs in Miami eine Giraffe mit Salat füttere – ihr Profil streift kaum die Höhepunkte unseres Lebens, geschweige denn, dass es etwas verrät, was ich nicht schon wusste.

Trotzdem gehe ich fleißig alle Profile ihrer Facebook-Freunde durch, für den unwahrscheinlichen Fall, dass einer von ihnen ein Drogendealer sein könnte, der dumm genug ist, dies in den sozialen Medien zu verkünden. Denn das ist die beste Theorie, die mir einfällt.

Mom wurde Zeugin von etwas, was sie nicht hätte sehen sollen, und deshalb waren diese Männer hinter ihr her – genau wie sie jetzt hinter mir her sind, weil ich sie gesehen habe und weiß, dass Moms Tod kein Selbstmord war.

Zugegeben, Beweise für diese Theorie sind nicht vorhanden, aber ich kann mir keine plausibel klingende Alternative vorstellen. Nun, ich kann es – ein schiefgelaufener Einbruch –, aber es gibt viel zu viele Unstimmigkeiten bei diesem Szenario. Ich meine, Gewehre mit Schalldämpfern? Welche Einbrecher haben so etwas bei sich?

Je mehr ich darüber nachdenke, desto mehr bin ich davon überzeugt, dass diese Männer gekommen sind, um sie zu töten.

Die große Frage ist: Warum?

Drei Stunden später lösche ich den Verlauf meines Browsers und die Cookies – nur für den Fall, dass ich den Computer unerwartet zurückgeben muss – und schließe den Laptop. Meine Augen fühlen sich an, als wären sie vom vielen Lesen am Bildschirm mit Sandpapier abgerieben worden, und die entspannende Wirkung des Kiffens ist schon lange verflogen und lässt mich müde und entmutigt zurück. Ich habe so ziemlich alles gegoogelt, was mir im Zusammenhang mit Moms Leben und Tod einfiel, habe die lokalen Zeitungen nach Berichten über andere Verbrechen zur selben Zeit durchforstet – für den unwahrscheinlichen Fall, dass Moms Mörder zwei Serienmörder waren, die zusammengearbeitet haben – und habe jeden ihrer Facebook-Freunde und Restaurantmitarbeiter mit der Ausdauer des engagiertesten Trolls gestalkt. Ich habe mich sogar mit dem Tod ihrer Adoptiveltern beschäftigt, um auszuschließen, dass mehr hinter dem Autounfall steckt, als mir gesagt wurde, aber es scheint ein einfacher Fall eines betrunkenen Fahrers gewesen zu sein, der sie auf der Autobahn gerammt hat.

Es gibt nichts, absolut nichts, mit was man zur Polizei gehen könnte. Kein Wunder, dass sie mir nicht geglaubt haben, als ich an jenem Tag zitternd und hysterisch in das Revier gestürmt bin.

Ich sollte wahrscheinlich für heute Schluss machen und morgen mit frischem Kopf über alles nachdenken, aber trotz meiner Müdigkeit schwirren in meinem

Kopf alle möglichen beunruhigenden Fragen herum –
von denen nur einige mit Moms Tod zu tun haben.
Denn es gibt noch ein weiteres Geheimnis, über das ich
mir noch keine Gedanken gemacht habe, das aber
genauso viel Einfluss auf meine Sicherheit haben
könnte.

Wer genau ist Nikolai Molotow und was hat Alina
mit ihrer seltsamen Warnung gemeint?

Ich schaue auf das Kissen, dann auf den Computer.
Es ist spät, und ich sollte wirklich schlafen gehen. Aber
die Wahrscheinlichkeit, dass ich einschlafe, während
ich so aufgedreht bin, ist gering, geradezu null.

Drauf geschissen. Wer braucht schon Schlaf?

Ich klappe den Laptop auf, tippe *Nikolai Molotow* in
den Browser und vertiefe mich in die Resultate.

31

NIKOLAI

*D*as Erste, was ich bei meiner Ankunft im Hotel tue, ist, meinen Laptop hochzufahren, die Videoübertragung von Slavas Zimmer aufzurufen und zu überprüfen, ob mein Sohn friedlich schläft.

Genau das tut er. Das autoförmige Nachtlicht, das er gerne anlässt, beleuchtet seine schlafenden Gesichtszüge und enthüllt eine winzige Faust, die unter seiner süß gerundeten Wange steckt. Mein Herz pocht schneller bei diesem Anblick, und ein nun vertrauter Schmerz breitet sich in meiner Brust aus. Ich verstehe ihn genauso wenig wie meine wachsende Besessenheit von seiner Lehrerin, aber ich kann nicht leugnen, dass es da ist, genauso real und konkret wie mein Hass auf die Frau, die ihn geboren hat.

Für Xenia und den gesamten Leonow-Vipernclan.

Wut kocht in meinem Magen hoch, und ich reiße meine Gedanken von ihnen weg. Morgen wird es früh genug sein, um sich mit ihrer neuesten Sabotage zu beschäftigen – heute Abend habe ich angenehmere Dinge, über die ich nachdenken kann.

Ich öffne ein neues Fenster und rufe die Webcam auf Chloes Laptop auf. Ein warmes Glühen breitet sich in mir aus, als ihr hübsches Gesicht den Bildschirm füllt. Trotz der späten Stunde ist sie wach, und ihre glatte Stirn ist in Falten gelegt, während sie aufmerksam auf ihren Computer starrt. Sie muss irgendetwas online machen, denn ich kann sehen, dass ihr Browser aktiv ist, und als ich in ihren Suchverlauf gehe, freue ich mich, dass sie über mich recherchiert.

Ich hatte gehofft, dass sie an mich denkt, so wie ich an sie.

Sie hat natürlich keine Ahnung, dass ich das sehen kann. Der Laptop, den ich ihr geschenkt habe, stammt aus einer speziellen Charge, die von einem von Konstantins schattigeren Unternehmungen verändert wurde. Er sieht aus wie ein normaler nagelneuer Mac, ist aber mit einer vorinstallierten unauffindbaren Spyware ausgestattet, was es uns ermöglicht, alle möglichen einflussreichen Geschäftsleute und Politiker im Auge zu behalten.

So mancher Geschäftsabschluss wurde dank dieser praktischen Software und den Geheimnissen, die sie enthüllt hat, durchgedrückt.

Ich beobachte sie ein paar Minuten lang und amüsiere mich über ihre Versuche, einen Artikel aus einer russischen Zeitung mit Hilfe von kostenlosen Web-Übersetzungstools zu lesen. Wenn sie verwirrt ist, rümpft sie ihre Nase auf die süßeste Art und Weise, die ich je gesehen habe, und ihre Augen wechseln von weit zu schmal und wieder zurück, wobei ihre Zähne häufig an ihrer Unterlippe knabbern. Ich möchte in diese pralle Lippe beißen und sie mit einem Kuss besänftigen, dann dasselbe auf ihrem ganzen köstlichen kleinen Körper tun.

Mein Schwanz rührt sich bei dem Gedanken, und ich atme tief durch, um mich von der Hitze abzulenken, die sich in mir aufbaut. So angenehm es auch ist, sie zu beobachten ... Was ich noch mehr möchte, ist, mit ihr zu sprechen, ihre weiche, heisere Stimme zu hören und ihr sonniges Lächeln zu sehen. Ich vermisse dieses Lächeln.

Scheiße, ich vermisse *sie*.

Es ist lächerlich, ich weiß – ich habe sie erst diese Woche kennengelernt, und wir waren weniger als einen Tag getrennt – aber so ist es nun einmal, das ist die Unausweichlichkeit von allem. Das Schicksal hat sie zu mir gebracht, und jetzt gehört sie mir, auch wenn sie es noch nicht weiß. Wenn diese Reise nicht gewesen wäre, wäre sie schon in meinen Armen, aber die Leonows haben ihre dreckigen Finger in unsere Angelegenheiten gesteckt, und jetzt sind wir hier.

Ich hole noch einmal tief Luft, öffne Konstantins Videosoftware und rufe sie an.

32

CHLOE

Ich bin gerade dabei, die Bing-Übersetzung des russischen Artikels akribisch mit der Google-Version zu vergleichen, in der Hoffnung, drei besonders verwirrende Sätze zu verstehen, als ein leises Klingeln ertönt und eine Videoanrufanfrage mit Nikolais Bild erscheint.

Mein Herzschlag schießt in die Höhe, und meine Atmung beschleunigt sich unkontrolliert. Es ist, als wäre er der sprichwörtliche Teufel, der von meinen Gedanken – oder meinen Recherchen – herbeigerufen wird. Ist das möglich? Weiß er irgendwie, dass ich in diesem Moment gerade etwas über ihn lese?

Ist das der Grund, warum er so spät anruft? Um mich wegen meiner Schnüffelei zu feuern?

Nein, das ist verrückt. Wahrscheinlich ist er gerade gelandet, hat auf der Videokonferenz-App gesehen, dass ich online bin, und hat beschlossen, sich zu melden.

Mit einem zittrigen Atemzug streiche ich meine Haare mit den Handflächen glatt und klicke auf *Akzeptieren*.

Sein umwerfendes Gesicht füllt den Bildschirm und lässt mein Herz schneller schlagen. »Hi, *zajchik*.« Seine Stimme ist sanft und tief, und sein Blick sogar durch die Kamera hypnotisierend. Generell ist die Qualität des Videos der Wahnsinn – es ist wie ein Film in HD. Ich kann alles sehen, von den kunstvollen Schwüngen in dem abstrakten Gemälde, das ein paar Meter hinter seinem Stuhl an der Wand hängt, bis zu den waldgrünen Flecken in seinen bernsteinfarbenen Augen. Er muss gerade erst angekommen sein, denn er trägt immer noch das Hemd und die Krawatte, mit der ich ihn abreisen sah. Aber anstatt müde und zerknittert auszusehen, wie es ein normaler Mensch nach einem Transatlantikflug tun würde, ist er das Ebenbild von müheloser Eleganz, jedes glänzende schwarze Haar ist an seinem Platz.

Als ich merke, dass ich ihn anstarre wie ein Groupie, zwinge ich meine Stimmbänder zum Handeln. »Hi.« Meine Kehle ist noch etwas rau vom Rauchen, aber ich hoffe, dass er die Rauheit in meiner Stimme der späten Stunde zuschreibt. »Wie war dein Flug?«

Seine sinnlichen Lippen verziehen sich zu einem warmen Lächeln. »Ereignislos. Warum bist du noch wach? Es ist schon nach Mitternacht bei euch.«

»Ich bin … einfach nicht müde.« Besonders jetzt, wo ich mit ihm spreche, nicht. Diesen Anruf zu bekommen war, als hätte ich fünf Espresso getrunken. Sogar meine Erschöpfung ist verschwunden und wurde durch eine hibbelige Aufregung ersetzt – eine, die nur teilweise mit dem zu tun hat, was ich gelesen habe.

Wie ich vermutet habe, sind die Molotows stinkreich und sehr bekannt in Russland. »Eine der mächtigsten Oligarchenfamilien« ist ein von Google übersetztes Zitat aus einem russischen Artikel, und es gibt viele Erwähnungen von Nikolai und seinen Brüdern – und davor von Vladimir, ihrem Vater – in der russischen Presse. Ich habe sogar ein Foto aus dem letzten Jahr gefunden, auf dem Nikolai neben dem russischen Präsidenten bei einer Gala in Moskau sitzt und genauso cool und unaufgeregt aussieht wie bei seinen Familienessen.

Zu meiner großen Erleichterung habe ich nichts darüber gefunden, dass die Molotows zur Mafia gehören oder kriminelle Verbindungen haben, aber vielleicht habe ich auch nur nicht tief genug gegraben. Selbst mit Hilfe von Web-Übersetzungsprogrammen ist es schwer, die richtigen Suchbegriffe auf Russisch zu finden, und es gibt überraschend wenig über Nikolais Familie auf Englisch – eine beiläufige Erwähnung auf CNN über eine Pipeline in Syrien, die von einer ihrer Ölfirmen gelegt wurde, ein Absatz auf Bloomberg über ein neues Krebsmedikament, das von einer ihrer Pharmafirmen entwickelt wurde, eine Zeile über Vladimir Molotow in einem *New-York-Times*-Artikel, der von dem enormen Reichtum in Russland

DIE HÖHLE DES TEUFELS

handelt. Es gibt keine Wikipedia-Einträge über sie, nichts in den Boulevardzeitungen. Sie erscheinen nicht einmal auf irgendeiner *Forbes*-Liste, obwohl mehrere russische Milliardäre dort vertreten sind und die Molotows noch reicher klingen.

Natürlich ist es möglich, dass ich nichts finden konnte, weil all die Molotowcocktail-Vorkommen die Suchergebnisse verstopfen. Ich muss Nikolai oder seine Schwester fragen, ob sie mit dem sowjetischen Außenminister verwandt sind, nach dem der selbstgemachte Sprengstoff abwertend benannt ist.

Auf meine Antwort hin runzelt Nikolai die Stirn und schaut besorgt in die Kamera. »Du hattest doch nicht wieder einen Alptraum, oder?«

Ich schüttele lächelnd den Kopf. »Ich bin einfach noch nicht schlafen gegangen.«

Vielleicht ist es das Fehlen irgendwelcher alarmierender Entdeckungen bei meiner Suche, oder die einfache Tatsache, dass er nicht hier ist, um meinen Körper mit körperlichem Bewusstsein zum Summen zu bringen, aber ich fühle mich ruhiger, während ich heute Abend mit ihm rede ... sicherer. Schließlich ist es möglich, dass meine Erlebnisse des letzten Monats meine Nerven zerfetzt haben und mich dazu bringen, Gefahren zu sehen, wo keine sind, und dass alle vermeintlichen roten Fahnen – seine Schusswunden-Narbe und die zerschlagenen Knöchel, die Wachen und alle Sicherheitsmaßnahmen – harmlose Erklärungen haben. Und überhaupt ...

»Warst du jemals beim Militär?«, frage ich impulsiv

und noch mehr Anspannung fällt von meinen Schultern, als Nikolai nickt und ein schwaches Lächeln auf seinen Lippen tanzt, während er sich in seinem Stuhl zurücklehnt.

»Meine Familie hat eine lange Geschichte von herausragenden Diensten für das Land, und mein Vater bestand darauf, dass meine Brüder und ich dieser Tradition folgen. Wir haben uns alle drei mit achtzehn Jahren gemeldet und mehrere Jahre gedient.« Er legt den Kopf schief und schaut mich nachdenklich an. »Hast du dich darüber gewundert?« Er berührt seine linke Schulter.

»Das habe ich«, gebe ich verlegen zu. Ich fange an, mich wie ein Idiot zu fühlen, weil ich meiner Fantasie vorher freien Lauf gelassen habe. »Was ist passiert? Wurdest du angeschossen?«

Er nickt. »Ein Scharfschütze schickte eine Kugel in meine Richtung. Zum Glück hat er mich verfehlt.«

»Verfehlt?«

Seine weißen Zähne blitzen in einem Grinsen auf. »Ich bin nicht tot, oder?«

»Nein, Gott sei Dank.« Trotzdem zieht sich meine Brust zusammen, als ich mir die Narbe vorstelle und den Schmerz, den er empfunden haben muss, als sich die Kugel durch sein Fleisch gebohrt hat. »Hast du lange gebraucht, um dich zu erholen?«

»Ein paar Wochen. Ich war zu der Zeit erst zwanzig, was mir geholfen hat.«

»Trotzdem kann ich mir nicht vorstellen, dass es angenehm war.« Unfähig, der Versuchung zu widerstehen, frage ich: »Trainierst du immer noch? Also … kämpfen und so?«

Ich versuche, subtil zu sein, aber er durchschaut mich trotzdem.

Mit einem bösen Grinsen hält er seine Hände hoch und dreht sie, um der Kamera die geprellten Knöchel zu zeigen. »Du fragst danach, nehme ich an? Das kommt vom Sparring mit ein paar meiner Wächter. Sie sind aus meiner ehemaligen Einheit, und wir gehen ab und zu aufeinander los – zumindest wenn Pavel gerade nicht kann.«

Ich grinse ihn an, so erleichtert, dass ich weinen könnte. Natürlich sind seine Wachen seine Armeekumpel – das ergibt so viel Sinn und spricht Bände über seinen Charakter. »War Pavel auch mit dir in der Armee?« Ich kann mir gut vorstellen, wie der Bär in einer Armeeuniform, mit einer M16 und vielleicht einem Panzer auf den Schultern, herumläuft.

Zu meiner Überraschung schüttelt Nikolai den Kopf. »Er hat mit meinem Vater gedient. Er meldete sich mit vierzehn, und sie haben ihn aufgenommen, da er schon seine heutige Größe hatte und wie fünfundzwanzig aussah.«

»Oh, wow. Er kannte deine Familie also schon vor deiner Geburt?«

»Lange vorher«, bestätigt Nikolai. »Mein Vater hat ihn direkt nach seiner Armeezeit eingestellt, und seitdem ist er bei unserer Familie.«

»Lyudmila auch?«

»Nein, sie sind erst seit etwa zehn Jahren

verheiratet.« Er lacht. »Alina bekam fast einen Anfall, als er uns Lyudmila vorstellte. Ich glaube, meine Schwester hatte den Eindruck, dass Pavel ihr alleiniges Eigentum ist.«

Meine Augen weiten sich. »Sie war in ihn verknallt?«

»Nein. Ich glaube, sie sah ihn eher als einen zweiten Vater an.« Sein Lächeln verblasst, und etwas Düsteres flackert in seinen Augen, bevor seine Lippen ihre übliche dunkle, sinnliche Wölbung annehmen – dieses zynische, verführerische Lächeln, das, wie ich jetzt feststelle, seine wahren Gefühle verbirgt. Er lehnt sich näher zur Kamera und sagt leise: »Genug von ihnen. Erzähl mir von deinem Tag, *zajchik*. Was haben du und Slava gemacht, während ich weg war?«

Richtig, deshalb ruft er an: um einen Bericht über seinen Sohn zu bekommen. Ich verberge einen irrationalen Stich der Enttäuschung, schlüpfe in meine Lehrerinnenrolle und informiere ihn über unsere Aktivitäten und die Fortschritte, die Slava macht. Er hört aufmerksam zu, unterbricht gelegentlich, um Einzelheiten nachzufragen, und während unser Gespräch weitergeht, merke ich, dass ich noch eine weitere negative Meinung, die ich von ihm hatte, revidieren muss.

Nikolai liebt seinen Sohn wirklich. Sehr sogar.

Ich habe heute Morgen einen flüchtigen Blick darauf erhascht, als Slava und ich auf dem Bett lagen, und ich sehe es jetzt an der Art, wie sein Gesicht weicher wird, wenn ich über den Jungen rede. Ich weiß nicht, warum er sich weigert, seinen Sohn vor so offensichtlichen Gefahren wie einem scharfen Messer zu schützen, aber es ist nicht, weil er ihn nicht liebt. Er tut es – obwohl es mich nicht überraschen würde, wenn er Schwierigkeiten hätte, es zuzugeben, so wie er in der Nähe von Slava ist.

Ich glaube, Nikolai möchte seinem Sohn näher sein, weiß aber nicht, wie.

Ich denke … er ist vielleicht doch ein guter Mann.

Alinas Warnung drängt sich wieder in meine Gedanken, aber ich schiebe sie beiseite. Sie war stoned, und es gibt eindeutig Spannungen zwischen Bruder und Schwester, irgendeine Geschichte, in die ich nicht eingeweiht bin. Außerdem weiß ich nicht, was sie denkt, was zwischen mir und Nikolai passiert, aber Liebe scheint nicht zur Diskussion zu stehen. Sex vielleicht – ich bin realistisch genug, um zuzugeben, dass meine Entschlossenheit, nicht mit meinem Chef zu schlafen, der starken Anziehungskraft zwischen uns nicht gewachsen ist – aber Liebe ist eine ganz andere Nummer. Ich wäre ein Idiot, wenn ich mich in einen Mann wie Nikolai verlieben würde, der zweifelsohne daran gewöhnt ist, dass sich die schönsten Frauen der Welt auf ihn stürzen. Wenn wir miteinander schlafen würden, würde es ihm nichts bedeuten – und ich kann nicht zulassen, dass es mir etwas bedeutet.

Besser noch, wir sollten nicht miteinander schlafen.

Auf diese Weise wird niemand verletzt.

Wir reden noch zwanzig Minuten über Slava, bevor mich die späte Uhrzeit einholt und mich mitten im

Satz ein Gähnen überkommt. Ich verkneife es mir sofort, aber Nikolai lässt sich nicht täuschen.

»Du bist erschöpft, nicht wahr?«, murmelt er und mustert mich besorgt. »Du hättest etwas sagen sollen, *zajchik*. Ich wollte dich nicht aufhalten.«

»Nein, nein, es ist in Ordnung. Ich bin nur …« Ein weiteres unkontrolliertes Gähnen unterbricht meine Worte, und ich bedecke es mit meinem Handrücken, bevor ich ihm ein reumütiges Lächeln zeige. »Okay, ja, für mich ist jetzt Schlafenszeit. Wie kannst du so wach sein? Du musst obendrein einen Jetlag haben.«

Die grünen Flecken in seinen Augen schimmern heller. »Ich brauche nicht viel Schlaf.«

Natürlich tut er das nicht. Es würde mich nicht überraschen, wenn er zum Teil übermenschlich wäre – das würde das außergewöhnlich gute Aussehen erklären, das er mit seiner Schwester teilt.

»Na ja, trotzdem gute Nacht«, sage ich und kämpfe gegen ein weiteres Gähnen an. »Und viel Glück mit deinen Geschäften.«

»Danke, *zajchik*.« Sein Lächeln hat eine zärtliche Note. »Schlaf gut. Ich werde dich morgen Abend anrufen.«

Er legt auf, und als ich den Laptop weglege, merke ich, wie mein Herz in einem neuen, ungleichmäßigen Rhythmus schlägt und meine Brust mit einer Wärme gefüllt ist, die ich nicht zu analysieren wage.

33

NIKOLAI

Ich schließe die Augen, nachdem wir das Telefonat beendet haben, und versuche, das ungewohnte Gefühl des Wohlbefindens, das das Gespräch mit Chloe ausgelöst hat, zu bewahren, aber es verblasst schnell. An seine Stelle tritt das grimmige Bewusstsein dessen, was ich heute tun muss, gemischt mit dunkler Vorfreude.

Es ist schon sechs Monate her, dass ich in dieser Welt war. Sechs Monate ist es her, dass ich mich auf irgendeiner Ebene über das Oberflächlichste hinaus auf unser Geschäft eingelassen habe. Und obwohl ich gerne sagen würde, dass ich es hasse, zurück zu sein, kann ich nicht leugnen, dass ein Teil von mir in allem schwelgt ... dass mein Blut schneller durch meine Adern pumpt.

Ich öffne die Augen wieder, klappe den Laptop zu und stehe auf.

Es ist Zeit, an die Arbeit zu gehen.

Pavel wartet schon in der Hotellobby, und wir gehen gemeinsam hinaus. Unser Ziel ist eine kleine Kneipe ein paar Straßen entfernt, genauer gesagt ihr Keller.

Der Anblick, der uns dort unten empfängt, ist nicht schön. Ein Mann hängt an den Handgelenken an einer in die Decke geschraubten Kette, die Fußspitzen seiner Stiefel berühren kaum den nackten Betonboden. Sein blasses Gesicht ist geprellt und geschwollen, der Bereich unter seiner verschobenen Nase ist mit dunklem Blut verkrustet. Zwei von Valerys Männern stehen mit versteinerten Gesichtern und emotionslosen Augen neben ihm.

»Hattet ihr Glück?«, frage ich einen von ihnen, aber der Angesprochene schüttelt den Kopf.

»Er behauptet, dass er den Zugangscode nicht hat, aber das ist eine Lüge. Wir haben gesehen, wie er ihn benutzt hat.«

»Hmm.« Ich nähere mich dem Gefangenen und umrunde ihn langsam, wobei ich bemerke, wie sich sein Atem beschleunigt. Ein beißender Uringeruch geht von seinem Schritt aus, und auf seiner beigefarbenen Atomprom-Uniform sind Schmutz- und Blutflecken zu sehen.

Der arme Kerl weiß, dass er am Arsch ist.

»Wie heißt du?«, frage ich und bleibe vor ihm stehen.

Er starrt mich an, sein Mund zittert, und dann

platzt er damit heraus: »Ich kenne den Code nicht. Das tue ich nicht!«

»Ich habe nach deinem Namen gefragt. Den weißt du doch, oder?«

»Ich …« Seine Stimme bricht, als wäre er ein Teenager und nicht ein Mann in seinen Zwanzigern. »Ivan.«

»Okay, Ivan. Ich sag dir was: Ich weiß, du willst deinen Arbeitgeber nicht verärgern, aber du hast nicht wirklich eine Wahl.« Ich schenke ihm ein mitfühlendes Lächeln. »Das verstehst du doch, oder?«

»Ich kenne den Code nicht!« Schweißperlen bilden sich auf seiner Stirn. »Ich schwöre es – ich schwöre es auf das Leben meiner Mutter.«

»Aber sie ist tot, Ivan. Sie starb bei einem Fabrikbrand, als du fünfzehn warst. Das war tragisch, und es tut mir leid.«

Sein Gesicht wird leichenblass, und ich fahre in demselben mitfühlenden Ton fort. »Schau, du bist kein schlechter Kerl, Ivan. Du hattest ein hartes Leben und hast alles getan, um deiner Familie zu helfen und dich um deine kleine Schwester zu kümmern. Wie alt ist sie jetzt? In der zehnten Klasse?«

»I-ihr …« Er zittert fast zu sehr, um zu sprechen. »Ihr Wichser!«

Ich schnalze mit der Zunge. »Beleidigungen werden dich nicht weiterbringen. Jetzt hör mir zu, Ivan. Ich kann sie«, ich mache eine Geste zu den emotionslosen Wachen, »die Antwort aus dir herausprügeln lassen. Und wenn sie versagen, gibt es immer noch meinen Partner«, ich schaue zu Pavel, der ruhig in einer Ecke steht, »und seine Fähigkeit, mit Messern umzugehen. Ganz zu schweigen von allen möglichen anderen, weniger schmackhaften Taktiken, die mein Bruder gerne anwendet. Aber warum zu solchen Mitteln greifen, wenn wir einen Deal machen können, du und ich?«

Sein Adamsapfel bewegt sich, als er nervös schluckt. »W-was für einen Deal?«

Ich lächele ihn sanft an. »Du hast Angst vor den Leonows, nicht wahr? Deshalb bist du auch so mutig. Dir ist das Werk, das du bewachst, völlig egal. Es stört dich nicht, wenn wir den Zugangscode bekommen, richtig? Aber die Familie Leonow …« Ich gehe langsam in einem weiteren Kreis um ihn herum. »… sie können dir Dinge antun, deinen Liebsten. Deiner kleinen Schwester.« Ich bleibe vor ihm stehen. »Nicke, wenn ich auf dem richtigen Weg bin.«

Er senkt sein Kinn in einem kaum wahrnehmbaren Nicken, und Schweiß läuft über sein Gesicht.

»Das habe ich mir schon gedacht.« Ich ziehe ein Taschentuch aus meiner Tasche und tupfe ihm die Stirn ab. »Also, wie wäre es damit: Du nennst uns den Zugangscode und teilst uns alles mit, was du über das Sicherheitsprotokoll in der Fabrik, in der du arbeitest, weißt, und wir setzen dich und deine Familie in das nächste Flugzeug zu einem Ziel deiner Wahl. Es kann jeder Ort sein: Simbabwe, Fidschi, Thailand … die Cayman Islands. Nenne ihn, und wir schicken dich mit einer neuen Identität und hundert Riesen in bar als Umzugsprämie dorthin. Wie klingt das?«

Schwer atmend starrt er mich an, und Hoffnung und Angst ringen in seinen Augen miteinander.

»Ich weiß, was du denkst, Ivan«, fahre ich leise fort und lasse das verschmutzte Taschentuch auf den Boden fallen. »Wie kannst du mir vertrauen, dass ich meinen Teil der Abmachung einhalte? Was soll uns davon abhalten, dich zu töten, sobald du uns sagst, was wir wissen wollen, richtig?«

Er schluckt wieder. »Richtig.«

»Die Antwort ist: nichts.« Ich lasse einen Hauch von Grausamkeit in mein Lächeln eindringen. »Absolut nichts. Aber das spielt keine Rolle, denn mir zu vertrauen ist die einzige Option, die du hast. Wenn du das nicht tust, wirst du uns alles auf die harte Tour erzählen – und wenn die Leonows von dem Einbruch in die Anlage erfahren, werden sie nach dem Schuldigen suchen. Wenn sie entdecken, dass du es bist, *werden* sie hinter deiner Familie her sein. Verstehst du, Ivan? Verstehst du, was du tun musst, wenn du willst, dass deine Schwester lebt?«

Sein Kinn zittert, als er mich anblickt und Tränen aus seinen Augenwinkeln fließen. Schließlich nickt er niedergeschlagen.

»Gut. Jetzt erzähl diesen Gentlemen, was sie wissen wollen.«

Ich wende mich ab und nicke Valerys Männern zu, die sofort aufstehen und ihre Handys zücken, um mit der Aufnahme zu beginnen.

»Du hättest das nicht selbst machen müssen«, sagt Pavel mit leiser Stimme, als wir aus der Taverne gehen. »Sie hätten die Antworten aus ihm herausbekommen können. Wenn nicht, wäre ich eingesprungen. So wäre es billiger gewesen.«

»Vielleicht. Aber auf diese Weise wissen wir, dass er uns nicht verarscht, damit der Schmerz aufhört.« Ich werfe einen Blick auf meinen lebenslangen Leibwächter, dessen Blick rastlos unsere Umgebung absucht, obwohl Valerys Wachen die Umgebung bereits gesichert haben. »Zahlreiche Studien haben gezeigt, dass unter Folter gewonnene Informationen unzuverlässig sind.«

»Nicht die Informationen, die ich erhalte«, sagt er düster, und ich lache.

»Hast du Angst, dass dein Messer rostig wird?«

Pavel streitet es nicht ab. Er vermisst es, mittendrin zu sein, so wie ich es tue – oder tat. Im Moment wäre ich viel lieber in Idaho bei Chloe. Ich will da sein, falls sie wieder einen Alptraum hat. Ich möchte sie halten, sie beruhigen, trösten … und sie schließlich verführen. Ihre Entschlossenheit wankt bereits, ich kann es spüren – deshalb habe ich beschlossen, sie über die blauen Flecken an meinen Knöcheln und die Narbe an meiner Schulter zu beruhigen.

Ich will sie nicht anlügen, was die Art von Mann betrifft, die ich bin, aber ich will auch nicht, dass sie Angst vor mir hat.

Ich werde ihr nicht wehtun … zumindest nicht auf diese Art und Weise.

»Hast du schon ein Treffen mit dem Leiter der Energiekommission arrangiert?«, fragt Pavel, als wir an einer Kreuzung halten. Ich nicke und reiße meine Gedanken von Chloe weg.

»Ich treffe ihn am Montag zum Mittagessen«, sage ich und trete auf die Straße, als die Ampel vor uns grün wird. Ich musste drei Telefonate machen, um zu dem Kerl durchzukommen, aber ich schaffte es, das hatte ich schon vorher gewusst. »Das ist ein weiterer Grund, warum ich diesen Weg mit Ivan gegangen bin«, fahre ich fort. »Es war keine Zeit, ihn richtig zu brechen – wir brauchten den Code so schnell wie möglich.«

»Ich hätte auch nicht lange gebraucht«, murmelt Pavel, und ich lache – gerade als ein Motorrad röhrend um die Ecke biegt und direkt auf mich zuschießt.

NIKOLAI

*I*ch reagiere in Sekundenbruchteilen, aber Pavel ist noch schneller. Er schubst mich, als ich mich gerade zur Seite werfe, und wir schlagen beide hart auf dem Boden auf, während das Motorrad an uns vorbeirauscht, so nah, dass ich einen Schwall heißer Luft in meinem Gesicht spüre.

Das Adrenalin katapultiert mich sofort auf die Beine, aber der Biker ist schon auf halbem Weg um den Block und schlängelt sich mit Rennwagengeschwindigkeit durch den Verkehr. Aus dieser Entfernung kann ich nur erkennen, dass es ein Mann ist, der eine schwarze Lederjacke und einen Helm trägt.

Pavel ist auch schon auf den Beinen, und sein Kiefer ist vor Wut angespannt. »Hast du sein Gesicht gesehen?«

»Nein.« Ich richte meine Jacke und Krawatte und wische den Dreck und Kies von meinen aufgeschürften

Handflächen. Meine Schulter, auf der ich gelandet bin, pocht, und die reine Wut brennt in mir, aber meine Stimme ist ruhig. »Sein Helm hatte ein verspiegeltes Visier. Vielleicht hat sich einer von Valerys Jungs das Nummernschild gemerkt.« Ich schaue mir die versammelte Menge von Augenzeugen an, von denen einige ihre Handys zücken, vermutlich, um die Polizei zu rufen. »Wir verschwinden besser von hier.«

Pavel nickt grimmig, und wir machen uns zügig auf den Weg zum Hotel.

Levan Abkhazi, Valerys lokaler Sicherheitschef, trifft uns eine Stunde später in meinem Zimmer. Er ist ein stämmiger Georgier, ungefähr in Pavels Alter. Er hat eine Glatze, aber eine dicke schwarze Monobraue und einen dazu passenden Bart.

Er zieht einen Ordner hervor und legt eine Reihe von körnigen Fotos auf den Schreibtisch. »Das ist alles, was wir aus den nahegelegenen Laden- und den Verkehrskameras ziehen konnten«, berichtet er auf Russisch mit einem starken Akzent. »Das Team, das auf den Dächern stationiert war, hatte zu keinem Zeitpunkt einen guten Blickwinkel auf das Nummernschild, und es gab zu viele Passanten, um zu riskieren, auf ihn zu schießen.«

Pavel und ich betrachten die Fotos. Auf einem der Bilder kann man einen Teil einer Ziffer erkennen, aber die anderen Bilder zeigen bestenfalls eine Ecke des

Nummernschildes. Der Biker ist entweder der größte Glückspilz, der je auf Erden wandelte, oder er wusste, wo Valerys Team stationiert war.

Ich schaue Pavel an. »Was denkst du?«

»Ein Profi, definitiv.« Sein Gesicht ist in tiefe Furchen gelegt. »Er ist nicht langsamer geworden, hat in keiner Weise darauf reagiert, dass er dich fast überfahren hat. Und er wusste, wie man mit dem Motorrad umgeht – und wie man den Kameras ausweicht.«

Abkhazis Monobraue zieht sich zu einem Stirnrunzeln zusammen. »Du glaubst nicht, dass es ein Zufall gewesen sein könnte? Wenn der Typ ein Profi ist, sollte er wissen, dass jemanden auf der Straße zu überfahren nicht die effizienteste Art ist, einen Anschlag auszuführen.«

»Das hängt davon ab, ob du es wie einen Unfall aussehen lassen willst oder nicht«, sagt Pavel. »Außerdem war es kein Anschlag.«

Der Georgier wirft ihm einen verwirrten Blick zu. »Was war es denn?«

»Eine Nachricht«, sage ich und lege die Fotos zurück in den Ordner. »Von unseren Freunden, den Leonows. Sie wollten mich wissen lassen, dass sie es wissen. Die Frage ist: Was wissen sie?«

35

CHLOE

*I*ch wache lächelnd auf, und für ein paar Minuten liege ich einfach nur mit geschlossenen Augen da und schwebe in diesem glückseligen Zustand zwischen Träumen und komplettem Wachsein.

Und was für Träume das waren.

Meine Hand gleitet zwischen meine Schenkel, und ich drücke auf den süßen Schmerz, der dort verweilt, und versuche, mich an die sinnlichen Szenen zu erinnern, die sich die ganze Nacht in meinem Kopf abgespielt haben. Ich kann mich nur noch bruchstückhaft an sie erinnern, aber ich weiß, dass in allen Nikolai vorkam ... sein verruchtes Lächeln ... seine tiefe, sanfte Stimme ... Das Beste von allem ist, dass es die einzigen Träume waren, die ich letzte Nacht hatte.

Die Alpträume, die mich seit Moms Tod geplagt haben, blieben aus.

Mit einem breiten Lächeln öffne ich die Augen und setze mich auf. Es ist hell und sonnig, also habe ich wahrscheinlich verschlafen. Ich bin aber nicht allzu besorgt. Nikolai ist nicht hier, um die Essenszeiten durchzusetzen, und da ich ihn jetzt besser kenne, glaube ich nicht, dass er mich für so eine kleine Übertretung feuern würde.

Trotzdem will ich keinen Vorteil daraus ziehen, also springe ich aus dem Bett und schalte die Nachrichten ein. Sie berichten wieder über die Vorwahldebatten, aber mich interessiert nur die Uhrzeit – neun Uhr zwanzig. Es ist ein Samstag, stelle ich fest, als ich auf das Datum schaue. Ich frage mich, ob das bedeutet, dass ich einen Tag frei bekomme.

Ich sollte Nikolai das nächste Mal, wenn wir reden, danach fragen.

Ein warmes Glühen erfüllt meine Brust bei dem Gedanken, dass er mich wieder anruft und wir beide uns bis spät in die Nacht unterhalten – fast wie ein Liebespaar. Denn so hat sich der Videotelefonanruf gestern Abend angefühlt: wie eine Sache, die man mit seinem Freund macht, während er weg ist, eine Art Date auf Distanz. Obwohl wir die meiste Zeit damit verbrachten, über Slava zu sprechen, wie es sich für unsere Arbeitgeber-Lehrer-Beziehung gehört, gab es eine deutliche Sanftheit in der Art, wie Nikolai mich ansah und wie er sprach ... ein Unterton von Zärtlichkeit, der mein Herz jedes Mal höherschlagen lässt, wenn ich daran denke.

Es ist fast so, als ob er anfängt, sich für mich zu

interessieren, als ob da mehr zwischen uns ist als animalische Anziehung.

Ich versuche, während des Tages nicht darüber nachzudenken, weil es eine so dumme Vorstellung ist. Es ist unmöglich, dass Nikolai Gefühle für mich entwickelt. Es ist nicht nur viel zu früh, sondern ich wäre ein Idiot, wenn ich mir denken würde, dass so ein Mann aus einem anderen Grund als Nähe an mir interessiert wäre. Ich *bin* die einzige verfügbare Frau hier; er kann nicht gerade mit Lyudmila oder seiner Schwester anbandeln. Was heißt es schon, wenn er mich gleich nach der Landung gestern angerufen hat? Das heißt nicht unbedingt, dass er während des langen Fluges an mich gedacht hat.

Er könnte sich einfach nur Sorgen um seinen Sohn gemacht haben.

Trotzdem bleibt dieses warme Glühen bei mir, als ich mich in die Küche schleiche, um mir ein spätes Frühstück zu holen – das offizielle Frühstück ist vorbei –, bevor ich mit Slava eine schöne lange Wanderung mache. Und es hält das ganze Mittagessen über an, trotz Alinas Anwesenheit am Tisch, die mich an ihre seltsame Warnung erinnert.

»Wie geht es deinen Kopfschmerzen?«, frage ich, als wir uns zum Essen hinsetzen. Sie winkt ab und behauptet, dass sie sich vollständig erholt hat. Ich kann jedoch nicht umhin, zu bemerken, dass sie ruhig und seltsam distanziert ist und während des Essens oft ins Leere starrt. Ich frage mich, ob sie wieder high ist, aber entscheide mich, sie nicht danach zu fragen.

Letzte Nacht haben das Lagerfeuer und das Gras die Hemmungen aller gesenkt und ein falsches Gefühl von Intimität geschaffen, aber heute fühlt sie sich wieder wie eine Fremde an. Genauso wie Lyudmila, die mich nicht einmal anlächelt, als sie das Essen herausbringt. Vielleicht ist es ihr peinlich, dass ich sie bekifft gesehen habe? So oder so, ich beeile mich mit dem Essen, und sobald Slava mit dem Essen fertig ist, bringe ich ihn für unsere Spielstunden in sein Zimmer.

Wir bauen eine weitere Burg, wiederholen das Alphabet, und ich bringe ihm bei, wie man auf Englisch bis zehn zählt. Danach spielen wir Verstecken und lesen ein paar Bücher, darunter, auf Slavas Wunsch, eine Geschichte über eine Entenfamilie. Bevor wir beginnen, zeigt er mir stolz ein Buch auf Russisch, das eine Übersetzung zu sein scheint, und ich merke, dass er versucht, sein Wissen über die Handlung und die Charaktere anzuwenden, um die englischen Wörter und Sätze, die ich ihm laut vorlese, besser zu verstehen.

»Du bist so ein kluger Junge«, sage ich zu ihm, und er strahlt mich an. Obwohl ich bezweifele, dass er genau versteht, was ich sage, ist mein lobender Tonfall unüberhörbar.

Ich sitze auf dem Boden, mit dem Rücken an das Bett gelehnt, und Slava klettert auf meinen Schoß, als wir mit der Geschichte beginnen – die sich als überraschend komplex für ein Kinderbuch herausstellt.

Die Entenfamilie ist nicht immer glücklich und zufrieden. Alle streiten sich und haben Konflikte, und an einem Punkt läuft der Hauptheld, ein junges Entenküken, von zu Hause weg. Als er zurückkommt, muss er feststellen, dass Mama Ente weg ist, und er weint, weil er denkt, dass er der Grund dafür ist, dass sie gegangen ist.

Ich behalte Slava während dieses Teils im Auge, besorgt, dass die Erinnerungen an den Verlust seiner Mutter hervorrufen könnte, aber der Gesichtsausdruck des Jungen bleibt neugierig und entspannt. Als wir jedoch zu der Stelle kommen, wo das junge Entlein bei seinem Großvater bleiben muss, versteift sich Slava und besteht darauf, die nächsten drei Seiten zu überspringen.

»Du magst Opa Ente nicht?«, vermute ich, und das Kind zuckt zusammen und weicht meinem Blick aus.

»Okay. Wir müssen nichts über ihn lesen. Vergiss Opa Ente.« Lächelnd zerzause ich sein Haar und gehe zu einem weniger problematischen Abschnitt des Buches über.

Alina kommt nicht zum Abendessen – noch mehr Kopfschmerzen, wie Lyudmila mir unwirsch mitteilt – also essen Slava und ich noch einmal entspannt, bevor ich für den Abend auf mein Zimmer gehe. Ich mache es mir auf dem Bett bequem und klappe den Laptop auf, um noch ein wenig zu recherchieren, sage ich mir.

Aber nicht, um auf Nikolais Anruf zu warten wie eine liebeskranke Freundin. Wo er doch versprochen hat, anzurufen. Vielleicht wird er es tun, vielleicht aber auch nicht.

Es sollte mir so oder so egal sein.

Entschlossen, nicht vor Nervosität an meinen Nägeln zu kauen, nehme ich meine Nachforschungen über Moms Tod wieder auf. Die Reporterin, der ich gestern Abend gemailt habe, hat nicht geantwortet, also suche ich die Kontaktdaten von ein paar weiteren Journalisten aus der Gegend von Boston heraus und schreibe ihnen eine Nachricht. Ich recherchiere auch über den Besitzer des Restaurants, in dem Mom gearbeitet hat, sowie über die Firma, die hinter dem gehobenen Hotel steht, in dem sich das Restaurant befindet.

Es muss einen Grund geben, warum diese Männer meine Mutter getötet haben.

Ich finde das Gleiche wie gestern: nichts. Was ich wirklich brauche, ist ein Privatdetektiv, aber den kann ich mir im Moment auf keinen Fall leisten. Obwohl … es kann nicht schaden, ein paar Preisangebote einzuholen. Am Dienstag werde ich Geld haben, und wenn ich hierbleibe – und ich wüsste nicht, warum nicht –, kann ich das Geld genauso gut nutzen, um ein paar Antworten zu bekommen.

Ja, das ist es.

Das ist genau das, was ich tun werde.

Ermutigt schaue ich mir ein paar vielversprechende Links an und schicke den

Detekteien eine E-Mail für ein Angebot. Dann, als ich das Gefühl habe, für diesen Abend genug damit verbracht zu haben, gehe ich zu meinem anderen Projekt über: alles über Nikolai zu erfahren, was ich kann.

Ich habe mir noch ein paar Sätze überlegt, die ich ins Russische übersetzen kann, und meine Suche ergibt mehrere Boulevardfotos. Eine zeigt Nikolai auf einer Warschauer Wohltätigkeitsgala mit einer großen blonden Schönheit am Arm. Eine andere zeigt ihn auf einer Moskauer Modenschau neben einer gelangweilt aussehenden Alina sitzen. Ein paar weitere zeigen ihn im Urlaub an verschiedenen exotischen Orten, immer mit einem langbeinigen Model an seiner Seite, das ihn bewundernd anschmachtete.

Ich hatte recht. Er ertrinkt geradezu in wunderschönen Frauen. Vielleicht ist er in diesem Moment mit einem atemberaubenden Model im Bett, das er gestern Abend in einem VIP-Nachtklub aufgerissen hat.

Der Gedanke ist wie ein Spritzer kochendes Wasser auf meiner Brust. Ich habe kein Recht, mich so zu fühlen, aber ich möchte plötzlich jedes Haar auf dem Kopf dieser imaginären Frau ausreißen – kurz bevor ich dasselbe mit Nikolai mache.

Ich lege den Laptop beiseite, springe vom Bett und beginne, hin und her zu gehen.

Warum ruft er nicht an?

Er sagte, er würde es tun.

Er hat es versprochen.

Er muss wissen, dass es hier von Minute zu Minute später wird.

Ist es, weil er mit der Arbeit beschäftigt ist – oder mit einer Frau? Ich stelle mir vor, wie ihre glänzenden, roten Lippen seinen Schwanz umschließen und ihre Augen ihn durch geschickt gesetzte falsche Wimpern anblicken, während sie …

Ein leises Klingeln ertönt vom Bett, und ich stürze mich auf den geöffneten Laptop, während mein Puls in die Höhe schießt. Ich lasse mich auf den Bauch fallen, ziehe den Computer zu mir heran und drücke mit einem unsicheren Finger auf das *Akzeptieren* von Nikolais Videoanrufanfrage.

Sein Gesicht füllt den Bildschirm, sein Hotelzimmer ist hinter ihm zu sehen, und ich atme zittrig aus, während meine irrationale Eifersucht verblasst, als ich den zärtlichen Blick in seinen Tigeraugen sehe.

»Hi, *zajchik*«, murmelt er, und seine tiefe Stimme ist so samtig, dass ich sie an meiner Wange reiben möchte. »Wie war dein Tag?«

»Er war gut. Wie war deiner? Ich meine … dein Morgen – oder dein Tag gestern?« Ich bin etwas außer Atem, aber ich kann nicht anders. Mein Herz schlägt in einem Techno-Beat, und jede Zelle in meinem Körper vibriert vor Aufregung. So erbärmlich es auch ist, ich habe mich schon den ganzen Tag auf diesen Anruf gefreut. Selbst wenn ich nicht bewusst darüber nachdachte, lauerte es in meinem Hinterkopf.

Er schenkt mir ein schiefes Lächeln. »Mein Morgen

war okay, und der Rest des gestrigen Tages auch. Ein paar Meetings, ein bisschen Bullshit – Business as usual.«

»Welche Art von Geschäft?« Als ich merke, wie neugierig das klingt, öffne ich meinen Mund, um die Frage zurückzunehmen, aber er antwortet bereits.

»Saubere Energie. Genauer gesagt die Kernenergie. Eines unserer Unternehmen hat eine eigene Technologie entwickelt, die kleine, tragbare Kernreaktoren ermöglicht, die in kleinen Dörfern und anderen abgelegenen Siedlungen kostengünstigen Strom liefern können.«

»Wow. Und sie sind sicher? Nicht wie – wie war das noch gleich mit dem berühmten in der Ukraine?«

»Tschernobyl? Nein, sie sind nichts dergleichen. Zum einen ist jeder Reaktor nur etwa so groß wie ein Auto, so dass selbst bei einem Unfall die freigesetzte Menge an Strahlung viel geringer ausfallen würde. Noch wichtiger ist, dass unsere Ingenieure so viele Redundanzen eingebaut haben, dass ein Unfall so gut wie unmöglich ist. Unser Motto ist *safety first* – im Gegensatz zu unseren Konkurrenten.« Seine Stimme verhärtet sich bei dem letzten Teil.

»Gibt es noch andere Unternehmen, die das Gleiche machen?«, frage ich, fasziniert von diesem Einblick in eine Welt, von der ich nichts weiß.

Seine Augen funkeln dunkel. »Eines. Es bietet gegen uns um einen großen Vertrag mit der tadschikischen Regierung. Wer auch immer ihn bekommt, wird diese aufstrebende Industrie in

Zentralasien dominieren – deshalb hat mein Bruder mich gebeten, einzugreifen.«

»Oh?«

»Der Leiter der tadschikischen Energiekommission war einer meiner Klassenkameraden im Internat, und mein Bruder hofft, dass ich mehr Glück habe, unseren Fall bei ihm vorzubringen.« Ein schiefes Lächeln umspielt seine Lippen. »Wie du wahrscheinlich schon vermutet hast, sind persönliche Verbindungen im Geschäft sehr wichtig.«

Ich weite meine Augen übertrieben. »Nein! Wirklich?«

Er lacht. »Ich weiß. Schwer vorstellbar, oder? Ich habe am Montag ein Mittagessen mit ihm, und danach werde ich hoffentlich sofort zurückfliegen können.«

»Also bist du am Dienstag zurück?« Ich zähle schon die Tage bis zu meinem ersten Gehaltsscheck, und jetzt habe ich einen weiteren Grund, mir zu wünschen, ich könnte die nächsten fünfzig Stunden auf Schnelldurchlauf stellen.

»Das sollte ich sein, ja.« Er hält inne, dann sagt er leise: »Ich vermisse dich, *zajchik*.«

Mein Atem hält buchstäblich an, auch wenn mein Herz schneller hämmert und meine Haut kribbelt. Ungeachtet dessen, was ich gestern Abend in seinen Augen zu sehen glaubte – was ich hoffte, dass er es fühlen würde – hätte ich mir nie träumen lassen, dass ich ihn das heute Abend so beiläufig … so offen zu mir sagen hören würde.

Wie ein Freund.

Er sieht mich an und wartet geduldig auf meine Antwort, also zwinge ich mich, sobald mein Atem wieder einsetzt, zu sprechen. »Ich … ich vermisse dich auch. Und Slava. Er vermisst dich. Wir beide vermissen dich. Das tut er wirklich.« Ich weiß, dass ich keinen Sinn ergebe, aber ich kann nicht anders. Ich hatte noch nie Probleme damit, meine Gefühle Jungs gegenüber auszudrücken, mit denen ich ausgegangen bin, aber ich habe noch nie jemanden wie Nikolai gedatet – nicht, dass wir daten. Oder doch? Vielleicht vermisst er mich einfach nur wie eine gute Freundin? Oder wie die Lehrerin seines Sohnes?

Gott, ich habe keine Ahnung, was hier passiert.

Die Winkel seiner sinnlichen Lippen zucken vor unterdrückter Belustigung und ich habe wieder einmal den beunruhigenden Verdacht, dass er direkt in mein Gehirn schaut und die Verwirrung dort sieht. »Erzähl mir mehr, *zajchik*«, murmelt er und beugt sich näher zur Kamera. »Was hat mein Sohn heute so getrieben?«

Slava, das ist es. Ich greife nach dem Thema wie ein Ertrinkender, der sich an einer Boje festhält, und stürze mich in eine detaillierte Beschreibung von allem, was Slava und ich getan und gelernt haben. Nikolai hört verzückt zu, und sein Blick ist erfüllt von dieser besonderen Sanftheit, die er für seinen Sohn reserviert. Als ich jedoch zu dem Buch komme, das Slava und ich zuletzt gelesen haben – die Geschichte über die Entchen – und ich lachend Slavas offensichtliche Abneigung gegen Opa Duck erwähne, verschwindet jede Spur von Sanftheit aus Nikolais

Gesichtsausdruck, und seine Augen nehmen einen harten, scharfen Glanz an.

»Hat er etwas gesagt?«, fragt er. »Kannst du das in irgendeiner Weise erklären?«

»Nein, ich … ich habe nicht gefragt.« Ich weiche zurück, als ich seinen Blick sehe, einen Ausdruck, der so dunkel und kalt ist, dass es mich fröstelt. Das ist eine Seite von Nikolai, die ich noch nie gesehen habe, und plötzlich erscheinen mir meine früheren Bedenken über die Mafia nicht mehr ganz so dumm.

Ich kann mir vorstellen, dass dieser Mann einen Anschlag anordnet und sogar selbst abdrückt.

Im nächsten Moment jedoch glätten sich seine Gesichtszüge, und der kühle Blick verschwindet, als er mich bittet, fortzufahren, und ich frage mich wieder, ob meine unbändige Fantasie mir einen Streich gespielt hat. Vielleicht habe ich zu viel in diesen kurzen Ausdruckswechsel hineingelesen … oder vielleicht habe ich nur einen Blick in ein Molotow-Familiendrama geworfen. Es könnte einfach sein, dass Nikolai sich nicht mit Slavas Großvater versteht – vorausgesetzt, es gibt einen mütterlicherseits.

Es gibt immer noch eine Menge, was ich nicht über diese Familie weiß.

Ich beschließe, das zu ändern, und beende meinen Bericht über Slavas Fortschritte, indem ich das wiederhole, was ich ihm beim Abendessen beigebracht habe. Danach bitte ich Nikolai vorsichtig – sehr vorsichtig, damit ich nicht auf Landminen trete –, mir von seinen Brüdern zu erzählen.

Zum Glück verärgert ihn meine Bitte nicht. »Ich bin der Zweitälteste«, erzählt er mir. »Valery ist vier Jahre jünger als ich, und Konstantin – das Genie der Familie – ist zwei Jahre älter als ich. Er leitet alle unsere technischen Projekte, während Valery die gesamte Organisation überwacht.«

»Das hast du doch früher auch gemacht, oder?«, frage ich, als ich mich an das erinnere, was Alina mir erzählt hat.

»Das ist richtig.« Er sieht nicht überrascht aus, dass ich es weiß. »Aber es ist schwer, das aus der Ferne zu machen, also habe ich Valery gebeten, einzuspringen, während ich weg bin.«

»Warum *bist* du weg?«, frage ich, unfähig, der Frage zu widerstehen, die mir schon so lange im Kopf herumgeht. »Was hat dich in diese Ecke der Welt verschlagen?«

Er lächelt über meine unverhohlene Neugierde. »Ich weiß. Das ist schon merkwürdig, oder?«

»Äußerst merkwürdig.« So merkwürdig, dass ich mir eine verrückte Mafiageschichte ausgedacht habe, aber darüber halte ich den Mund.

Er lehnt sich in seinem Stuhl zurück, und sein Lächeln verblasst, bis nur noch eine Spur der sinnlichen Kurve übrig bleibt. »Es ist eine lange Geschichte, *zajchik*, und es ist schon spät. Du solltest schlafen gehen.«

»Es ist okay, ich bin nicht müde.« Und selbst wenn ich es wäre, würde ich es leugnen, denn ich brenne darauf, diese Geschichte zu hören, egal wie lang sie sein mag. Ich setze mich aufrechter hin, arrangiere den Computer bequemer auf meinem Schoß und schenke ihm meine besten Welpenaugen, mit klimpernden Wimpern und allem. »Bitte, Nikolai … erzähl es mir. Ein ganz liebes Bitte.«

Ich habe es als Scherz gemeint, bestenfalls als leichten Flirt, aber sein Gesicht spannt sich an, und sein Blick verdunkelt sich, während er sich zur Kamera lehnt. »Ich mag es, meinen Namen auf deinen Lippen zu hören.« Seine Stimme ist ein tiefes, honigsüßes Schnurren. »Und ich mag es sehr, sehr gerne, wenn du bettelst.«

Mein Mund wird Sahara-trocken, mein Herzschlag unregelmäßig, während Feuer durch meine Adern strömt und sich tief in mir verfestigt. Da er so weit weg ist und sich unsere Videochats meist auf sichere Themen beschränken, habe ich irgendwie die sexuelle Spannung vergessen, die zwischen uns schwelt, und sich beim kleinsten Funken zu einer Feuersbrunst zu entzündet. Ich habe mir eingeredet, dass ich mir dieses Gefühl, gejagte Beute zu sein, nur eingebildet habe … dieses beängstigende und doch seltsam aufregende Bewusstsein, dass ich diesem gefährlich verführerischen Mann ausgeliefert bin.

»Ist das …« Ich schlucke, unsicher, ob ich mich dorthin wagen soll. »Ist das dein Ding? Bettelnde Frauen?«

Die dunkle Hitze in seinen Augen verstärkt sich. »Mein *Ding, zajchik*, bist du. Ich will dich auf jede erdenkliche Art und Weise … süß und grob … auf deinen Knien, und auf deinem Rücken, und oben, mich reitend … Ich will deine Muschi nach jeder Mahlzeit zum Nachtisch essen und dir jeden Morgen mein Sperma in den Hals spritzen. Ich will dich so hart ficken, dass du schreist, und dann will ich dich stundenlang knuddeln. Vor allem will ich dich in Lust ertränken … so viel Lust, dass dir der gelegentliche Schmerz nichts ausmacht … Du wirst sogar darum betteln.«

Oh. Mein. Gott.

Ich starre ihn an, meine Atemzüge sind kurz und flach, meine Klitoris pocht und meine Nippel kribbeln hart. Mein Körper fühlt sich an wie einer seiner Kernreaktoren in der Kernschmelze, die Hitze unter meiner Haut ist so glühend, dass ich spontan verbrennen könnte. *Oder kommen.* Wenn ich jetzt Druck auf meine Klitoris ausüben würde, würde ich definitiv kommen.

Ich befeuchte meine Lippen und versuche, den pulsierenden Schmerz zwischen meinen Beinen zu ignorieren. »Also … stehst du auf solche Sachen. Perverse Sachen.«

Sobald die Worte meinen Mund verlassen, erschaudere ich, wie kindisch und prüde ich klinge. Und ich bin nicht prüde. Zumindest glaube ich, dass ich das nicht bin. Meine sexuellen Fantasien hatten schon immer eine dunkle Färbung, und ich hatte einen Freund, der mich ein- oder zweimal gefesselt hat – und ein anderes Mal hat er mich gespankt. Nichts davon machte mich an, aber mein Freund stand auch nicht wirklich darauf. Es fühlte sich unbeholfen und gezwungen an mit ihm ... kindisch, irgendwie.

Ich habe das Gefühl, dass es mit Nikolai nichts dergleichen sein wird.

Der Mann kennt die Bedeutung von kindisch und unbeholfen nicht.

Seine Lippen wölben sich zu einem weiteren, dunkel-sinnlichen Lächeln. Mit einer Stimme wie erhitzte Seide murmelt er: »Chloe, *zajchik* ... ich stehe auf alles – solange es mit dir ist.«

Dieses Mal ist es mein Herz, das in den Schmelzmodus geht. Weil es sich anhört wie ... »Willst du damit sagen, dass du dich nicht mit anderen Frauen treffen willst?«, platzt es aus mir heraus, und ich will mir sofort einen Tritt verpassen, weil ich mich wieder einmal wie in der Highschool anhöre. Er flirtet nur und geht keine Verpflichtung zur Exklusivität ein. Wir haben nicht einmal ...

»Das tue ich nicht«, sagt er leise und bringt meine Gedanken zu einem quietschenden Stillstand. »Ich will niemanden außer dir. Das wollte ich, seit wir uns kennengelernt haben.«

»Oh.« Ich starre ihn an, unfähig, etwas zu sagen.

Das ist groß.

Riesig, eigentlich.

Es gibt hier kein mögliches Missverständnis, keine Chance, dass ich ein dummer Romantiker bin.

Nikolai sagt mir, dass er mich will und sonst niemanden ... dass wir *exklusiv* sind.

»Macht dir das Angst?«, fragt er beunruhigend scharfsinnig. »Ist das zu viel für dich?«

Das ist es. Viel zu viel. Und doch … »Nein«, sage ich und nehme meinen Mut zusammen. »Ist es nicht. Und ich will auch niemand anderen sehen.«

Seine Nasenlöcher beben. »Gut. Wenn du einmal mir gehörst, werde ich mit keinem Mann freundlich umgehen, der versucht, dich mir zu stehlen.«

Ein erschrockenes Lachen entweicht meiner Kehle, aber Nikolai lächelt nicht. Sein Blick bleibt auf mich fixiert, sein Ausdruck ist düster, und zu meinem Schrecken erkenne ich, dass er es ernst meint, dass es überhaupt kein Scherz ist.

Ich versuche, es trotzdem zu einem zu machen. »Bist du leicht besitzergreifend?«

»Bei dir definitiv«, sagt er, sein Blick ist unerschütterlich, »sehr sogar.«

Mein Herz scheint stehenzubleiben. »Warum ich?«, frage ich, als ich meine Stimme wiederfinde. »Liegt es daran, dass ich die einzige Frau hier bin, in Griffweite? Ist es eine Bequemlichkeitssache oder …« Ich komme ins Stocken, als Belustigung das dunkle Gold seiner Augen aufhellt und die waldgrünen Flecken hervorhebt.

»Wenn es das wäre«, sagt er sanft, »könnte ich jede Woche eine andere Frau einfliegen lassen – und das habe ich oft getan, bevor du kamst. Es gibt keinen Mangel an Kandidatinnen, die bereit sind, diese Reise zu machen, glaub mir, *zajchik*.«

Oh, ich glaube ihm. Schon bevor ich auf diese Fotos

in der Boulevardpresse gestoßen bin, wusste ich, dass er einen ganzen Harem schöner Frauen haben muss, die ihm zur Verfügung stehen. Wie könnte er nicht, mit seinem Aussehen, seinem Reichtum und seinem Sex-Appeal?

Das Wunder ist nicht, dass die Frauen bereit sind, einzufliegen, sondern dass sie nicht in den Wäldern campieren.

»Warum dann?«, frage ich unsicher. »Warum ich?«

Er neigt seinen Kopf. »Glaubst du an Schicksal, *zajchik*?«

»Schicksal? Wie Gott oder Kismet?«

»Wie Vorherbestimmung. Wir sind alle miteinander verbunden, wie Fäden in einem Wandteppich, der lange vor unserer Geburt gewebt wurde.«

Ich starre ihn verwirrt an. »Ich weiß es nicht. Ich habe nie viel darüber nachgedacht.«

Seine Lippen verziehen sich zu einem leichten Lächeln. »Ich aber. Und ich denke, irgendwann beim Weben dieses Wandteppichs wurde dein Faden mit meinem verbunden. Unsere Wege mussten sich kreuzen, das Datum unseres Treffens stand fest, lange bevor ich dich sah. Alles, was in unserem Leben passiert ist, hat uns an diesen Punkt gebracht, an diesen Ort und diese Zeit … all die guten Dinge und die schlechten.« Seine Stimme wird rauer. »Vor allem die schlechten.«

Wie der Tod meiner Mutter. Wenn er nicht passiert wäre, wäre ich nie auf diesen Roadtrip gegangen, hätte die Stellenanzeige nie gesehen und ihn nie getroffen.

Nicht, dass das bedeutet, dass es Schicksal ist. Aber Nikolai scheint das zu glauben, und ich muss zugeben, dass wir ohne den heftigen Umbruch in meinem Leben heute nicht hier wären. Und, so klingt es, nicht ohne einige Umwälzungen in seinem.

»Welche schlimmen Dinge sind dir passiert?«, frage ich leise. »Oder ist das die lange Geschichte, die du mir immer wieder versprichst?«

Sein Lächeln wird leicht reumütig. »Mehr oder weniger. Leider, *zajchik*, musst du jetzt schlafen gehen und ich muss mich mit meinem Bruder treffen. Wie wäre es, wenn ich dich morgen um die gleiche Zeit anrufe, und wir weiterreden?«

»Oh, sicher. Ich wollte dich nicht aufhalten.«

»Das hast du nicht.« Der zärtliche Blick in seinen Augen lässt mein Herz in einem unberechenbaren, freudigen Rhythmus pochen. »Wenn ich könnte, würde ich den ganzen Tag mit dir reden.«

»Ich auch«, gebe ich mit einem schüchternen Lächeln zu.

Sein Antwortlächeln ist umwerfend. »Dann bis morgen. Schlaf gut, *zajchik*.«

Und als er den Anruf beendet, schiebe ich den Computer von meinem Schoß und tanze durch den Raum und grinse so sehr, dass meine Wangen wehtun.

36

NIKOLAI

»Für jemanden, der gestern fast umgebracht wurde, hast du verdammt gute Laune«, sagt Konstantin, nachdem wir beim Kellner unsere Bestellungen aufgegeben haben, und ich merke, dass ich so viel gelächelt habe, dass es sogar meinem Bruder aufgefallen ist, der nicht auf solche Dinge achtet. Und das alles nur ihretwegen.

Chloe.

Sie ist schnell zu meiner Wohlfühldroge geworden.

Ich liebe es, dass sie beginnt, mir zu vertrauen, zu akzeptieren, was zwischen uns passiert. Ich wollte bei unserem Telefonat heute nicht zu aufdringlich werden, aber es war an der Zeit, dass sie meine Absichten kennt – und jetzt kennt sie sie. Noch wichtiger ist, dass ich sie dazu gebracht habe, zuzugeben, dass sie meine Gefühle erwidert.

Ihr süß gemurmeltes »Ich auch« läuft immer noch in einer Schleife in meinem Kopf.

»Hast du den Bericht?«, frage ich und ignoriere Konstantins Kommentar. Es geht ihn nichts an, in was für einer Stimmung ich bin oder warum. Außerdem gibt es nichts Besseres, als fast zu sterben, um das Leben und all seine wunderbaren Möglichkeiten zu schätzen – wie zum Beispiel Chloe in mein Bett zu bekommen, sobald ich wieder zu Hause bin.

»Noch nicht«, sagt Konstantin und nimmt seine Tasse Kamillentee in die Hand. »Hoffentlich, entweder später heute – oder morgen. Aber wir haben die Informationen, die der Wachmann uns gegeben hat, überprüft, und es stimmt alles. Die Operation ist für heute Abend angesetzt.«

»Warum dauert das so lange? Deine Hacker liefern normalerweise innerhalb von Stunden.«

Er blinzelt hinter seinen Brillengläsern. »Du redest immer noch von dem Bericht über das Mädchen?«

Ich beiße die Zähne zusammen. »Wovon sonst?«

»Mein Team hat viel zu tun, und es ist keine leichte Aufgabe, die du ihnen übertragen hast.«

»Wieso nicht? Alles, worum ich dich gebeten habe, ist, dass du dir den Tod ihrer Mutter und ihre Bewegungen im letzten Monat ansiehst. Wie schwierig ist das? Ich weiß, dass sie aus dem Raster gefallen ist, aber es muss doch Verkehrskameras geben, Tankstellenkameras …«

»Es scheint eine Störung zu geben.« Er nippt an seinem Tee. »Ein paar der Sicherheitsbänder, die meine Jungs gefunden haben, sind beschädigt oder gelöscht worden.«

Ich halte inne. »Gesäubert?«

»Eine professionelle Arbeit, so wie es aussieht.« Er setzt seine Tasse ab. »Du hast gesagt, sie ist nur eine Zivilistin, richtig? Keinerlei Zugehörigkeit?«

»Nicht, dass ich wüsste«, sage ich ruhig.

Ist das möglich?

Könnte sie mich getäuscht haben?

Hat die süße kleine Chloe etwas mit der Mafia zu tun ... oder, noch schlimmer, mit der Regierung?

»Warum hast du mir das nicht vorher gesagt?«, frage ich Konstantin, der wieder einmal nichts von der Bombe mitbekommt, die er platzen gelassen hat, und sich in aller Ruhe ein Stück frisch gebackenes Roggenbrot mit Tomatenpesto bestreicht. »Meinst du nicht, dass es wichtig ist, dass ich das weiß?«

Er beißt in das Brot und kaut gemächlich. »Ich sage es dir ja jetzt«, sagt er, nachdem er heruntergeschluckt hat. »Außerdem haben meine Jungs erst gestern Abend gemerkt, was hier los ist. Ein paar beschädigte Bänder könnten einfach nur Pech sein. Aber so viele – das deutet auf Absicht hin.«

»Also lass mich das klarstellen. Du willst mir sagen, dass jemand alle Sicherheitsbänder löscht, auf denen sie auftaucht.«

»Nicht alle Bänder.« Er greift nach einem weiteren Stück Brot. »Mein Team war in der Lage, ihre Bewegungen für den Großteil des letzten Monats zu rekonstruieren. Nur bestimmte Bänder ... die, von denen ich vermute, dass sie die Antworten enthalten, die du suchst.«

Scheiße.

Das ist keine Kleinigkeit.

Ich weiß nicht, was ich dachte, was Konstantins Hacker aufdecken würden, aber das war es nicht.

Ein Gedanke schleicht sich in meinen Kopf, ein Verdacht, der so furchtbar ist, dass sich mein Magen umdreht. »Glaubst du, es sind die …«

»Leonows?«, Konstantin legt sein Brot ab. »Das bezweifle ich. Meine Jungs sind schon öfter auf die Arbeit ihrer Hacker gestoßen, aber das hier fühlt sich nicht so an.«

»Es fühlt sich nicht so an?«

Das Licht glitzert auf den Gläsern seiner Brille. »Es ist schwer zu erklären für einen Nicht-Techie, aber ja. Die Art und Weise, wie das gemacht wurde, hat eine gewisse Schlampigkeit, die nicht zu den Leonows passt.«

»Ich dachte, du hast gesagt, es wären Profis.«

»Es gibt verschiedene Stufen der Professionalität. Meine Jungs sind top, das Team der Leonows ist nicht weit dahinter, und viele sind viel, viel schlechter. Diese Jungs sind irgendwo in der Mitte, weshalb ich denke, dass mein Team etwas für dich finden wird. Es braucht einfach mehr Zeit.«

Ich atme ein und langsam wieder aus. Allein die Möglichkeit, dass Chloe von meinen Feinden angeheuert worden sein könnte, lässt meinen Blutdruck in die Höhe schnellen. Aber Konstantin weiß, wovon er spricht, und wenn er nicht glaubt, dass sie es sind, muss ich diesen Verdacht erst einmal ruhen lassen. Außerdem, wenn die Leonows genug wüssten, um Chloe bei mir einzuschleusen, bezweifele ich, dass sie einen Typen auf einem Motorrad als Warnung geschickt hätten.

Es hätte keine Warnung gegeben, sondern einfach nur Krieg.

»Was den Motorradfahrer betrifft«, sage ich, »konntet ihr ihn aufspüren?«

»Nein. Und das riecht ganz stark nach Leonow. Wenn ich raten müsste, ist Alexei sauer, dass du hier bist und dich in sein Angebot einmischst.«

»Du hast wahrscheinlich recht.« Ich verstumme, als der Kellner unser Essen herausbringt. Sobald er gegangen ist, mache ich weiter. »Er muss von meinem Treffen mit dem Leiter der Kommission erfahren haben.«

»Valery verdoppelt deine Sicherheit bis dahin, nur für den Fall. Jetzt«, Konstantin träufelt Dressing auf seinen griechischen Salat, »lass uns deine Punkte für das morgige Gespräch durchgehen.«

Und während er die technischen Spezifikationen unseres Produkts erläutert, gebe ich mein Bestes, mich auf seine Worte zu konzentrieren anstatt auf die wachsende Zahl von Fragen über Chloe und meine zunehmende Besessenheit von ihr.

CHLOE

*I*ch habe mich noch nie so schwindlig gefühlt wie an diesem Sonntag. Den ganzen Tag über ertappe ich mich dabei, wie ich unkontrolliert lächele und herumlaufe, als würde ich auf einer Wolke schweben. Es ist peinlich, wirklich, aber ich kann nicht aufhören. Jedes Mal, wenn ich an den Anruf von gestern Abend denke, rast mein Puls vor Aufregung.

Nikolai will mich.

Er vermisst mich.

Er möchte, dass wir nur füreinander da sind.

Ich fühle mich wie ein Teenager, dessen Filmstar-Schwarm ihn gerade um ein Date gebeten hat. Was in gewisser Weise das ist, was gerade passiert.

Nikolai möchte, dass wir uns verabreden, genauer gesagt, dass wir eine Beziehung führen.

Es sollte verrückt erscheinen, und auf einer gewissen Ebene tut es das auch. Wir kennen uns weniger als eine Woche, und in den letzten paar Tagen war er nicht persönlich hier. Es ist noch viel zu früh, um über Exklusivität zu sprechen, geschweige denn über Schicksal und Vorsehung. Aber ich kann die Stärke der Anziehung, die zwischen uns brennt, nicht leugnen, diese mächtige, magnetische Kraft, die mir von Anfang an Angst gemacht hat. Es war nicht die Anziehungskraft an sich, die ich fürchtete – es war die Befürchtung, verletzt zu werden. Ich hatte Angst, mich in einen Mann zu verlieben, der mich bestenfalls als eine Unterhaltung für ein paar Nächte betrachtete. Aber so ist es nicht für Nikolai. Das hat er gestern Abend deutlich gemacht, und auch wenn es naiv von mir ist, glaube ich ihm.

Ich sehe keinen Grund, warum er mich anlügen sollte.

Es gibt natürlich noch andere Hindernisse für unsere Beziehung – seinen Status als mein Arbeitgeber und die Tatsache, dass ich auf der Flucht vor zwei skrupellosen Killern bin. Irgendwann in der nächsten Zeit werde ich das offenlegen müssen, und ich habe keine Ahnung, wie er darauf reagieren wird. Aber das ist eine Sorge für einen anderen Tag.

Im Moment will ich nur daran denken, ihn heute Abend auf meinem Computerbildschirm zu sehen.

»Ist jemand hinter dir her?«, erkundigt sich Alina beim Abendessen. Ich erstarre, und mein Herz bleibt für eine Sekunde stehen, bevor ich merke, dass sie sich auf die

Geschwindigkeit bezieht, mit der ich mein Essen verschlinge.

»Ich habe nur Hunger«, sage ich, nachdem ich geschluckt habe. »Tut mir leid, wenn ich unhöflich bin.«

Sie zuckt mit ihren anmutigen Schultern, die von ihrem trägerlosen Abendkleid freigelegt werden. »Das ist mir egal. Ich bin nur neugierig, warum du es so eilig hast.«

Ich habe es eilig, weil ich unbedingt auf mein Zimmer will, falls Nikolai früh anruft, aber das werde ich ihr auf keinen Fall sagen. »Kein anderer Grund als *yummy* Essen.«

Slava an meiner Seite kichert. »Yummy. I like yummy in my tummy.«

Ich strahle ihn an. »Ja, das tust du.« Wir haben den ganzen Tag damit verbracht, verschiedene Wörter und Sätze zu lernen, darunter auch diesen kleinen Reim, und ich bin überglücklich, dass er ihn sich gemerkt hat.

»Wenn du so weitermachst, wird er in einer Woche Englisch sprechen«, sagt Alina, schneidet sich ein Stück Hähnchen ab und legt es auf ihren Teller.

Ich grinse sie an. »Ich hoffe es – aber realistischer ist es in ein paar Monaten.«

Sie lächelt mich an und isst weiter. Ich tue das Gleiche, denn ich will endlich fertig werden und mich mit dem Laptop ins Bett legen. Wie Alina trage ich ein Abendkleid und freue mich darauf, in meinen Schlafanzug zu wechseln. Obwohl … vielleicht sollte ich das nicht. Nikolai könnte sich freuen, mich so zu sehen, sogar durch die Kamera.

In der Tat sollte ich wahrscheinlich mein Make-up auffrischen, bevor er anruft.

»Machen wir ein Rennen?«, frage ich Slava und mache Motorengeräusche, um ihn an unser Rennspiel mit Spielzeugautos zu erinnern. »Mal sehen, wer schneller essen kann.«

Er blinzelt, ohne zu verstehen, also nehme ich meine Gabel und fange an, das Essen mit übertriebener Geschwindigkeit in meinen Mund zu schaufeln. Er macht das Gleiche, und wir verputzen unsere Teller in Rekordzeit. Alina, die in einem normalen Tempo isst, beobachtet unser Rennen mit Belustigung, und als wir fertig sind, schiebt sie ihr halb gegessenes Hühnchen beiseite.

»Ich schätze, ich bin auch fertig«, sagt sie trocken. Lauter ruft sie: »*Lyuda, Slava gotov!*«

Lyudmila kommt aus der Küche und wischt sich die Hände an ihrer Schürze ab. Ich lächele und bedanke mich für das leckere Essen – obwohl es, ehrlich gesagt, bei weitem nicht so gut war wie das, was ihr Mann macht. Das Huhn war eher trocken, die Kartoffeln waren zu salzig und die meisten Vorspeisen und Beilagen waren Reste. Aber kein Grund, zu meckern: Essen ist Essen, und ich bin dankbar, dass ich es habe.

Lyudmila lächelt mich an, holt Slava ab, und schon habe ich frei für den Abend.

Sobald ich in meinem Zimmer bin, schminke ich mich komplett neu – beim Abendessen hatte ich nur eine leichte Schicht Grundierung und ein wenig Mascara aufgetragen – und bringe meine Haare in Ordnung. Ich sehe immer noch nicht annähernd so gut aus wie damals, als Alina das für mich gemacht hat, aber hoffentlich stört Nikolai das nicht.

Bei den letzten beiden Anrufen war ich ungeschminkt und im Schlafanzug gewesen, das ist also eine deutliche Verbesserung.

Ich fühle mich wieder schwindlig und grinse mein Spiegelbild an. Ich sehe viel besser aus als damals, als ich hier ankam. Meine Wangen sind nicht mehr schmerzhaft eingefallen, die dunklen Ringe unter meinen Augen sind verblasst und der verzweifelte Blick in ihnen verschwunden. Die letzte Nacht war eine weitere ohne Alpträume, nur mit Sex-Träumen, und das habe ich Nikolai zu verdanken. Ich bin zwar nass und mit Schmerzen aufgewacht, mit meiner Hand zwischen den Schenkeln, aber wenigstens habe ich die Nacht durchgeschlafen.

Gott, ich kann es kaum erwarten, mit ihm zu reden.

Ich eile zu meinem Bett, lege mich auf den Bauch und greife nach dem Laptop, in der Hoffnung, dass er jetzt sofort anruft.

Das tut er nicht. Ich schätze, meine mentalen Kräfte sind nicht auf der Höhe.

Seufzend gehe ich in meinen Posteingang, um nach Antworten der Journalisten zu schauen. Es gibt natürlich nichts – doch, es *gibt* ein Angebot von einem der Privatdetektive, das die Stundensätze und Honorare auflistet.

Ich überfliege es und zucke zusammen. Das ist eine Menge, viel mehr als ich mit meinem ersten Wochenlohn abdecken kann, zumindest wenn man die Anzahl der Stunden bedenkt, die sie voraussichtlich aufwenden müssen. Ich brauche mindestens ein paar Wochen Lohn allein für den Vorschuss. Vielleicht werden die anderen Detektive billiger sein, aber sie haben noch nicht geantwortet, also muss ich warten.

Genauso wie ich auf Nikolai warte, *der immer noch nicht anruft.*

Ich atme durch und erinnere mich daran, geduldig zu sein. Er sagte, er würde mich um die gleiche Zeit wie gestern anrufen, und so spät ist es längst noch nicht. Im Moment muss ich mich mit irgendetwas ablenken, also fange ich wieder an, die Freunde und Mitarbeiter meiner Mutter zu recherchieren, für den Fall, dass ich beim ersten Mal etwas übersehen habe.

Ich scrolle gerade durch die Bilder von der quinceañera der Tochter ihres Managers, als die Anrufanfrage auftaucht und meinen Puls in die Höhe schießen lässt.

Strahlend glätte ich mein Haar und klicke auf *Akzeptieren.*

NIKOLAI

Chloes Lächeln ist so strahlend, dass ich mich fühle, als wäre ich aus einem unterirdischen Bunker auf einen sonnenbeschienenen Strand getreten.

»Hi«, sagt sie leicht atemlos, während sie sich mit dem Rücken gegen einen Stapel Kissen lehnt und den Computer auf ihren Schoß legt. »Wie läuft's? Wie sieht es mit dem Atomgebot aus?«

Ich lächele sie an, und Freude breitet sich in mir aus wie geschmolzener Honig. »Es läuft gut, *zajchik*, danke.«

Und das tut es. Valerys Operation ist problemlos verlaufen, und die Energiekommission wimmelt bereits um den Meiler von Atomprom herum, um den Atomstaub des in der Nacht explodierten Reaktors einzudämmen. Der Strahlungsaustritt ist wie erwartet minimal, aber der Schaden für Atomproms Ruf ist beträchtlich – was uns für mein heutiges Mittagessen mit dem Leiter der Kommission gut vorbereitet.

Noch wichtiger ist, dass ich seit einer Stunde Chloes Online-Aktivitäten beobachte, ihren Browserverlauf von gestern durchgehe und zu dem Schluss gekommen bin, dass es unwahrscheinlich ist, dass sie mit einer Regierung oder einer rivalisierenden Organisation in Verbindung steht. Wenn sie eine Spionin wäre, wüsste sie schon alles über mich und müsste nicht mit Hilfe von kostenlosen Online-Tools russische Artikel übersetzen. Sie würde auch keine Nachforschungen über die Freunde und Kollegen ihrer Mutter anstellen, indem sie nur deren öffentliche soziale Medien nutzt – oder nach Detektiven suchen.

Etwas anderes geht mit Chloe vor sich, was ich sowohl beunruhigend als auch faszinierend finde.

Meine beste Chance ist es, sie dazu zu bringen, sich mir zu offenbaren und mir die Wahrheit zu sagen, aber wenn ich sie jetzt dazu dränge, könnte sie erschrecken und versuchen, wegzulaufen – und das will ich nicht. Nicht, wenn ich einen Ozean weit weg bin. Die nächstbeste Option ist, Konstantins Team dazu zu bringen, ihr Gmail zu hacken. Die Spyware erlaubt mir, zu verfolgen, auf welchen Seiten sie ist, aber nicht deren Inhalt, wie z. B. einzelne E-Mails.

So oder so, ich werde Antworten bekommen. Ich muss mich nur noch ein wenig länger gedulden.

»Wie war dein Tag?«, frage ich und mache es mir in meinem Stuhl bequem. »Was habt ihr gemacht, du und Slava?«

Ihr Lächeln wird unglaublicherweise noch strahlender, und sie erzählt mir alles über die erstaunlichen Fortschritte meines Sohnes, wobei ihr kleines Gesicht so lebendig ist, dass ich meine Augen nicht davon abwenden kann. Sie klingt so stolz wie alle Eltern, und zum ersten Mal, seit ich von Slavas Existenz und Xenias Tod erfahren habe, fühlt sich meine Brust nicht mehr so schmerzhaft eng an, wenn ich an ihn und die Zukunft denke, die ihn erwartet, weil das verdorbene Blut durch seine Adern fließt. Stattdessen fühle ich einen Funken Hoffnung, wenn ich mir Chloe mit Slava vorstelle, wie sie mit ihm spielt, ihn knuddelt, ihn liebt ... ihm das gibt, was seine Mutter nicht kann.

Was *ich* nicht kann.

Und das ist ein Teil davon, merke ich, ein Teil davon, warum ich sie so sehr will. Ich will sie nicht nur für mich, sondern auch für meinen Sohn. Ich möchte, dass ihr Sonnenschein ihn berührt, ihn wärmt ... um die Dunkelheit seines Erbes so lange wie möglich von ihm fernzuhalten. Ich will sie so, wie ich sie durch die Kameras in Slavas Zimmer gesehen habe, wie sie meinen Sohn mit ihrem strahlenden Lächeln beglückt und ihm das Gefühl gibt, dass er für sie der wichtigste Mensch auf der Welt ist.

Und ich möchte, dass er das ist.

Ich möchte, dass sie Slava noch mehr liebt als mich.

Hungrig höre ich ihr zu, wie sie über ihn spricht, nehme jedes Wort in mich auf, sauge jeden Ausdruck in mich auf. Sie trägt eines ihrer neuen Abendkleider, ein blassgelbes Kleid mit dünnen Trägern, das ihre zarten Schultern entblößt. Ihre braunen Augen funkeln, und selbst durch die Kamera leuchtet ihre gebräunte Haut im goldenen Licht der Nachttischlampe. Sie ist atemberaubend, dieses süße, geheimnisvolle Mädchen – und die meine. Ganz allein meins. Ich habe sie vielleicht noch nicht körperlich beansprucht, aber das ändert nichts an den Fakten. Sie wurde für mich gemacht, ihr Licht ist der perfekte Kontrast für die dunkle Leere in mir, ihre Wärme füllt jeden kalten, leeren Spalt in meinem Herzen. Es ist mir egal, wer sie ist oder welche Geheimnisse sie verbirgt.

Ob Verbrecher oder Opfer, sie gehört mir, egal was passiert.

Nachdem sie mir von Slava erzählt hat, frage ich sie nach ihren Lieblingsbüchern und ihrer Lieblingsmusik, und wir reden über unsere gemeinsame Liebe zu Bands aus den Achtzigern und Romanen von Dean Koontz. Ich bin nicht überrascht, dass wir Gemeinsamkeiten haben. So ist es oft, wenn man seine bessere Hälfte findet, ist diese das Puzzleteil, das einen vervollständigt. Sie ist in vielerlei Hinsicht das Gegenteil von mir – und doch gibt es Fäden, die uns verbinden, die uns schon lange, bevor wir uns kennenlernten, zusammenhielten.

Wir unterhalten uns eine ganze Stunde, und ich erfahre mehr über ihre Kindheit und Jugend, über ihre junge Mutter und wie hart sie gearbeitet hat, um Chloe allein aufzuziehen. Sie erzählt mir, wie sie sich mit ihren Freundinnen in der Stadt traf und mit ihrer Mutter Urlaub in Florida machte. Dass sie in der Highschool Probleme mit Mathe hatte – und drei

Sommer lang zwei Jobs gleichzeitig, um sich ihren klapprigen Corolla selbst zu kaufen.

»Er ist fast so alt wie ich«, sagt sie liebevoll, »aber er fährt immer noch. Selbst nach all den Kilometern, die ich quer durchs Land gefahren bin. Apropos, hattest du eine Gelegenheit, Pavel nach meinen Autoschlüsseln zu fragen? Ich habe sie immer noch nicht.«

Ich verschleiere meinen Gesichtsausdruck, um die Bestie in mir zu verbergen, die bei dem Gedanken, dass sie in ihre Rostlaube steigt und wegfährt, in mir brodelt. »Er sagte, er könne sie nicht finden. Wir werden nach ihnen suchen, wenn wir zurückkommen.«

Das ist eine Lüge, aber ich kann ihr nicht die Wahrheit sagen. Sie würde es nicht verstehen. Ich verstehe es selbst nicht ganz. Ich weiß nur, dass ich besser schlafe, wenn ich weiß, dass die Schlüssel an der pelzigen Kette in meinem Besitz sind, dass mein *zajchik* sicher und gesund unter meinem Dach ist.

Ein kleines Stirnrunzeln legt ihre Stirn in Falten. »Oh, okay. Aber er wird sie finden, oder?«

»Ich bin mir sicher, dass er das wird. Wenn nicht, dann kaufe ich dir ein anderes Auto.«

Sie lacht und hält das offensichtlich für einen Scherz, aber ich meine es völlig ernst. Ich *werde* ihr ein Auto kaufen, ein besseres, sichereres als den Corolla. Es ist ein Wunder, dass er nicht auf einer verlassenen Straße liegengeblieben ist und sie ohne Telefon gestrandet und jedem Mörder oder Vergewaltiger, der vorbeikommt, ausgeliefert war.

Allein der Gedanke an sie in einer solchen Situation lässt mich in kalten Schweiß ausbrechen.

»Ich rufe einfach einen Schlüsseldienst«, sagt sie, als sie aufhört zu lachen. »Es gibt doch Schlüsseldienste in Elkwood Creek, oder?«

»Ich bin überzeugt davon, dass es mindestens einen gibt.« Und ich bin mir genauso sicher, dass er nicht in die Nähe von Chloes Auto kommt. Je mehr ich darüber nachdenke, wie sie ganz allein durch das Land gefahren ist, desto düsterer wird meine Stimmung. Ihr hätte alles Mögliche passieren können, absolut alles – und ich weiß nicht, was vielleicht schon passiert ist.

Ihre Alpträume könnten nichts mit dem zu tun haben, was mit ihrer Mutter geschah, sondern nur mit einem Arschloch, das sie auf der Straße überfallen hat.

Wut brennt in mir, als ich mir vorstelle, wie sie angegriffen, verletzt und traumatisiert wird, und ich kann nicht anders, als zu verlangen, dass sie mir sofort die Wahrheit sagt, damit ich die Verantwortlichen auslöschen kann. Nur die Angst, sie könnte sich zurückziehen und zu gehen versuchen, lässt mich schweigen. Das – und die Erinnerung an die beschädigten Bänder, die darauf hindeuten, dass etwas mehr vor sich geht, dass sie in etwas oder mit jemandem verwickelt ist, der die Mittel hat, ihre Bewegungen zu verbergen.

Da sie nicht weiß, was gerade in mir vorgeht, grinst sie und sagt: »Na gut. Du kannst Pavel sagen, dass er sich deswegen keinen Stress machen soll. Ich nehme an, es ist ihm unangenehm, dass er sie verloren hat?«

»Ich werde mit ihm reden, keine Sorge.« Und das werde ich. Ich muss ihm die Situation erklären und ihn bitten, sich bei Chloe zu entschuldigen. Im Moment hat er keine Ahnung, dass etwas nicht in Ordnung ist. »Was die …«

Ein leises Läuten unterbricht mich, und zu meiner Enttäuschung sehe ich, dass es Zeit ist, zu meinem Meeting zu gehen. Ich habe einen Wecker auf meinem Handy gestellt, damit ich nicht zu spät komme.

»Musst du los?«, fragt Chloe richtig schlussfolgernd, und ich nicke und knöpfe mir die Jacke zu.

»Das ist das Treffen, wegen dem ich hier bin. Die gute Nachricht ist, dass ich, wenn alles wie erwartet läuft, gleich danach in ein Flugzeug nach Hause steige.«

Ihre Augen leuchten auf. »Wirklich? Um wie viel Uhr geht dein Flug?«

»Wann ich es sage. Es ist mein Flugzeug.« Ich lehne mich zur Kamera und murmele: »Ich kann es nicht erwarten, dich persönlich zu sehen.«

Sie schenkt mir ein liebliches Lächeln. »Ebenso. Viel Glück bei deinem Treffen und guten Heimflug«

»Danke, *zajchik*.« Mit rauer Stimme füge ich hinzu: »Schlaf gut heute Nacht – du wirst es brauchen.«

Und als sich ihre Lippen mit einem erschrockenen Einatmen teilen, lege ich auf, begierig darauf, das Treffen hinter mich zu bringen, damit ich in der Luft sein kann, auf dem Weg zu ihr.

Ich sitze bereits am Tisch, als Yusup Bahori das Al Sham betritt, eines der besten nahöstlichen Restaurants in Duschanbe und laut Konstantins Recherchen eines von Yusups Lieblingslokalen. Nach der obligatorischen halben Stunde, in der wir unsere schönsten Schulerinnerungen auffrischen und über unsere Klassenkameraden und andere gemeinsame Bekannte sprechen, verlagere ich das Gespräch auf unsere Genehmigungen und die Ausschreibung für den Vertrag mit der tadschikischen Regierung.

»Nikolai, du weißt, dass ich nicht …«, beginnt er zu sprechen, aber ich halte eine Hand hoch und stoppe den Schwachsinn auf der Stelle.

»Lass uns keine Spielchen spielen. Du und ich, wir wissen beide, dass unser Produkt dem von Atomprom überlegen ist. Also warum wurden unsere Genehmigungen zurückgezogen?«

Er blinzelt, da er nicht damit gerechnet hatte, dass ich so direkt sein würde. »Nun, es gab Sicherheitsbedenken und …«

»Wir hatten noch nie eine Kernschmelze oder ein Leck. Unsere Sicherheitsprotokolle gehen über alle staatlichen Anforderungen hinaus, und das Beste ist, dass unsere Reaktoren jede Siedlung und jedes Dorf mit billiger, sauberer Energie versorgen können, egal wie unzugänglich oder abgelegen.«

Er seufzt und schiebt seinen halb gegessenen Kebab

weg. »Schau, ich kenne die Einzelheiten nicht, aber wenn unsere Inspektoren …«

»Sind das die gleichen Inspektoren, die dem Angebot von Atomprom grünes Licht gegeben haben? Wenn ja, für wie viel?«

Er hat den Anstand, zu erröten. »Wir haben gerade mit der Untersuchung des Unfalls von letzter Nacht begonnen«, sagt er steif. »Wenn sich herausstellt, dass es ein unangemessenes Verhalten gab, werden wir entsprechende Maßnahmen ergreifen. Wir dulden keine Korruption und Bestechung. Die Sicherheit unserer Bürger und der Umwelt ist für uns von größter Bedeutung.«

Ich nicke und nehme meine Gabel in die Hand. »Deshalb war Atomprom nie die richtige Firma für eine Partnerschaft mit dir. Ihre Sicherheitsbilanz ist miserabel.«

Ruhig esse ich zwei Bissen Falafel, lasse Yusup darüber nachdenken und bin nicht im Geringsten überrascht, als er abrupt sagt: »Gut. Ich kann mich für dich um die Genehmigungen bemühen. Vielleicht ist ein Inspektor übereifrig geworden.«

»Das würde ich sehr zu schätzen wissen. Und sollte sich herausstellen, dass es sich um ein Missverständnis handelt, wären wir dankbar, wenn du die Entscheidung rückgängig machen und bei der Ausschreibung ein gutes Wort für uns einlegen würdest.«

Er leckt sich über die Lippen. »Ich verstehe.«

Natürlich tut er das. Dankbarkeit von den

Molotows ist eine sehr lukrative Sache. Genauso wie die Dankbarkeit von den Leonows – aber die hat er bereits erhalten.

Seine neue Villa in Khujand ist der Beweis dafür.

Es wäre ein Leichtes, darauf hinzuweisen und die Beweise für die Korruption, die Konstantins Hacker aufgedeckt haben, zu nutzen, um ihn dazu zu bringen, das zu tun, was wir wollen. Aber im Gegensatz zu Valery ist es meine Art, mit dem Zuckerbrot zu winken, bevor ich nach dem Stock greife.

So laufen die Dinge meist reibungsloser.

Da ich mein Ziel erreicht habe, kehre ich zu neutralen Themen zurück, und der Rest des Essens vergeht in angenehmer Konversation. Er geht nicht auf die Einzelheiten unserer *Dankbarkeit* ein, und ich auch nicht. Er soll ruhig glaubhaft klingende Erklärungen haben, wenn unsere Zahlung auf seinem Offshore-Konto landet … das schadet uns nicht im Geringsten.

Als wir fertig sind, geht er zu seinem Auto, und ich gehe auf die Toilette, bevor ich mich auf den langen Weg zu dem kleinen Flughafen mache, wo mein Jet wartet. Ich wasche mir gerade die Hände, als sich die Tür öffnet und ein großer, athletisch gebauter Mann, etwa in meinem Alter, eintritt.

Ein Mann, den ich sofort erkenne.

»Na, wenn das nicht der vermisste Molotow-Bruder ist«, sagt Alexei Leonow, der sich gegen die Tür lehnt und seine tätowierten Arme vor der Brust verschränkt. »Schön, dich hier zu treffen.«

39

NIKOLAI

ch wische meine Hände ruhig an einem Papiertuch ab und werfe es in den Müll. Dabei suche ich meinen Gegner nach sichtbaren Waffen ab. Ich bemerke keine, aber das hat nichts zu sagen. Er könnte eine Waffe an seinem Knöchel befestigt oder hinten in seine Jeans gesteckt haben. Und es gibt definitiv ein oder zwei Messer in seinen Biker-Stiefeln.

Alexei Leonow ist bekannt für seinen Hunger nach Gewalt.

»Zufall ist eine komische Sache«, sage ich ruhig und mache mich bereit, nach der Glock zu greifen, die ich unter meiner Jacke auf der Brust trage. »Was führt dich nach Duschanbe?«

Er grinst scharf. »Das Gleiche wie dich, nehme ich an.« Er löst die Verschränkung seiner Arme auf, dann schiebt er sich von der Tür weg und kommt auf mich zu. Er bleibt vor mir stehen und fragt: »Wie ist das

Leben in … wo bist du zurzeit? Thailand? Die Philippinen?« Selbst aus der Nähe sehen seine dunkelbraunen Augen fast schwarz aus, passend zum Farbton seiner Haare.

»Das Leben ist großartig. Wie geht es deinem alten Herrn?« Wenn er denkt, dass ich meinen Aufenthaltsort ausplaudere, nachdem Konstantin sich so viel Mühe gegeben hat, ihn zu verstecken, dann hat er sich getäuscht. »Immer noch quicklebendig?«

Sein Lächeln besteht nur aus Zähnen. »Du weißt, wie diese alten Männer sind. Praktisch unzerstörbar. Man muss sich *richtig* Mühe geben, um sie zum Sterben zu bewegen.«

Ich schlucke auch diesen Köder nicht. »Grüß ihn von mir. Und deinen Bruder.«

Seine Augen funkeln energisch. »Meine Schwester nicht? Ach ja, sie ist verdammt nochmal tot.«

Ich muss meine komplette Selbstbeherrschung aufbringen, um das Pokerface zu bewahren. »Ich habe es gehört. Es tut mir leid.« Das ist eine Lüge – Xenia verdient es, mit den Würmern zu verrotten –, aber alles, was über eine neutrale Antwort hinausgeht, könnte mich verraten, und er scheint bereits einen Verdacht zu hegen.

Sein wildes Grinsen kehrt zurück. »Wo wir gerade von Schwestern sprechen … wie geht es meiner Versprochenen?«

Das kann ich nicht auf sich beruhen lassen. Ich halte seinem Blick stand und lasse ihn das Eis in meinen Augen sehen. »Alina gehört nicht dir. Das hat sie nie und das wird sie auch nie.«

»Das ist nicht das, was in unserem Verlobungsvertrag steht.«

»Dieser Vertrag wurde durch den Tod meines Vaters hinfällig, und das weißt du.«

»Tue ich das?« Er beugt sich vor, bis wir fast Nase an Nase stehen. Kein Hauch von Humor bleibt auf seinem Gesicht, und seine harten Züge überziehen sich mit einer unverkennbaren Patina der Grausamkeit. In einem tödlich sanften Ton sagt er: »Sag Alina, dass es Zeit ist. Ich bin es leid, geduldig zu sein.«

Er tritt zurück und verlässt den Raum durch die Tür.

Kochende Wut brennt immer noch in meiner Brust, als Konstantins Tesla vor das Flugzeug fährt.

»Danke fürs Warten«, sagt er und steigt aus. »Ich dachte, es wäre besser, dir das persönlich zu geben.« Er reicht mir einen USB-Stick.

»Chloe?«

Er nickt. »Wir haben was gefunden. Es war richtig, mich tiefer graben zu lassen. Das Mädchen ist nicht das, was sie zu sein scheint.«

Scheiße. »Mafia?«

»Vielleicht. Schau dir das Video an. Meine Jungs tun ihr Bestes, um mehr herauszubekommen.«

Arschloch. Ich möchte jetzt alle Antworten

einfordern, aber das Flugzeug ist bereit zum Abflug, und ich muss ihn über meine Begegnung mit Alexei aufklären. Das erledige ich schnell, und als ich zu der Stelle mit Alina komme, sehe ich dieselbe Wut in seinem Gesicht aufflackern.

»Ich bringe ihn um, wenn er auch nur in ihre Richtung atmet«, sagt Konstantin wütend. »Wenn er denkt, dass wir diesen verdammten mittelalterlichen Vertrag einhalten werden, der geschlossen wurde, als unsere Schwester kaum fünfzehn war, dann ist er ...«

»Ich bezweifle, dass er es ernst meinte. Wahrscheinlich wollte er mich als Rache für die Explosion in ihrer Anlage provozieren. So oder so, er weiß nicht mit Sicherheit, dass sie bei mir ist. Das war ein Schuss ins Blaue.«

Konstantin atmet tief durch und beruhigt sich sichtlich. Von uns dreien steht er Alina am nächsten, da er in den Schulferien und Sommerferien immer auf sie aufgepasst hat. Diesen Luxus hatte ich nie – unser Vater hatte schon früh entschieden, dass ich der Sohn war, der am besten geeignet war, die Führung in unserem Unternehmen zu übernehmen. Ich verbrachte also meine gesamte Kindheit und Jugend damit, das Familiengeschäft zu erlernen.

»Du hast recht«, sagt er in einem ruhigeren Ton. »Er ist sauer, und er will uns ärgern. Aber sag Alina vorsichtshalber, dass sie aufpassen soll.«

»Ich glaube nicht, dass das eine gute Idee ist. Sie hat ... in den letzten Tagen einige Probleme gehabt.«

Seine Augenbrauen ziehen sich zusammen. »Die Kopfschmerzen sind wieder da?«

Ich nicke grimmig. »Lyudmila sagt, dass sie ziemlich viele Medikamente genommen hat, während ich weg war, und auch Gras geraucht hat.«

Alina denkt, ich wüsste nichts von dem letzten Teil, aber ich weiß es – und ich habe Lyudmila gebeten, ihr Gesellschaft zu leisten, wenn sie rauchen will. Ich bin kein Freund von bewusstseinsverändernden Substanzen, aber ich weiß, warum meine Schwester sie braucht, und Gras ist besser als einige der Rezepte in ihrer Nachttischschublade.

Konstantins Stirnrunzeln vertieft sich. »Sie dreht wieder durch.«

»Hoffen wir nicht.« Aber wenn ja, ist das ein weiterer Grund für mich, zurückzueilen. Obwohl Alina und ich kaum miteinander auskommen, hält etwas an meiner Anwesenheit sie bei der Stange – vielleicht gerade die Reibung, die zwischen uns besteht. Es gibt ihr einen äußeren Fokus, eine Ablenkung von ihrem inneren Aufruhr.

Mit mir hat sie ein klares und präsentes Ziel, anstatt der Schatten, die in ihrem Kopf lauern.

»Hör zu«, sage ich zu Konstantin, »ich muss gehen. Ich werde dich wissen lassen, wie es ihr geht, wenn ich sie persönlich sehe. Sag deinem Team einfach, dass es weitermachen soll – Alexei darf nicht herausfinden, wo wir sind.«

Sein Kiefer spannt sich an. »Mach dir keine Sorgen. Das wird er nicht.«

»Danke.«

Mit einem letzten Blick auf meinen Bruder steige ich ins Flugzeug.

Pavel wartet auf der Couch in der Hauptkabine des Jets auf mich, ein Laptop liegt aufgeklappt auf dem Couchtisch vor ihm. Wortlos nehme ich neben ihm Platz und stecke den USB-Stick in den Computer.

Es gibt zwei Dateien darauf, eine mit dem Titel *Aktualisierter Bericht,* und die andere heißt *Kamera Laden, Boise, 14. Juli.*

Mein Herzschlag erhöht sich, und die Anspannung durchdringt meinen Körper.

Das ist der gleiche Tag, an dem sie sich als Slavas Lehrerin beworben hat.

Ich klicke auf das Video.

Die körnige Aufnahme zeigt eine unscheinbare Straße mit ein paar Geschäften, einem Café, einigen geparkten Autos und gelegentlichen Fußgängern. Der Zeitstempel in der Ecke sagt mir, dass es kurz nach zehn Uhr morgens ist.

Zuerst scheint nichts los zu sein, aber nach etwa dreißig Sekunden erblicke ich eine vertraute schlanke Gestalt. Bekleidet mit einem T-Shirt und einer Jeans geht Chloe zügig die Straße entlang.

Sie geht an einer Boutique vorbei, als es passiert.

Mit einem scharfen *Pop* explodiert das Schaufenster zu ihrer Linken.

Pavel stößt einen erschrockenen Ausruf aus, aber ich ignoriere ihn und richte meine ganze Aufmerksamkeit auf Chloes kleine, erstarrte Gestalt. Jeder Muskel in meinem Körper ist angespannt, Angst und Wut pulsieren in ekelerregenden Wellen durch mich. Selbst auf dem unscharfen Video kann ich den Schock in ihrem Gesicht sehen, während ihre großen Augen verständnislos die Straße absuchen. Dann beginnen die Schreie über Schüsse und die Hilferufe, und sie rennt los – gerade als ein weiteres *Pop* ertönt und mehr Glas um sie herumfliegt.

Innerhalb von Sekunden ist sie aus dem Blickfeld verschwunden, und das Video bricht ab.

»Scheiße«, murmelt Pavel, aber ich öffne bereits die andere Datei.

Den aktualisierten Bericht.

40

CHLOE

*I*ch schlafe nicht gut. Überhaupt nicht. Wer würde das tun, mit dieser Art von Vorwarnung?

Schlaf gut heute Nacht – du wirst es brauchen.

Ich kann mir nichts vorstellen, was Nikolai hätte sagen können, was *weniger* geeignet gewesen wäre, um mich gut schlafen zu lassen. Er hätte mir genauso gut sagen können, dass er vorhat, mich bis zur Erschöpfung zu ficken, sobald er nach Hause kommt.

Das hat er mir tatsächlich gesagt, mehr oder weniger, bevor er gegangen ist. Seine schmutzigen Versprechen haben mir reichlich Futter für meine feuchten Träume und Masturbationen unter der Dusche geliefert – einschließlich der langen nach unserem Anruf letzte Nacht.

Ich dachte, ein paar Orgasmen würden mich entspannen, aber sie haben alles nur noch schlimmer gemacht. Die ganze Zeit, während ich mit mir selbst spielte, musste ich daran denken, was er mit mir machen wird, wenn er zurückkommt … wie sich seine Hände und Lippen auf mir anfühlen werden … wie sich sein Schwanz in mir anfühlen wird. Meine Fantasie spielte verrückt und malte mir alle möglichen nicht jugendfreien Szenarien aus, die mir jetzt, im hellen Licht des Morgens, immer noch durch den Kopf gehen, meine Unterwäsche durchnässen und meinen Puls zum Rasen bringen.

Da hilft es auch nicht, dass Alina wieder nirgends zu sehen ist. Sie kommt weder zum Frühstück noch zum Mittagessen herunter, und als ich Lyudmila danach frage, erzählt sie mir, dass Nikolais Schwester wieder Kopfschmerzen hat.

»Bekommt sie oft welche?«, frage ich beim Mittagessen besorgt, und Lyudmila nickt. Ihr Gesicht ist angespannt, während sie die Augen abwendet.

Ich wundere mich darüber, aber Lyudmila ist nicht gerade gesprächig in meiner Nähe, also entscheide ich mich dagegen, sie weiter zu befragen. Stattdessen verbringe ich den Nachmittag damit, Slava zu unterrichten und die Minuten bis zum Abendessen zu zählen, zu dem Nikolai erwartet wird.

Mein Schüler ist genauso ungeduldig. Lyudmila muss ihm gesagt haben, dass sein Vater heute zurückkommt, denn er springt immer wieder auf und läuft zum Fenster, während wir das Alphabet durchgehen.

»Willst du deinen Daddy überraschen?«, frage ich,

ANNA ZAIRES

als er zum fünften Mal von seiner Expedition zurückkehrt. »Ihn glücklich machen?«

Slavas Brauen ziehen sich zusammen. »Glücklich?«

»Ja, glücklich.« Ich male ein lächelndes Gesicht mit einem gelben Buntstift. »Willst du, dass dein Daddy glücklich ist?«

Er nickt und lässt sich neben mir auf den Boden fallen.

»Dann sprich mir nach: ›Hi, Daddy.‹«

Slava ist still. Er kennt beide Wörter aus den Büchern, die wir gelesen haben, und er wiederholt die Sätze, wenn ich ihn darum bitte, also weiß ich, dass es kein Verständnisproblem ist.

Vorsichtig versuche ich es erneut. »Hi, Daddy.«

Er starrt auf seine Turnschuhe. »Hi, Daddy.« Seine Stimme ist kaum mehr als ein Flüstern, aber die Worte sind klar, genauso wie die Vorsicht in seinen großen goldenen Augen, wenn er den Blick hebt.

Er zögert, und ich kann es ihm nicht verdenken. Trotz des kleinen Fortschritts, den wir mit unserer gemeinsamen Lesestunde neulich gemacht haben, sind Vater und Sohn immer noch virtuelle Fremde.

Ich greife hinüber und nehme seine Hände in meine. »Ich bin sehr stolz auf dich. Du bist mutig und stark, wie Superman.«

Sein kleines Gesicht hellt sich auf. »Superman?«

»Superman«, bestätige ich und drücke seine Hände sanft, bevor ich sie loslasse. »Mutig und stark.«

»Mutig und stark«, flüstert er und probiert die Worte aus. Er zeigt auf seine Brust. »Mutig und stark?«

310

Ich strahle ihn an. »Ja, du bist mutig und stark, genau wie Superman. Und du wirst deinen Daddy sehr glücklich machen.«

Er schenkt mir ein breites Grinsen. »Glücklich, ja.« Er zeigt auf die Smiley-Zeichnung und bläht seine dünne Brust auf. »Sehr glücklich.«

Er ist so niedlich, dass ich nicht widerstehen kann, ihn zu umarmen, und mein Herz schmilzt, als sich seine kurzen Arme um meinen Hals legen und fest zudrücken. Das hier ist der Grund, warum ich Kinder so sehr liebe. Alles, was sie wollen, ist Liebe und Zuneigung, und wenn sie diese einmal haben, geben sie sie in Hülle und Fülle zurück.

Nikolai versteht das mit seinem Sohn noch nicht, aber das wird er.

Es ist nur eine Frage der Zeit und ein wenig Nachhelfens meinerseits.

***

Eine Stunde vor dem Abendessen lasse ich Slava bei Lyudmila und gehe in mein Zimmer, um mich umzuziehen und fertig zu machen. Ich bin so aufgeregt und nervös, dass ich kaum verhindern kann, dass meine Hände zittern, während ich Make-up auftrage und meine Haare zu etwas Ähnlichem wie den ordentlichen Wellen glätte, die Alina gezaubert hatte. Wenn es ihr gut ginge, würde ich sie bitten, ihre Magie erneut anzuwenden, aber da ich sie heute Nachmittag noch nicht gesehen habe, muss ich davon ausgehen, dass sie immer noch mit Kopfschmerzen zu kämpfen hat.

Das arme Mädchen. Ich hoffe, es geht ihr bald besser.

Als meine Haare und mein Make-up fertig sind, gehe ich durch meine unfassbar große Sammlung von Abendkleidern, um das absolut beste zu finden. Als Nikolai nicht hier war, habe ich immer das genommen, was am bequemsten und einfachsten anzuziehen war, aber heute Abend will ich mir mehr Mühe geben.

Ich will sehen, wie sein Atem stockt, und seine Augen mit dieser dunklen, wilden Hitze glühen, die mich sowohl erregt als auch alarmiert.

Ich entscheide mich für ein zartes, elfenbeinfarbenes Kleid, in das dezente Goldfäden eingewebt sind. Es ist trägerlos und hat ein herzförmiges, korsettartiges Mieder, das meine Brüste hochdrückt und meine Taille definiert. Der figurbetonte Rock umschmeichelt meine Hüften auf die perfekteste Art und Weise, die man sich vorstellen kann, und wenn ich gehe, lässt ein Schlitz bis zum Oberschenkel auf der linken Seite mein Bein aufblitzen. Ich kombiniere das Kleid mit den goldenen Jimmy Choos, die ich an meinem ersten formellen Abend hier getragen habe, und schon bin ich bereit.

Bereit, Nikolai gegenüberzutreten und unsere Beziehung weiter auszubauen.

Das Auto hält an, als ich die Treppe herunterkomme. Ich erhasche in einem der großen Fenster einen Blick auf sie, und mein Herz schlägt schneller. Lyudmila und Slava stehen bereits im Wohnzimmer, der Junge in seiner Abendgarderobe. Als ich mich ihm nähere, lächelt er schüchtern zu mir hoch, und ich drücke ihm aufmunternd die Schulter.

»Denk daran, mutig und stark, wie Superman«, flüstere ich und versuche, meine eigene Nervosität in den Griff zu bekommen. Er kichert – nur um zu verstummen, als sich die Haustür öffnet und Schritte in unsere Richtung kommen.

Pavel taucht zuerst auf, aber sein hausgroßer Körper wird kaum in meinem Blickfeld registriert. Meine ganze Aufmerksamkeit ist auf den großen, dunkelhäutigen Mann hinter ihm gerichtet, dessen tigerheller Blick mich mit einer Intensität anvisiert, die mein Fleisch versengt und meine Lungen zum Stillstand bringt.

In den letzten Tagen habe ich vergessen, wie es ist, in seiner Nähe zu sein und die verheerende Wirkung seiner Anwesenheit zu erleben. Ich sehe ihn nicht nur, ich *fühle* ihn mit jedem Zentimeter meiner Haut, mit jeder Zelle meines Wesens. Hilflos fahren meine Augen über seine Gesichtszüge, nehmen die kompromisslosen Kanten seines Kiefers und die sinnliche Form seiner Lippen wahr, die verblüffende Dichte seiner tiefschwarzen Wimpern und die Art und Weise, wie sein rabenschwarzes Haar von der Stirn zurückgebürstet ist und diese hohen, breiten

Wangenknochen enthüllt. Er ist legerer gekleidet als bei seiner Abreise, mit einem blauen Button-up-Hemd, das in eine maßgeschneiderte Hose gesteckt ist, und er sieht so köstlich heiß aus, dass ich mich nur mit Mühe auf den Beinen halten kann. Mein Herz rast, mein ganzer Körper summt, als ob ein Netzwerk von stromführenden Drähten unter meiner Haut liegt, und ich nehme nur am Rande wahr, wie Lyudmila auf ihren Mann zugeht, um ihn zu umarmen, während sie aufgeregt auf Russisch plappert.

Nikolai muss in den gleichen starken Bann gezogen worden sein, denn für einen langen Moment steht er bewegungslos da, und seine Augen glitzern, während er mich betrachtet.

Dann kommt er auf mich zu.

Atemlos starre ich zu ihm hoch, als er vor mir stehen bleibt. Er ist so viel mehr aus der Nähe als auf einem Computerbildschirm. Größer, breiter … gefährlicher, männlicher. Mit seinem verführerischen Charme und seiner feinen Kleidung ist es möglich, diese rohe, animalische Qualität zu vergessen, die er besitzt, das Gefühl, dass etwas Wildes unter seiner schönen Fassade lauert … etwas, was mich zu ihm zieht, auch wenn sich die feinen Haare in meinem Nacken warnend aufstellen.

Aus der Ferne war es leicht, meine Vorstellungen von seiner Gefährlichkeit zu verwerfen.

Aus der Nähe ist es unendlich viel schwieriger.

»Hi, Daddy.«

Der Klang dieser kleinen, hohen Stimme reißt mich

aus meiner Trance – und sie hat eine noch stärkere Wirkung auf Nikolai. Jeder Muskel in seinem Gesicht spannt sich an, als sein Blick zu dem Jungen springt, der tapfer an meiner Seite steht.

Einen Moment lang starren sich Vater und Sohn nur an. Dann geht Nikolai langsam auf ein Knie herunter.

»Hi«, sagt er heiser, während ein Medley von Emotionen über sein Gesicht spielt. »Hi, Slavochka.«

Mein Herz krampft sich mit einer Welle von Wärme zusammen. Diese Version des Jungennamens ist ein Kosename. Ich habe in den letzten Tagen genug Russisch gehört, um das zu wissen.

Slava lächelt seinen Vater unsicher an, bevor er zu mir aufschaut.

»Das hast du gut gemacht«, sage ich heiser und streiche mit meiner Handfläche über sein seidiges Haar. »Genau wie Superman.« Lächelnd fange ich Nikolais Blick auf. »Sag ihm, dass er es gut gemacht hat.«

Sein Gesicht verzieht sich, etwas Dunkles und Gequältes blitzt in seinen Augen auf, bevor er die Kontrolle wiedererlangt. »Das hast du gut gemacht«, sagt er tonlos zu dem Jungen und erhebt sich, um mit versteinerter Miene wieder zurückzutreten.

Verwirrt beginne ich, zu sprechen, aber er kommt mir zuvor.

»Ich muss mit dir reden«, sagt er mit fester Stimme, nimmt meine Hand in einen unentrinnbaren Griff und führt mich in sein Büro.

41

CHLOE

*M*ein Magen zieht sich zusammen und mein Puls ist unheimlich schnell, als er mir gegenüber am runden Tisch Platz nimmt. Seine Augen sind von einer Dunkelheit erfüllt, bei der ich mir nicht mehr sicher bin, dass sie nur meiner Einbildung entspringt. Keine Spur mehr von dem zärtlichen, verführerischen Mann, mit dem ich so viele Stunden über Video gesprochen habe, dem Mann, der so offen bei seinen Gefühlen für mich war. An seiner Stelle steht ein schöner, furchterregender Fremder vor mir, dessen Gesicht vor Wut angespannt ist.

Das Schlimmste daran ist, dass ich keine Ahnung habe, was ich getan habe, was passiert ist, um ihn so zu verärgern. War es das, was Slava gesagt hat? Oder mein unbeholfener Vorschlag, den Jungen zu loben, weil …

»Du hast mich angelogen, *zajchik*«, sagt er mit tödlich-sanfter Stimme, und mein Herz rutscht bis zum Boden.

Ich lag falsch.

Das hier hat nichts mit Slava zu tun.

Es ist unendlich viel schlimmer.

Ich schnappe nach Luft. »Nikolai, ich …«

Er hält eine Hand hoch, dann klappt er einen Laptop auf, von dem ich gerade erst bemerke, dass er auf dem Tisch lag. »Sieh dir das an«, befiehlt er und dreht den Bildschirm zu mir.

Ich schaue hin – und was ich sehe, lässt mein Blut zu eiskaltem Matsch werden.

Das bin ich, an diesem Tag in Boise.

Dem Tag, an dem sie direkt auf mich geschossen haben.

Es gibt nichts Belastenderes, auf das Nikolai hätte stoßen können, keinen Vorfall, der deutlicher die Gefahr aufzeigt, die ich für seine Familie darstelle – eine Gefahr, über die ich nicht wirklich nachgedacht hatte, da ich mich stattdessen auf *meine* Situation, *mein* Überleben konzentriert hatte. Erst jetzt, mit dem körnigen Video vor mir, begreife ich, wie gedankenlos, wie egoistisch ich gewesen bin.

Zwei gewalttätige Mörder sind hinter mir her, und ich bin hier und spiele in der Kleidung, die er für mich gekauft hat, Prinzessin. Ich tue so, als wäre ich in einem Haus, das er für seinen Sohn gebaut hat – ein aufgewecktes, süßes Kind, das ich bereits liebgewonnen habe – in Sicherheit.

Ein Kind, das in jeder Sekunde, die ich hier bin, in Gefahr ist.

Ich hatte das irgendwie aus meinem Gedächtnis

verdrängt, zusammen mit den schrecklichen Geschehnissen jenes Tages, aber das kann ich jetzt nicht mehr. Mir ist übel, und ich zittere, als ich aufstehe. »Nikolai, es tut mir so, so leid. Ich werde gehen. Ich werde sofort gehen …«

»Setz dich.« Seine Stimme ist noch weicher, ein erschreckender Kontrast zu der Wildheit in seinen Augen. »Du gehst nirgendwohin.«

»Aber …«

»Setz dich.«

Meine Knie knicken unter mir ein und gehorchen seinem Befehl.

Er beugt sich nach vorne, und sein Blick hält mich fest. »Ich will die Wahrheit. Die volle Wahrheit. Verstanden?«

Ich nicke, obwohl ich innerlich zusammenbreche, als all meine Hoffnungen und Träume um mich herum zerschellen.

Ich werde es ihm sagen.

Ich werde ihm alles erzählen.

Nach all den Lügen hat er die Wahrheit verdient.

42

CHLOE

»*E*s begann alles, als ich nach meinem College-Abschluss nach Hause fuhr«, erzähle ich und versuche – und scheitere –, meine Stimme ruhig zu halten. »Ich sollte eigentlich pünktlich zum Abendessen ankommen, aber der Verkehr war ungewöhnlich stark, und ich war fast eine Stunde zu spät. Sobald ich einen Parkplatz vor unserem Haus gefunden hatte, rannte ich in die Wohnung, ohne meinen Koffer aus dem Auto zu nehmen. Ich dachte mir, ich würde ihn nach dem Essen holen. Ich hatte meine Schlüssel, also ging ich ohne zu klingeln hinein und direkt in die Küche, weil ich dachte, dass Mom etwas vom Essen aufwärmte. Aber als ich dort ankam …« Ich halte inne und schlucke den Kloß hinunter, der sich in meinem Hals festgesetzt hat.

»War sie tot«, vermutet Nikolai grimmig, und ich nicke mit heißen, brennenden Tränen in meinen Augen.

»Sie lag in einer Blutlache auf dem Küchenboden, ihre Handgelenke waren aufgeschnitten. Ich konnte keinen Puls fühlen, also rannte ich los, um mein Telefon zu holen – ich war so in Eile gewesen, dass ich meine Handtasche mit dem Telefon im Auto vergessen hatte. Aber bevor ich die Wohnung verlassen konnte, hörte ich Stimmen, männliche Stimmen, die aus Moms Schlafzimmer kamen.«

Seine Augen verengen sich gefährlich. »Sie waren da? Mit dir in der Wohnung?«

»Ja. Ich sprang in die kleine Schranknische neben der Tür und versteckte mich dort hinter den Mänteln. Ich habe sie damals gesehen. Zwei große Männer mit Skimasken. Sie verließen die Wohnung, aber kamen dann sofort wieder herein. Ich hörte, wie sie zurück ins Schlafzimmer gingen, und da ich direkt an der Tür war, rannte ich los. Ich rannte alle fünf Stockwerke hinunter und dann weiter, bis ich zu meinem Auto kam.« Ich atme zitternd ein und verdränge die Erinnerung an diese betäubende Panik, an das Hyperventilieren und Schluchzen, als ich darum kämpfte, meine Schlüssel ins Zündschloss zu stecken.

Nikolai gibt mir einen Moment, damit ich mich sammeln kann. »Was ist dann passiert?«

»Ich wählte den Notruf und fuhr zur nächsten Polizeistation. Ich erzählte ihnen, was passiert war, und sie schickten eine Einheit zu meiner Wohnung. Aber die Mörder waren da schon weg und die Polizei hat es als …« Meine Stimme bricht. »Sie haben es als Selbstmord eingestuft.«

Seine Augenbrauen ziehen sich zusammen. »Das verstehe ich nicht. Hast du ihnen von den beiden Männern erzählt? Hast du eine offizielle Aussage bei der Polizei gemacht?«

»Das habe ich. Ich erzählte ihnen von den Masken und den Waffen mit Schalldämpfern und …«

»Pistolen mit Schalldämpfern?«

Ich nicke und schlinge meine Arme um mich. Mir ist so kalt, dass meine Zähne anfangen zu klappern. »Ich habe sie gesehen, durch die Mäntel im Flur. Nun, technisch gesehen habe ich nur eine Waffe erkannt, aber später, als ich sie wieder sah, waren es zwei, also nehme ich an …«

»Später?« Sein Kiefer spannt sich an. »Du hast sie wieder aus der Nähe gesehen?«

»Nicht aus der Nähe, nein. Sie waren etwa einen Block entfernt. Es war nach dem hier.« Ich schiebe mein Kinn in Richtung Laptop. »Sie rannten hinter mir her, und ich sah sie. Jeder von ihnen hatte eine Waffe.«

»Auch Skimasken?«

»Ja.« Ich bemühe mich, mich an die beiden Gestalten zu erinnern, aber außer ihrer groben Größe und den Waffen in ihren Händen sind sie in meinem Gedächtnis verschwommen. »Zumindest bin ich mir ziemlich sicher.«

Nikolais Blick wird schärfer. »Aber nicht ganz sicher?«

»Ich … nein.« Was dumm von mir ist. Ich hätte

aufpassen sollen, hätte mir jedes winzige Detail einprägen sollen, damit ich ...

»War das das einzige andere Mal, dass du sie gesehen hast? Das einzige Mal, dass sie hinter dir her waren?«

»Nein.« Ein Schauer durchfährt meinen Körper. »Nicht einmal annähernd.«

Sein Gesicht ist eine Maske aus kaum gezügelter Wut. »Erzähl mir alles.«

Das tue ich. Ich erzähle ihm von dem schwarzen Pick-up mit den getönten Scheiben, der mich fast überfahren hat, als ich aus dem Polizeirevier kam, und wie es auf einem Walmart-Parkplatz kaum eine Stunde, nachdem ich den ersten Versuch gemeldet hatte, erneut passiert ist. Ich erzähle ihm von dem Feuer im örtlichen Motel, in dem ich mir ein Zimmer genommen hatte, um nicht in der Wohnung zu schlafen, und von einem Van, der mich fast von der Straße gedrängt hat, als ich schon auf der Flucht war. Ich erzähle ihm von meiner knappen Flucht aus einem Airbnb in Omaha, wo ich vor ein paar Wochen für etwas dringend benötigte Ruhe einkehrte, nur um am Ende mitten in der Nacht durch das Fenster zu fliehen, als ich Kratzgeräusche an der Tür hörte.

»Das Schloss. Sie haben es aufgebrochen.« Nikolais Kiefer ist fest zusammengepresst. »Wenn du nicht aufgewacht wärst ...«

»Ja. Und es gab noch andere Fälle, in denen ich dachte, dass sie vielleicht in der Nähe waren, wie das eine Mal, als ich einen schwarzen Pick-up mit getönten

Scheiben entdeckte, der auf eine Tankstelle zufuhr, als ich gerade herausfuhr. Allerdings war ich zu dem Zeitpunkt schon so paranoid, dass es meine Einbildung gewesen sein könnte. Oder vielleicht auch nicht. Vielleicht waren sie es. Ich weiß es nicht. Ich weiß nur, dass sie immer wieder hinter mir her waren, und das Einzige, was ich tun konnte, war, in Bewegung zu bleiben. Das heißt, bis mir das Geld ausging.«

»Da bist du auf meine Anzeige gestoßen.«

»Ja.« Ich schlucke trocken. »Es tut mir leid, Nikolai. Das tut es wirklich. Ich habe nicht klar gedacht, als ich mich für die Stelle beworben habe. Ich hatte nur noch ein paar Dollar, und ich hatte große Angst, weil sie mich gerade wieder gefunden hatten und immer dreister wurden, als sie am helllichten Tag auf mich schossen. Ich werde gehen, ich schwöre es. Du brauchst mich nicht einmal für die Woche zu bezahlen. Ich werde einen anderen Job finden und …«

»Wovon zum Teufel redest du?« Mit einem Ruck steht er auf, stützt seine Fäuste auf den Tisch und lehnt sich vor. Seine Stimme ist rau. »Ich habe dir doch gesagt, dass du nirgendwohin gehst.«

Ich stehe auf und weiche zurück. »Nikolai, bitte. Es tut mir *wirklich* leid. Ich wollte deine Familie nicht in Gefahr bringen. Ich werde heute gehen. Jetzt sofort. Bevor sie herausfinden, dass ich hier bin und …« Mein Herz klettert mir in die Kehle, als er auf mich zukommt, mit Augen wie Feuer und Schwefel. »Bitte. Ich schwöre, ich …«

Seine Hände schließen sich in einem eisernen Griff

um meine Oberarme. »Du gehst nicht«, knurrt er und reißt mich an sich, um seine Lippen auf die meinen zu pressen.

43

NIKOLAI

*I*ch verschlinge ihren Mund mit all der Wut und Angst in mir, all dem Hunger, den ich zurückgehalten habe. So vieles ergibt jetzt Sinn: ihr ausgehungertes Aussehen und ihr Holzfällerappetit, die Einstichwunden an ihrem Arm und die Alpträume, die sie jede Nacht quälen. Wochenlang haben sie sie gejagt und versucht, sie zu vernichten, sie auszulöschen, und an diesem Tag in Boise hätten sie es fast geschafft.

Ein paar Zentimeter weiter rechts, und die Kugel hätte ihren Schädel durchschlagen.

Den ganzen Heimflug über zitterte ich vor Wut, und das war, bevor ich den Rest kannte. Bevor ich wusste, wie viele Male sie dem Tod nahe gewesen war. Wenn sie nicht aufgewacht wäre, als sie hörte, wie das Schloss geknackt wurde, oder dem Pick-up aus dem Weg gesprungen wäre ... Verdammt, wenn sie in der Garderobe nur etwas lauter geatmet hätte, wäre sie heute nicht hier.

Ich würde sie nicht halten, sie nicht schmecken.

Ich wüsste nicht, wie es ist, die andere Hälfte meiner Seele gefunden zu haben.

Ihr Kopf fällt unter dem brutalen Druck meiner Lippen zurück, ihre Hände klammern sich verzweifelt an meine Arme, und ich weiß, ich sollte langsamer werden, sanft sein, aber ich kann nicht. Was auch immer ich an Zurückhaltung besaß ist weg, verbrannt zu Asche im Feuer meiner Wut, dezimiert durch meine Angst um sie.

Es gab so wenig von dem, was sie mir gerade erzählt hat, in Konstantins Bericht, so viele verdächtige Leerstellen in den Polizeiakten, die er für mich gefunden hatte. Keine Erwähnung der beiden maskierten Männer in der Wohnung ihrer Mutter, nichts über die versuchte Fahrerflucht. Sogar ihre E-Mails an die Journalisten, die Konstantins Hacker in ihrem gesendeten Ordner gefunden haben, scheinen ihr Ziel nicht erreicht zu haben, als ob jemand ihre Nachrichten blockiert oder als Spam markiert hätte. Und dann sind da noch all die gelöschten und beschädigten Bänder, wahrscheinlich die, die ein Beweis für die anderen Versuche, ihr Leben auszulöschen, gewesen wären.

Jemand hat sich enorme Mühe gegeben, ihre Mutter zu töten und seine Spuren zu verwischen, jemand mit massiven Ressourcen, und die Tatsache, dass ich nicht weiß, wer es ist, brennt an mir wie Säure.

Schwer atmend reiße ich meinen Mund von ihrem

weg und begegne ihrem benommenen Blick. »Du wirst nicht gehen.«

Ich wollte sie schon vorher nicht gehen lassen, aber jetzt, wo ich weiß, dass sie in tödlicher Gefahr ist, werde ich alles tun, was nötig ist, um sie hierzubehalten. Ich werde sie buchstäblich an mich ketten, wenn ich es muss.

Sie blinzelt zu mir hoch, und ihre vom Küssen geschwollenen Lippen öffnen sich. »Aber ...«

»Kein Aber. Ich will das nicht mehr hören. Du gehörst jetzt mir, verstanden?« Meine Stimme ist rau, kehlig. Ich mache ihr Angst, ich kann es sehen, aber ich kann mich nicht zurückhalten, kann das Monster nicht wieder an die Leine legen.

Sie öffnet ihren Mund, um zu antworten, aber ich verhindere es. Grob schiebe ich meine Hand in ihr Haar und greife eine Handvoll, halte sie still, während ich zu einem weiteren tiefen, vereinnahmenden Kuss ansetze. Es gibt etwas Dunkles und Verdrehtes in der Art, wie ich sie brauche, in diesem Zwang, sie zu beanspruchen, den ich fühle. Mein Hunger nach ihr entspringt dem tiefsten, wildesten Teil von mir, den ich so gut wie möglich vor ihr und der ganzen Welt verstecke ... den meine Schwester leider in jener schrecklichen Winternacht gesehen hat.

Chloe hat recht, wenn sie mir gegenüber misstrauisch ist.

Ich bin kein normaler, sanftmütiger Mann.

Die Zivilisation ist nur ein weiterer Anzug, den ich trage.

Sie versteift sich zuerst bei meinem Angriff, aber nach einem Moment wird ihr Körper weicher, und ihre Arme legen sich um meinen Hals, als sie dem heißen Bedürfnis nachgibt, das uns verzehrt. Sie umarmt mich, während ich sie mit meiner Zunge ficke und an ihren weichen, üppigen Lippen knabbere. Sie hält sich an mir fest, als ich sie zum Tisch trage, bevor meine Hände gierig über ihre Hüften, ihren Brustkorb, die kleinen, prallen Hügel ihrer Brüste wandern.

Ihr Kleid ist im Weg, also reiße ich es am Mieder auf, zu ungeduldig, um all die Haken und Reißverschlüsse zu öffnen. Darunter trägt sie keinen BH, und ihre Brüste ergießen sich in meine Hände, rund und perfekt, gespickt mit wunderschönen braunen Nippeln. Bei diesem Anblick läuft mir das Wasser im Mund zusammen, und ich neige meinen Kopf, um einen in den Mund zu saugen. Er schmeckt nach Salz und Beeren, nach allem, von dem ich nie wusste, dass ich mich danach sehne, und als sie sich mir mit einem keuchenden Aufschrei entgegenwölbt und ihre kleinen Hände sich in meinen Haaren ballen, weiß ich, dass ich nie genug von ihr bekommen werde.

Das ist völlig unmöglich.

Mein Schwanz ist so hart, dass es wehtut, meine Eier liegen eng an meinem Körper, als ich meinen Fokus auf den anderen Nippel wechsle und ihn tief einsauge, bevor ich mit kontrollierter Kraft hineinbeiße. Sie schreit wieder auf, ihre Nägel graben sich in meinen Schädel, und ich lindere den Schmerz mit sanften Zungenschlägen, bevor ich erneut leicht zubeiße.

Sie hechelt jetzt, windet sich unter mir, und ich weiß, dass ich recht hatte mit ihr, mit unserer Kompatibilität in dieser Hinsicht. Das Tier in mir ruft nach seinem Seelenverwandten in Chloe und verstärkt die dunkle Chemie zwischen uns. Schmerz und Vergnügen, Gewalt und Lust – sie koexistieren seit Anbeginn der Zeit, nähren sich gegenseitig und bilden eine sinnliche Symphonie wie keine andere.

Eine Symphonie, die ich mit ihr zu spielen plane.

Ich lasse ihren Nippel los und bewege mich ihren Körper hinunter, wobei ich ihr Kleid in zwei Teile zerreiße. Es war ein feines, hübsches Kleid, aber ich werde ihr ein neues kaufen. Ich werde ihr alles kaufen, mich um alle ihre Bedürfnisse kümmern. Sie wird nie mehr hungern, wird nie mehr Mangel kennen. Weil sie jetzt mir gehört, ihr Körper und ihr Geist, ihre Geheimnisse und ihre Ängste und ihre Wünsche.

Ich will alles von ihr.

Ich halte ihre Hände fest und drücke sie an ihre Seiten, während ich brennende Küsse über ihren hüpfenden Brustkorb, ihren flachen Bauch und das empfindliche V unter ihrem Bauchnabel platziere. Sie trägt einen weißen Tanga, den ich ihr ebenfalls ausziehe und dann ihre Hände wieder festhalte, während ich ihren Körper weiter mit meinem Mund erforsche. Sie ist wunderschön, schlank und durchtrainiert, und ihre bronzefarbene Haut wie warme Seide unter meinen Lippen. Das Haar auf ihrer

Muschi ist zart und fein, als ob es gerade nach einer Wachsenthaarung nachwächst, und die Eifersucht zerfrisst mich wie Höllenbrut, als ich mir vorstelle, wie sie sich für einen Ex-Freund pflegt ... für einen Mann, der nicht ich ist.

Nie wieder.

Kein anderer wird sie jemals mehr berühren.

Ich werde jeden Mann ausweiden, der es versucht.

Ihre Atemzüge beschleunigen sich, als sich meine Lippen ihrem Geschlecht nähern. Die Muskeln in ihren Schenkeln spannen sich an, als sich ihre Beine spreizen und ihre Hüften vom Tisch abheben. Sie will das unbedingt, und obwohl ich darauf brenne, sie ganz zu schmecken, verlängere ich ihre Qualen, indem ich nur die Außenseite ihrer zarten Falten lecke, ihren Duft einatme und die Vorfreude wachsen lasse.

»Nikolai, bitte ...« Ihre Stimme zittert, und ihre Hände bewegen sich in meinem Griff, während ich die Naht ihrer Öffnung küsse und lecke, um ihr noch ein wenig mehr zu geben. »Oh Gott, bitte ...« Sie keucht, als meine Zunge endlich zwischen ihre Falten eindringt, ich den cremigen Beweis ihres Verlangens genieße und ihre süße, reiche Essenz schmecke. Sie ist genau, wie ich sie mir vorgestellt habe, alles, was ich jemals wollte, und mein Schwanz pocht heftig mit dem Bedürfnis, in ihr zu sein, tief in ihre enge, feuchte Hitze zu gleiten. Stattdessen suche ich ihre Klitoris und bearbeite sie gierig, abwechselnd saugend und leckend, und als sie mit einem erstickten Schrei kommt, schiebe ich zwei Finger in ihr krampfendes Fleisch, um ihren

Orgasmus zu intensivieren und sie auf das vorzubereiten, was kommen wird.

Denn ich werde nicht sanft sein, wenn ich sie nehme.

Das kann ich nicht sein.

Nicht dieses Mal.

44

CHLOE

*E*in Nachbeben durchfährt noch immer meinen Körper, als ich meine Augen öffne und Nikolai über mir lehnt. Eine Hand liegt auf dem Tisch neben mir und die andere besitzergreifend auf meinem Geschlecht, in dem zwei lange, dicke Finger vergraben sind. Seine Augen sind grimmig zusammengekniffen, sein Kiefer angespannt. »Ich werde dich jetzt ficken.« Seine Stimme ist hart, kehlig, und gefährlich brutal. »Verstanden?«

Das habe ich. Es ist sowohl eine Warnung als auch eine Feststellung von Tatsachen.

Das wird passieren, und es gibt kein Zurück mehr.

Der vernünftige Teil von mir möchte weglaufen, vor der dunklen Intensität in seinem Blick zurückschrecken, auch wenn etwas Verdrehtes in mir in seinem Kontrollverlust schwelgt, in dem blanken, unmaskierten Hunger in seinem Gesicht. Sein glattes, schwarzes Haar ist von meinen Fingern zerzaust, seine

Lippen glänzen von meiner Nässe, und die oberen Knöpfe seines Hemdes fehlen, als hätte er sie abgerissen.

Dies ist nicht der elegante, kultivierte Mann, der feste Essenszeiten vorschreibt.

Das ist das wilde Wesen, von dem ich gespürt habe, dass es darunter lauerte.

»Ich …« Ich befeuchte meine Lippen, und mein Körper zieht sich um seine Finger zusammen. »Ich verstehe.«

Sein Kiefer bewegt sich heftig, und dann ist er auf mir, seine Lippen und Zunge verschlingen mich, während seine Finger tiefer eindringen und eine Stelle finden, die Funken an den Rändern meines Blickfeldes tanzen lässt. Er schmeckt wie der Wald, ursprünglich und wild, und sein Zedern- und Bergamottenduft vermischt sich mit dem moschusartigen Unterton meiner Erregung. Ich keuche in seinen Mund, wölbe mich gegen ihn und klammere mich an seine Seiten, während er anfängt, mich mit diesen Fingern zu ficken, sie mit einem harten, unerbittlichen Rhythmus in mich zu treiben, der die Anspannung in meinem Inneren in die Höhe schnellen lässt. Ich spüre, wie der Orgasmus mit der Geschwindigkeit einer durchdrehenden Lokomotive auf mich zukommt und dann über mich hereinbricht, mich mit gleißender, schwindelerregender Lust überrollt.

Keuchend lasse ich mich auf die harte Oberfläche des Tisches fallen, aber Nikolai ist noch nicht fertig mit mir. Bevor ich mich erholen kann, zieht er seine Finger

ANNA ZAIRES

heraus und entfernt sich von mir. Ich zwinge meine schweren Augenlider dazu, sich zu öffnen, und beobachte, wie er seinen Reißverschluss herunterzieht und ein Kondom über seine Erektion rollt.

Eine sehr große Erektion.

Ich hatte recht mit seiner Größe. Er ist größer als die der anderen zuvor.

Weibliche Alarmiertheit überkommt mich, aber er ist schon über mir und greift nach meinen Handgelenken, um sie über meinem Kopf festzuhalten, während er meine Lippen in einem weiteren sengenden Kuss beansprucht. Seine dicke Eichel stößt an meinen Eingang, richtet sich aus und drückt sich hinein.

Ich bin nass und weich von den zwei Orgasmen, aber die Dehnung brennt immer noch, und mein Körper kämpft damit, seine Größe aufzunehmen, während er tiefer gleitet. Ein Laut der Verzweiflung entweicht meiner Kehle, und er hält inne und hebt den Kopf.

Schwer atmend starren wir uns an, und aus dem Nichts erinnere ich mich an seine Worte. Verrückte Worte, über Vorbestimmung und Schicksalsfäden … über die Unausweichlichkeit von uns. Ich weiß immer noch nicht, ob ich es glaube, aber ich kann die starke Verbindung zwischen uns nicht leugnen, kann nicht widerlegen, dass es sich mehr nach Bindung anfühlt als nach bloßem Sex.

Er muss es auch spüren, denn das wilde Feuer in seinen Augen verstärkt sich, und sein Griff um meine

Handgelenke wird fester. »Ja, *zajchik* …« Seine Stimme ist ein tiefes, dunkles Raspeln. »Du gehörst jetzt mir.«

Und mit einem kräftigen Stoß schiebt er sich ganz hinein.

Der Schock der Invasion hallt immer noch durch meinen Körper, als er sich zu bewegen beginnt und seine Augen auf die meinen gerichtet sind. Seine Stöße sind unbarmherzig, so hart und tief, dass sie schmerzen, aber der Schmerz wird bald von einer dunkleren Art von Lust verdrängt, die nur teilweise mit der erneuten Anspannung in meinem Inneren zu tun hat. Mit jedem gnadenlosen Stoß stößt sein Becken gegen meines und drückt gegen meine Klitoris, aber es ist der Blick in seinen Augen, der meine Erregung immer mehr verstärkt und einen weiteren Orgasmus durch mich hindurchschießen lässt.

Es ist ein Blick der absoluten Besitzergreifung, gemischt mit etwas gefährlich Zartem und Intensivem.

Er kommt ein paar Augenblicke nach mir, ohne seinen Augen von meinen zu trennen. Mein Herz pocht wild, als ich sehe, wie sich sein wunderschönes Gesicht vor quälender Lust verzieht, während er sich tief in meinem Körper entleert.

Es ist das Intimste, was ich je erlebt habe, und das Schönste.

Unsere Körper sind immer noch verbunden, meine Handgelenke sind in seinem Griff gefangen, als er seinen Kopf senkt, um mich sanft und lieb auf die Lippen zu küssen, und danach seine Wange an die meine legt, wobei sein warmer Atem über meine nackte Schulter streicht. Ich will meine Hände frei haben, damit ich ihn umarmen kann, aber auch das hier fühlt sich richtig an, tröstlich auf eine seltsame Art. Der Tisch ist kalt und hart unter meinem Rücken, mein inneres Fleisch pocht von seiner rauen Besitznahme, aber ich fühle mich vollkommen friedlich, als sich meine schnelle Atmung verlangsamt, während jeder Rest von Spannung aus meinem Körper entweicht.

Ich könnte stundenlang, tagelang, wochenlang so liegen, aber nach ein paar langen Momenten rührt er sich und hebt den Kopf, um mich mit einem zärtlichen Lächeln anzuschauen. Er lässt meine Handgelenke los, zieht sich vorsichtig von mir zurück und steht auf. »Geht es dir gut, *zajchik*?«, murmelt er, streicht mit seiner warmen, schwieligen Handfläche über meinen Arm, und ich nicke und werde rot, als ich mich aufsetze.

»Mehr als gut«, gebe ich zu und ziehe die Ränder meines zerrissenen Kleides zusammen, während er das Kondom in einem Mülleimer neben dem Schreibtisch entsorgt.

»Gut«, sagt er leise und macht den Reißverschluss seiner Hose zu. »Weil wir noch lange nicht fertig sind.«

Er hebt mich an seine Brust und trägt mich aus dem Büro.

45

CHLOE

*I*ch erwarte beinahe, dass wir Alina oder Lyudmila begegnen werden, aber wir schaffen es in Nikolais Schlafzimmer, ohne auf jemanden zu treffen. Es ist eine große Erleichterung, angesichts des Zustands meines Kleides – und, wie ich feststelle, als ich einen Blick auf uns im Spiegel werfe, meines Gesichtes und meiner Haare.

Mit den von seinen Küssen geschwollenen Lippen und den wilden Haaren sehe ich nicht einfach nur frisch gefickt aus.

Ich sehe aus, als hätte sich jemand an mir ausgetobt.

Und so fühle ich mich auch, als er mich auf sein Kingsize-Bett legt und beginnt, sich auszuziehen, während vulkanische Hitze in seinen goldenen Augen aufflammt. Ich weiß nicht, ob ich so schnell mehr will, vor allem mit den Fragen, die das Video aufgeworfen hat, aber als er völlig nackt ist und seinen prächtigen Körper zur Schau stellt, finde ich nicht den Willen, zu protestieren, als er auf mich klettert und meine Lippen tief und zärtlich küsst.

Diesmal ist es ein Lieben, kein Ficken. Er verehrt jeden Zentimeter meines Körpers und bringt mich mit seinen Lippen und seiner Zunge zu einem weiteren Orgasmus, bevor er sich vorsichtig in mein wundes Fleisch einhüllt. Irgendwie schaffe ich es, noch einmal gleichzeitig mit ihm zu kommen, und dann liege ich erschöpft wie eine Stoffpuppe in seinen Armen, bevor ich einschlafe.

Ich wache mit dem Gefühl auf, in warmes Wasser getaucht zu sein. Blinzelnd öffne ich die Augen und stelle fest, dass wir beide halb in einem Schaumbad liegen, wobei Nikolai mich von unten stützt, damit ich nicht abrutsche und ertrinke.

»Entspann dich, *zajchik*«, murmelt er in mein Ohr und fährt mit einem seifigen Schwamm über meine Brüste und meinen Bauch. »Schließe die Augen und lass mich mich um dich kümmern.«

Das muss er mir nicht zweimal sagen. Nach der schlaflosen Nacht, die ich hatte, und mit meinem Körper, der von all diesen Orgasmen erschöpft wurde, treibe ich bereits wieder ins Land der süßen Träume. Vage nehme ich wahr, wie er mich am ganzen Körper wäscht, mich aus der Wanne hebt und ein großes, flauschiges Handtuch um mich wickelt. An diesem Punkt bin ich wach genug, um ihn um Privatsphäre zu bitten, weil ich die Toilette benutzen muss, und dann stolpere ich ins Bett, wo er mit einem Tablett mit Essen auf mich wartet.

Schläfrig lasse ich mich von ihm mit Weintrauben, Käse und verschiedenen bestrichenen Crackern füttern – da wir das Abendessen zugunsten von Sex und allem anderen ausgelassen haben – und dann schlafe ich mit dem Gefühl, sicher, geborgen und umsorgt zu sein, in seiner Umarmung ein.

Ich habe das Gefühl, dass ich mein neues Zuhause gefunden habe.

46

CHLOE

*W*ir lieben uns noch zweimal in der Nacht, wobei Nikolai mir jedes Mal zwei Orgasmen schenkt. Am Morgen bin ich so wund, dass ich mich nicht bewegen kann, aber so zufrieden, dass es sich lohnt. Natürlich ist es auch möglich, dass ich mich deswegen nicht bewegen kann, weil sein schwerer Arm über meinen Brustkorb geschlungen ist und mich festhält, während er schläft – fast wie ein Kind mit einem Teddybär.

Grinsend über den unpassenden Gedanken, entziehe ich mich vorsichtig seiner Umarmung und schleiche auf Zehenspitzen in das angrenzende Badezimmer, wo fürsorglich eine nagelneue Zahnbürste für mich liegt. Ich versuche, so leise wie möglich zu sein, während ich mir die Zähne putze und mein Geschäft erledige, bevor ich mir einen riesigen, weichen Bademantel anziehe, der an der Tür hängt. Er gehört offensichtlich ihm, und hoffentlich stört es ihn nicht, wenn ich ihn mir ausleihe, um zurück in mein Zimmer zu kommen.

Immerhin hat er mein Kleid zerrissen.

Der Gedanke ist sowohl beunruhigend als auch erheiternd. Mein Puls beschleunigt sich, wenn ich daran denke, wie er reagiert hat, als ich vorgeschlagen habe, zu gehen. Ich weiß nicht, was ich gedacht hatte, wie er reagieren würde, wenn er von meiner misslichen Lage erfährt, aber es war definitiv nicht das hier gewesen.

Nichts ist zwischen uns geklärt, aber eines weiß ich jetzt mit Sicherheit, und das erfüllt mich mit großer Dankbarkeit und Hoffnung.

Trotz der Gefahr, die ich mitgebracht habe, will Nikolai nicht, dass ich gehe.

Ich bin nicht überrascht, dass er noch schläft, als ich ins Schlafzimmer zurückkehre. Mit dem Jetlag und dem langen Flug – und all dem Sex – muss er erschöpft sein. Ich halte die Seiten des Bademantels hoch, um zu verhindern, dass er auf dem Boden schleift, und gehe leise zur Tür, aber als ich am Bett vorbeigehe, kann ich dem Drang nicht widerstehen, stehen zu bleiben und meinen neuen Liebhaber anzustarren.

Denn das ist es, was mein wunderschöner, geheimnisvoller russischer Arbeitgeber jetzt ist.

Mein Liebhaber.

Er ist bis zur Hüfte mit einer Decke zugedeckt und liegt halb auf der Seite, halb auf dem Rücken, das Gesicht ist mir teilweise zugewandt, und ein muskulöser Arm ist um seinen Kopf gelegt. Manche

Männer sehen schlafend jünger und weicher aus, aber nicht Nikolai. Der Schlaf verstärkt nur die gefährliche, animalische Seite, die ich in ihm gespürt habe – auch wenn das seine markante männliche Schönheit noch verstärkt. Da seine intensiven Augen geschlossen sind, kann ich sehen, wie lang und dicht seine tiefschwarzen Wimpern sind, wie scharf seine Wangenknochen. Seine Lippen sind leicht geöffnet, aber selbst in diesem entspannten Zustand liegt etwas Zynisches in ihrer Wölbung, eine böse Sinnlichkeit in der Art und Weise, wie ihre Weichheit im Gegensatz zu dem Hauch von Stoppeln steht, die die harten, gemeißelten Linien seines Kiefers verdunkeln.

Ich könnte hier eine ganze Stunde lang stehen und ihn anstarren, aber das wäre gruselig, und außerdem muss ich zurück in mein Zimmer und mich anziehen, bevor der Rest des Haushalts aufwacht. Ich weiß nicht, wie spät es ist, aber dem sanften Licht nach zu urteilen, das durch die Jalousien dringt, ist es nicht lange nach Sonnenaufgang – was Sinn ergibt, wenn man bedenkt, wie früh ich letzte Nacht eingeschlafen bin.

Mit einem letzten Blick auf den schlafenden Nikolai schleiche ich mich aus dem Zimmer. Wie ich gehofft hatte, ist niemand in der Nähe, und das Haus ist völlig still, als ich mich auf den Weg zu meinem Schlafzimmer mache. Es ist mir nicht besonders peinlich, was passiert ist – früher oder später wird jeder wissen, dass wir zusammen sind – aber Nikolai und ich müssen zuerst darüber reden, genauso wie über alles andere.

Ich fühle mich immer noch schrecklich, weil ich ihn und seine Familie in Gefahr bringe, und nur das Wissen, dass sie all diese Wachen und Sicherheitsmaßnahmen haben, hält mich davon ab, in mein Auto zu springen und trotzdem zu fliehen. Na ja, das und die Tatsache, dass ich immer noch nicht meine Autoschlüssel habe.

Ich werde ernsthaft darauf bestehen, so schnell wie möglich einen Schlüsseldienst kommen zu lassen.

Ich trete in mein Zimmer, schließe die Tür hinter mir und will gerade den Morgenmantel ausziehen, als ich die Gestalt auf meinem Bett entdecke.

Mein Herz springt in meinen Hals, selbst als ich erkenne, wer es ist.

»Hatten du und Kolya einen schönen Fick?«, fragt Alina und erhebt sich. Als sie unsicher auf mich zukommt, barfuß und nur mit einem durchsichtigen Peignoir bekleidet, sehe ich das übermäßig helle Glitzern ihrer Augen und erkenne, dass sie etwas genommen hat.

Etwas viel Stärkeres als Gras.

4 7

CHLOE

»Was machst du hier?«, frage ich, und mein Herzschlag erhöht sich, als sie schwankend vor mir stehen bleibt. Wenn ich irgendwelche Zweifel an ihrem Zustand gehabt hätte, hätten sie sich spätestens in dem Moment aufgelöst, als ich ihre riesigen schwarzen Pupillen betrachte und ihren kränklich-süßen Atem rieche. Zum ersten Mal, seit ich Nikolais Schwester kenne, trägt sie kein Make-up, und ihr schönes Gesicht ist blass und geschwollen, ihre grünen Augen rot umrandet und von Schatten umgeben.

»Ich habe auf dich gewartet.« Ihre hübschen Lippen sind blutleer, als sie sich zu einem ungleichmäßigen Lächeln ausdehnen. »Mein Bruder wollte, dass du gestern Mittag das Geld für die erste Woche bekommst, aber ich fühlte mich nicht gut genug, um früher als am Abend aus dem Bett zu kommen, also bin ich vorbeigekommen, um das abzugeben.« Sie winkt mit einer Hand auf den dicken Umschlag, der auf dem Nachttisch liegt.

»Warst du die *ganze Nacht* hier?«

Sie lacht zu mir hoch. »Sei nicht albern. Ich ließ den Umschlag hier und ging. Aber ich konnte nicht schlafen, also bin ich heute Morgen nochmal vorbeigekommen, um nach dir zu sehen – und du warst immer noch nicht da. Also ...« Ihr Blick fällt auf meinen Bademantel. »Hattest du eine schöne Zeit beim Ficken mit meinem Bruder? Man munkelt, dass er unglaubliche Fähigkeiten hat.«

Hitze bereitet sich auf meinem Gesicht aus. »Ich denke, du solltest besser gehen.«

»Das werde ich. Sag mir nur noch eins, Chloe ... Hast du dich schon in ihn verliebt? Hat dich sein hübsches Gesicht dazu verleitet, zu denken, dass er doch dein Prinz mit goldenem Umhang ist?«

Ich atme tief ein. »Alina, hör zu ... Ich weiß nicht, welchen Streit du mit deinem Bruder hast, aber ich denke, es ist das Beste, wenn wir reden, wenn es dir besser geht. Nikolai und ich *haben* angefangen, uns näher kennenzulernen, aber das bedeutet nicht ...«

Sie schwankt auf mich zu. »Armes Kind. Er hat dich umgarnt, nicht wahr?«

»Langsam.« Ich ergreife ihre Schultern, um ihr Halt zu geben, dann drehe ich sie um und marschiere mit ihr zur Tür. »Wir werden später darüber reden.«

Sie windet sich aus meinem Griff. »Du verstehst das nicht. Ich versuche, dir zu helfen.« Ihre glasigen

Augen sind groß und flehend. »Du musst mir zuhören. Er ist genau wie *er*.«

Ich sollte in diesem Zustand auf nichts hören, was sie sagt, aber ich kann einfach nicht anders. »Er?«

»Unser Vater. Kolya ist in *jeder* Hinsicht sein Abbild.« Sie greift nach dem Revers meines Bademantels. »Verstehst du das? Er ist ein Monster, ein Killer. Er …« Sie hält inne, und ihr Gesicht wird noch blasser, als sie erkennt, was sie gesagt hat.

Sie lässt meinen Bademantel los und weicht zurück, während ich sie anstarre. Mein Magen zieht sich zusammen, als jeder Verdacht, den ich jemals bezüglich der Molotows hegte, auftaucht wie ein vergifteter Korken in einem Brunnen. Alina hat eindeutig den Verstand verloren, aber ihren Bruder einen Mörder zu nennen?

Das ist keine Anschuldigung, die man grundlos in den Raum wirft, selbst wenn man betrunken oder high ist.

Sie tastet bereits nach dem Türgriff, als ich meine schockbedingte Lähmung abschüttele und ihr hinterherrase. »Wovon redest du?« Ich ergreife ihren Arm und drehe sie zu mir herum. »Wovon zum Teufel redest du?«

Sie schüttelt den Kopf, und Tränen laufen aus ihren Augenwinkeln. »Nichts. Es ist nichts. Vergiss es. Ich wollte einfach nicht, dass du so endest wie sie.«

»Sie?«

»Geh einfach, Chloe. Geh, bevor es zu spät ist.«

Ich beiße die Zähne zusammen. »Ich kann nicht.

Pavel hat meine Autoschlüssel verloren. Aber selbst wenn ich sie hätte, würde ich auf keinen Fall einfach …«

»Ich habe sie gefunden. In Kolyas Nachttischschublade.«

Ich taumele zurück. »Was? Wann?«

»Gestern Morgen, als ich in sein Zimmer ging, um das Geld für dich zu holen.« Ihre jadegrünen Augen sehen gequält aus. »In dem Moment wusste ich es.«

Ein Schauer legt sich um meine Wirbelsäule. »Was wusstest du?«

Sie ignoriert meine Frage, geht um mich herum und macht sich unsicher auf den Weg zum Bett, wo sie anfängt, mit der Hand durch die Falten der Decke zu fahren. »Hier.« Sie hält ein paar Schlüssel an einem pinken, pelzigen Schlüsselbund hoch. »Das ist ein weiterer Grund, warum ich hierhergekommen bin – um dir das zu geben.«

Das unwohle Gefühl in meinem Magen verstärkt sich. Sie lügt. Sie muss lügen. Sie hätte die Schlüssel überall finden können, wo auch immer Pavel sie verloren hat. Denn wenn sie nicht lügt, wenn sie gestern Morgen in Nikolais Nachttisch waren, dann waren sie nie weg. Das – oder Nikolai hat sie gefunden, bevor er zu seiner Reise aufbrach. Vor unserem Video-Chat, in dem er behauptete, Pavel könne sie nicht finden.

Als ob sie meine Gedanken lesen könnte, sagt Alina: »Pavel verliert übrigens keine Dinge. Ich kenne ihn schon mein ganzes Leben lang, und er hat noch nie auch nur eine löchrige Socke verlegt – zumindest nicht aus Versehen. In dieser Hinsicht ist er wie mein Bruder. Was auch immer er tut, es ist geplant.«

Mein Herz hämmert gegen meinen Brustkorb wie ein Holzhammer. »Gib mir die Schlüssel.« Ich gehe auf sie zu, reiße sie ihr aus der Hand und stecke sie in die Tasche des Bademantels. Mein Verstand rast, und meine Gedanken sind durcheinander wie bunte Glasstücke in einem Kaleidoskop. Ich weiß nicht, was ich denken, was ich glauben soll.

Warum sollte Nikolai wegen meiner Schlüssel lügen?

Warum sollte Alina es tun?

»Was hast du gemeint, als du deinen Bruder einen Mörder genannt hast?«, frage ich und schaue in ihre von den Drogen benebelten Augen. »Wer ist *sie*?«

Ihr Gesicht verzieht sich. »Das willst du nicht wissen. Glaub mir, das willst du nicht.«

»Ich will. Sag es mir.«

Sie schüttelt den Kopf, und weitere Tränen fließen aus ihren Augen.

»Alina, bitte … ich muss es wissen. Ich muss es wissen, weil – weil du recht hast. *Ich* …« Ich hole tief Luft, und meine Brust zieht sich zusammen, als die Wahrheit zu mir durchdringt. »Ich *bin* dabei, mich in ihn zu verlieben, und zwar schnell.«

Ihre Schultern zittern vor lauten Schluchzern, als sie auf den Boden sinkt, den Rücken gegen das Bett lehnt, ihr langes Haar nach vorne fällt und sie ihr Gesicht verbirgt, während sie ihre Knie umarmt.

Verzweifelt knie ich mich vor ihr hin. »Bitte, Alina. Ich muss es wissen. Wieso ist er wie dein Vater? Wie kann er ein Monster sein? Was ist passiert? Wen soll er denn getötet haben?«

Für mehrere lange Momente gibt es keine Antwort. Schließlich hebt sie ihren Kopf, und durch den schwarzen Schleier ihrer Haare sehe ich die Qualen in ihren Augen. »Unseren Vater.« Die Worte kommen in einem gebrochenen, abgehackten Flüstern heraus. »Er hat sie getötet. Und dann hat Kolya ihn getötet. Hat ihn aufgeschlitzt, genau hier …« Ihre Stimme bricht. »Direkt vor meinen Augen.«

Und während ich sie anstarre, stumm vor Entsetzen, vergräbt sie ihr Gesicht an ihren Knien und weint.

48

CHLOE

ein Magen ist eine Grube aus Eis und aufgewühlter Säure, und meine Finger sind taub und ungeschickt, als ich meine alten Klamotten in den Koffer stopfe. Alina liegt auf meinem Bett und schläft, da die Drogen und die schlaflose Nacht endlich ihren Tribut gefordert haben.

Ich weiß nicht, wohin ich gehe oder was ich tue. Ich weiß nur, dass ich gehen muss. Jetzt sofort. Bevor Nikolai aufwacht. Wahrheit oder Lüge, Realität oder Wahnsinn, ich habe keine Chance, das alles zu klären, solange ich hier bin, unter seinem Dach und seiner Gnade ausgeliefert, mit dieser überwältigenden Chemie, die zwischen uns brodelt und mich immer tiefer in seinen tödlichen Bann zieht.

Ich bin mir nicht sicher, was ich erwartet hatte, von Alina zu hören. Ein Eingeständnis, dass sie zur Mafia gehören? Und vielleicht tun sie das auch. An diesem Punkt würde mich nichts mehr überraschen. Von

Anfang an haben mich meine Instinkte vor Nikolai gewarnt, und ich hätte sie beherzigen sollen.

Ich hätte auf die Stimme in meinem Kopf hören sollen.

Du wirst nicht gehen.

Gestern wirkte seine inbrünstig geäußerte Aussage romantisch, wenn auch etwas selbstherrlich, sein Besitzanspruch eher erregend als Grund zur Sorge. Aber jetzt, wo Alinas Enthüllungen in meinen Ohren nachklingen und meine nicht mehr verlorenen Schlüssel durch die Tasche meiner Jeans gegen mein Bein drücken, kann ich nicht anders, als seine Worte in einem anderen, unendlich viel düstereren Licht zu sehen.

Wollte er mir die Schlüssel nie zurückgeben?

War ich de facto die ganze Zeit eine Gefangene?

Hektisch werfe ich die letzten Klamotten hinein und schließe den Koffer, dann schlüpfe ich in meine alten Turnschuhe und nehme den Umschlag mit dem Geld vom Nachttisch und stopfe ihn in meine Tasche. Mein Herz klopft so stark, dass mir davon schlecht wird, oder vielleicht bin ich auch einfach nur herzkrank.

Ich wollte einfach nicht, dass du so endest wie sie.

Ich habe immer noch keine Ahnung, auf wen sich Alina bezog, da sie nach dem Aufschlitzen zusammenhangslos wurde und schluchzte, bis sie vor Erschöpfung einschlief – kein Wunder. Es hört sich so an, als ob sie Zeuge des Mordes von Nikolai an ihrem Vater war – und vielleicht auch dieser mysteriösen *Sie*.

Eine Ex-Freundin von ihm? Oder, noch schlimmer, ihre Mutter? Oder bezog sich der *Er-hat-sie-getötet*-Teil auf ihren Vater, der angeblich auch ein Monster war?

Ich bemühe mein Gedächtnis, um mich an irgendeine Erwähnung zu erinnern, wie Nikolai und Alinas Eltern gestorben sind, aber in den russischen Artikeln, auf die ich gestoßen bin, gab es nichts. Nikolai hat heftig reagiert, als ich ihn nach seinen Eltern gefragt habe, aber ich habe es auf Trauer zurückgeführt. Aber was ist, wenn mehr dahintersteckt? Was, wenn es Schuld und Wut gibt, den Selbsthass eines Mannes, der das Unverzeihliche getan hat, das abscheulichste aller Verbrechen begangen hat?

Ich weiß nicht, ob ich das von Nikolai glaube. Ich will es nicht glauben. Trotz der Dunkelheit, die ich in ihm gespürt habe, trotz seines wilden Hungers nach mir, habe ich mich letzte Nacht in seiner Umarmung sicher gefühlt. Seine Rauheit war mit Zärtlichkeit gemildert worden, seine Kraft sorgfältig kontrolliert. Und die Art und Weise, wie er sich danach um mich kümmerte, mich wusch, mich fütterte, mich so zärtlich hielt …

Ist ein Monster fähig, sich zu kümmern?

Kann ein Psychopath so gut Gefühle vortäuschen?

Vielleicht stimmt nichts von dem, was Alina gesagt hat. Vielleicht war es ein Trick, um mich zum Gehen zu bewegen, um eine Beziehung zu beenden, die sie von Anfang an missbilligt hat. Wenn ich mit Nikolai spreche, wird er mir vielleicht alles erklären und mir beweisen, dass Alina einfach nur krank ist, verrückt geworden von all den Drogen.

Das ist ein verlockender Gedanke, so verlockend, dass ich, als ich aus meinem Zimmer trete, stehen bleibe und sehnsüchtig den Flur hinunterschaue, wo die Tür zu Nikolais Schlafzimmer noch fest verschlossen ist. Ich möchte ihm so gerne vertrauen, und unter anderen Umständen würde ich das auch. Wenn wir ein normales Paar in einer Wohnung in einer Stadt wären, würde ich den Flur hinuntergehen und eine Erklärung verlangen, mir seine Seite der Geschichte anhören, bevor ich entscheide, was zu tun ist. Aber ich kann dieses Risiko nicht eingehen, nicht, wenn ich auf diesem abgelegenen, hochsicheren Anwesen so vollständig in seiner Macht stehe.

Niemand weiß, dass ich hier bin.

Niemand wird es wissen oder sich darum kümmern, wenn ich für immer verschwinde.

Das einzig Vernünftige ist, jetzt zu gehen, zu gehen und die Situation aus der Ferne zu beurteilen. Sobald ich irgendwo in einem Motel bin, kann ich Nikolai kontaktieren und ihn wissen lassen, was passiert ist, warum ich gegangen bin. Wir können das per E-Mail oder am Telefon besprechen, und ich kann noch weiter im Internet recherchieren, um zu sehen, ob ich etwas über den Tod seiner Eltern herausfinden kann.

Das muss nicht für immer sein, nur für jetzt.

Nur bis ich die Wahrheit kenne.

Trotzdem fühlt sich mein Herz quälend schwer an, als ich meinen Koffer die Treppe hinunter und zur

Garageneinfahrt im hinteren Bereich trage. Nicht nur, dass ich Slava vermissen werde, auch die bloße Möglichkeit, Nikolai nie wiederzusehen, erfüllt mich mit tiefer Furcht. Genauso wie das Wissen, dass ich hinausgehe, dorthin, wo die Mörder meiner Mutter immer noch Jagd auf mich machen. Aber ich bin ihnen schon einmal ausgewichen, und ich muss daran glauben, dass ich es wieder tun kann – vor allem mit all dem Bargeld in der Hand. Als ich aus Boston floh, hatte ich nur ein paar Zwanziger in meinem Portemonnaie, plus die fünfhundert, die ich von einem Geldautomaten abhob, bevor ich meine Geldkarte zusammen mit allem anderen, was verfolgt werden konnte, wegwarf.

Es wird schon gut gehen.

Ich werde es schaffen.

Das muss ich glauben.

Ich schlucke den wachsenden Knoten in meinem Hals herunter, nähere mich meinem Auto und werfe meinen Koffer in den Kofferraum. Dann drücke ich den Knopf, um das Garagentor zu öffnen, und beobachte, wie es sich lautlos hebt. Keine langsamen, lauten Mechanismen hier, Gott sei Dank. So leise ich kann, starte ich das Auto, verlasse die Garage und fahre um das Haus herum zur Einfahrt.

Ich muss mich zusammenreißen, um den Berg ruhig und gelassen hinunterzufahren, so als hätte ich es nicht eilig. Wenn die Wachen die Straße beobachten, dürfen sie keinen Verdacht schöpfen. Eiskalter Schweiß rinnt mir den Rücken hinunter, und meine

Fingerknöchel werden weiß am Lenkrad, als ich auf das große Metalltor zufahre.

Was ist, wenn Nikolai ihnen Anweisungen gegeben hat, mich nicht hinauszulassen?

Was, wenn ich hier wirklich eine Gefangene bin?

Aber das Tor gleitet auf, als ich mich ihm nähere, und niemand hält mich auf, als ich hindurchfahre. Ich zittere vor Erleichterung und behalte mein langsames, gleichmäßiges Tempo für weitere dreißig Sekunden bei, bis ich außer Sichtweite bin. Dann gebe ich Gas und fahre weg von dem sicheren Hafen, der die Höhle des Teufels sein könnte.

Weg von dem Mann, nach dem ich mich mit jeder Faser meines Herzens sehne.

49

NIKOLAI

*A*ls ich aufwache, summt mein Körper vor Zufriedenheit, und mein Geist ist mit einem größeren Frieden erfüllt, als ich ihn je gekannt habe. Die letzte Nacht war genau so, wie ich sie mir vorgestellt hatte, nur noch besser. Ich kann sie immer noch fühlen, riechen, auf meinen Lippen schmecken. Lächelnd drehe ich mich auf die Seite und taste nach ihrem kleinen, warmen Körper. Als meine Hand nur auf eine zusammengeknüllte Decke stößt, öffne ich die Augen und sehe mich im Raum um.

Chloe ist nicht da. Das ist enttäuschend, aber nicht überraschend, wenn man das helle Sonnenlicht betrachtet. Sie hat wahrscheinlich schon gefrühstückt und unterrichtet Slava. Vielleicht sind sie sogar auf einer Wanderung. Normalerweise hätte ich gehört, wenn sie aufsteht – ich habe einen leichten Schlaf –, aber ich hatte über dreißig Stunden nicht geschlafen, und der Jetlag hat mich hart getroffen.

Meine Stimmung verdüstert sich ein wenig, und mein Adrenalinspiegel steigt, als ich an das Video denke, das meine Gedanken auf dem Flug dominierte und mich davon abhielt, zu schlafen. Und an alles andere, was Chloe mir erzählt hat. Die Vorstellung, dass jemand da draußen sie verletzen, sie töten will, erfüllt mich mit glühender Wut, die nur durch das Wissen gemildert wird, dass sie nicht an sie herankommen können, solange sie sich auf meinem Grund und Boden befindet.

Die Vorsichtsmaßnahmen, die meine Familie vor unseren Feinden schützen, werden Chloe vor ihnen schützen, während ich daran arbeite, herauszufinden, wer sie sind.

Ich stehe auf und schreibe eine E-Mail an Konstantin, in der ich ihm alles mitteile, was ich gestern Abend erfahren habe. Dann gehe ich unter die Dusche, ziehe mich an und mache mich auf die Suche nach Chloe.

Ich beginne mit dem Zimmer meines Sohnes. Dort ist niemand, also gehe ich nach unten. Das Esszimmer ist leer, aber ich höre Stimmen aus der Küche, und als ich hineingehe, bin ich überrascht, dass Lyudmila Slava ganz allein mit Frühstück versorgt.

Er lächelt mich schüchtern an, und meine Brust füllt sich mit ungewohnter Wärme, als ich mich daran erinnere, wie er mich gestern Abend begrüßt hat. So sehr ich mich auch darauf konzentrierte, Antworten von Chloe zu bekommen, konnte ich nicht anders, als auf diese kleine, süße Stimme zu reagieren, die mich *Daddy* rief.

Ich wusste nicht, wie sehr ich mich danach gesehnt hatte, bis es passierte.

Bis *sie* es möglich machte.

»Guten Morgen, Slavochka«, murmele ich und lasse mich vor seinem Stuhl auf die Knie fallen. Ich wechsele ins Russische und frage: »Hattest du eine gute Nacht?«

Er nickt mit großen und wachsamen Augen, und mein Brustkorb zieht sich mit einem vertrauten, drückenden Schmerz zusammen. Ich möchte weggehen, das Gespräch beenden, um das Unbehagen loszuwerden, aber stattdessen nehme ich es an und lasse es mich fühlen, während ich meinen Sohn sanft anlächele.

Er ist so sehr – zu sehr – wie ich, aber vielleicht wird er mit Chloe in seinem Leben nicht in meine Fußstapfen treten.

Vielleicht wird er nicht aufwachsen und mich so hassen, wie ich meinen alten Herrn gehasst habe.

»Wo ist Chloe?«, frage ich, und mein Lächeln wird breiter, als seine Augen bei der Erwähnung ihres Namens aufleuchten.

»Ich weiß es nicht«, sagt er schüchtern und blickt zu Lyudmila auf, die gerade Beeren in seine Schüssel mit Weizenbrei gibt.

»Ich habe sie heute Morgen noch nicht gesehen«, sagt sie. »Vielleicht schläft sie noch?«

Mein Lächeln verblasst, und ein unangenehmes

Gefühl regt sich tief in meinem Bauch. Ich habe nicht in Chloes Zimmer nachgesehen, aber ich nahm an, dass sie mein Bett verließ, um in den Tag zu starten, nicht, um in ihrem Zimmer zu schlafen. Ich stehe auf und sage zu Slava: »Ich werde deine Lehrerin suchen gehen. Du freust dich auf deinen Englischunterricht, richtig?«

Er nickt entschieden, und ich grinse ihn an. Aus einem Impuls heraus zerzause ich sein Haar, so wie ich es bei Chloe gesehen habe, und ignoriere Lyudmilas überraschten Gesichtsausdruck, während ich wieder nach oben gehe.

Die Tür zu Chloes Zimmer ist geschlossen, also klopfe ich und warte ein paar Sekunden. Als keine Antwort kommt, öffne ich sie und gehe hinein.

Die Jalousien sind noch geschlossen und sperren das meiste Tageslicht aus, aber ich kann eine kleine Erhebung auf dem Bett unter der Decke erkennen.

Sie *schläft* wirklich.

Ein zärtliches Lächeln umspielt meine Lippen, als ich mich dem Bett nähere und mich auf die Kante setze. Sie liegt von mir abgewandt, die Decke bedeckt sie bis zum Hals, und nur ihr Haar liegt ausgebreitet auf dem Kissen. Aus irgendeinem Grund sieht es in diesem Licht viel dunkler aus, die goldenen Strähnen fehlen.

Ich lehne mich über sie, hebe meine Hand, um ihr sanft die Haare aus dem Gesicht zu streichen – aber dann reiße ich blitzschnell meine Finger zurück, während mein Herz zu rasen beginnt.

»Was zum Teufel machst du hier?«, knurre ich meine Schwester an, als sie sich auf den Rücken rollt und blinzelnd ihre Augen öffnet. »Wo ist Chloe?«

Sie blinzelt noch ein paarmal, dann setzt sie sich langsam auf. »Was?«, fragt sie heiser und schiebt sich mit einer unsicheren Hand die Haare aus dem Gesicht. Sie riecht wie ein Drogencocktail, stelle ich fest, und meine Wut wächst, als sie benommen fragt: »Was machst du in meinem Zimmer?«

Ich springe auf. »*Dein* verdammtes Zimmer?«

Sie starrt mich an. »Ich weiß nicht …« Ihr Blick schweift durch das Schlafzimmer, und die Verwirrung in ihrem Gesicht verwandelt sich langsam in entsetztes Verständnis. »Oh Scheiße. Chloe.«

Mein Magen zieht sich mit einer schrecklichen Vorahnung zusammen, und es kostet mich jedes Quäntchen Beherrschung, sie nicht zu packen und zu schütteln. »Wo zum Teufel ist sie? Was hast du getan?«

Meine Schwester richtet sich auf, und ihre Augen verengen sich auf mein Gesicht. »Ich? Was macht *du* in ihrem Schlafzimmer?«

»Alina«, warne ich sie durch zusammengebissene Zähne, und was immer sie in meinem Gesicht sieht, überzeugt sie davon, dass sie sich jetzt nicht mit mir anlegen sollte.

»Schau, ich habe vielleicht …« Sie befeuchtet ihre Lippen. »Ich habe ihr vielleicht ein paar Dinge erzählt.«

»Welche Dinge?«

»Über dich und ... und unseren Vater.«

Scheiße. »Was genau hast du ihr gesagt?«

»Wahrscheinlich mehr, als ich sollte«, gibt Alina zu, auch wenn sich ihr Kinn trotzig hebt. »Aber sie verdient es, zu wissen, worauf sie sich einlässt, meinst du nicht?«

Meine Hände ballen sich an meinen Seiten zu Fäusten, und Wut pulsiert durch jede Faser meines Körpers. Wenn es jemand anderes als meine Schwester wäre, würde er bereits verbluten. »Du hast ihr also *was* gesagt? Dass ich ihn getötet habe? Ihn wie einen verdammten Fisch ausgeweidet habe?«

Sie wird bleich, schaut aber nicht weg. »Ich weiß es nicht mehr genau.«

Natürlich tut sie das nicht. Sie war verdammt high – ist es wahrscheinlich immer noch.

Ich beuge mich über das Bett und ziehe ihr die Decke weg. Das ist meine Schuld, weil ich sie verhätschelt habe und sie in ihrer Schwäche schwelgen ließ. »Steh auf und zieh dich an«, knurre ich, als sie mit großen Augen zurückkrabbelt. »Wir werden diesen Ort von oben bis unten durchsuchen, und wenn wir sie finden, wirst du ihr sagen, dass du dir alles ausgedacht hast. Jedes einzelne Wort, verstanden?«

»Kolya ...« Es gibt einen seltsamen Unterton in ihrer Stimme. »Hast du in der Garage nachgesehen?«

Mein Blut gefriert. »Was?«

»Ich habe die Schlüssel in deiner Nachttischschublade gefunden«, sagt sie trotzig. »Und ich gab sie ihr zurück. Sie ist eine Person, kein Ding, und wenn sie gehen will, hast du kein Recht …«

»Du verdammte Idiotin«, flüstere ich, so überwältigt von Wut und Schrecken, dass ich kaum sprechen kann. »Sie wird von Attentätern verfolgt. Wenn sie hier weg ist und sie sie erwischen …«

Und während meine Schwester erblasst, drehe ich mich auf dem Absatz um und renne zur Garage.

Der Toyota ist definitiv verschwunden, und das Garagentor hochgefahren.

Heftig fluchend renne ich zurück ins Haus – und reiße fast Lyudmila um, die aus der Küche gekommen ist, um zu sehen, was der Lärm soll.

»Sag Pavel, dass ich ihn brauche. Jetzt«, rufe ich knapp in ihr erschrockenes Gesicht und renne die Treppe hinauf in mein Büro.

Ich schnappe mir meinen Computer, rufe die Aufnahmen der Torkameras auf und spule die Aufzeichnung zurück, bis ich Chloes Auto am Tor vorfahren sehe. Der Zeitstempel zeigt 7:05 Uhr an – vor gut zwei Stunden.

Mittlerweile könnte sie überall sein.

Sie könnte tot sein.

Der Gedanke ist so unerträglich, so lähmend, dass ich für einen Moment aufhöre, zu atmen. Dann setzt die Logik ein.

Es ist unmöglich, dass sie sie so schnell gefunden

haben, außer, Chloes Feinde lagerten direkt vor meinem Gelände. Und mit unseren Infrarot-Drohnen, die das Gebiet patrouillieren, hätten meine Wachen es gewusst, wenn sie dort gewesen wären.

Das wahrscheinlichste Szenario ist, dass es Chloe gut geht, auch wenn sie durch Alinas Enthüllungen ausgeflippt ist. Ich habe immer noch Zeit, sie zu finden und sie hierher zurückzubringen, wo sie in Sicherheit ist.

Ein bisschen ruhiger, rufe ich Konstantin per Videochat an.

»Ich möchte, dass du das Bildmaterial jeder Kamera im Umkreis von zweihundert Meilen um mein Grundstück nach jeder Sichtung von Chloes Auto in den letzten zwei Stunden durchsuchst«, sage ich, sobald das Gesicht meines Bruders den Bildschirm füllt. »Fang mit den Tankstellen an – Pavel erwähnte, dass das Auto kaum noch Sprit hat.«

Zu Konstantins Ehrenrettung sei gesagt, dass er keine Fragen stellt. »Ich werde meine Jungs gleich darauf ansetzen.«

»Ruf mich auf meinem Telefon an, wenn du etwas hast. Ich werde im Auto sein.«

Er nickt und trennt die Verbindung.

Ich rufe als Nächstes meine Wachen an. »Hol Kirilov und komm hoch zum Haus«, befehle ich, als Arkash abhebt. »Volle Ausrüstung. Wir gehen auf einen Roadtrip.«

Ich erwarte nicht, dass ich Probleme bekomme,

Chloe zurückzuholen, aber nur ein Idiot ist nicht auf das Schlimmste vorbereitet.

»Bin in zehn Minuten da«, antwortet Arkash.

Als ich auflege, klopft es an meiner Tür, und Pavel kommt herein.

»Das Mädchen?«, fragt er knapp, und ich nicke und schreite bereits auf die Wand im Hintergrund zu.

Ich drücke meine Handfläche auf eine verborgene Platte, und ein Teil der Wand gleitet beiseite und enthüllt einen kleinen Raum voller Waffen und Kampfausrüstung – die Hauptwaffenkammer des Hauses.

»Die volle Ausrüstung«, sage ich zu ihm und ziehe mein Shirt aus. »Wir werden sie zurückholen.«

Ich lege eine kugelsichere Weste an und ziehe ein Hemd darüber, um nicht aufzufallen. Pavel macht das Gleiche, und jeder von uns schnallt sich mehrere Waffen um.

Wenn wir in Schwierigkeiten geraten, werden wir bereit sein.

Kirilov und Arkash fahren bereits mit einem gepanzerten Geländewagen vor das Haus, als wir nach draußen treten. Pavel und ich springen auf den Rücksitz, und das Auto rast dermaßen die Auffahrt hinunter, dass der Kies fliegt. Ich habe kein konkretes Ziel vor Augen, aber es gibt nur eine Straße, die den Berg hinunterführt, und wo auch immer Chloe ist, wenn Konstantin mich anruft, werden wir näher an ihr dran sein, als wenn wir hierbleiben und warten würden. Außerdem können wir auch mit den nahegelegenen Tankstellen anfangen und schauen, ob jemand Chloe an einer von ihnen gesehen hat.

»Was ist passiert?«, fragt Pavel leise, als wir das Tor passieren. »Warum ist sie gegangen?«

Meine Oberlippe verzieht sich. »Alina.«

»Ah.« Dann verstummt er und starrt aus dem Fenster. Ich tue dasselbe und versuche, das schwere Pochen in meiner Brust zu ignorieren – und den wachsenden Schmerz des Verrats, der sich in ihr ausbreitet.

Mein *zajchik* ist weggelaufen.

Sie hat mich verlassen.

Einfach so, ohne ein Wort des Abschieds.

Es ist unvernünftig, so zu empfinden, ich weiß. Ich *bin* die Art von Mann, die sie fürchten und verachten sollte. Was auch immer meine Schwester in ihrem zugedröhnten Zustand ihr erzählt hat, muss mich in ein schlechtes Licht gerückt haben, aber das bedeutet nicht, dass Alinas Geschichte nicht stimmt.

Ich habe unseren Vater vor ihren Augen getötet.

Trotzdem tut es weh, dass Chloe mich verlassen hat. Sie hat sich mir hingegeben. Sie kam bereitwillig in meine Arme. Die letzte Nacht war so viel mehr als nur Sex, unsere Verbindung war so tief, dass ich sie in meinen Knochen spürte. Aber das scheint bei ihr nicht der Fall zu sein. Denn dann hätte sie gewusst, dass ich ihr nie etwas antun würde. Sie hätte mir vertraut, dass ich sie beschützen würde. Die Tatsache, dass sie lieber da draußen ist und sich der tödlichen Gefahr stellt, spricht Bände über ihre Meinung mich betreffend.

Sie hat Angst vor mir.

Sie hält mich für ein Monster.

Mein Kiefer verhärtet sich, und eine dunkle Entschlossenheit macht sich breit, als das Auto an Geschwindigkeit gewinnt. Ich hätte die Schlüssel in einem Safe aufbewahren sollen, nicht in meinem Nachttisch – und ich hätte definitiv die Wachen anweisen sollen, das Tor nicht für ihr Auto zu öffnen. Es ist mir nicht in den Sinn gekommen, dass sie nach der letzten Nacht weglaufen könnte, aber das hätte es sollen – und ich werde diesen Fehler nicht noch einmal machen.

Wenn ich sie zurückbekomme, wird sie nie wieder gehen.

Das werde ich nicht zulassen.

Ich werde alles tun, was nötig ist, um sie in Sicherheit zu bringen.

Die erste Tankstelle, an der wir halten, ist mit einem blassen, pickeligen Mittzwanziger mit einem Hauch von Bierbauch besetzt.

»Nein, die habe ich nicht gesehen«, sagt er, nachdem er sich Chloes Bild angeschaut hat. »Trotzdem eine Süße. Was ist mit ihr? Ist sie Halb-Asiatin? Latina?«

»Wie wäre es mit einem blauen Toyota Corolla, circa von Ende der Neunzigerjahre?«, frage ich leise, und was immer der Typ in meinem Gesicht sieht lässt ihn das bisschen Farbe verlieren, das er noch hatte. »Ist so ein Auto vorbeigekommen?«

»Nein, tut mir leid, Mann.« Er schluckt. »Ich hätte es gesehen. Ich habe heute nur zwei andere Kunden gehabt.«

Ich werfe einen Blick auf Pavel, der sein Kinn in Richtung Ausgang schüttelt.

Genau wie ich glaubt er nicht, dass der Typ lügt.

Die nächste Tankstelle ist diejenige bei der Stadt. Eine weißhaarige Kassiererin schaut von einer Zeitung auf, als Pavel und ich hereinkommen, und ihr trüber Blick schärft sich, während sie uns betrachtet.

Ich nähere mich dem Tresen und ziehe Chloes Foto heraus. »Haben Sie dieses Mädchen gesehen? Oder einen blauen Corolla, schätzungsweise von Ende der Neunzigerjahre?«

Die alte Frau setzt eine Brille auf und begutachtet das Foto sorgfältig, bevor sie zu mir aufschaut. »Sind Sie zwei Polizisten oder so?«, fragt sie mit heiserer Stimme.

Ich zügele meine Ungeduld nur mit Mühe. »Oder so. Haben Sie sie heute Morgen gesehen oder nicht?«

»Nicht heute Morgen, nein.« Sie blinzelt durch ihre Brille zu mir hoch. »Sehen Sie sich dieses hübsche Gesicht an … wie aus einem dieser Magazine. Und auch so schön gekleidet. Sind Sie ihr Freund, mein Lieber?«

Meine Hand verkrampft sich an der Kante der Theke. »Wann haben Sie sie gesehen?«

»Oh, vor etwa einer Woche. Sie hielt an, um zu

tanken, und fragte nach einer Stellenanzeige in der Zeitung. Seitdem habe ich sie nicht mehr gesehen, und das habe ich auch ihnen gesagt.«

Eis füllt meine Brust. »Ihnen?«

»Zwei Kerle, etwa so groß wie Sie. Kamen gestern gegen Abend vorbei. Haben mir ihr Bild gezeigt und so. Ich habe ihnen gesagt, dass ich sie nur das eine Mal gesehen habe und keine Ahnung habe, wo sie hin ist …«

»Wie sahen sie denn genau aus?«, schaltet sich Pavel ein, während ich wie erstarrt dastehe und mein Verstand eine Meile pro Sekunde rast.

Sie sind hier.

Sie wissen, dass sie hier war.

Schlimmer noch, sie wissen, dass sie sich meine Stellenanzeige angesehen hat.

»Die beiden Kerle? Na ja, groß, wie ich schon sagte. Der eine hat dunkles Haar, ein bisschen heller als er«, sie deutet auf mich, »der andere ist eher wie Sie. Sie wissen schon, grau gesprenkelt, aber schon ein wenig lichter.«

Pavels Kiefer spannt sich an. »Alter? Herkunft? Körperbau?«

»Nordischer Typ. Dreißig bis vierzig der Ältere, vielleicht. Irgendwie groß und muskulös.« Sie schaut mich von oben bis unten an. »Nicht so hübsch wie er, das ist sicher.«

»Sonst noch etwas?«, fragt Pavel. »Tattoos, Narben? Was hatten sie an?«

»Jeans, glaube ich. Oder Khakis? Ich weiß es nicht

mehr genau. Schwarze oder graue Hemden, vielleicht auch marineblau. Etwas Dunkles. Keine Narben, ich glaube nicht. Oh, aber«, sie erstrahlt, »der ältere hatte ein Tattoo auf der Innenseite seines Handgelenks. Ich habe den Rand davon unter seinem Ärmel gesehen.«

»Haben sie nach der Stellenausschreibung gefragt?«, frage ich und halte meine Stimme trotz der Wut und der Angst, die in mir aufsteigen, ruhig.

Ich muss wissen, wie schlimm die Situation ist, wie nah sie daran sind, sie zu finden.

Die Frau nickt. »Aber sicher doch. Sie wollten alles darüber wissen, wer und was und wo. Ich sagte ihnen, dass ich es nicht genau weiß, aber dass es wahrscheinlich das alte Jamieson-Grundstück oben in den Bergen war, das von dem reichen Russen aufgekauft wurde. Sagen Sie mal«, sie blinzelt zu Pavel hoch, »woher kommt eigentlich Ihr Akzent? Sie sind nicht zufällig vom …«

»Danke«, sage ich knapp und ziehe mein Handy heraus, um Konstantin anzurufen, während wir zurück zum Auto eilen.

Als mein Bruder abhebt, rattere ich die Beschreibung herunter, die wir bekommen haben, und verlange ein Update der Suche.

Jetzt ist es unendlich viel dringender, dass wir Chloe finden, bevor die Attentäter es tun.

»Noch nichts«, sagt Konstantin. »Obwohl – Moment mal. Ich rufe dich gleich zurück. Ich glaube, wir haben gerade einen Treffer gelandet.«

Ich war kurz davor, in den Geländewagen zu

springen, aber jetzt gehe ich vor ihm hin und her, und mein Adrenalinspiegel steigt mit jeder verstreichenden Sekunde.

Wir sind vielleicht schon zu spät dran.

Sie wissen von meinem Anwesen und Chloes Interesse daran.

Vielleicht lauerten sie nicht am Tor, als sie hinausfuhr, aber sie konnten nicht weit sein.

Ich drehe mich um und klopfe an das Fenster neben Pavel. »Lass ein medizinisches Team zum Gelände kommen«, sage ich ihm knapp. »Wir könnten es brauchen.«

Mein Handy vibriert in meiner Tasche und ich nehme es in die Hand. »Ja?«

»Keine Sichtungen, aber wir haben ein teilweise gelöschtes Band«, berichtet Konstantin. »Dieselbe digitale Signatur wie bei den anderen. Zwei Stunden ausgelöscht – und es sieht so aus, als wäre es vor etwa einer halben Stunde fertig gewesen. Wenn ich raten müsste, würde ich sagen, sie haben ihre Fährte aufgenommen und wollen nicht, dass das jemand erfährt.«

Ich bin schon halb im Auto. »Woher kommt das Band?«

»Eine Tankstelle etwa vierzig Meilen westlich von dir. Ich schicke dir die Koordinaten.«

Ich lege auf und befehle Kirilov, Gas zu geben.

50

CHLOE

Die Straße verschwimmt zum x-ten Mal vor meinen Augen, und ich wische mir ruckartig die Nässe von den Wangen. Ich weiß nicht, warum ich die Tränen nicht zurückhalten kann, warum meine Brust schmerzt, als hätte ich Mom gerade ein zweites Mal verloren. Die Banane, die ich an einer Tankstelle mitgenommen habe, liegt halb aufgegessen auf dem Beifahrersitz, und obwohl sie das einzige ist, was ich heute gegessen habe, muss ich mich bei dem Gedanken an einen weiteren Bissen übergeben.

Ich fahre wieder blindlings, in Richtung nirgendwo. Ich muss die ersten paar Stunden unter Schock gestanden haben, denn ich kann mich kaum daran erinnern, wie ich hierhergekommen bin. Ich weiß, dass ich das Auto irgendwo vollgetankt habe, denn die Tankanzeige zeigt an, dass der Tank voll ist, aber ich habe nur eine vage Erinnerung daran, wie ich in einen schmuddeligen Laden gegangen bin und bezahlt habe. Ich bin mir sicher, die Banane stammt auch von dort – ich habe sie automatisch mitgenommen –, aber ich erinnere mich nicht daran, dass ich sie gegessen habe, obwohl ich es getan haben muss.

Ich bin mir ziemlich sicher, dass sie selbst an den schmuddeligsten Tankstellen kein halb gegessenes Obst verkaufen.

Die Straße vor mir steigt an und macht scharfe Kurven, und ich zwinge mich zur Konzentration. Das Letzte, was ich brauche, ist, über eine Klippe zu fahren. Ich habe das Gefühl, dass ich mit jedem Kilometer, den ich zwischen mich und Nikolai bringe, mehr oder weniger genau das tue.

Ich habe das Richtige getan, das Kluge.

Ich sage mir das immer wieder, aber es hilft nicht, mindert nicht das Gefühl, dass ich einen schrecklichen Fehler gemacht habe. Es ist erst ein paar Stunden her, seit ich gegangen bin, doch ich vermisse Nikolai so sehr, als wären wir schon seit Monaten getrennt. Als er auf Geschäftsreise war, wusste ich, dass ich ihn wiedersehen würde, wusste, dass wir jeden Abend miteinander sprechen würden, aber jetzt gibt es keine solche Gewissheit.

Er kann sich weigern, mit mir zu sprechen, wenn ich ihn anrufe.

Vielleicht ist er so wütend, dass ich gegangen bin, dass er nicht will, dass ich zurückkomme.

Jetzt, wo ich hier draußen bin, weit weg von dem Anwesen, erscheinen mir Alinas Enthüllungen noch mehr wie das Geschwätz eines kranken, zugedröhnten Kopfes, und obwohl ich sie nicht einfach abtun kann, schaudert es mich bei dem Gedanken, Nikolai zur Rede zu stellen und ihn zu fragen, ob er tatsächlich seinen Vater getötet hat.

Welcher unschuldige Mann wäre von dieser Frage nicht beleidigt?

Welcher Freund wäre nicht wütend, dass seine Freundin solche monströsen Lügen glaubt?

Ich hätte bleiben sollen. Scheiße, ich hätte bleiben sollen. Auch wenn es sich zu dem Zeitpunkt riskant anfühlte, hätte ich Nikolai eine faire Anhörung ermöglichen sollen. Die Schlüssel beweisen nichts. Alina hätte sie die ganze Zeit haben können. Sie hätte sie sogar von Pavel gestohlen haben können. Wenn Nikolai mich meiner Freiheit berauben wollte, hätte er alle möglichen anderen Maßnahmen ergreifen können – zum Beispiel, den Wachen zu sagen, dass sie mich nicht hinauslassen sollen.

Und genau das ist der Knackpunkt, wird mir voller Entsetzen klar. Deshalb fühlt sich das, was mir beim Packen so vernünftig erschien, jetzt wie ein furchtbarer Fehler an. Denn in dem Moment, als ich durch das Tor fuhr, hatte ich den Beweis, dass ich gehen *konnte*, dass Nikolai nicht vorhatte, mich mit irgendwelchen finsteren Absichten dortzubehalten. Zuerst war ich zu panisch, um es zu bemerken, aber je weiter ich fuhr, desto tiefer setzte sich dieses Wissen fest und die Konsequenzen meiner impulsiven Handlungen lasteten mit jedem Kilometer mehr auf mir.

Ich hätte schon vor Stunden umkehren sollen.

Eigentlich hätte ich es in dem Moment tun sollen, als ich das Tor passierte.

Ich werfe einen hektischen Blick um mich. Überall Bäume und Klippen. Ich bin wieder tief in den Bergen, die Straße vor mir ist so schmal, dass sie kaum zweispurig ist. Ich kann hier nicht umdrehen. Das zu versuchen wäre Selbstmord.

Ich umklammere das Lenkrad fester und fahre weiter – und endlich sehe ich es.

Ein bisschen mehr Platz auf der linken Seite, wo die Straße eine Kurve macht.

Ich schaue in den Spiegel, dann geradeaus und zurück.

Nichts. Keine Autos. Ich bin ganz allein.

Ich bremse hart, mache eine illegale Kehrtwende und fahre zurück.

Ich bin zwanzig Minuten auf dem Rückweg und versuche verzweifelt, mich daran zu erinnern, ob ich an der kommenden Kreuzung rechts oder links abbiegen muss, als ein schwarzer Pick-up auf die Straße einbiegt und mir entgegenkommt.

Ein Schauer läuft mir über den Rücken, und die feinen Haare in meinem Nacken stellen sich auf.

Es könnte sein, dass meine Paranoia wieder Überstunden macht, aber diese getönten Scheiben kommen mir bekannt vor.

Es bleibt keine Zeit, um an mir zu zweifeln – in weiteren dreißig Sekunden werden wir aneinander vorbeifahren. Mit einem kräftigen Ruck am Lenkrad steuere ich das Auto auf eine kleine Schotterpiste, die den Berg zu meiner Rechten hinaufführt, und drücke aufs Gas, das klagende Wimmern des uralten Motors des Corollas ignorierend.

Wenn sie es nicht sind, werden sie mir nicht folgen.

Ich werde mich wie ein Idiot fühlen, aber besser so als tot.

Mein Herz pocht heftig in der Brust. Jede Sekunde ist von einem halben Dutzend Schlägen geprägt, während mein Blick zwischen dem Rückspiegel und der steilen Straße voller Schlaglöcher vor mir hin und her wechselt. *Bitte lass es nicht sie sein. Bitte lass es nicht zu, ...*

Der Pick-up erscheint im Spiegel, und seine dunkle Karosserie holt mich schnell ein.

Ich drücke das Gaspedal durch, und mein Atem ist abgehackt, während mein Auto über eine Reihe von Schlaglöchern hüpft. Das Adrenalin schwappt durch meine Adern und treibt meinen Puls in die Höhe, bis ich nur noch das Rauschen in meinen Ohren hören kann.

Pop!

Mein rechter Seitenspiegel explodiert, und mein Entsetzen verdoppelt sich, als ich einen Mann erblicke, der sich mit einer Waffe in der Hand aus dem Beifahrerfenster des Trucks lehnt. Instinktiv reiße ich das Lenkrad nach links und die nächste Kugel zertrümmert die Heckscheibe und schlägt ein Loch in die Windschutzscheibe, kaum einen Meter von meinem Kopf entfernt.

Die dritte Kugel zischt an meiner Schulter vorbei, und ich schmecke den Tod. Ich spüre seine eisigen, schuppigen Finger. Es ist all das Unerledigte, Ungesagte, all die Dinge, die nicht in Erfüllung gehen werden. Nikolai flüstert mir ins Ohr, wie sehr er mich will, wie sehr er mich liebt, und Slava kichert, während er mich fest umarmt. Es ist das bittere Wissen, dass diese Männer damit durchkommen werden, so wie sie mit Moms Mord durchgekommen sind, und das Bedauern, dass niemand jemals erfahren wird, wie ich gestorben bin.

Eine vierte Kugel durchschlägt den Sitz nur wenige Zentimeter von meiner rechten Seite entfernt, und ich reiße wieder am Lenkrad, will verzweifelt das Unvermeidliche vermeiden, um wenigstens eine Sekunde länger zu leben. Der Pick-up ist jetzt direkt hinter mir und ragt wie ein schwarzer Berg über meinem Corolla auf. Als ich versuche, dem nächsten Geschoss auszuweichen, rammt seine Stoßstange die meine so hart, dass mein Kopf nach vorne geschleudert wird.

Pop!

Feuer brennt durch meinen Oberarm, und das Gefühl ist so schneidend und plötzlich, dass es zunächst nicht wehtut. Stattdessen spüre ich, wie etwas Heißes und Nasses meinen Arm hinunterläuft, als der Truck wieder in mein Auto knallt und es durch den massiven Ruck erzittern lässt. Dann trifft mich eine übelkeitserregende Schmerzwelle, und mit der Verzweiflung eines sterbenden Tieres schnalle ich mich ab und stoße meine Tür auf.

Pop!

Was von der Windschutzscheibe übrig geblieben ist, zerspringt, als ich so hart auf dem Boden aufschlage, dass die Luft aus meinen Lungen zischt. Fassungslos drehe ich mich zweimal, bevor ich auf dem Rücken lande und entsetzt zuschaue, wie der LKW ein letztes Mal meinen Corolla rammt, ihn von der Straße drängt und gegen einen dicken Baum drückt. Mit einem ohrenbetäubenden Kreischen von Metall, das Metall zerquetscht, wird das alte Auto zusammengedrückt und fängt dann, genau wie in den Filmen, Feuer. Der Truck fährt sofort zurück und ein Rest an Kraft bringt mich auf die Füße.

Lauf, Chloe.

Ich atme keuchend ein und taumele auf meinen Beinen, die sich wie zerbrochene Streichhölzer anfühlen, auf die Bäume zu, wobei meine Knie bei jedem Schritt nachzugeben drohen. Mein Fuß bleibt an einer Wurzel hängen, und Schmerzen schießen durch meinen linken Knöchel – denselben Knöchel, den ich in Moms Schrank verdreht habe – aber ich beiße einfach die Zähne zusammen und zwinge mich, meine Schritte zu verlängern. Ich ignoriere das heiße Blut, das meinen Arm hinuntertropft, und den Schwindel, der mich wellenförmig überkommt. Ich kann nicht aufgeben, nicht, wenn ich leben will, also gehe ich

ANNA ZAIRES

weiter, humpele weiter vorwärts in einer zombiehaften Mischung aus gehen und laufen.

Eine männliche Stimme schreit etwas hinter mir, und ich zwinge mich dazu, das Tempo zu erhöhen. Abgehackte Schluchzer entweichen meinen Lippen, als eine weitere Kugel an meinem Ohr vorbeizischt und ein Ast vor mir zersplittert.

»Verdammte Schlampe!«

Ein sechster Sinn bringt mich dazu, mich zu ducken, und eine Kugel knallt in einen Baum, anstatt in mich, während ich zur Seite taumele.

Lauf, Chloe.

Moms Stimme ist klarer als je zuvor, und mit einem Kraftschub, von dem ich gar nicht wusste, dass ich ihn haben könnte, starte ich einen regelrechten Lauf. Mein Knöchel schreit jedes Mal auf, wenn mein Fuß den Boden berührt, meine Wahrnehmung verschwimmt vor Übelkeit und den Schmerzenswellen, aber ich renne mit allem, was ich habe.

Nur ist das nicht genug.

Nicht annähernd genug.

Eine lastwagenähnliche Kraft rammt mich, wirft mich von den Füßen, und ein massives Gewicht drückt mich in den mit Blättern übersäten Dreck. Ich kann nicht einmal keuchen, als alle Luft meine Lungen verlässt – und dann, wie durch ein Wunder, ist das Gewicht weg, und ich werde auf den Rücken gedreht.

Als sich mein Blick klärt, sehe ich einen riesigen dunkelhaarigen Mann auf mir sitzen, eine Waffe auf mein Gesicht gerichtet und den Mund zu einem triumphierenden Grinsen verzogen.

»Hab ich dich, du kleine Schlampe«, sagt er keuchend. »Und da du uns dafür arbeiten lassen hast, schuldest du uns etwas Spaß.«

51

CHLOE

*L*uft strömt in meine sauerstoffarmen Lungen, und ich schwinge blindlings meine Faust auf dieses selbstgefällige Gesicht. Er wehrt sie mit Leichtigkeit ab, und brutale Finger fangen mein Handgelenk ab und drücken es auf den Boden, während er den Lauf der Waffe unter mein Kinn klemmt.

»Noch eine Bewegung, und ich blase dir deinen verdammten Kopf weg«, knurrt er, und ich glaube ihm.

Ich sehe meinen Tod in seinen ausdruckslosen, dunklen Augen.

»Was soll der Scheiß, Arnold?«, ruft eine zweite Stimme, und ein weiterer Mann erscheint über uns. Er ist ebenfalls mit einer Pistole bewaffnet und sieht ein paar Dutzend Jahre älter aus als mein Verfolger. Er hat schütteres, grau gesprenkeltes Haar, und seine Haut ist von der Anstrengung des Laufens gerötet. Schwer atmend befiehlt er: »Schieß ihr eine Kugel in den Kopf – und fertig.«

»Noch nicht«, murmelt Arnold, dessen Blicke an meinem Mund kleben. »Sie ist hübsch. Ist dir das jemals aufgefallen?«

Die Stimme des anderen Mannes wird schroff. »Das ist nicht die Art, wie wir die Dinge erledigen.«

»Wen kümmert das einen Scheiß? Sie ist sowieso totes Fleisch. Wen kümmert es, wenn wir sie genießen, bevor wir sie begraben?«

Mein Magen hebt sich mit einer neuen Übelkeitswelle, und nur der kalte Lauf, der unter meinem Kinn klemmt, hält mich davon ab, dem Arschloch die Augen auszukratzen, als er mein Handgelenk loslässt und einen dicken, dreckigen Daumen auf meine fest zusammengepressten Lippen drückt.

»Beende einfach den verdammten Job.«

Der Tonfall des älteren Mannes ist schärfer, ungeduldiger, und für einen Moment habe ich halb Angst, halb Hoffnung, dass Arnold gehorchen wird. Aber er beugt sich einfach vor und fährt wie ein Hund mit einer feuchten, nach Fleisch riechenden Zunge über meine Wange – und als mir ein ungewollter Ekelschrei entweicht, stößt er seinen Daumen in meinen Mund und schiebt ihn so weit hinein, dass ich würge.

»Das ist gut, Schlampe«, flüstert er, und seine Augen glänzen vor Lust und wilder Erregung. »Das ist wirklich …«

Ein scharfes *Pop* durchbricht die Stille, und er reißt seine Hand zurück. Eine Millisekunde später ist er über mir auf den Beinen, die Waffe im Anschlag, während er sich blitzschnell herumdreht – aber nicht schnell genug.

Die zweite Kugel wirft ihn in den Baum hinter mir, und als ich auf Händen und Füßen nach hinten krabbele, sehe ich, dass der ältere Mann bereits am Boden liegt, mit offenem Mund und aufgerissenem Schädel, aus dem das Hirn herausquillt wie schimmeliger Hüttenkäse.

52

NIKOLAI

*N*och bevor das Geräusch meines letzten Schusses verklingt, bewege ich mich und springe hinter der Deckung der Bäume hervor, um den Abstand zwischen mir und Chloe zu verringern. Ihr Blick schreckt von dem toten Mann an ihrer Seite hoch, ihr Gesicht ist mit Dreck und Blut verschmiert, und ihre braunen Augen blicken verständnislos, als sie zurückweicht und sich ihr Mund bei meiner Annäherung zu einem stummen Schrei öffnet.

»Schscht, es ist alles gut. Ich bin es.« Ich lasse mich auf die Knie fallen, ziehe sie an mich und spüre das krampfhafte Zittern ihres Körpers – und meines. Ich zittere vor Erleichterung, Wut und den Nachwirkungen des Entsetzens bis in die Knochen, der schrecklichen Angst, dass wir zu spät waren.

Wir waren schon fast an der Tankstelle, als Konstantin mich erneut anrief, um mir mitzuteilen, dass sein Team das fast Unmögliche vollbracht hatte, sich in einen NSA-Satelliten zu hacken, und die genaue Position von Chloes Auto zu bestimmen – und die des schwarzen Pick-ups, der weniger als eine halbe Stunde hinter ihr war.

Zu sagen, dass wir jedes Tempolimit gebrochen haben, wäre eine Untertreibung. Arkash erholt sich immer noch von dem halben Dutzend Malen, die wir fast von einer Klippe geflogen sind. Und fast hätten wir es sowieso nicht geschafft. Das Entsetzen, das mich überkam, als ich ihr Auto als zusammengedrückten, brennenden Haufen sah … Wäre nicht der leere Pick-up daneben gewesen und der Klang der Schüsse in der Nähe, hätte ich meinen verdammten Verstand verloren.

Als ich sie auf dem Boden liegen sah, mit dem dunkelhaarigen Attentäter auf ihr, dessen Gesicht von verdrehter Lust gezeichnet war, drehte ich tatsächlich durch.

Der Wichser wollte sie vergewaltigen, bevor er sie tötete.

Das war der einzige Grund, warum sie nicht schon tot war.

Meine Arme ziehen sich reflexartig um sie zusammen, und sie gibt einen schwachen Laut der Verzweiflung von sich.

Ich ziehe mich sofort zurück. »Bist du verletzt, *zajchik*? Auf irgendeine Weise verletzt?«

Sie antwortet nicht, sondern starrt mich nur mit großen, leeren Augen an, deren Pupillen so weit geöffnet sind, dass ihre Iris schwarz aussehen. Sie steht unter Schock, und das ist kein Wunder. Selbst ein ausgebildeter Soldat wäre traumatisiert.

Vorsichtig lege ich sie hin und beginne, sie auf Verletzungen zu untersuchen, angefangen bei ihren Rippen und ihrem Bauch. Ich bin erleichtert, nur Schrammen und blaue Flecken an ihrem Oberkörper zu finden, aber als meine Hand über ihren rechten Arm streicht, zuckt sie mit einem schmerzerfüllten Schrei zusammen, und ihr Gesicht wird grau. Ich reiße meine Hand zurück, mein Puls schlägt doppelt so schnell beim Anblick des roten Fleckes auf meinen Fingern, während sie ihre Augen zusammenpresst und vor Schmerzen flach atmet.

Scheiße. Sie *ist* verletzt.

Ich beruhige meine Hände und reiße ihren Ärmel auf.

»Schusswunde?«, fragt Pavel auf Russisch, der an meiner Seite auftaucht. Ich nicke grimmig und reiße ein Stück von meinem Hemd ab, um einen provisorischen Verband zu machen.

»Sieht aus, als wäre sie sauber durchgegangen, aber sie verliert eine ordentliche Menge Blut.«

»Das tut er auch«, sagt Pavel und ich reiße meinen Blick von Chloe los, um ihren Angreifer anzusehen. Er sitzt zusammengesunken an einem Baumstamm ein paar Meter entfernt, Kirilov übt Druck auf seine Brustwunde aus, und Arkash steht über ihnen Wache.

»Ich glaube nicht, dass er lange genug durchhält, um ihn zurück auf das Gelände zu bringen«, sagt Pavel, während ich schnell den Verband fertigbinde und

Chloe weiter untersuche. Ihre Farbe ist ein wenig besser, aber ihre Augen sind immer noch geschlossen, und ihre Atemzüge sind für meinen Geschmack zu flach. »Wenn du ihn verhören willst, muss es jetzt sein.«

Scheiße. Ich habe absichtlich versucht, den Wichser nur zu verwunden, damit wir ihn verhören können. Wenn er stirbt, stirbt auch unsere Chance, Antworten zu bekommen.

Ich taste Chloe schnell zu Ende ab und springe auf. So sehr ich mein *zajchik* auch sofort zu einem Arzt bringen möchte, ihre Verletzungen sind nicht lebensbedrohlich – aber nicht zu wissen, wer ihre Feinde sind, könnte es sein.

Diese Männer sind Profis, was bedeutet, dass jemand sie angeheuert hat, jemand Mächtiges, und ich muss wissen, wer es ist.

»Pass auf sie auf«, sage ich zu Pavel und gehe zu unserem Gefangenen hinüber.

Er atmet ruckartig, sein Gesicht ist leichenblass, und die gesamte Vorderseite seines Körpers ist blutgetränkt.

Pavel hat recht. Er hat nicht mehr viel Zeit. Ich wollte ihm in die Schulter schießen, aber er hat sich zu schnell umgedreht, alarmiert durch die Kugel, die ich seinem Kollegen durch den Schädel jagen musste. Da Pavel und der Rest des Teams nicht mit meinem Terror-Sprint mithalten konnten, hatte ich keine andere Wahl, als die beiden Attentäter schnell auszuschalten, bevor sie Chloe etwas antun konnten.

Im Nachhinein betrachtet, hätte ich sie beide verwunden sollen.

Als ich mich vor den sterbenden Mann hocke, heben sich seine Lider und geben den Blick auf seine dunklen Augen frei.

»Wer zum Teufel seid ihr?«, fragt er mit heiserer Stimme, nur um dann erschöpft die Augen zu schließen.

»Mach dir darüber keine Sorgen.« Trotz der vulkanischen Wut, die in meinen Adern kocht, ist meine Stimme tödlich ruhig, kontrolliert. »Wer hat euch angeheuert? Warum seid ihr hinter ihr her?«

Seine Oberlippe verzieht sich zu einem Knurren. »Fick dich.«

»Du stirbst, weißt du? Ich kann dich in Frieden gehen lassen oder«, ich nehme mein Springmesser heraus und klappe es auf, »ich kann dich in Stücke hacken und dich jedes einzelne Stück spüren lassen.«

Seine Augen öffnen sich schwer. »Verpiss dich.«

Ich werfe einen Blick über meine Schulter. Chloe liegt vollkommen bewegungslos da, und ihre Augen sind geschlossen. Hoffentlich ist sie ohnmächtig oder zumindest so tief im Schock, dass sie den nächsten Teil nicht registriert.

So oder so, ich habe keine Wahl.

Ich muss Antworten bekommen, und zwar schnell.

Ich fange Arkashs Blick auf. »Tu es.«

Der Wachmann zieht eine Spritze heraus und sticht dem sterbenden Attentäter in den Nacken. Er injiziert ihm das patentierte Medikament unserer pharmazeutischen Abteilung – das, wofür das russische Militär Millionen bezahlt.

Der Mann reagiert zunächst kaum, er schlägt nur schwach mit einer Hand auf die Stelle der Injektion. Einen Moment später jedoch weiten sich seine Augen, und er setzt sich aufrecht hin. Seine Atmung beschleunigt sich, während Farbe in seine blassen Wangen schießt.

»Epinephrin gemischt mit ein paar anderen lustigen Substanzen«, sage ich ihm grausam. »Es wird dich hellwach halten bis zu dem Moment, an dem du abkratzt. Das werden entweder ein paar neutrale oder ein paar schreckliche Minuten von jetzt an sein. Deine Entscheidung.«

Er keucht jetzt, und der Schweiß läuft ihm über das Gesicht. »Wer zum Teufel *bist* du?«

»Wenn du nicht anfängst zu reden … der Mann, der dir deine letzten Momente zur Hölle macht.« Ich nicke Arkash und Kirilov zu, und sie ergreifen die Arme des Mannes und heben sie leicht über seinen Kopf, obwohl er sich wehrt.

»Letzte Chance«, fordere ich ihn auf, aber der Wichser starrt mich nur an.

Ich lächele düster. Ich hatte gehofft, dass er sich als schwierig erweisen würde. So sehr ich es auch bevorzuge, fair zu spielen, so sehr freue ich mich darauf, die Fähigkeiten, die Pavel mir beigebracht hat, anzuwenden.

Mit der Geschwindigkeit einer angreifenden

Klapperschlange steche ich mein Messer in die Niere des Mannes und drehe die Klinge um.

Der Schrei, der aus seiner Kehle dringt, ist kaum noch menschlich. Die Droge hält ihn nicht nur bei Bewusstsein, sie verstärkt auch alle Empfindungen und vergrößert den Schmerz um das Tausendfache.

Bevor er sich erholen kann, ziehe ich die Klinge heraus und schneide zweimal in seinen Bauch, wobei ich ein großes X in Haut, Fett und Muskeln hinterlasse.

Seine Augen wölben sich, und ein weiterer unmenschlicher Schrei dringt aus seinem Hals, als ich die dreieckigen Fleischlappen zurückklappe und sein Inneres offenbare.

»Hast du dich jemals gefragt, wie es sich anfühlt, wenn man dir ohne Betäubung die Eingeweide herausschneidet?«, frage ich im Plauderton. »Nein? Denn das wirst du gleich herausfinden. Eigentlich, Moment – ich glaube, das könnte dich zu schnell umbringen. Wir fangen unten an.« Mit einer weiteren schnellen Bewegung schlitze ich die Leiste seiner Jeans auf und entblöße seinen schlaffen Schwanz und seine Eier.

»Warte!« Seine Augen sind aufgerissen, als sich meine Klinge wieder senkt. »Ich – ich werde es dir sagen.«

Ich halte einen Zentimeter vor seinem verschrumpelten Schwanz inne. »Nur zu.«

»Ich weiß nicht, warum, okay? Er hat es uns nie erzählt.« Er hustet und spuckt Blut aus. »Er hat nur gesagt, dass wir sie ausschalten müssen.«

»Sie?«

»Die Frau und ... das Mädchen.«

Scheiße. »Ihr solltet sie beide an diesem Tag töten?«

»Ja.« Sein Gesicht wird mit jedem Moment blasser. »Aber das Mädchen war zu spät. Und dann hat sie uns irgendwie gesehen und ...« Er hustet wieder, schwach, und ich weiß, dass das Medikament den Kampf gegen seinen sterbenden Körper verliert.

»Wer war es?«, frage ich eindringlich, während seine Augenlider zufallen. »Wer hat dich angeheuert?« Ich drücke die scharfe Spitze des Messers gegen seine Eier. »Gib mir einen verdammten Namen!«

Seine Augen öffnen sich trübe, und er krächzt drei Silben heraus – einen Namen, der mich fast dazu bringt, mein Messer fallen zu lassen. Mein fassungsloser Blick trifft auf den Arkashs und Kirilovs. Auf ihren Gesichtern liegt der gleiche ungläubige Blick.

»Hast du gerade gesagt ...«, beginne ich zu sagen und richte meine Aufmerksamkeit wieder auf den Attentäter, nur um dann frustriert zu verstummen.

Seine Augen sind leer, sein Brustkorb unbeweglich, und sein Kopf fällt schlaff auf eine Seite.

Es ist vorbei. Der Wichser ist tot.

Ich springe auf, und mein Verstand geht wütend alles durch, was ich weiß.

Der Mann, den er genannt hat, hätte definitiv die Mittel, um dies zu tun, aber was ist seine Motivation? Die Verbindung? Wie hätten sich seine und Chloes Wege überhaupt kreuzen können?

Es sei denn ... sie haben es nicht.

Chloe war nicht die einzige Person auf seiner Abschussliste, auch ihre Mutter stand darauf.

Und dann trifft es mich wie eine Lawine.

Kalifornien. Junge Mutter, zum Zeitpunkt von Chloes Geburt noch minderjährig. Ein Vater, den sie nie kannte. Ein Vollstipendium, das aus dem Nichts kam.

Ein anderer Mann, einer mit einer normalen, liebenden Familie, würde niemals zu so einer verdrehten, dunklen Schlussfolgerung kommen. Aber ich bin ein Molotow, und ich weiß, dass geteiltes Blut keine Loyalität oder Sicherheit bedeutet.

Ich weiß, dass Liebe gewalttätiger sein kann als Hass.

Mit klopfendem Herzen drehe ich mich zu Chloe um.

Wenn ich recht habe, ist ihre bloße Existenz ein Skandal, der seine Karriere beenden würde – und ein weiterer sogenannter Vater verdient mein Messer.

CHLOE

ch bin in der Hölle. Entweder das – oder gefangen in einem Alptraum. Mein Arm brennt, mein Inneres brodelt, und jedes Mal, wenn sich der dunkle Dunst in meinem Kopf auflöst und ich meine Augenlider aufreiße, sehe ich, wie Nikolai etwas immer Schrecklicheres tut, während seine tiefe, sanfte Stimme Drohungen ausstößt, die Galle in mir aufsteigen lassen. Mein Magen krampft, und ich muss mich anstrengen, um mich nicht umzudrehen und mich zu übergeben.

Das ist nicht real.

Das kann nicht sein.

Der dunkle Schleier droht mich wieder zu überwältigen, und ich konzentriere mich darauf, kleine, flache Atemzüge zu nehmen, und meine Augen geschlossen zu halten. Es muss ein Traum sein, ein schrecklicher, bildhafter Traum oder eine Halluzination, die durch extremes Entsetzen hervorgerufen wird. Wie sonst sollte Nikolai hier sein? Wie hätte er mich finden können?

Andererseits … wie haben es die Mörder meiner Mutter geschafft?

Als ich die Augen wieder öffne, befinde ich mich auf dem Rücksitz eines fahrenden Geländewagens, bequem auf dem Schoß eines Mannes. Nikolais Schoß – ich würde diesen Zedern- und Bergamottenduft überall erkennen. Seine kraftvollen Arme sind um mich gelegt, halten mich fest, und mein Puls springt vor freudiger Erleichterung, als ich merke, dass dies kein Traum ist.

Nikolai ist hier.

Er ist gekommen, um mich zurückzuholen.

Ich muss irgendeinen Laut von mir geben, denn er zieht sich mit goldenen Augen in seinem angespannten Gesicht zurück. »Fast geschafft«, verspricht er, und seine Stimme ist rauer, als ich sie je gehört habe. »Der Arzt wartet schon.«

Während er spricht, spüre ich einen pochenden Schmerz in meinem rechten Arm, und ein allgemeines Gefühl von Benommenheit und extremer Schwäche, zusammen mit dem Gefühl, dass ich mit einem Knüppel auf den ganzen Körper geschlagen wurde. Letzteres muss vom Springen aus dem Auto stammen – und auch davon, dass ich von dem jüngeren Killer zu Boden gedrückt wurde. Mein Herzschlag verdreifacht sich, als ich mich an sein Gesicht über mir erinnere, den verdrehten Hunger in diesen gefühllosen, dunklen Augen.

ANNA ZAIRES

Wie bin ich von dort hierhergekommen?

Wie kommt es, dass Nikolai …

Abrupt klärt sich mein Verstand, und die Erinnerungen stürmen herein, eine ekliger als die andere. Der ältere Mann, dem der Schädel weggeblasen wurde … Nikolai sprang auf mich zu, die Waffe wie eine Verlängerung seiner Hand haltend … Sein Verhör des Mannes, der mich vergewaltigen wollte; die Drohungen, die Nikolai aussprach und die brutale, geschickte Art, wie er das Springmesser führte … Und die Schreie, diese rohen Schreie, die mir das Blut gerinnen ließen …

Ich fange an zu zittern, als mein Blick durch das Auto schweift. Ich nehme Pavels steinernes Gesicht neben uns wahr und die beiden gefährlich aussehenden Männer vorne. Ich habe sie noch nie gesehen, aber es müssen Wächter von dem Anwesen sein. Mein Blick fällt zurück auf Nikolais Gesicht, dieses perfekt geformte Gesicht, das abwechselnd wild und zart aussehen kann, und ich bemerke einen rötlich-braunen Streifen über einem hohen Wangenknochen.

Blut. Getrocknetes Blut.

Mein Zittern verstärkt sich. Nikolai interpretiert die Ursache falsch und streichelt meinen Kiefer, wobei sein wilder Ausdruck weicher wird. »Es ist okay, *zajchik*, du bist in Sicherheit. Sie können dich nicht mehr verletzen.«

Aber *er* kann es. Ich bin mir schmerzlich bewusst, dass ich diesem schönen, furchterregenden Mann ausgeliefert bin. Auf seinem Schoß gehalten zu werden unterstreicht nur die Größen- und Kraftunterschiede zwischen uns. Sein großer, kraftvoller Körper umschließt mich komplett, das muskulöse Band seines Armes an meinem Rücken ist so unentrinnbar wie jede Eisenkette. Nicht, dass ich überhaupt entkommen könnte – nicht mit seinen Männern hier, nicht, während der SUV mit voller Geschwindigkeit fährt.

Ich bin besser dran, wenn ich es nicht weiß, aber ich kann mir die Frage nicht verkneifen. »Das warst du, nicht wahr?« Meine Stimme kommt als angestrengtes Flüstern heraus. »Du hast ihm in den Kopf geschossen.«

Es ist, als ob sich ein Schleier über Nikolais Gesicht legt und jeder Hauch eines Gesichtsausdrucks verschwindet. »Ich hatte keine Wahl. Wenn ich ihn nur verletzt hätte, hätte er dich töten können, während ich mich um seinen Partner gekümmert hätte. Da sie zu zweit waren, musste ich schnell einen eliminieren.«

»Und der andere Mann …« Ich schlucke einen Schwall von Übelkeit hinunter, als ich mich an die Schreie erinnere. »Ist er …?«

»Tot, durch seine Verletzungen, ja.« Es liegt keine Reue in Nikolais Stimme, kein Anzeichen von Schuldgefühlen in seinem gleichmäßigen Blick, und in meinen Adern bilden sich Eissplitter, als mir klar wird, dass er das nicht zum ersten Mal getan hat.

Er hat andere getötet und gefoltert.

Einschließlich, höchstwahrscheinlich, seines eigenen Vaters.

»Halt an!« Die Worte fliegen aus meinem Mund,

bevor ich über sie nachdenken kann. Ich ignoriere den schwindelerregenden Schmerz in meinem Arm, klemme meine Hände zwischen uns und drücke gegen seine Brust, die sich aus irgendeinem Grund anfühlt, als wäre sie mit Stahl überzogen. In meiner Verzweiflung versuche ich es mit Betteln. »Bitte, Nikolai, lass mich raus. Ich brauche ... ich brauche nur eine Minute.«

Er rührt sich nicht, und auch keiner seiner Männer, als er leise sagt: »Wir sind fast zu Hause, *zajchik*. Nur noch ein paar Minuten.«

Zu Hause? Mein panischer Blick springt zum Fenster, und meine Brust zieht sich aus Angst zusammen, als ich die Straße erkenne, die zum Anwesen hinaufführt, deren steile Kurven ich erst heute Morgen entlanggefahren bin, als ich vor dem Mann geflohen bin, der mich festhält ... dem Mann, von dem ich nicht wirklich glaubte, dass er ein Mörder ist.

»Mach dir keine Sorgen. Ich habe den Arzt und sein Team hierherkommen lassen«, sagt Nikolai und beantwortet eine Frage, die sich gerade in meinem Kopf zu formen beginnt. »Sie haben alles mitgebracht, was sie brauchen, um dich zu behandeln.«

Ich betrachte seinen unnachgiebigen Gesichtsausdruck, und meine Angst wächst mit jeder Sekunde. »Ich würde ein Krankenhaus bevorzugen. Bitte, Nikolai ... bring mich einfach in ein Krankenhaus.«

»Das kann ich nicht.« Seine gemeißelten Züge

könnten genauso gut aus Granit sein. »Es ist nicht sicher.«

»Sicher? Aber ...«

»Die beiden waren nur angeheuerte Killer. Es gibt noch viele mehr, dort, wo sie herkommen.«

Meine Kehle wird trocken. In meiner Panik habe ich fast das Geheimnis um die Motivation der Mörder vergessen. »Ist es das, was er dir gesagt hat? Der Mann, den du ... befragt hast?« Ist meine Theorie am Ende doch richtig? Hat meine Mutter etwas mitbekommen, was sie nicht hätte mitbekommen sollen?

»Ja. Und, Chloe ...« Er umrahmt meine Wange mit seiner großen, warmen Handfläche, die zärtliche Geste täuscht über seine harten Züge hinweg. »Sie waren da, um euch beide zu töten.«

»Was?« Ich zucke zurück. »Nein, das ist unmöglich ...«

»Das hat der Attentäter gesagt. Wenn du nicht so spät nach Hause gekommen wärst ...« Er lässt seine Hand sinken, und ein Muskel zuckt heftig in seinem Kiefer.

»Aber das ist nicht ...« Ich halte inne, als Fragmente des Gesprächs, das ich an diesem Tag belauscht habe, in meinem Kopf auftauchen.

Sollte hier sein ... Vielleicht gibt es Staus ...

Ich hatte gehört, wie die Killer das gesagt hatten, aber aus irgendeinem Grund hatte ich nicht zwei und zwei zusammengezählt, hatte nicht bemerkt, dass sie über *mich* sprachen und auf *mich* warteten.

»Ich verstehe das nicht.« Ich zittere wieder, zittere

vor einer Kälte, die nichts mit der Klimaanlage im Auto zu tun hat. »Warum sollte jemand meinen Tod wollen? Ich habe nichts getan, ich kenne niemanden, ich bin einfach – einfach nur ich.«

Nikolais Ausdruck verändert sich, und ein seltsames Mitleid tritt in seinen Blick. »Nein, *zajchik*, ich glaube nicht, dass du das bist.«

»Was?« Ich drücke wieder gegen seine bizarr harte Brust – und werde fast ohnmächtig von der erneuten Explosion des Schmerzes in meinem Arm. Sein Gesicht verschwimmt vor meinen Augen, und ich kämpfe immer noch dagegen an, nicht ohnmächtig zu werden, als mich eine verblüffende Erkenntnis einholt.

Diese Härte ist eine kugelsichere Weste.

Im nächsten Moment jedoch vergesse ich das alles, denn Nikolai fragt: »Sagt dir der Name *Tom Bransford* etwas?«

Die Silben ergeben zunächst keinen Sinn. »Du meinst ... der Präsidentschaftskandidat?« Sobald die Frage meine Lippen verlassen hat, wird mir klar, wie absurd sie ist. Er kann unmöglich von dem kalifornischen Senator sprechen, der in diesen Tagen überall in den Nachrichten zu sehen ist, derjenige, den sie mit John F. Kennedy vergleichen. Ich muss mich verhört haben oder ...

»Genau den.« Seine Augen glänzen wie antikes Gold. »Es sei denn, es gibt noch einen Tom Bransford, der die Mittel hat, professionelle Attentäter anzuheuern, Überwachungsbänder zu löschen und Polizeiakten zu ändern.«

»Polizeiakten? Was …«

»Ich bin alle Akten zu deinem Fall durchgegangen«, sagt er sanft, »und es ist darin nichts über die maskierten Männer in der Wohnung deiner Mutter zu finden – oder den schwarzen Pick-up, der dich fast überfahren hat. Tatsächlich war es laut den offiziellen Unterlagen ein Nachbar, der deine Mutter entdeckt hat. Du bist angeblich nicht einmal aufgetaucht, um die Leiche zu identifizieren.«

»Das ist nicht wahr! Ich bin zum Revier gegangen und …«

»Ich weiß.« Sein Blick verfinstert sich. »Und es gibt noch mehr. Deine E-Mails an die Journalisten haben ihr Ziel nie erreicht. Jemand mit sehr speziellen Fähigkeiten hat dafür gesorgt, dass sie blockiert oder als Spam markiert wurden – und sie haben auch alle Beweise für deine Geschichte beseitigt, wie zum Beispiel Aufnahmen von Verkehrskameras und Überwachungsbändern, die gezeigt hätten, dass du angegriffen wurdest.«

Ich habe das Gefühl, dass sich unter mir ein Erdloch auftut. »Woher weißt du das alles?« Meine Stimme zittert, und meine Gedanken drehen sich wie Zweige in einem Tornado. Ich weiß nicht, was ich denken soll, was ich glauben soll, und der pochende Schmerz in meinem Arm ist nicht gerade hilfreich. »Wie hast du …«

»Weil ich auch Ressourcen habe. Darunter auch welche, die Bransford nicht hat.«

Natürlich. Deshalb hat er mich heute so schnell

gefunden – und deshalb bin ich völlig am Arsch, wenn er mir etwas antun will. Mein Herz pocht schmerzhaft, kalter Schweiß durchtränkt mein Hemd, während eine weitere Welle von Schwindel mich überrollt und schwarze Punkte an den Rändern meines Sichtfeldes tanzen lässt. Blutverlust, erkenne ich schemenhaft – das muss die Ursache dafür sein. Verzweifelt sauge ich Luft ein, aber es hilft nur wenig, und meine Stimme klingt, als käme sie aus weiter Ferne, als ich zittrig frage: »Warum bist du mir heute gefolgt? Warum …« Ich atme erneut ein. »Warum bringst du mich zurück?«

Seine Augen kehren zu ihrem hellen, wilden Tiger-Farbton zurück. »Warum sollte ich nicht?«

Weil ich weggelaufen bin, denke ich benommen. *Weil du höchstwahrscheinlich ein Psychopath bist, der unfähig ist, echte Gefühle zu empfinden. Denn nichts von alledem, vor allem nicht du und ich, ergibt einen Sinn.*

Am Ende nenne ich den einzigen Grund, den ich nennen kann und der mich am meisten belastet. »Weil wenn du mit Bransford recht hast, sind du und deine Familie in noch größerer Gefahr.« Meine Stimme schwankt, als eine weitere Welle der Benommenheit über mich hereinbricht. Trotzdem bleibe ich hartnäckig. »Du musst mich gehen lassen. Jetzt. Bevor es zu spät ist.«

Eine dunkle Wölbung berührt seine sinnlichen Lippen, und ein Schimmer von ironischer Belustigung entzündet sich in seinem Blick, während er sanft meine Wange streichelt. »Ich weiß nicht, ob du es mitbekommen hast, *zajchik*«, sagt er leise, »aber meiner

Familie und mir ist Gefahr nicht gerade fremd. Tatsächlich sind wir damit bestens vertraut.«

Dann küsst er mich, erst sanft, dann mit zunehmender Dringlichkeit, und trotz allem entfacht sich eine vertraute Hitze tief in meinem Inneren. Er vertieft den Kuss, seine Zunge paart sich mit meiner in einem urwüchsigen Tanz, der keine Rücksicht auf unsere fehlende Privatsphäre nimmt, und mein Kopf dreht sich, mein Schwindelgefühl nimmt zu, bis er der einzige feste Anker in meiner Welt ist. Überwältigt klammere ich mich an ihn, umklammere sein Hemd und während sich meine Gedanken im dunklen Sog des Verlangens auflösen, spielt es keine Rolle, dass ich gesehen habe, wie er heute zwei Leben genommen hat, dass er vielleicht die Definition eines Monsters ist.

Nichts ist wichtig, außer uns beiden, und als er mich nach Luft schnappen lässt, sind wir schon hinter dem Tor, zurück in seinem Reich.

»Keine Sorge, *zajchik*«, murmelt er, sein Daumen streicht über meine Unterlippe, während ein Schauer meinen geschundenen Körper durchfährt. »Wir werden der Sache auf den Grund gehen, das verspreche ich dir. Ich werde dich beschützen.« Und in seinen Augen lese ich das Unausgesprochene:

Auch ohne deine Zustimmung.

Die Geschichte von Nikolai & Chloe geht in *Der Käfig des Engels* weiter. Und wenn Ihnen *Die Höhle des Teufels* gefallen hat, hinterlassen Sie bitte eine Rezension.

Um über meine zukünftigen Bücher informiert zu werden, einschließlich weiterer Geschichten mit der Molotov-Familie, melden Sie sich für meinen Newsletter auf www.annazaires.com/book-series/deutsch/ an.

Haben Sie Lust auf mehr dunkle, spannende Liebesromane? Schauen Sie sich meine Bestseller-Serie *Mein Peiniger* an, die aufregende Geschichte eines russischen Attentäters, der auf Rache aus ist, und der Frau, von der er besessen ist.

Mögen Sie romantische Komödien, über die Sie laut lachen können? Mein Ehemann und ich schreiben gemeinsam unter dem Pseudonym Misha Bell Liebeskomödien. Holen Sie sich ein Exemplar unseres Debütromans *Hard Code – Der Test* und lernen Sie Fanny kennen, die schrullige Programmiererin, die mit der Aufgabe konfrontiert ist, Sexspielzeug zu testen, und ihren mysteriösen russischen Chef, der einspringt, um zu helfen.

Sind Sie ein Fan von Urban Fantasy? Dann hören Sie sich *Das Mädchen, das sieht* an, geschrieben von meinem Mann Dima Zales, die epische Geschichte einer Bühnenillusionistin, die entdeckt, dass sie über sehr reale Kräfte verfügt und einen heißen Alpha-Mann als Mentor hat, der ihr hilft, ihre Fähigkeiten zu verbessern.

Wenn Sie Hörbücher mögen, besuchen Sie bitte www.annazaires.com/book-series/deutsch/, um sich diese Serie und unsere anderen Bücher im Hörbuchformat anzuschauen.

Bitte blättern Sie jetzt um, um Auszüge aus *Mein Peiniger* und *Hard Code – Der Test* zu lesen.

AUSZUG AUS DER MEIN PEINIGER

Er kam mitten in der Nacht zu mir, ein grausamer, auf
dunkle Art und Weise schöner Fremder aus den
gefährlichsten Ecken Russlands. Er hat mich gepeinigt
und gebrochen, meine Welt für seine Rache zerstört.

Jetzt ist er zurück, aber er will nicht länger meine
Geheimnisse.

Der Mann, der meine Albträume beherrscht, will mich.

———

»Werden Sie mich umbringen?«

Sie versucht – erfolglos –, ihre Stimme ruhig zu
halten. Trotzdem bewundere ich ihren Versuch,
gelassen zu bleiben. Ich habe mich ihr an einem
öffentlichen Ort genähert, damit sie sich sicherer fühlt,
aber sie ist zu clever, um darauf hereinzufallen. Wenn

sie ihr etwas über mich erzählt haben, muss sie wissen, dass ich ihr schneller den Hals umdrehe, als sie nach Hilfe rufen kann.

»Nein«, antworte ich und beuge mich dabei weiter nach vorn, da ein lauterer Song beginnt. »Ich werde dich nicht töten.«

»Was wollen Sie dann von mir?«

Sie zittert in meinen Armen, und etwas an dieser Tatsache fasziniert mich und stört mich gleichzeitig. Ich will nicht, dass sie Angst vor mir hat, aber gleichzeitig mag ich es, dass sie mir ausgeliefert ist. Ihre Angst spricht das Raubtier in mir an, verwandelt mein Verlangen nach ihr in etwas Dunkleres.

Sie ist eine gefangene Beute, weich und süß und meine, die ich verschlingen kann.

Ich beuge meinen Kopf nach unten, vergrabe meine Nase in ihrem gut riechenden Haar und flüstere ihr ins Ohr: »Triff mich morgen um zwölf in dem Starbucks in der Nähe deines Hauses, und dort werden wir reden. Ich werde dir alles erzählen, was du wissen möchtest.«

Ich ziehe mich zurück, und sie starrt mich mit riesigen Augen in ihrem herzförmigen Gesicht an. Ich weiß, was sie denkt, also beuge ich mich erneut nach vorn, bis mein Mund sich neben ihrem Ohr befindet.

»Wenn du das FBI kontaktierst, werden sie versuchen, dich vor mir zu verstecken. Genauso wie sie versucht haben, deinen Ehemann und die anderen auf meiner Liste zu verstecken. Sie werden dich entwurzeln, dich von deinen Eltern und deiner Karriere trennen, und das alles wird nichts bringen. Ich werde dich finden, egal, wohin du gehst, Sara ... egal, was sie tun, um dich von mir fernzuhalten.« Meine Lippen fahren auf dem Rand ihres Ohres entlang, und ich spüre, wie ihre Atmung stockt. »Alternativ könnten sie dich als Köder nutzen wollen. Sollte das der Fall sein, sollten sie mir eine Falle stellen, werde ich das herausfinden, und unser nächstes Treffen wird nicht bei einem Kaffee sein.«

Sie erschaudert, und ich atme tief ein, nehme ein letztes Mal ihren zarten Duft in mich auf, bevor ich sie loslasse.

Ich trete zurück, verschwinde in der Menge und schreibe Anton eine Nachricht, dass sich die Mannschaft auf ihre Positionen begeben soll.

Ich muss sicherstellen, dass sie wohlbehalten nach Hause kommt, ohne von jemand anderem außer mir belästigt zu werden.

Möchten Sie mehr erfahren? Falls Sie mehr darüber erfahren möchten, besuchen Sie bitte meine Homepage www.annazaires.com/book-series/deutsch/.

AUSZUG AUS HARD CODE –
DER TEST

Meine neue Aufgabe bei der Arbeit: Spielzeug testen. Ja, genau diese Art von Spielzeug.

Also, technisch gesehen ist es, die App zu testen, die die Spielzeuge aus der Ferne steuert.

Das Problem? Das Showgirl, das die Hardware testen soll (also die eigentlichen Spielzeuge), geht in ein Kloster.

Ein weiteres Problem? Dieses Projekt ist wichtig für meinen russischen Chef, den düsteren, lecker sexy Vlad, alias der Pfähler.

Es gibt nur eine Lösung: die Software als auch die Hardware an mir selbst zu testen … mit seiner Hilfe.

HINWEIS: Dies ist eine eigenständige, anzügliche, langsam brennende romantische Komödie mit einer schrulligen, nerdigen Heldin, ihrem heißen, mysteriösen russischen Chef und zwei Meerschweinchen, die sich eventuell näherkommen. Wenn irgendetwas davon nicht Ihr Ding ist, dann laufen Sie schnell weit weg. Ansonsten schnallen Sie sich an für eine Schnupperfahrt voller Lachen und Entspannung.

»Ich?« Seine Augen weiten sich, und er tritt zurück.

Ich habe es jetzt ausgespuckt, also mache ich weiter. »Das macht Sinn. Ich nehme an, du vertraust darauf, mich nicht in das Hafenbecken zu werfen. Die Privatsphäre des Projekts ist nicht gefährdet. Und, na ja«, ich werde schrecklich rot, »du hast die richtigen Teile dafür.«

Unwillkürlich fällt mein Blick auf besagte Stellen, dann schaue ich schnell auf.

Die Fahrstuhltüren öffnen sich.

»Lass uns das im Auto fortsetzen«, sagt er, und sein Gesichtsausdruck wird unleserlich.

Scheiße, Scheiße, Scheiße. Hasst er die Idee? Hasst er mich dafür, dass ich sie auch nur aufgebracht habe? Wie peinlich wird es sein, wenn er Nein sagt?

Werde ich bald gefeuert, weil ich den Boss meines Bosses angemacht habe?

Wir steigen wieder in die Limousine, diesmal sitzen wir uns gegenüber.

Er lässt die Trennwand hochfahren. »Nur zur Klarstellung: Ich teste die männliche Charge, wobei ich sowohl als Geber als auch als Empfänger fungiere, richtig? Eigentlich habe ich eines der Stücke bereits an mir selbst getestet, nachdem ich die App geschrieben hatte, also könnte ich theoretisch das Gleiche mit dem Rest von ihnen machen.«

Ja! Er denkt tatsächlich darüber nach. Ich möchte auf und ab springen, auch wenn die Röte, die auf dem Weg vom Aufzug leicht zurückgegangen war, in ihrer ganzen Pracht zurückkehrt. »Das wäre kein guter End-to-End-Test, und das weißt du. Du hast den Code geschrieben; das macht dich voreingenommen.«

Seine Nasenlöcher weiten sich. »Wie dann?«

Sogar meine Füße erröten an diesem Punkt. »Du fungierst nur als der Empfänger. Ich fungiere als der Geber und zeichne die Testdaten auf. Das ist die richtige Verfahrensweise für diesen Test.«

Seine Augenbrauen heben sich. »Das dehnt die Definition des Wortes ›richtig‹ weit über seine Komfortzone hinaus aus.«

»Schau.« Ich versuche, seinen Akzent so gut ich kann nachzuahmen. »Wenn du aussteigen willst, verstehe ich das.«

Ein langsames, sinnliches Lächeln wölbt seine Lippen. »Ich scheue keine Herausforderung.«

Kann mein Slip wirklich schmelzen – oder ist das nur eine Redensart?

Hard Code – Der Test ist jetzt erhältlich. Falls Sie mehr darüber erfahren möchten, besuchen Sie bitte www.mishabell.com/de/.

ÜBER DIE AUTORIN

Anna Zaires ist eine *New York Times, USA Today* und Internationale Nr.1 Bestseller Autorin. Anna Zaires hat sich schon im zarten Alter von fünf Jahren in Bücher verliebt, in dem ihr ihre Großmutter das Lesen beibrachte. Kurz darauf schrieb sie auch schon ihre erste Geschichte. Seitdem lebt Anna neben der realen Welt auch ständig in einer Phantasiewelt, in der ihr nur ihre eigene Vorstellungskraft Grenzen setzen kann. Zurzeit lebt die verheiratete Autorin in Florida, zusammen mit ihrem Traummann, dem Sience-Fiction und Fantasy Romanautoren Dima Zales, der auch eng mit ihr zusammenarbeitet.

Bitte besuchen Sie www.annazaires.com/book-series/deutsch/ um mehr zu erfahren.